普通高等教育"十一五"国家级规划教材

电子设计自动化
（EDA）

王振宇　编著

电子工业出版社

Publishing House of Electronics Industry

北京·BEIJING

内 容 简 介

　　本教材将众多的 EDA 工具软件分为三大类：电路图和印制电路图设计软件、电子电路仿真软件和可编程逻辑器件开发软件。根据培养对象及专业知识需求，精选并详细介绍了三大类中具有代表性的 3 种软件：Protel DXP 2004、Tina Pro 中文学生特别版和 QUARTUS 5.0。这 3 种软件是电子设计工程师必须掌握的软件，也是电子信息工程专业高职学生任职必须具备的知识。

　　本教材的读者对象是电子信息工程类高职学生。教学学时为 60 学时，其中课堂 30 学时，上机操作 30 学时。

图书在版编目（CIP）数据

电子设计自动化（EDA）/王振宇编著. —北京：电子工业出版社，2007.2
普通高等教育"十一五"国家级规划教材
ISBN 978-7-121-03822-8

Ⅰ. 电…　Ⅱ. 王…　Ⅲ. 电子电路—电路设计：计算机辅助设计—高等学校—教材　Ⅳ. TN702

中国版本图书馆 CIP 数据核字（2007）第 011907 号

责任编辑：张荣琴　　特约编辑：肖　歌
印　　刷：北京市顺义兴华印刷厂
装　　订：三河市双峰印刷装订有限公司
出版发行：电子工业出版社
　　　　　北京市海淀区万寿路 173 信箱　邮编　100036
开　　本：787×1 092　1/16　印张：19　字数：487 千字
印　　次：2007 年 2 月第 1 次印刷
印　　数：5 000 册　　定价：27.00 元

前　言

电子设计自动化（Electronic Design Automation，EDA）设计技术是以计算机为工作平台、以专用 EDA 软件工具为开发环境、以硬件描述语言（Hardware Description Language，HDL）为设计语言、以专用集成电路（Application Specific Integrated Circuits，ASIC）为实现载体的电子产品自动化设计过程。

利用 EDA 工具，电子设计师可以从概念、算法、协议等开始设计电子系统，大量工作可以通过计算机完成，并可以将电子产品从电路设计、性能分析到设计出 IC 版图或 PCB 版图的整个过程在计算机上自动处理完成。

在 EDA 软件平台上，用电原理图或硬件描述语言完成文件的设计编译、化简、分割、综合、优化、布局布线、仿真、目标芯片适配编译、编程下载等工作。设计者要做的工作主要是面对计算机，用软件的方式完成对硬件功能的描述，再利用 EDA 工具将设计下载到可编程数字器件或可编程模拟器件中；在对系统进行联调时，如发现了设计中的错误，可以很方便地在软件上修改，可以做到尽可能小地改动印制电路板，完成对电子产品的修改。

教材从实用的角度出发，将众多的 EDA 工具软件分为三大类：电路图和印制电路图设计软件、电子电路仿真软件和可编程逻辑器件开发软件。根据培养对象及专业知识需求，精选并详细介绍了三大类中具有代表性的 3 种软件：Protel DXP 2004、Tina Pro 中文学生特别版和 QUARTUS 5.0。这 3 种软件是电子设计工程师必须掌握的软件，也是电子信息工程专业高职学生第一任职必须具备的知识。对于英文软件，在阐述时力求做到真实、准确而不是望文生义。

在教材编写过程中，由于学时和篇幅的限制，因此在讲授 3 种软件时，重点是讲其主要功能和使用技巧，并通过精心设计的例子帮助学生理解。为了便于老师教学和学生学习，每章都提供上机实习内容、习题、单元测试。

（1）Protel DXP 2004。Protel DXP 2004 具有三大功能，一是绘制电原理图，二是绘制印制电路板图，三是简单电路的仿真。目前，市场上专门介绍 Protel DXP 2004 的教材也有不少，但一般都是篇幅过长，面面俱到，重点不突出，把教材写成了工具书，不适合高职教学。根据我多年使用 Protel 的经验，我认为 Protel DXP 2004 的前两个功能是学生必须掌握的，而它的仿真功能与专用仿真软件相比，性能差了很多，没有什么实用价值。

教材在讲授 Protel DXP 2004 时，先介绍电原理图——Sch 的设计，再介绍印制板——PCB 的设计。

在介绍 Sch 的设计时，教材从认识 Protel DXP 2004 的界面开始，重点介绍常用工具条的功能，Sch 图纸参数的设置、环境参数的设置、浏览 Sch 库文件、添加 Sch 库文件、绘制 Sch 图、制作特殊字符串、设计 Sch 模板文件、设计层次 Sch 图、制作 Sch 库文件等。

由于 PCB 设计环境下的许多操作与 Sch 环境下的许多操作是相似的，故不再详细讲解。在介绍 PCB 的设计时，将只重点介绍 PCB 的基本知识，常用工具条的功能，浏览 PCB 库文件、添加 PCB 库文件、绘制 PCB 图、制作 PCB 库文件等。

（2)Tina Pro 中文特别学生版。国内高校流行的电子电路仿真软件在 2000 年前是 EWB；2000 年后，升级为 multisim 2001。Tina Pro 是 2002 年左右进入我国的，主要是由中央电大引入的。在对 Tina Pro 与 multisim 2001 进行详细比较后，发现 Tina Pro 的功能比 multisim 2001 要强。Tina Pro 中文特别学生版是 Design Soft 公司专门为中国学生量身定做的软件，其中文界面和中文帮助文件有利于高职学生学习和使用。

教材在讲授 Tina Pro 时，主要介绍 Tina Pro 的界面环境、图纸和环境参数设置、虚拟元件、绘制电原理图，虚拟仪器的使用、对模拟电路进行仿真分析、对数字电路进行仿真分析、处理分析结果、宏电路的制作等；结合学生所学的模拟电子线路和数字逻辑电路的知识，力图使教学内容更贴近学生所掌握的知识，以利于学生迅速地掌握 Tina Pro 的应用。

（3）Quartus II 5.0。随着可编程逻辑器件（Programmable Logic Design，PLD）技术的不断发展，PLD 已由原来的纯逻辑器件发展到具有 CPU 核、内置标准通信接口的可编程超大规模集成电路。可编程片上系统（SOPC）是当前电子系统集成的一大发展方向。原来的 PLD 设计软件不支持 SOPC 技术，而 Altera 公司推出的 Quartus II 却能完成这一功能。如果能让学生及早掌握这一先进软件，对学生的能力培养和就业都将起到很好的作用。

教材在讲授 Quartus II 5.0 时，重点介绍其软件界面、建立工程和顶层文件、底层文件的原理图输入方式、文件编译、仿真和管脚配置。

本教材适合于高职院校电子信息工程专业的教学，其前续课程为"电路分析基础"、"模拟电路线路"和"数字逻辑电路"。教学学时为 60 学时，其中课堂讲授 30 学时，上机操作30 学时。

由于我对软件的理解程度还不是很深，有些功能阐述得不一定很清楚，甚至会有错误之处，恳请读者多提宝贵意见。

我的电子信箱是：wzy301wzy@126.com。

编著者

2006 年 11 月于解放军电子工程学院

目　录

电子系统设计篇

电路图设计篇

电路仿真篇

可编程逻辑篇

电子系统设计篇

第1章　电子系统及设计自动化概论

要　点

（1）电子系统设计基础知识：介绍电子系统的含义、电子系统设计的基本方法。

（2）EDA 技术及其发展：介绍 EDA 技术的基本概念和发展概况。

（3）常用 EDA 工具软件：简要介绍常用 EDA 工具软件。

1.1　电子系统设计基础知识

1.1.1　电子系统概论

首先对电子系统进行简单的介绍。

（1）电子系统的含义。

① 系统是由两个以上各不相同且互相联系、互相制约的单元组成的，是在给定环境下能够完成某些功能的综合体。

② 电子系统是由电子元、器件或部件、印制电路板组成的，是能够产生、传输、处理和存储电子信号的综合体。

（2）典型的应用电子系统。

电路也称为电网络或网络。当研究一般的抽象规律时多用网络一词，比如，当讨论 KCL、KVL 时，研究的是网络节点电流和支路电压。而当研究具体问题时，则多采用电路一词。比如，研究电路中某支路电流的大小。

有时电路也称为系统。这种所谓的系统，实际上是指用系统的观点和方法去研究电路，获得电路的全局特性。这种系统又称为方法学系统，而不是功能强大的应用电子系统。

应用电子系统是指那些与人们生活、工作和学习密切相关、功能强大的实用电子系统，比如移动通信系统和计算机系统等。

① CDMA 移动电话。移动电话（手机）是人们随身携带的通信系统。虽然手机的体积、质量小，但它却是一个复杂的微电子系统。

CDMA 手机组成框图如图 1.1 所示。它主要由发射部分、接收部分、中频处理器、存储器与用户接口、调制解调/控制器和音频信号处理器等众多子系统构成。

② 计算机系统。计算机系统是人们工作中必不可少的电子系统，由软件系统和硬件系统组成。

软件系统主要包括操作系统软件和各种应用软件。如图 1.2 所示为个人计算机组成框图，其硬件系统主要由存储器、内存、CPU、硬盘、软驱、光驱、显卡、声卡、显示器、鼠标和键盘等组成。

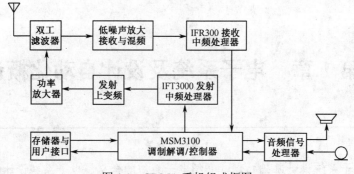

图 1.1　CDMA 手机组成框图

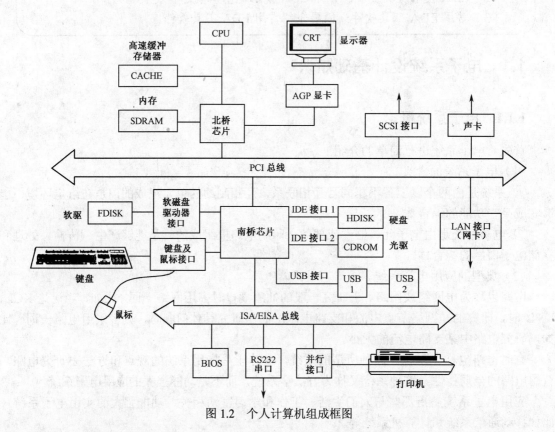

图 1.2　个人计算机组成框图

1.1.2　电子系统设计方法

电子系统设计方法简单介绍如下。

（1）电子系统的设计方法。电子系统的设计方法有自顶向下（Top-Down）设计法、自底向上（Bottom-Top）设计法和两者结合的综合法。

①　自顶向下设计方法。自顶向下设计方法的特点是将电子系统按"系统→子系统→功能模块→单元电路→元、器件→版图"这一过程来设计。

首先，根据设计课题对电子系统的功能和技术指标要求，将功能和技术指标分解，由相对独立、能完成某项功能、能实现某项技术指标的子系统去分别实现。这一步主要是从概念层出发，研究系统的构成、可实现性和各子系统之间的相互联系。

其次，要根据各子系统的功能和技术指标，对子系统进一步分解，选用合适的单元电路和元、器件去完成具体功能并达到相应的技术指标。同时，还要根据造价、体积、质量等要求进行综合考虑，力求研制出合适的电子系统。

自顶向下设计方法是一种用概念驱动的设计方法，它要求在整个设计中尽量运用概念去描述和分析设计对象，而不要过早地考虑实现该设计的具体电路，选用元、器件，制作电路板等。也就是说，先在理论上行得通、方案要完善，然后再去具体实现。在具体实现时，应以 CPU（MCU、DSP）为核心，辅以 CPLD 及其他外围元、器件来组成电路。

② 自底向上设计方法。自底向上设计方法与自顶向下设计方法的过程正好相反，是从元、器件和单元电路出发，先实现某功能模块、再实现某子系统，最后实现系统。

由于是先从单元电路出发，最后到系统，因此当进行系统联调时，可能出现各子系统间的诸多协调问题。比如，时序控制问题、人-机对话问题、软硬件分工问题、技术指标问题等。如此设计出的电子系统在模块化、可靠性和可维护性方面都不是很理想。

③ 综合设计方法。在实际的电子系统设计中，往往是两种设计方法结合使用。在进行概念层讨论时，结合已掌握的具体电路及所能完成的功能和能达到的技术指标，使子系统的划分更为合理和现实。

实际的电子系统设计方法应是以自顶向下设计方法为主、自底向上设计方法为辅的不断修改、不断完善的综合设计方法。

电子系统综合设计方法如图 1.3 所示。

（2）设计过程。电子系统传统手工设计过程如下。

① 明确设计任务。通过对给定任务进行分析，明确所设计系统的功能和技术指标，要弄清楚"做什么"和"怎么做"。

② 方案选择与可行性论证。对设计任务进行分解，把功能和技术指标落实到各子系统，明确各子系统之间的协同工作关系。这时，设计人员需要把所掌握的理论知识与实践经验结合起来，查阅有关参考资料，提出几种不同的实现方案，并进行全面比较，最后选定一个能完成设计任务、有一定技术先进性、性价比适中、易于实现的设计方案。

③ 单元电路设计。在设计方案确定后，设计人员需要选择具体的单元电路或编写程序来完成具体的功能和达到相应的技术指标。选用单元电路时，应尽可能选用以前已掌握的成型单元电路。如果选用了新的单元电路，从原则上来讲应事先进行理论计算，并验证电路的性能。

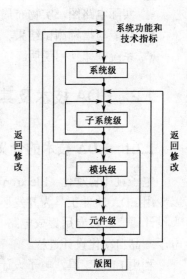

图 1.3　电子系统综合设计方法

④ 组装与调试。由于用人工方法进行验证时，元、器件的等效模型较为简单，与器件的实际参数相差较大，因此人工计算结果不可避免地存在较大误差，不能保证最终电路的完全正确性，需要用实际单元电路进行验证。组成验证电路时，如果电路不是很复杂，工作频率也较低（一般不高于 10MHz），可以在面板上安装元、器件；频率较高时（高于 10MHz），可用通用印刷电路实验板，在其上焊接电路，进行调试。如果电路比较复杂、且采用了表面贴装元件，或工作频率很高（高于 100MHz），通常要制作印制电路板，在其上组装电路，进行调试。

在每个单元电路调试正确后，再进行系统联调，使各子系统协调工作，并对调试过程中出现的问题进行分析，找出解决办法。

在系统联调完成后，电路就可定型、制作印制电路板、组装电路、再进行调试，最后进行产品定型。一个未经验证的设计总是有这样或那样的问题和错误，如果不进行充分的测试、修改和完善，即送到工厂批量生产，必将造成巨大的经济损失。

⑤ 编写设计文档。一个好的设计不但要有性能优越的产品，还要有完善的技术文档。文档应当符合系统化、层次化和规范化的要求；做到条理分明、论证充分、文句通顺，所用计量单位、符号和图纸要符合国家标准。

技术文档通常分为设计文档和总结报告。文档的撰写是与方案论证、系统调试同步进行的。

设计文档包括：

- 设计要求与技术指标。
- 方案选择与可行性论证。
- 单元电路设计，参数计算和元、器件选择。
- 参考资料目录。

总结报告包括：

- 设计工作进程记录。
- 原始设计修改说明。
- 实际电路图，实物布局图，元、器件清单，程序清单。
- 功能与指标测试结果、测试所用仪器的型号。
- 系统操作使用说明。

1.2 EDA 技术及其发展

1.2.1 EDA 技术的含义

电子设计自动化（Electronic Design Automation，EDA）设计技术是以计算机为工作平台、以专用 EDA 软件工具为开发环境、以硬件描述语言（Hardware Description Language，HDL）为设计语言、以专用集成电路（Application Specific Integrated Circuits，ASIC）为实现载体的电子产品自动化设计过程。

利用 EDA 工具，电子设计师可以从概念、算法、协议等开始设计电子系统，大量工作可以通过计算机完成，并可以将电子产品从电路设计、性能分析到设计出 IC 版图或 PCB 版图的整个过程在计算机上自动处理完成。

在 EDA 软件平台上，设计者用电原理图或硬件描述语言完成文件的设计编译、化简、分割、综合、优化、布局布线、仿真、目标芯片适配编译、编程下载等工作。设计者要做的工作主要是面对计算机，用软件的方式完成对硬件功能的描述，再利用 EDA 工具将设计下载到可编程数字器件或可编程模拟器件中。在对系统进行联调时，如发现了设计中的错误，可以很方便地在软件上修改，做到尽可能小地改动印制电路板，完成对电子产品的修改。

1.2.2 EDA 技术发展

EDA 是近 10 年来迅速发展起来，将计算机软件、微电子技术、电子元器件综合运用的现代电子学科，是在 20 世纪 80 年代中、后期的计算机辅助设计（Computer Aided Design，CAD）和 20 世纪 90 年代的计算机辅助工程（Computer Aided Engineering，CAE）的基础上发展起来的。

在 CAD 阶段，由于受到计算机运行速度、存储量和图形功能等方面的限制，电子 CAD 所使用的软件只能够完成对简单电路的仿真和绘制印制电路板图（Printed Circuit Board，PCB）。由于这些软件只有简单的人-机交互能力，能处理的电路规模很小，绘图速度也很慢，各软件之间数据共享性差。因此，CAD 阶段又称为 EDA 初级阶段。

在 CAE 阶段，由于计算机技术和微电子技术的发展，在进行电子工程设计时，计算机能够对较大型的模拟电路和数字电路进行仿真，绘制的电原理图（Schematic Diagram）可通过电气网表的形式与相应的 PCB 图结合起来，显示出计算机在电子工程设计中的突出作用，因此此阶段又称为 EDA 中级阶段。

进入 20 世纪 90 年代后期，EDA 进入了高速发展阶段。首先是单芯片的集成度已达到几千万只晶体管，射频集成电路工作频率已达 5GHz 以上，数字集成电路的工作速率已达到 10Gb/s。电子系统向着多功能、高速率、小体积、低功耗、智能化方向发展，这对集成电路的功能、容量、速率、带宽和功耗等都提出了更高的要求。特别是现代电子系统，要求用 1～2 片专用集成电路就能实现功能复杂的电子系统，这称之为片上系统（System On Chip，SOC）。为了满足这样的需求，EDA 技术走向了成熟和实用。通过合理运用现代 EDA 技术，设计人员可以方便地完成系统的行为描述、结构设计、仿真验证和电路实现。

现代 EDA 的概念或范畴很宽，包括在机械、电子、通信、航空航天、化工、矿产、生物、医学、军事等各个领域，都有它的应用。目前 EDA 技术已在各大公司、企事业单位和科研教学部门广泛使用。例如在飞机制造过程中，从设计、性能测试及特性分析直到飞行模拟，都可能涉及 EDA 技术。本书所指的 EDA 技术，主要是针对电子电路的设计和 PCB 设计的 EDA。

如图 1.4 所示是 EDA 技术设计电子系统的简要流程图。

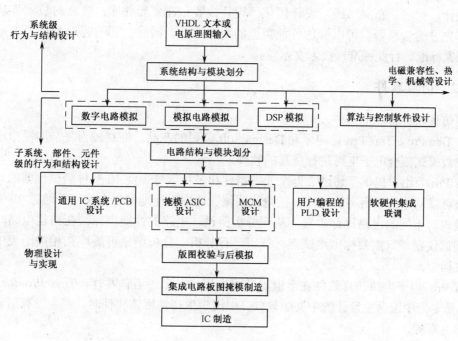

图 1.4　EDA 技术设计电子系统的简要流程图

1.3 常用 EDA 工具软件

要掌握 EDA 技术，关键在于掌握 EDA 工具软件的使用。EDA 工具软件很多，但大致可分为三大类。第一类是电路图设计软件，主要完成电原理图的绘制和印制电路板图的绘制。第二类是电子电路仿真软件，主要完成电子电路和系统的仿真。第三大类是片上系统开发软件，主要完成复杂电子系统的设计、仿真、编译和下载，在单芯片上实现电子系统。

1.3.1 电路图设计软件

常用电路图设计软件有以下 3 种。

（1）Protel。Protel 系列软件是澳大利亚 Altium 公司（原名为 Protel 公司）的产品，早期版本用于设计 PCB，后来增加了绘制电原理图的功能，直至增加了电路仿真功能和可编程器件开发功能。

Protel 是最早进入我国的 EDA 工具软件，其卓越的性能得到了国内业界人士的认同。不管是设计人员绘制电原理图、绘制 PCB 图，还是 PCB 板厂家制作 PCB 产品，基本上都采用该软件。

（2）OrCAD。OrCAD 是美国 Cadence 公司的产品，包括 OrCAD Capture 电原理图输入模块、A/D PSpice 电原理图仿真模块、OrCAD Layout PC 设计模块和 PLD 设计模块。

设计者在屏幕上绘制电路图，设置电路中元、器件的参数，生成电路中需要的各种激励信号源，生成多种格式要求的电连接网表，运行 PSpice 软件，将分析结果用图形显示出来。

（3）EDA 2002。EDA 2002 是厦门超伦软件有限公司研制的电子设计自动化（EDA）工具软件，主要用于电气图、电路原理图、印制电路板的计算机辅助设计。EDA 2002 采用一体化的设计环境，在一个程序的两个设计环境下可以分别完成原理图设计，输出，网络编译；印制板设计，输出，布局布线，设计优化，设计校验；建立元件库，建立封装库等功能。该软件带有先进的管理器，可以管理各种类型的用户文件。同时，它的管理器包含大量的设计实例、国家标准、行业标准，技术文献等。

1.3.2 仿真软件

常用仿真软件有以下 4 种。

（1）Tina Pro。Tina Pro 是匈牙利 Design Soft 公司的产品，能对较为复杂的模拟电路、数字电路和数模式混合电子电路进行仿真的软件。

Tina Pro 为用户提供了超过 2 万个元、器件和多种信号源及 10 多种测试仪器的元、器件库。用户可以从中选取所需的元件，在电路图编辑器中迅速地创建电路，并通过 20 多种不同的分析模式对不同的电路进行仿真，从而分析所设计电路的性能指标。在构建电路时，不需要添加测试仪器，只需要标出测试点，就可进行分析，分析结果可展现在相关图表中或保存到相关文档中。

Tina Pro 电子电路仿真软件在全世界范围内用 20 多种语言发行。Tina Pro for Chinese Students 是专为中国学生设计的中文版软件。中国学生在使用该软件时，完全没有语言上的障碍，很容易掌握。

（2）EWB/ multisim 2001。

① EWB（Electronics WorkBench）是加拿大 Interactive Image Technologies 公司的产品。该软件提供了上万种元、器件和 7 种测试仪器，设计者可以从中选取所需的元件和仪器，在电路图编辑器中迅速地创建电路，并通过 10 多种不同的分析模式对不同的电路进行仿真，从而分析所设计电路的性能指标。EWB 是进入国内最早的、运行于 PC 机上的电子电路仿真软件，也是目前国内许多高校电子电路分析与设计的教学中最常使用的仿真软件。

② multisim 2001 是 EWB 的升级版，它继承了 EWB 的优点，同时在功能和操作方面进行了较大规模的改动，扩充了器件库中器件的数量，增加了测试仪器的重复使用性，增加了电路的仿真分析功能。

（3）PSpice。PSpice 是由 Spice 发展而来的通用电路分析程序。PSpice 是由美国 MicroSim 公司开发并于 1984 年 1 月首次推出的，它能进行模拟电路分析、数字电路分析和模拟数字混合电路分析。

PSpice 可以用众多元、器件构成的电路，这些元、器件以符号、模型和封装 3 种形式分别存放在扩展名为 slb、lib 和 plb 3 种类型的库文件中。slb 库中的元、器件符号用于绘制电路图；lib 库中的元、器件模型用于电路仿真分析；plb 库中的元、器件封装形式用于绘制印制电路板的版图。

（4）System View。System View 是美国 Elanix 公司研发的系统级仿真软件，提供了开发电子系统的模拟和数字工具、核心库和扩充功能的特殊应用库。设计者通过构建框图的形式组成系统，设置参数，进行仿真。

其主要功能有：动态系统仿真、通信系统仿真、离散系统的 Z 域分析、连续系统的 Laplace 域分析、模拟和数字滤波器设计、信号频谱和功率谱分析等。

1.3.3　片上系统开发软件

常用片上系统开发软件有以下 3 种。

（1）Quartus Ⅱ。Quartus Ⅱ 是美国 Altera 公司为开发可编程片上系统（System On the Programmable Chip，SOPC）而研制的软件，是 MUX+PLUS Ⅱ 开发软件的升级换代产品，它可以开发从普通的逻辑电路到智能化的电子系统。

用户可通过原理图输入方式和语言输入方式来表达设计要求和组成系统；进行文件编译、功能仿真、硬件配置、程序下载、嵌入分析等；用软件的方法实现电子系统的硬件设计。

（2）TCAD。TCAD 是 Silvaco 公司用于 IC 设计的产品，它包括原理图设计工具 Scholar、仿真工具 Smartspice、版图设计 Expert、DRC 检查 Savage、网表提取工具 Maveric、原理图与版图对照工具 Guardian——LVS。

（3）ZeniEDA System。ZeniEDA System 系统（九天）是华大电子开发的 IC 设计产品，其工具集包括 ZeniSE（Schematic Editor）原理图编辑器、ZeniPDT（physical design tool）版图编辑工具、ZeniVERI（Physical Design Verification Tools）版图验证工具、ZeniPE（Parasitic Parameter Extraction）寄生参数提取和 ZeniVDE（Visual HDL Design Environment）可视化 HDL 设计环境。

1.4　上机实战

实战 EDA：搜索 EDA 相关资源

实战目的： 了解 EDA 技术网上资源和网址以及电子系统设计知识。

实战内容：

上网搜索电子系统设计知识。

上网搜索 EDA 的文章、常用 EDA 工具软件的名称及简介、相关软件的网址，并整理成章。

习　　题

[1.1]　电子系统是如何定义的？

[1.2]　电子系统设计方法有哪几种？各有什么特点？

[1.3]　电子设计自动化是如何定义的？它的发展都经历了哪些阶段？

[1.4]　画出基于可编程逻辑器件的 EDA 设计流程图。

[1.5]　常用 EDA 工具大致分为哪几类？各有什么特点？

单元测验题

1. 选择题

（1）根据单元电路组成子系统，再由子系统组成总的系统。这种设计方法称为：

　　[A] 自顶向下法　　　　[B] 自底向上法　　　　[C] 综合法

（2）利用 EDA 软件设计片上系统（SOC）属于 EDA 的：

　　[A] 初级阶段　　　　　[B] 中级阶段　　　　　[C] 高级阶段

（3）Protel 软件的主要功能是：

　　[A] 绘制电原理图　　　[B] 电路仿真　　　　　[C] 开发可编程逻辑器件

（4）Tina Pro 软件的主要功能是：

　　[A] 绘制电原理图　　　[B] 电路仿真　　　　　[C] 开发可编程逻辑器件

（5）Quartus Ⅱ 软件的主要功能是：

　　[A] 绘制电原理图　　　[B] 电路仿真　　　　　[C] 开发 SOPC

2. 填空题

（1）电子系统设计方法有＿＿＿＿＿＿＿、＿＿＿＿＿＿＿和＿＿＿＿＿。

（2）电子设计自动化的英文缩写是＿＿＿＿＿，英文全名是＿＿＿＿＿＿＿＿＿＿。

3. 简答题

（1）电子系统综合设计法的设计步骤是什么？

（2）EDA 技术 3 个发展阶段的特点是什么？

电路图设计篇

第 2 章　Protel DXP 2004 电原理图设计基础

要　　点

（1）Protel DXP 基础知识：熟悉 Protel DXP 的工作界面，掌握如何建立设计项目和 Sch 文件，如何设置图纸参数和环境参数。

（2）设计 Sch 原理图：掌握如何添加 Sch 库文件，如何使用常用绘图工具绘制 Sch 图。

2.1　Protel 简介

2.1.1　Protel 的发展史

Protel 电子电路设计软件是澳大利亚 Protel Technology 公司推出的 EDA 软件，其主要功能是绘制电原理图和印制电路板图。

Protel 最早的版本是 1985 年面市、在 DOS 操作系统上运行的 TANGO 软件，1988 年发展为 Protel for DOS，1990 年发展为 Protel for Windows。Windows 版本的 Protel 有 Protel 1.0、Protel 1.5、Protel 2.5、Protel 4.1、Protel 98、Protel 99、Protel 99 SE 和 Protel DXP。功能也由最初的只能绘制印制电路板图发展到现在的能绘制电原理图和印制电路板图、进行电路仿真和可编程逻辑器件设计。

在国内，还出现过 Protel 2000 简体中文版和 Protel 2003 简体中文版，这两款中文版实际上只相当于英文版 Protel 4.1 的功能，只能完成电原理图和电路板图的绘制。

Protel 公司于 2002 年更名为 Altium 公司，它的产品就是 Protel DXP。Protel DXP 有 2003 和 2004 两个版本，目前主要流行的是后者。

Protel DXP 2004 由原理图（Sch）设计模块、印制板（PCB）设计模块、现场可编程门阵列（FPGA）设计模块和硬件描述语言（VHDL）模块组成。其中，Sch 设计模块和 PCB 设计模块是 Protel 系列软件的主要模块。在这两个模块内，可以完成电原理图设计、印制电路板设计、电路仿真和 PCB 信号完整性分析。其中，电原理图和印制电路板设计是 Protel 系列软件的主要功能。由于 Protel 的电路仿真、PCB 信号完整性分析、FPGA 设计和 VHDL 设计是后来逐步增加的内容，这些功能与相关的专用软件的功能相比，其性能要差得较多，因此本书在介绍 Protel DXP 2004 时，只介绍如何用它设计 Sch 图和 PCB 图。

2.1.2　Protel DXP 2004 的安装

在 Windows XP 中安装 Protel DXP 2004 时，对计算机的硬件要求如下。

（1）处理器：Pentium PC，主频 1.2 GHz 或更高；

（2）内存：256MB；

（3）硬盘空间：软件空间 1.1GB，C 盘空间 1GB；

（4）显存：64MB；

（5）显示器分辨率：1024×768，32 位真彩。

　　Protel DXP 2004 的安装和删除与早期的 Protel 版本都不相同，它的安装和删除都必须在英语环境下进行。在安装和删除 Protel DXP 2004 前，都应将 Windows XP 的控制面板\区域语言和选项窗口中的"区域选项"和"高级"两个选项卡中的"中文（中国）"改选为"英语（美国）"。安装或删除完毕后，再将上述两项恢复为"中文（中国）"。"区域语言和选项"窗口如图 2.1 所示。

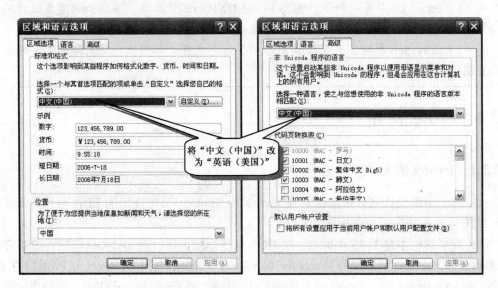

图 2.1　"区域语言和选项"窗口

　　安装完 Protel DXP 2004，桌面上将出现如图 2.2 所示的桌面快捷图标。

Protel DXP

图 2.2　桌面快捷图标

2.2　Protel DXP 2004 界面

2.2.1　系统界面

　　单击 Protel DXP 2004 桌面快捷图标后，屏幕上将出现如图 2.3 所示的 Protel DXP 2004 系统窗口。窗口中有主菜单、常用工具条、任务选择区和状态选择栏。

　　在系统窗口上部是主菜单，它包括 DXP（系统菜单）、File（文件管理菜单）、View（显示菜单）、Project（项目管理菜单）、Windows（窗口布局管理菜单）和 Help（帮助文件管理菜单），共 6 项。

　　（1）系统菜单。单击主菜单中图标 DXP，将出现如图 2.4 所示的系统参数菜单。

　　在系统菜单中，共有 Customize（用户自定义），System Preferences（系统设置），System Info（系统信息），Run Process（运行过程）和 Licensing（使用许可）等 5 项。

　　① Customize。用鼠标左键单击系统参数菜单中的 Customize，将出现如图 2.5 所示的"Customize 编辑器"窗口，该窗口中有 Commands（命令）和 Bars（工具条）两个选项卡。

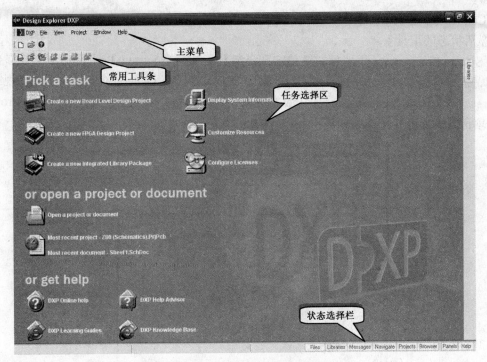

图 2.3　"Protel DXP 2004 系统"窗口

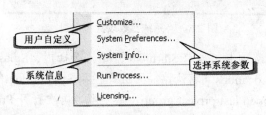

图 2.4　系统参数菜单

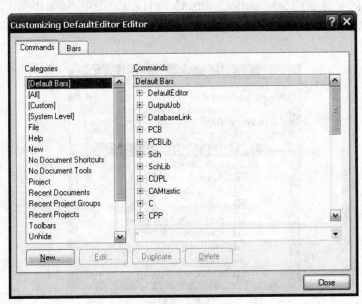

图 2.5　"Customize 编辑器"窗口

在 Commands 选项卡中，可以自定义各工具条或菜单中的命令。在 Bars 选项卡中，可以自定义激活状态的工具条。

② System Preferences。用鼠标左键单击系统参数菜单中的 System Preferences（系统参数），将出现如图 2.6 所示的"系统参数设置"窗口。在该窗口中，有 General（常用）、View（视图）、Transparency（透明）、Version Control（版本号）、Backup Options（备份文件选择）和 Projects Panel（项目面板）等 6 个选项卡。

图 2.6　"系统参数设置"窗口

- General。General 选项卡包含有 Startup（开始）选择栏、Splash Screens（屏显图形）选择栏、Default Locations（默认路径）选择栏和 System Font（系统字型）选择栏。
a. Startup。选中 Reopen last project group，则表示当再次打开 Protel DXP 2004 后，系统将自动打开上次最后使用的 project group 项目组。比如，上次关闭 Protel DXP 2004 时，最后打开的是 Z 80（Schematics）.PrjPcb 项目，启动软件后将出现 1 个浮动的"项目管理器"窗口，"项目管理器"窗口中将出现 Z80（Schematics）.PrjPcb 项目，如图 2.7 所示。

图 2.7　"项目管理器"窗口

b. Splash Screens。Splash Screens 是选择系统图标 DXP 的显示方式。

（a）Show DXP startup screen：显示 DXP 启动图形。

选中该项，在启动 Protel DXP 2004 时，将显示如图 2.8 所示的 DXP 启动图形，否则将不显示该图形。

图 2.8　DXP 启动图形

（b）Show product splash screens：显示产品启动图形。

选中该项，在启动 Protel DXP 2004 后，在第 1 次打开 Sch 文件和 PCB 文件的过程中，将显示如图 2.9（a）和（b）所示的图形，且所有菜单条和工具条的左端都有 1 个 DXP 图标。否则将不显示该图形，且只有主菜单左端有 1 个 DXP 图标。

（a）第 1 次打开 Sch 图　　　　　　　　　　（b）第 1 次打开 PCB 图

图 2.9　产品启动图形

c. Default Locations。Default Locations 是选择项目和文件保存时的默认路径。单击文本框右边的 ··· 按钮，可指定项目和文件的保存路径。

d. System Font。选中该项后，字型选择功能被激活，再单击 Change... 按钮，将出现如图 2.10 所示的"字体"窗口。在该窗口中可修改系统的字体、字形、字号和字色等，此修改将影响整个系统的文字显示。系统默认的字体是 MS Sans Serif，字形是常规，字号是 8 号字，字色是黑色。

• View。View 选项卡如图 2.11 所示，它包含有 Desktop（桌面）、Popup Panels（弹出面板）和 General（通用）选择栏。

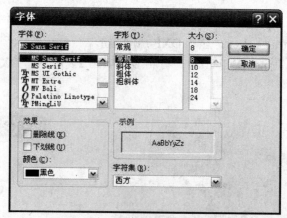

图 2.10　"字体"窗口

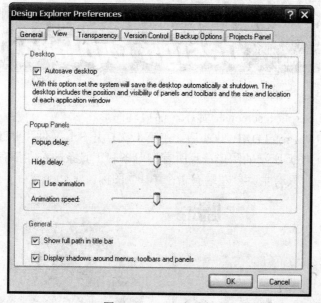

图 2.11　View 选项卡

　　a．Desktop。Autosave desktop：自动保存桌面。若选中该项，当 Protel DXP 2004 崩溃时，将保存当前的工作界面及相关信息，以供恢复之用。

　　b．Popup Panels。

　　（a）Popup Delay：弹出延迟。调整滑动块在滑动条中的位置，可改变窗口弹出时的速度。

　　（b）Hide Delay：隐藏延迟。调整滑动块在滑动条中的位置，可改变窗口隐藏时的速度。

　　（c）Animation speed：动画速度。在选择了动画效果时，调整滑动块在滑动条中的位置，可改变动画速度。

　　c．General。

　　（a）Show full path in one bar：在图纸标题栏中显示文件的完整路径。

　　（b）Display shadows around menus，toobars and panels：给浮动菜单、工具条和面板添加阴影，使界面具有立体感。

- Transparency。Transparency 选项卡如图 2.12 所示，它包含有 Transparency floating windows 和 Dynamic transparency 两项。

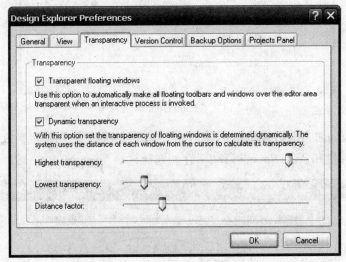

图 2.12 Transparency 选项卡

a．Transparency floating windows：浮动窗口透明。若选中该项（但未选中 Dynamic transparency），则当用鼠标左键单击 Sch 图纸时，图纸上的浮动菜单或窗口将变为透明状态，且透明程度相同。若未选中该项，浮动菜单将不透明，并关闭动态透明（Dynamic transparency）功能。

b．Dynamic transparency：动态透明。若选中该项，用鼠标左键单击 Sch 图纸时，离单击点近的浮动菜单透明度高，离单击点远的浮动菜单透明度低。其动态透明效果如图 2.13 所示。

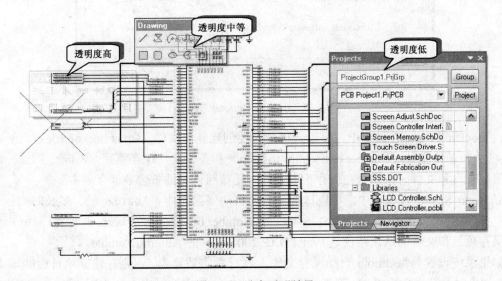

图 2.13 动态透明效果

- Version Control。Version Control 选项卡如图 2.14 所示，它用于版本控制的使能。通过建立版本数据库，可以将同一项目或同一文件的不同版本进行存档，以备后期调用。

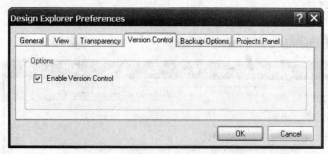

图 2.14　Version Control 选项卡

- Backup Options。Backup Options 选项卡如图 2.15 所示,它包含有 Backup Files(文件备份)选择栏和 Auto Save(自动保存)选择栏。

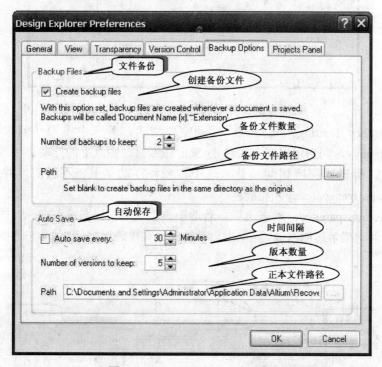

图 2.15　Backup Options 选项卡

a. Backup Files。在该栏中,可以选择是否要创建备份文件(Creat backup files)、创建多少份备份文件(Number of backups to keep)和备份文件保存路径(Path)。

保存项目和文件时,系统在保存正本之外,还按照设定的备份数保存副本。

b. Auto Save。在该栏中,可以选择是否要自动保存文件(Auto save)、多长时间保存 1次(Every Minutes)、备份文件版本数量(Number of versions to keep)和保存路径(Path)。

保存项目和文件的默认路径是 Protel DXP 2004 软件的 Altium\Example。

如果系统设置为每 30min 自动保存文件 1 次、版本数量为 5,则在建立项目后的第 1 个 30min 到来时保存文件版本 1;第 2 个 30min 到来时,原来的版本 1 变为版本 2,并将现在的文件保存文件为版本 1,⋯⋯。由此可见,版本 1 总是最新的版本。

不管是自动保存还是副本保存,文件都是以"项目或者文件名(X).~扩展名"的形式保存各种文件(X 是文件序号,如 1,2⋯⋯)。如果正本文件被破坏,只需将备份文件扩展名中的"~"去掉，就可被系统调用。

若新建项目名为 PCB Project 1、属下的两个文件名分别为 Sheet 1 和 Sheet 2，建立时间为 21:18，将备份设置为 4 个副本，每 2min 保存 1 次，共保存 3 个版本。在 22:06，文件夹中的文件如图 2.16 所示。

从图 2.16 可见，各种相关文件的保存时间间隔和版本数与设置是完全一致的。

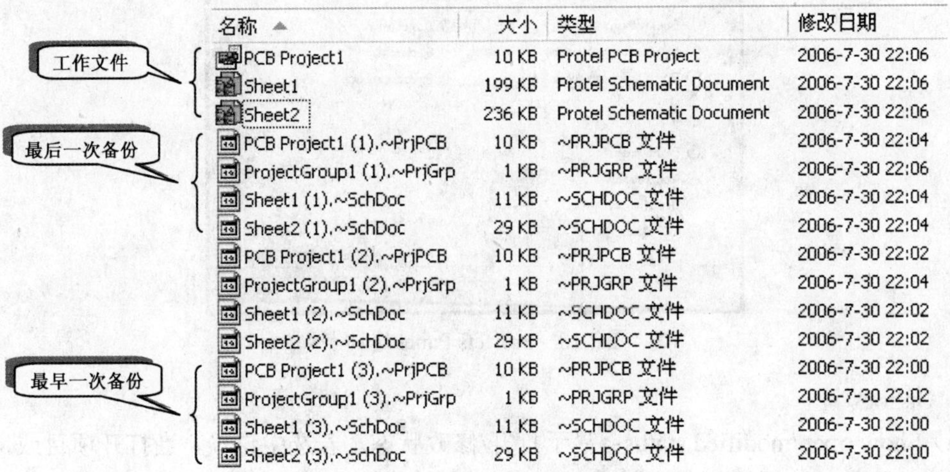

名称 ▲	大小	类型	修改日期
PCB Project1	10 KB	Protel PCB Project	2006-7-30 22:06
Sheet1	199 KB	Protel Schematic Document	2006-7-30 22:06
Sheet2	236 KB	Protel Schematic Document	2006-7-30 22:06
PCB Project1 (1).~PrjPCB	10 KB	~PRJPCB 文件	2006-7-30 22:04
ProjectGroup1 (1).~PrjGrp	1 KB	~PRJGRP 文件	2006-7-30 22:06
Sheet1 (1).~SchDoc	11 KB	~SCHDOC 文件	2006-7-30 22:04
Sheet2 (1).~SchDoc	29 KB	~SCHDOC 文件	2006-7-30 22:04
PCB Project1 (2).~PrjPCB	10 KB	~PRJPCB 文件	2006-7-30 22:02
ProjectGroup1 (2).~PrjGrp	1 KB	~PRJGRP 文件	2006-7-30 22:04
Sheet1 (2).~SchDoc	11 KB	~SCHDOC 文件	2006-7-30 22:02
Sheet2 (2).~SchDoc	29 KB	~SCHDOC 文件	2006-7-30 22:02
PCB Project1 (3).~PrjPCB	10 KB	~PRJPCB 文件	2006-7-30 22:00
ProjectGroup1 (3).~PrjGrp	1 KB	~PRJGRP 文件	2006-7-30 22:02
Sheet1 (3).~SchDoc	11 KB	~SCHDOC 文件	2006-7-30 22:00
Sheet2 (3).~SchDoc	29 KB	~SCHDOC 文件	2006-7-30 22:00

工作文件、最后一次备份、最早一次备份

图 2.16　工作文件及其及自动备份

如图 2.17 所示是在 22:06 关闭项目并保存文件后文件夹中的文件。从图 2.17 可见，文件夹中多了编号为（4）的备份文件，这就是受备份文件数设置的影响。如果备份文件的份数少于版本数，则看不出备份文件设置数对文件备份的影响，只有备份文件的份数超过版本数，才能看到其影响。

名称 ▲	大小	类型	修改日期
PCB Project1	10 KB	Protel PCB Project	2006-7-30 22:08
Sheet1	199 KB	Protel Schematic Document	2006-7-30 22:09
Sheet2	236 KB	Protel Schematic Document	2006-7-30 22:09
PCB Project1 (1).~PrjPCB	10 KB	~PRJPCB 文件	2006-7-30 22:06
ProjectGroup1 (1).~PrjGrp	1 KB	~PRJGRP 文件	2006-7-30 22:08
Sheet1 (1).~SchDoc	199 KB	~SCHDOC 文件	2006-7-30 22:08
Sheet2 (1).~SchDoc	236 KB	~SCHDOC 文件	2006-7-30 22:08
PCB Project1 (2).~PrjPCB	10 KB	~PRJPCB 文件	2006-7-30 22:04
ProjectGroup1 (2).~PrjGrp	1 KB	~PRJGRP 文件	2006-7-30 22:06
Sheet1 (2).~SchDoc	199 KB	~SCHDOC 文件	2006-7-30 22:06
Sheet2 (2).~SchDoc	236 KB	~SCHDOC 文件	2006-7-30 22:06
PCB Project1 (3).~PrjPCB	10 KB	~PRJPCB 文件	2006-7-30 22:02
ProjectGroup1 (3).~PrjGrp	1 KB	~PRJGRP 文件	2006-7-30 22:04
Sheet1 (3).~SchDoc	11 KB	~SCHDOC 文件	2006-7-30 22:04
Sheet2 (3).~SchDoc	29 KB	~SCHDOC 文件	2006-7-30 22:04
Sheet1 (4).~SchDoc	11 KB	~SCHDOC 文件	2006-7-30 22:02
Sheet2 (4).~SchDoc	29 KB	~SCHDOC 文件	2006-7-30 22:02

工作文件、最后一次备份、最早一次备份

图 2.17　文件夹中的文件

- Projects Panel。Projects Panel 选项卡如图 2.18 所示，它包含有 Option（选择）、Single Click（单击）、Grouping（分组）和 Sort By（分类）。

图 2.18 Projects Panel 选项卡

a. Option。

（a）Show open/modified status：显示打开/修改状态。若选中该项，当打开项目或文件后，在项目管理器中，该项目和文件名后将出现一个黑白文本图标。如果对某张图纸进行了改动，该图纸和它所属的项目名后的图标将变为红色，且文件名后还增加了一个"*"号，未选择显示文件位置如图 2.19（a）所示。

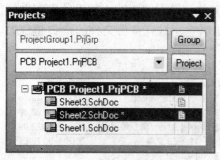

（a）未选择显示文件位置

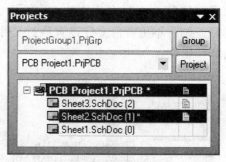

（b）选择显示文件位置

图 2.19　显示文件位置

（b）Show Grid：显示图纸上的网格显示。

（c）Show VCS status：显示 VCS（Version Control System）状态。

（d）Show full path information in hint：显示完整的路径信息。

（e）Show document position in project：显示文件在项目中的位置。若选中该项，文件名后将增加一个用圆括号标注的序号。序号是按 0、1、2、……排列的，排序可以是正序，也可以是倒序。图纸与序号的对应关系不是固定不变的，在项目管理窗口中，用鼠标左键按住某图纸名上下拖动，就可改变该图纸在项目中的相对位置，此时图纸的序号也随之改变。选择显示文件位置如图 2.19（b）所示。

b. Single Click。

（a）Do nothing：不执行任何操作。在项目管理窗口中，用鼠标左键单击某张图纸，不改变图纸的激活程度。例如，在图 2.19 中有 3 张图纸，并设 Sheet1.SchDoc 处于激活状态，用鼠标单击其他图纸时，这些图纸将不会被激活。

（b）Activates open documents：激活打开的文件。若选中该项后，用鼠标左键单击项目管理窗口中的某张处于打开状态的图纸时，该图纸将被激活。该选项对隐藏文件无效。

（c）Opens and show documents：激活并显示文件。若选中该项后，用鼠标左键单击项目管理窗口中的某张图纸时，该图纸将被激活。如果某张图纸处于隐藏状态，该图纸将被激活，并显示出现。

c．Grouping。

（a）Do not group：不改变窗口管理器中的分组情况。

（b）By class：按文件级别分类。

（c）By document type：按文件类型分类。

d．Sort By。

（a）Project order：按项目顺序排序。

（b）Alphabeticaly：按字母排序。

（c）Open/modified status：按打开或修改排序。

（d）Ascending：按升序排序。

③ System Info。用鼠标左键单击菜单中的 System Info…（系统信息），将出现如图 2.20 所示的系统查询窗口。在该窗口中，列出了共计 40 项服务项目的图标。

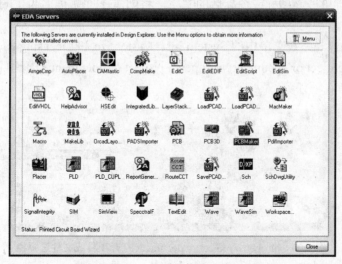

图 2.20 "系统查询"窗口

这些服务项目平时处于关闭状态（On Demond），用适当的命令就可调用这些服务项目。用鼠标左键双击某图标，则将出现相应的 Server 窗口，对该项服务功能进行简要介绍。

（2）常用工具条。在软件启动后，系统界面窗口中将出现 2 个常用工具条，如图 2.21 所示。上部是文件管理工具条，在未打开项目时主要有新建和打开文件功能。下部是项目管理工具条，负责对项目进行各种操作。

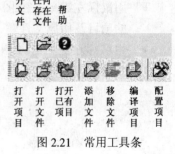

图 2.21 常用工具条

（3）任务选择区。任务选择区由 Pick a task（选择任务）、 or open a project or document（打开项目或文件）和 or get help（获取帮助）3 部分组成。

① Pick a task。Pick a task 任务选择区如图 2.22 所示，其中共有 6 项任务。

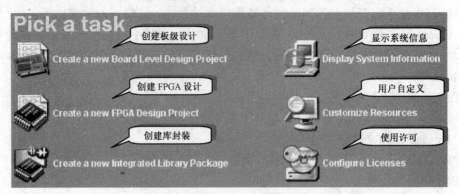

图 2.22   Pick a task 任务选择区

- 用鼠标左键单击 ▩ 图标或图标后的文字，将创建 1 个扩展名为 PrjPCB 的 Sch 和 PCB 设计项目。
- 用鼠标左键单击 ◆ 图标或图标后的文字，将创建 1 个扩展名为 PrjFpg 的 FPGA 设计项目。
- 用鼠标左键单击 ◆ 图标或图标后的文字，将创建 1 个扩展名为 LibPkg 的库封装设计文件。

其他 3 项的功能与系统菜单中的 System Inf、Customize 和 Licensing 的功能完全相同。

② or open a project or document。or open a project or document 打开项目或文件选择栏如图 2.23 所示，共有 3 项任务。

图 2.23   or open a project or document 打开项目或文件选择栏

- 用鼠标左键单击 ▨ 图标或图标后的文字 Open a project or document，将打开已创建的项目或文件。
- 用鼠标左键单击 ◉ 图标或图标后的第 1 行文字 Most recent project，将打开最近使用过的项目及所属文件。
- 用鼠标左键单击 ◉ 图标后的第 2 行文字 Most recent document，将打开并激活最近使用过的文件。此时，该文件将被放在 1 个名为 Free Documents 的临时文件夹内。

③ or get help。or get help 选择栏如图 2.24 所示，共有 4 项任务，主要是向使用者提供本机帮助和网上帮助。

图 2.24　or get help 选择栏

2.2.2　创建项目和底层文件

创建 Protel DXP 2004 的底层文件有 2 种方法，一是先创建 Project（项目），再在项目下创建底层文件，二是直接创建底层文件。

Protle DXP 2004 是按照项目组\项目\文件来组织管理设计文档的。下面以创建板级设计项目及 Sch 图为例讲解创建步骤。

（1）创建项目。打开 Protel DXP 2004 后，用鼠标左键单击如图 2.3 所示的系统窗口中 Pick a task 选择栏中的▣图标或 Create a new Board Level Design Project 字样，在系统窗口将出现 1 个浮动窗口 Projects。该窗口就是项目管理器，它由"项目组"、"项目"和"底层文件"列表栏组成，如图 2.25 所示。

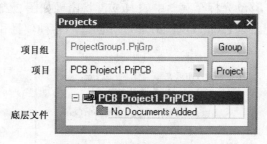

图 2.25　"项目管理器"窗口

在如图 2.25 所示的窗口中，"项目组"列表栏只有 1 个项目组，系统默认的项目组名称为 ProjectGroup1，扩展名为 PrjGrp。当有多个系统默认的项目组时，项目组名称编号将按 1 递增。

在如图 2.25 所示的窗口中，"项目"列表栏中只有 1 个项目，系统默认的项目名称为 PCB Project1，扩展名为 PrjPCB。当有多个系统默认的项目时，项目名称编号将按 1 递增。

由于还未创建底层图纸，故底层文件栏中给出了"No Documents Added"的字样。

（2）创建底层文件。在如图 2.25 所示的窗口的项目名所在栏中单击鼠标右键，将出现如图 2.26 所示的项目菜单 1。

在如图 2.22 所示窗口的文件列表栏中的任一处单击鼠标右键，将出现如图 2.27 所示的项目菜单 2。

图 2.26　项目菜单 1　　　　　　　　　　　　　　图 2.27　项目菜单 2

在这两个菜单中，可以对项目和底层文件进行各种操作。

（3）创建 Sch 文件。移动光标至菜单中的 New，将出现如图 2.28 所示的新建文件选项下拉菜单。在该菜单中，列出了 Protel DXP 2004 能够创建的各种项目和文件名称。

图 2.28　新建文件选项下拉菜单

如果用鼠标左键单击如图 2.28 所示的下拉菜单的最上边一栏 Schematic，即可在项目中创建 1 个 Sch 文件。此时，项目管理器中的 No Documents Added 将被 Sheet1.SchDoc 文件所代替。系统默认的 Sch 文件名为 Sheet，编号从 1 递进，扩展名为 SchDoc。

创建了 Sch 文件后，"Sch 图设计"窗口如图 2.29 所示。

创建单个底层文件。打开 Protel DXP 2004 后，用鼠标单击系统菜单中的 File 选项卡，选中下拉菜单中的 New 后，也将出现如图 2.29 所示的"Sch 图设计"窗口。用这种方法创建的底层文件不属于哪个项目，在项目管理器中属于 Free Documents，如图 2.30 所示。

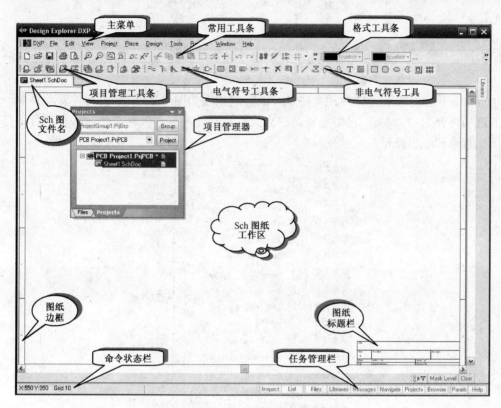

图 2.29 "Sch 图设计"窗口

图 2.30 Free Documents 项目管理器

2.2.3 Sch 图设计窗口

创建了 Sch 后，Protel DXP 2004 的系统界面发生了很大的变化。一是主菜单的项目增加，每个项目中选择项也大量增加。二是工具条的个数增加，每个工具条的选择项也增加。三是工具条下方的任务选择区被 Sch 图纸工作区所替代。此时，可将系统界面称为 Sch 图设计窗口。

Sch 图设计窗口由主菜单、标准工具条、格式工具条、项目管理工具条、电气符号工具条、非电气符号工具条、项目管理器、Sch 图纸工作区、命令状态栏和任务管理栏组成。

（1）主菜单。主菜单位于 Sch 设计窗口的第一项，它由文件管理、文件编辑、视图管理、项目管理、图形放置、设计管理、工具管理、报表生成、视窗管理、帮助文件组成，如图 2.31 所示。

图 2.31　主菜单

① File。用鼠标左键单击主菜单中的 File，将出现如图 2.32 所示的文件管理菜单。该菜单中的选项可分为 7 大类，它们分别是建立文件、打开项目、保存文件、保存项目、打印设置、历史记录和退出操作。

图 2.32　文件管理菜单

- 建立文件。
- a. New：创建新的各种项目或底层文件。移动光标到 New，将出现如图 2.28 所示的菜单。在该菜单中，可创建的文件和项目类型有 Sch 文件、Sch 库文件、PCB 文件、PCB 库文件、VHDL 文件、Text 文件、PCB 项目、FPGA 项目和 Embedded 项目等。

Sch 文件的扩展名为 SchDoc，Sch 库文件的扩展名为 SchLib。PCB 文件的扩展名为 PCBDoc，PCB 库文件的扩展名为 PCBLib。VHDL 文件的扩展名为 vhd。Text 文件的扩展名为 Txt。PCB 项目文件的扩展名为 PriPCB。FPGA 项目文件的扩展名为 PriFpg。Embedded 项目的扩展名为 PriEmd。

- b. Open：打开各种底层文件。用鼠标左键单击 Open，将打开如图 2.33 所示的"文件选择"窗口。在该窗口中可选择文件所存放的盘符、路径和类型，再选择要打开的底层文件。

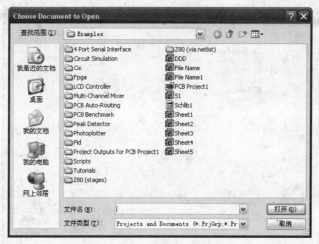

图 2.33 "文件选择"窗口

若打开的文件是已打开项目的文件，则该文件将被添加到该项目中。若不是已打开项目的文件，则将自动创建 1 个名为 Free Documents 的文件夹，并将该文件添加在其中。

c．Import：导入 Auto CAD 文件。Auto CAD 的文件扩展名为 DXF 或 DWG。

d．Close：关闭 Sch 设计窗口。

用鼠标左键单击 Close，将关闭 Sch 设计窗口，系统窗口又回到如图 2.3 所示的初始状态。

如果文件有了改动，关闭文件时将弹出一个对话框，要求设计者确认是否要保存改动。"修改确认"对话框如图 2.34 所示。

- 打开项目。

a．Open Project：打开项目。用鼠标左键单击 Open Projects，将打开如图 2.33 所示的窗口。在该窗口中可选择所要打开的项目。

b．Open Project Group：打开项目组。用鼠标左键单击 Open Project Group，将打开如图 2.33 所示的窗口。在该窗口中可选择所要打开的项目组。

图 2.34 "修改确认"对话框

- 保存文件。

a．Save：保存各种底层文件。用鼠标左键单击 Save，将保存当前激活的底层文件。

b．Save As：另存各种底层文件。用鼠标左键单击 Save As 字样，将打开如图 2.35 所示的"保存文件"窗口。

在该窗口中可重新指定路径和文件名，保存当前激活的底层文件。保存后，当前激活的文件将被更名。

c．Save Copy As：功能与 Save As 的功能基本相同。不同的是执行 Save Copy As 后，文件夹中将增加以新名字命名的文件，但系统窗口中的激活文件名称将保持不变。

d．Save All：保存所有文件。用鼠标左键单击 Save As，将出现如图 2.35 所示的"保存文件"窗口。并逐步提示将项目管理器中的项目和文件一一保存。

- 保存项目。

a．Save Project As：另存项目。按重新指定路径和文件名保存项目。

b．Save Project Group As：另存项目组。按重新指定路径和文件名保存项目组。

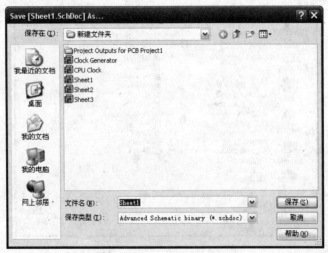

图 2.35　"保存文件"窗口

如果是新建的项目和文件，在保存时都是先保存底层文件，然后才能保存项目。不管是执行保存文件的命令 Save，还是保存项目的命令 Save Project As，情况都一样。

- 打印设置。

a. Page Setup：打印页面设置。

b. Preview：打印预览。

c. Print：打印文件。

d. Default Prints：默认打印文件设置。

- 历史记录。

a. Resent Documents：最近使用过的各种文件。

b. Resent Projects：最近使用过的项目。

- 退出操作。

Exit：退出 Protel DXP 2004。

② Edit。用鼠标左键单击主菜单中的 Edit，将出现如图 2.36 所示的文件编辑菜单。该菜单中的选项可分为 6 大类，它们分别是撤销操作、复制图形、查找文本、选择图形、处理图形和其他操作。

- 撤销操作。

a. UnDo：撤销操作。每执行 1 次 UnDo，就依次撤销 1 次操作。

b. ReDo：恢复撤销操作。每执行 1 次 ReDo，就依次恢复 1 次已撤销的操作。

撤销和恢复步数有一定的限制，但步数可设置（见 2.3.2 节环境参数设置）。

- 复制图形。

a. Cut：剪切被选中图形。

b. Copy：复制被选中图形。

c. Paste：粘贴图形。

d. Paste Array：阵列粘贴图形。

e. Clear：清除被选中图形。

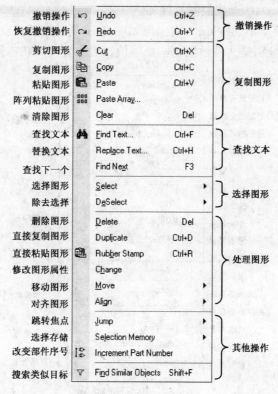

图 2.36　文件编辑菜单

- 查找文本。
a. Find text：查找文本。
b. Replace Text：替换文本。
c. Find Next：查找下一个文本。
- 选择图形。
a. Select：选择图形。图形被选中后，将呈绿色。
b. Deselect：撤销选择。撤销选择后，图形将恢复正常颜色。
- 图形处理。
a. Delete：删除图形。
b. Duplicate：复制并单次粘贴被选中图形。
c. Rubber Stamp：复制并可多次粘贴被选中图形。
d. Change：修改图形属性。
e. Move：移动或拖动图形。
f. Align：对齐图形。
- 其他。
a. Jump：图纸焦点跳转。
b. Selection Memary：选择存储区号。把选中图形放在指定的存储区内，并可在本图纸内调出存储内容。
c. Increment Part Number：改变多部件的部件序号。一个芯片中集成了多个单元电路的器件被称为多部件器件。

d. Find Similar Objects：查找类似目标。

③ View。单击主菜单中的 View，将出现如图 2.37 所示的视图管理菜单。该菜单中的选项可分为 5 大类，它们分别是文件适配、图纸缩放、工作管理、状态管理和网格管理。

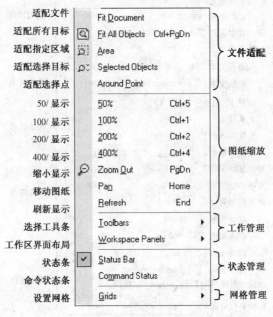

图 2.37　视图管理菜单

- 文件适配。文件适配是指以某参考点或区域为中心，自动缩放图形并与显示区大小相适配。

a. Fit Document：整张图纸与显示区适配。

b. Fit All Objects：图纸中所有图形与显示区适配。

c. Area：某区域内的图形与显示区适配。

d. Selected Objects：被选中的图形与显示区适配。

e. Around Point：指定点附近图形与显示区适配。

- 图纸缩放。

a. 50%、100%、200%、400%：分别将图纸缩放到原图的指定大小。

b. Zoom Out：缩小图纸。每执行一次 Zoom Out，图纸缩小 1.5 倍。

c. Pan：移动图纸。当图纸放大后超过显示区域时，该命令才有效。每执行一次 Pan，图纸向右下方移动，最后使图纸的左上角固定在区的中心。

d. Refresh：刷新屏幕显示。在删除了元、器件后，可能在屏幕上还有部分残留图形，影响了其他图形的正常显示。执行 Refresh 操作，能消除屏幕上的残留图形。

- 工作管理。

a. Toolbars：选择工具条。移动光标到该栏后，将出现下拉菜单。在该菜单上，列出了10 种工具条供选择。这 10 种工具条分别是：Drawing、Formatting、MixedSim、Power Objects、Schematic Standard、Wiring、CUPL PLD、Digital Objects、Project、Simulation Sources。

b. Workspace Panels：信息管理面板。为了让设计者了解更多的有关设计项目的信息，

Protel DXP 2004 提供了不同种类的信息。只要设计有了改动，这些信息就会及时得到更新。但这些信息的统计都是在后台进行，若设计者要了解这些信息，只需要移动光标到该栏后，就能在出现的浮动菜单中见到软件能提供的信息。这些信息有：Inspector、List、Difference、Files、Help Advisor、Libraries、Messages、Navigator、Projects、Compile Errors、Compile Object Debugger。

- 状态管理。

a. Status Bar：状态显示栏，位于工作区的下边沿。在状态栏中，显示的是光标当前所在处的坐标和图纸捕获网格的大小。

b. Command Status：命令显示栏，位于工作区的下边沿。当光标移动到工作区上部的各种工具条上时，在命令显示栏中就能用英文显示出光标所指图标的功能。

- 网格设置。

Grids：取消或设置可视网格、捕获网格和电气网格。

④ Project。单击主菜单的 Project，将出现如图 2.38 所示的项目管理菜单。该菜单中的选项主要分为 6 大类，它们分别是创建项目、添加项目、关闭项目、浏览元、器件、历史记录和项目选项。

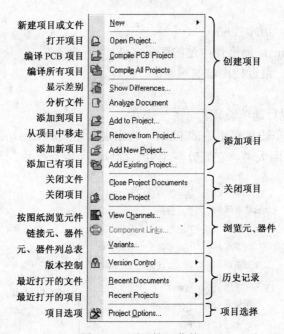

图 2.38　项目管理菜单

- 创建项目。

a. New：新建项目、库和底层文件。可以创建的项目有 PCB Project、FPGA Project 和 Embedded Project。可以创建的库有：Schematic Library、PCB Library 和 Integrated Library。可以创建的底层文件有：Schematic、VHDL Document、PCB、Text Document、Output Job File、CAM Document 和 Database Link File。

b. Open Project：打开项目。可以从指定路径打开项目。

c. Compile PCB Project：编译 PCB 项目。

d. Compile All Projects：编译所有项目。

e. Show Differences：显示差别。比较 CAM 文件不同图层的差别。

f. Analyze Document：分析文件。

● 添加项目。

a. Add to Project：添加文件到项目。

b. Remove from Project：从项目中移走文件。

c. Add New Project：向项目组添加新的项目。

d. Add Existing Project：向项目组添加已有的项目。

● 关闭项目。

a. Close Project Documents：关闭指定的底层文件。

b. Close Project：关闭指定的项目。

● 浏览元、器件。

a. View Channels：按图纸将项目中的元、器件列表。

b. Component Links：链接元、器件。链接 Sch 图元件符号与对应的 PCB 图中元件封装。

c. Variants：将整个项目中的元、器件列总表。

● 历史记录。

a. Version Control：版本控制。

b. Recent Documents：最近使用过的底层文件。

c. Recent Projects：最近使用过的项目。

● 项目选项。

Project Options：项目选项设置。

⑤ Place 选择栏。单击主菜单中的 Place，将出现如图 2.39 所示的电气图形符号菜单。该菜单中的选项主要分为两大类，它们分别是电气符号和非电气符号。

图 2.39　电气图形符号菜单

- 电气符号。
a. Bus：总线，用于传送多位数据。
b. Bus Entry：总线引线，是总线与单根导线之间的连线。
c. Part：元、器件。
d. Junction：节点。
e. Power Port：电源端口。
f. Wire：导线。
g. Net Lable：网络标签。相连的网络具有相同的标签。
h. Port：输入/输出端口。
i. Off Sheet Connector：多张图纸之间的网络连接符号。
j. Sheet Symbol：图纸符号。
k. Add Sheet Entry：添加图纸入口。
l. Directives：检测点。
- 非电气符号。移动光标到 Drawing Tools，将出现如
图 2.40 所示的非电气图形符号菜单。

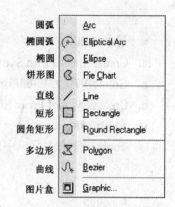

图 2.40　非电气图形符号菜单

a. Text String：短文本框（单行文本）。
b. Text Frame：长文本框（多行文本）。
c. Arc：圆弧。
d. Elliptical Arc：椭圆弧。
e. Ellipse：椭圆。
f. Pie Chart：饼形图。
g. Line：直线。
h. Rectangle：矩形。
i. Round Rectangle：圆角矩形。
j. Polygon：多边形。
k. Bezier：曲线。
l. Graphic：图片盒。

⑥ Design。单击主菜单的 Design，将出现如图 2.41 所示的设计菜单。该菜单中的选项主要分为 5 大类，它们分别是库文件操作、模板设置、网表生成、层次图设计和文件选项。

- 库文件操作。
a. Brose Library：浏览 Sch 元件库。
b. Add/Remove Library：添加 Sch 元件库。
c. Make Project Library 设计 Sch 库文件。
- 模板设置。Template：设置图纸模板。
- 网表生成。
a. Netlist For Projrct：给整个项目的所有 Sch 图创建网表。
b. Netlist For Document：给指定的文件创建网表。
c. Simulate：电路仿真。

图 2.41　设计菜单

- 层次 Sch 图。
a. Create Sheet From Symbol：从上层符号创建下层图纸。
b. Create VHDL File From Symbol：从上层符号创建 VHDL 文件。
c. Create Symbol From Sheet：从下层图纸创建上层符号。
- 参数选择。Document Options：设置 Sch 图纸参数。
⑦ Tools。单击主菜单中的 Tools，将出现如图 2.42 所示的工具菜单。

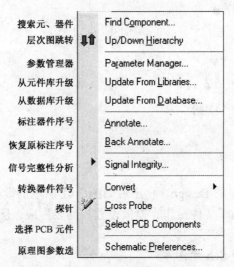

图 2.42　工具菜单

a. Find Component：查找器件。
b. Up/Down Hierarchy：上、下层次 Sch 图跳转。
c. Parameter Manger：器件参数管理器。
d. Update From Libraries：根据库文件升级 Sch 图。
e. Update FromDatabases：根据数据库升级 Sch 图。
f. Annotate：标注器件序号。
g. Back Annotate：恢复器件原标注序号。
h. Signal Integrity：信号完整性分析。

i. Convert：转换器件符号。比如，将器件符号转换为框图符号，如图2.43所示。

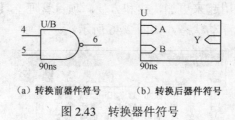

（a）转换前器件符号　　　（b）转换后器件符号

图2.43　转换器件符号

j. Cross Probe：交叉探针。在PCB图及对应的Sch图中对某一元件建立链接。比如，用Cross Probe在打开的PCB图中对某一电气符号单击，与该符号相对应的Sch图将被自动打开，并以高亮的形式将对应的电气符号标识出来。

k. Select PCB Components：选择PCB元件。

l. Schematic Preferences：Sch图环境参数选择。

⑧ Reports。单击主菜单中的Reports选项，将出现如图2.44所示的报告菜单。

图2.44　报告菜单

a. Bill of Materials：元、器件总清单。

b. Component Cross Reference：元、器件分页清单。

c. Report Project Hierarchy：项目层次关系报表。

d. Simple BOM：简化材料清单。

e. Report Single Pin Nets：单引脚网络报表。

f. Port Cross Reference：端口参考。

（2）标准工具条。标准工具条把主菜单中的常用命令用图标的形式集成在1个工具条中，使用起来更加快捷和方便。标准工具条位于主菜单的下方，按住鼠标左键可将其拖离成浮动状态，如图2.45所示。

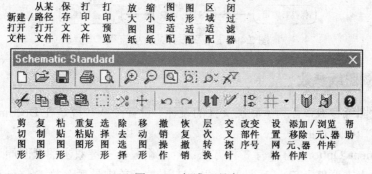

图2.45　标准工具条

（3）项目管理工具条。项目管理工具条把主菜单中的 Project 选项的主要命令用图标的形式集成在 1 个工具条中，使用起来更加快捷和方便。项目管理工具条位于标准工具条的下方，按住鼠标左键可将其拖离成浮动状态，如图 2.46 所示。

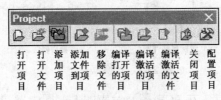

Project
打开项目
打开文件
添加项目
添加文件到项目
移除文件
编译打开的项目
编译激活的项目
编译激活的文件
关闭项目
配置项目

图 2.46　项目管理工具条

（4）电气符号工具条。电气符号工具条把主菜单中 Place 选项的电气符号部分用图标的形式集成在 1 个工具条中。电气符号工具条位于系统窗口项目管理工具条的右边，用鼠标左键可将其拖离成浮动状态，如图 2.47 所示。

（5）非电气符号工具条。非电气符号工具条把主菜单中 Place 选项的非电气符号部分用图标的形式集成在 1 个工具条中。非电气符号工具条位于电气符号工具条的右边，按住鼠标左键可将其拖离成浮动状态，如图 2.48 所示。

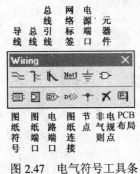

导线
总线
总线引线
网络标签
电源端口
元器件
Wiring
Net1
图纸符号
图纸端口
电路端口
图纸连接
节点
非电气规则点
PCB布局

图 2.47　电气符号工具条

直线
多边形
圆弧
曲线
短文本
长文本
Drawing
矩形
圆角矩形
椭圆形
饼形
图片容器
阵列粘贴

图 2.48　非电气符号工具条

2.3　设计 Sch 原理图

Sch 图设计的主要流程如图 2.49 所示。

设置图纸参数和环境参数
添加 Sch 库文件
放置元、器件
连接导线
编辑与调整
保存与输出

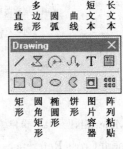

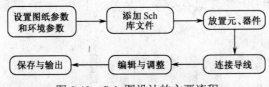

图 2.49　Sch 图设计的主要流程

2.3.1　设置图纸参数

合理的设置图纸参数，有利于底层文件的设计。设置图纸参数是在 Document Options（文件参数选择）窗口中进行的。

进入 Document Options 窗口有 3 种方法：一是用鼠标左键双击图纸四周边框任意处；二是用鼠标左键单击主菜单中 Design 选项，再单击下拉菜单中最后一栏 Document Options；三是用鼠标右键单击图纸绘图区任意处，在出现的浮动菜单中用左键单击 Document Options。

"Document Options"窗口如图 2.50 所示。该窗口中有 2 个选项卡，它们分别是 Sheet Options 选项卡和 Parameters 选项卡。图纸参数在 Sheet Options 选项卡中设置，特殊字符串在 Parameters 选项卡中设置。

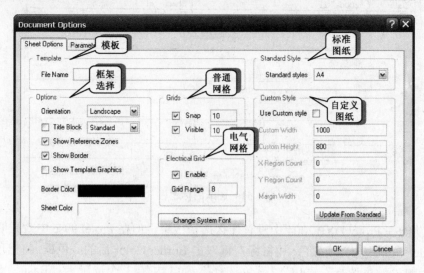

图 2.50 "Document Options"窗口

（1）Sheet Options 选项卡。Sheet Options 选项卡有 Template（图纸模板）、Options（框架选择）、Grids（普通网格）、Electric Grid（电气网格）、Standard Style（标准图纸）和 Custom Style（自定义图纸），共 6 栏。

① Template。如果 File Name 后的文本框中是空白的，则表明选用的是软件默认模板。如果指定了设计者自己设计的模板，则在该文本框中将显示出模板的路径与名称。

② Options。

• Orientation：图纸取向。图纸取向有 2 个可选项，它们分别是"Landscape"和"Portrait"。这 2 个单词在这里不能理解为"风景"和"肖像"，而应理解为图纸是横向放置还是纵向放置。

• Title Block：标题栏。

选择该项则显示图纸标题栏，否则不显示。同时还可选择是选用标准格式还是 ANSI 格式。图纸的标题栏在图纸的右下角，标准标题栏如图 2.51（a）所示，ANSI 格式标题栏如图 2.51（b）所示。

• Show Reference Zones：显示参照区域。

该项选择是指是否要显示图纸的参照区域，选择该项则显示参照区域，否则不显示。图纸的四周边框是显示参照区域。

• Show Border：显示边界。

该项选择是指是否要显示图纸的边界线，选择该项则显示边界线，否则不显示。

• Show Template Graphics：显示模板图形。

该项选择是指 Sch 图纸套用用户自行设计的模板时，是否显示模块图片盒装载的片。选择该项显示，否则不显示。

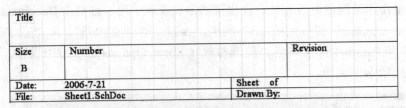

（a）标准标题栏

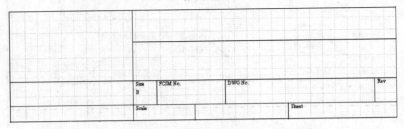

（b）ANSI 格式标题栏

图 2.51　图纸的标题栏

注：该功能在 Protel DXP 2004 中没有什么选择效果，但在 Protel 99se 中效果明显。

- Border Color：边界线颜色。用鼠标左键双击 Border Color 后的颜色框，将出现如图 2.52 所示的"颜色选择"窗口。"颜色选择"窗口共有 3 个选项卡：Basic；Standard；Custom，分别如图（a）、（b）、（c）所示。3 个选项卡以不同的方式显示出可选择的颜色。在该窗口中可以指定边界线的颜色，系统默认颜色是黑色。

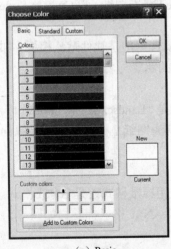 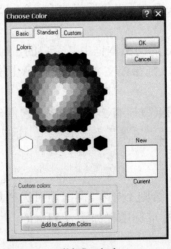 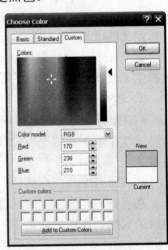

（a）Basic　　　　　　　　（b）Standard　　　　　　　　（c）Custom

图 2.52　"颜色选择"窗口

- Sheet Color：图纸背景色。

图纸的背景色的设置与边界线颜色和设置方法完全一样。一般情况下，边界线和图纸的颜色选用系统默认颜色为最好。

③ Grids。Grids：网格。

- Snap：捕获网格。

捕获网格有 2 项可选，一是是否要捕获网格，二是捕获网格的间距是多少，系统默认的

Snap 间距是 10mil，在该文本框中可以直接输入数字修改捕获网格的间距。捕获网格间距是图形符号（电气或非电气符号）在图纸的 x 方向和 y 方向上的最小间距，它是不可见的网格，但却对绘图影响极大。捕获网格间距太大，将使图纸上所有图形之间的距离增大，给精确布线带来不便。间距太小虽可使图形紧凑，但给布长线带来不便。

在 Protel 系列软件中，长度单位有公制和英制之分，系统默认是英制，计量单位是 mil。英制与公制的换算关系式如下式所示：

$$1(mil)=1/1\ 000(英寸)=2.54/1\ 000(cm)$$

- Visible：可视选择。

可视选择有 2 种模式，一是网格是否要可视，二是网格的可视间距是多少，系统默认的可视网格间距是 10mil，在该文本框中可以直接输入数字修改可视网格的间距。在绘制 Sch 图的环境下，按动键盘上的"Page Up"键可放大图纸，可以看到网格线。网格线不影响放置图形符号，只是为放置图形符号提供位置参考。系统默认的是线条状网格。

④ Electrical Grid。Electrical Grid：电气网格。

- Enable：使能。使能是指激活电气网格。电气网格也是不可见网格，但它影响到具有电气特性图形符号的放置间距。
- Grid Range：电气网格间距。

可在 Grid Range 后的文本框中输入电气网格间距，默认的是 8mil。

在 Protel 系列软件的原理图库文件中，器件图形符号引脚间的距离一般最小是 10 mil，在布线时最好将 Snap 和 Grid Range 的间距设为 5mil 或更近。

Wiring 工具条具有电气特性，用这个工具条中的工具所绘制的图形，要受到 Snap Grid 和 Electrical Grid 的双重影响。Drawing 工具条没有电气特性，用这个工具条中的工具所绘制的图形，只受 Snap Grid 的影响。

⑤ Standard Style。Standard Style：图纸标准尺寸。系统提供了 A4、A3、A2、A1、A0、A、B、C、D、E、Letter、Legal、Tabloid、OrCAD A、OrCAD B、OrCAD C、OrCAD D 和 OrCAD E 共 18 种标准图纸可供选择。默认图纸大小是 B 号图纸，宽度为 1 500 mil，高度为 950 mil。

⑥ Use Custom Style。Use Custom Style ：用户自定义图纸。

选中该项后，可以对图纸的宽度和高度进行设置。

- Custom Width：图纸宽度，最大尺寸为 6 500 mil。
- Custom Height：图纸高度，最大尺寸为 6 500 mil。
- X Region Coun：图纸边框 x 方向分段数目，从左到右用阿拉伯数字 1、2、……标注。
- Y Region Count：图纸边框 y 方向分段数目，从上到下用英文字母 A、B、……标注。

系统默认的 x 和 y 方向的分段数分别是 6 段和 4 段，在 Sch 图纸的边框上可见分段效果。

- Margin Width：图纸边框的宽度，默认宽度是 20mil。

（2）Paremeters。

① Paremeters 选项卡。Paremeters（参数）选项卡用于设计或指定特殊字符串的真实值，其窗口如图 2.53 所示。

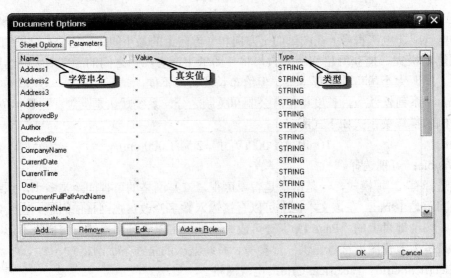

图 2.53 "Paremeters 选项卡"窗口

Protel DXP 2004 总共提供了 25 个特殊字符串,其中大部分都没有真实值,需要用户自己指定。25 个特殊字符串如表 2.1 所示。

表 2.1 特殊字符串列表

Address1	地址 1	DocumentNumber	文件编号
Address2	地址 2	DrawBy	绘图者
Address3	地址 3	Engineer	工程师
Address4	地址 4	ImagePath	图像路径
ApprovedBy	修改者	ModitiedDate	修改日期
Author	作者	Organization	组织者
CheckedBy	检查者	Revision	版本
CompanyName	公司名	Rule	规则
CurrentDate	当前日期	SheetNumber	图纸编号
CurrentTime	当前时间	SheetTotal	图纸总张数
Date	日期	Time	时间
DocumentFullPathAndName	文件路径及名称	Title	标题
DocumentName	文件名		

② 添加特殊字符串。用鼠标左键单击如图 2.53 所示窗口中的 Add... 按钮,将出现如图 2.54 所示的添加特殊字符串窗口。在此窗口中可对特殊字符串进行详细的定义。

• Name。在 Name 栏文本框中输入新增特殊字符串的名称,并可选择是否可视和内容锁定。特殊字符串的名称不能有空格。若选择可视,在转换特殊字符串时,该名字将被显示出来。通常选择不可视和内容锁定。

• Value。在 Value 栏中的文本框中输入新增特殊字符串的真实值,并可选择是否可视和内容锁定。

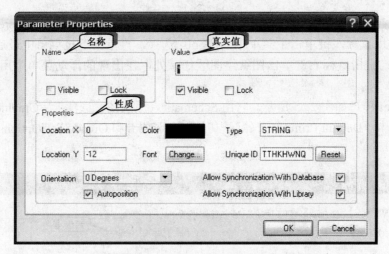

图 2.54　添加特殊字符串窗口

- Properties。
- a. Location X、Location Y：特殊字符串文本的 X 坐标和 Y 坐标。在该项右边的文本框中可输入特殊字符串的 X 坐标值和 Y 坐标值。
- b. Color：特殊字符串文字颜色。用鼠标左键双击 Color 右边的颜色框，可打开调色板，选择特殊字符串文字的颜色。
- c. Font：特殊字符串字体。用鼠标左键单击 Font 右边的按键，可打开字体选择窗口，选择特殊字符串文字的字体、字号等。
- d. Type：特殊字符串类型。用鼠标左键单击 Type 右边的按键，将出现下拉列表。表中列出了 STRING（字符串型）、BOOLEAN（布尔型）、INTEGER（整型）和 FLOAT（浮点型）等 4 种类型供选择。
- e. Orientation：特殊字符串取向。用鼠标左键单击 Orientation 右边的按键，将出现下拉列表。表中列出了 0 Degeress、90 Degeress、180 Degeress0 和 270 Degeress 等 4 种方向供选择。
- f. Autoposition：自动定位。
- g. Allow Synchronous With Database：允许与数据库同步。
- h. Allow Synchronous With Library：允许与库文件同步。

注：在这里设置 Properties，不起任何作用。上述特性只能在文本框中设置。

完成特殊字符串设计后，用鼠标左键单击窗口中的 OK 按钮，新设计的特殊字符串就添加到字符串序列中。

③ 修改特殊字符串。若要修改某特殊字符串的属性，再用鼠标左键单击窗口中的 Edit... 按钮，在出现的窗口中可对特殊字符串的属性进行修改。

④ 移除特殊字符串。若要某移除特殊字符串，需先在 Paremeters 窗口中选定该特殊字符串，再用鼠标左键单击窗口中的 Remove... 按钮，该特殊字符串就被删除。

2.3.2　设置环境参数

在绘制 Sch 图之前时，熟悉环境参数设置及对绘图的影响，对深入、熟练地掌握 Protel 有很大的帮助。

设置环境参数是在 Preferences（环境参数选择）窗口中进行。进入 Preferences 窗口有 2 种方法。一是用鼠标左键单击主菜单中的 Tools 选项，再单击下拉菜单中最后一栏的 Sheet Preferences；二是用鼠标右键单击图纸绘图区任意处，在出现的浮动菜单中用鼠标左键单击 Preferences。

Preferences 窗口如图 2.55 所示。它由 Schematic（原理图）选项卡、Graphical Editing（图形编辑）选项卡、Default Primitives（默认初始值）选项卡和 Orcad SDT Options（Orcad 选择）选项卡组成。

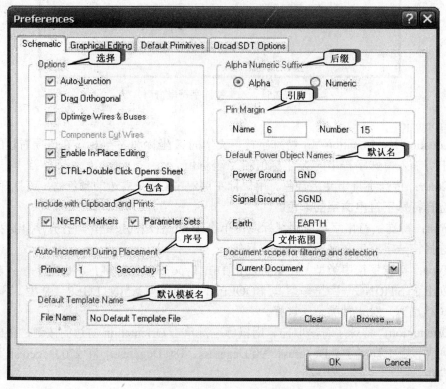

图 2.55　Preferences 窗口

（1）Schematic 选项卡。

① Options。

● Auto-Junction：自动放置节点。

该项的选择与否决定了在使用 Wiring 工具条中的导线工具布线时，在导线 T 型相交处是否自动放置节点。自动放置的节点与人工放置的节点不同，前者会随着 T 型相交的撤销而自动消失，后者必须用人式方式删除。T 型相交效果如图 2.56 所示。

● Drag-Orthogonal：动态拖曳。

Drag-Orthogonal 中的 Orthogonal 不能理解为"正交"的意思，它真正的含义是选中该项后，在用鼠标上下或左右拖动（Drag）Sch 图中的器件符号时，与该器件相连的导线将保持原来的连线角度不变。如图 2.57 所示的左图是原图，右上图是选中 Drag-Orthogonal 后向右拖动元件后的效果，右下图是未选中 Drag-Orthogonal 后向左右拖动元件后的效果。可见，若未选中 Drag-Orthogonal，拖动元件后，元件与外接导线的角度发生了变化。

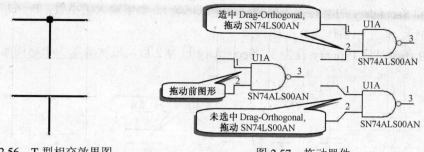

图 2.56　T 型相交效果图　　　　　　图 2.57　拖动器件

- Optimize Wires & Buses：优化导线布线。

若选中该项，在图纸上布导线或总线时，将按照系统的优化布线方案走线。

若未选中该项，在布线时，将完全按照用户的要求布线。

- Components Cut Wires：

若选中该项，把元、器件放置在导线上时，元、器件将把导线切断，并替代导线嵌在线路中。

若未选中该项，当把元、器件放置在导线上时，元、器件将与导线并联在一起。

剪切导线效果如图 2.58 所示。

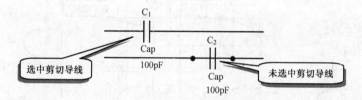

图 2.58　剪切导线效果图

- Enable In-Place Editing：使能在位编辑。选择该项后，可直接对图纸中的文本进行编辑，而不需打开文本对话窗口。
- Ctrl+Double Click Opens Sheet：

若选中该项，按下 Ctrl 键的同时，用鼠标左键双击上层图纸中的图纸矩形符号，将打开图纸矩形符号所对应的底层图纸。若只用鼠标左键双击上层图纸中的图纸矩形符号，则将打开矩形符号属性编辑窗口。

若未选中该项，则效果正好与选中该项的效果相反。

注：该选项无明显选择效果。

② Auto-Increment During Placement。Auto-Increment During Placement：放置元、器件时，自动增加元、器件的序号，以保证在同一张图纸中元、器件的序号不重号。

- Primary：首要序号。

Primary 用于设置在放置器件时，器件序号的递增量。如果 Primary 的值为 1，则器件的序号为 U1、U2、……；如果值为 2，则器件的序号为 U1、U3、……。

在设计器件的 Sch 库文件中，放置引脚时，引脚编号的递增量也由 Primary 的设置值决定。

- Secondary：次要序号。

在设计器件的 Sch 库文件中，放置引脚时，引脚名如果是数字，则放置引脚时该数字的递增量由 Secondary 的设置值决定。

Primary 和 Secondary 的值必须为整数（可正、可负），如果输入了小数，Protel DXP 2004 不提示出现错误，但把小数作为 0 处理。

如图 2.59 所示是将 Primary 设为 1，Secondary 设为 2 后，依次放置 3 个相同元件和引脚编号示意图。

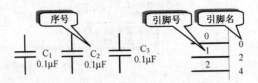

图 2.59　元、器件及引脚编号示意图

③ Alpha Numeric Suffix。Alpha Numeric Suffix 确定多部件器件的后缀标注类型。

- Alpha：后缀用大写英文字母 A、B、C、……表示。
- Numeric：后缀用阿拉伯数字 1、2、3……表示。

一个芯片中集成了多个单元电路的器件被称为多部件器件。比如，74LS00 内含有 4 个 2 输入 1 输出与非门，它就是一个多部件器件。假设器件的序号为 U1，分别选择字母和数字作为区分同一器件不同部件，即元、器件后缀如图 2.60 所示。

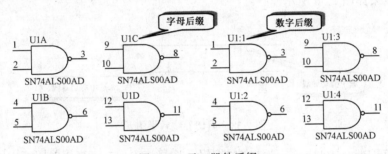

图 2.60　元、器件后缀

注意：选中 Alpha 或 Numeric 后，所有打开的 Sch 文件中的多部件器件的后缀都将随之改变。

④ Pin Margin。Pin Margin 是指引脚属性间距。

- Name：引脚名。

元、器件引脚只有向外的端点具有电气特性，而向内的端点没有电气特性。
该选择项就是设置器件引脚名与引脚非电气端点之间的间距，默认值是 6mil，在文本框内输入数字即可改变间距。

- Number：引脚号。

设置器件引脚编号与引脚非电气端点之间的间隔，系统默认值分别是 15mil，在文本框内输入数字即可改变间距。如图 2.61 所示为引脚名与引脚号。

⑤ Default Power Object Name。Default Power Object Name 指的是系统默认接地符号的名称。

- Power Ground：电源地。

设置电源地的网络名称，默认值为 GND。

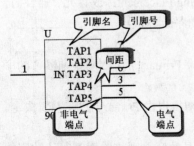

图 2.61　引脚名与引脚号

- Signal Ground：信号地。

设置信号地的网络名称，默认值为 SGND。

- Earth：大地。

设置大地的网络名称，默认值为 EARTH。

⑥ Default Template Name。Default Template Name 指的是默认模板名。

设置默认模板路径和名称。文本框中如果是 No Default Template File 字样，则表明用户未指定 Sch 模板，Protel DXP 2004 将按默认模板添加 Sch 图。单击 Browse... 按钮，可选择模板路径和扩展名为.dot 的模板文件。确认后，上述文本框内将显示指定模板名称。单击 Clear 按钮，可清除指定模板。

（2）Graphical Editing。Graphical Editing（图形编辑）选项卡如图 2.62 所示。

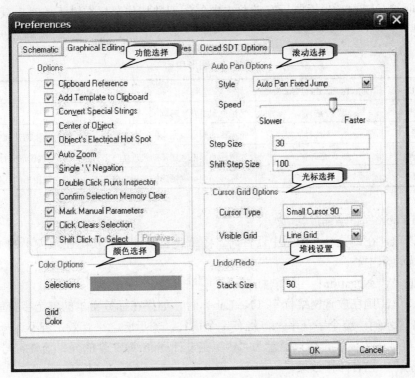

图 2.62　Graphical Editing 选项卡

① Options。

- Clipboard Reference：剪贴板参照。

若选中该项，执行 Cut（剪切）或 Copy（复制）命令后，不能立即将所选图形放在剪贴板上，还需用鼠标左键单击已选中的图形符号（选择参考点），方可执行上述命令。若未选中该项，在执行上述命令时，不需鼠标操作配合，系统执行命令时以光标所处位置为剪切或复制的参考点。如果这时光标离选中的图形远的话，执行粘贴命令时，光标离图形也远。

- Add Template to Clipboard：添加模板到剪贴板。

若选中该项，执行剪切或复制命令时，图纸中被选中的图形和图纸模板都被复制到剪贴板上。如果你想在其他文字或图形处理软件中粘贴剪贴板上的图形时，你所看到的是带有 Sch 模板和所选的图形。如果只想把 Sch 图纸中的图形复制到其他地方时，应取消该项的选择。

- Covert Special Strings：转换特殊字符串。

若选中该项，文本框中的特殊字符串将被转换为相应的真实值，否则将显示为字符串名。

比如，文本框中特殊字符串的名称为 CurrentTime，若选择了 Covert Special Strings，则文本被显示放置文本的时间（22:47:49），否则显示为（=CurrentTime）。

- Center of Object：图形中心。

若选中该项，当用鼠标左键单击非电气图形并按住鼠标左键不放时，光标将自动跳到该图形的几何中心上。

- Object's Electrical Hot Spot：图形电气热点。

若选中该项，当用鼠标左键单击电气图形并按住鼠标左键不放时，光标将自动跳转到离单击位置最近的该图形的电气节点上。否则，光标将跳转到图形的电气参考点上。

以上两项相互影响，当用鼠标左键单击电气图形并按住鼠标左键不放时，其组成效果如表 2.2 所示。

表 2.2　图形中心

Center of Object	Object's Electrical Hot Spot	效　果
不选择	不选择	光标位置不发生移动
选择	不选择	光标移动到电气图形的电气参考点上或非电气图形的几何中心上
不选择	选择	光标移动到电气图形的最近电气节点上，非电气图形光标不移动
选择	选择	光标移动到电气图形的最近电气节点上或非电气图形的几何中心上

- Auto Zoom：自动缩放。

若选中该项，在浏览 Sch 图纸中器件时，图纸将自动缩放到实际图纸大小的 150%，并以选中的器件为显示中心。

- Single "\" Negation：用单斜杠表示低电平有效。

若选中该项，则在放置网络标签（NetLab）时，如果在标签文本的整个字符串前加 1 个 "\"，那么在显示时，整个字符串上方将有 1 个横杠，表示低电平有效。若不选择该项，则插入的 "\" 不再显示为横杠，而只显示为 "\"。在设计 Sch 库文件的元、器件符号时，该选项对引脚名的字符串也有同样效果。

为表示低电平有效，也可在每个字符符号后加 1 个 "\"。则在显示该字符时，上方将有 1 个横杠，若想将 1 个字符串的部分字符表示为低电平有效，则这部分的每个字符后都应添 1 个 "\"。其显示效果如表 2.3 所示。

表 2.3　低电平有效

电气标签文本内容	显示效果
\Enable	$\overline{Enable}$
E\nable	$\overline{E}nable$
U\p\/Down	$\overline{Up}/Down$
Up/D\o\w\n\	$Up/\overline{Down}$

- **Double Click Runs Inspector**：双击运行浏览器窗口。

若选中该项，用鼠标左键双击图形时，将弹出 Inspector（浏览器）窗口，如图 2.63 所示。在该窗口中，图形属性是以表格的形式列举出来，设计者可对属性进行修改。

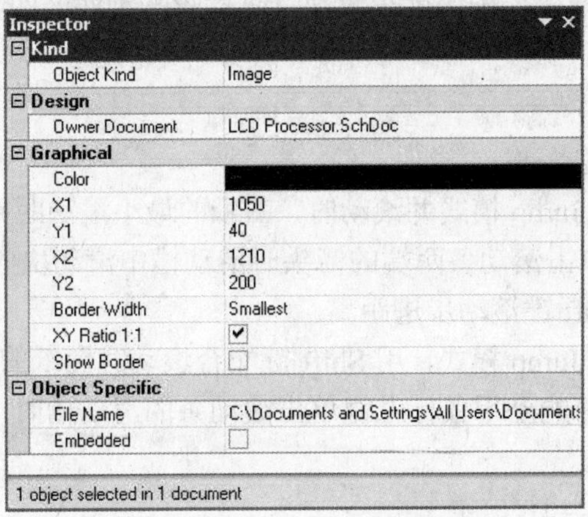

图 2.63 "Inspector" 窗口

若未选中该项，当用鼠标左键双击图形时，将弹出图形属性编辑窗口（参见 2.3.6 节）。

- **Confirm Selection Memory Clear**：确认选择存储器清零。

若选中该项，在向存储器存放内容时，若存储器内已保存有内容，则给出提示，请用户确认是否将原有内容清除。

若未选中该项，则不给出提示，而是直接将原内容清除，再存储新的内容。

- **Click Clear Selection**：单击清除选择。

若选中该项，当某部分图形处于选中状态时，用鼠标左键单击选中图纸任一点，将清除图形的选择。若在选中某图形后，再对图纸中其他部分进行选择，则原来处于选中状态的部分将被清除。

若未选中该项，要清除图形的选中状态时，需要用 Deselect 命令。若在选中某图形后，对图纸中的另一部分进行选择，则原来处于选中状态的部分将不会被清除。

- **Shift Click To Select**：快捷组合选择。

若选中该项，在按 Shift 键的同时，用鼠标左键单击图形，该图形就处于选中状态。

若未选中该项，用鼠标左键单击某图形，该图形就处于选中状态。

② Color Options。

- **Selections**：被选中图形。在 Selections 右边颜色框中的颜色为图形被选中时所呈现的颜色，默认为绿色。用鼠标左键双击颜色框，将出现调色板，在调色板中可选择不同的颜色。
- **Grid Color**：Grid Color 右边颜色框中的颜色为可视网格的颜色，默认为淡灰色。用鼠标左键双击颜色框，将出现调色板，在调色板中可选择不同的颜色。

③ Auto Pan Options。Auto Pan Options 是自动滚动参数设置。当图纸大于显示区时，需要滚动图纸才能找到指定区域。自动滚动是指不使用滚动条，可使图纸上下、左右滚动。

- **Style**：滚动方式。

Auto Pan Off：关闭自动滚动。

Auto Pan Fixed Jump：按固定距离自动滚动。

Auto Pan Recenter：按新中心自动滚动。

按住鼠标左键并拖动鼠标到显示区边沿。如果 Style 为 Auto Pan Off 模式，则图纸不滚动。如果 Style 为 Auto Pan Fixed Jump 模式，则图纸将滚动，并将光标保持在显示区边沿。如果 Style 为 Auto Pan Recenter 模式，则图纸将滚动，光标将跳到新的图形区中心。

- Speed：滚动速度。

调整自动滚动的速度。

- Step Size：滚动步进距离。

设置为 Auto Pan Fixed Jump 模式并滚动时，图纸的最小滚动距离，默认值是 30 mil。Step Size 还影响到用鼠标左键单击滚动条两端的箭头时滑动槽中滑动块的最小移动距离。

- Shift Step Size：Shift 键滚动步进距离。

设置为 Auto Pan Fixed Jump 模式，用 Shift 键配合滚动时图纸的最小滚动距离，默认值是 100 mil。Shift Step Size 还影响到用鼠标左键单击滚动条的滑动槽时，滑动块的最小移动距离。

④ Cursor Grid Options。

- Cursor Type：光标类型。

系统提供了 3 种光标以供选择，它们分别是 Large Cursor 90（大十字 90°光标，十字光标贯穿整张图纸），Small Cursor 90（小十字 90°光标），Small Cursor 45（斜十字 45°光标）。3 种光标示意图如图 2.64 所示。

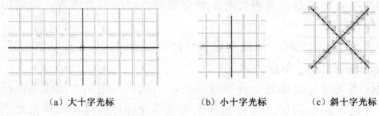

（a）大十字光标　　　　　（b）小十字光标　　　　　（c）斜十字光标

图 2.64　3 种光标示意图

- Visible Grid：可视网格。

共有线状（line）网格和点状（dot）网格 2 种可视网格可供选择。

⑤ Undo/Redo。

- Stack Size：设置撤销/恢复操作的堆栈深度（步数），默认值为 50。堆栈深度越深，所占用的内存就越多。

（3）Default Primitives（默认初始值）选项卡。在 Default Primitives（默认初始值）选项卡中，可以对 Wiring 和 Drawing 工具条中的各种工具进行参数编辑，编辑后的参数就作为系统对这些图形的默认值。当放置这些图形时，以新的默认值为准。

2.3.3　浏览 Sch 库文件

Protel DXP 2004 提供了丰富的 Sch 元件库文件，在画 Sch 图时，常用器件的符号都能在这些库文件中找到。在画 Sch 图前，应先添加 Sch 库文件以供调用器件符号之用。

Protel DXP 2004 自带的 Sch 库文件的扩展名为 Intlib，默认的 Sch 库文件是 Miscellaneous Devices.IntLib 库文件。在这个库文件中，能找到常用的分立元、器件的图形符号，如电阻、电容、电感、二极管、晶体管等。

浏览 Sch 库文件步骤如下。

（1）打开 Libraries 窗口。用鼠标左键单击主菜单中的 Design，再单击下拉菜单中的 Brsowe Library，将打开如图 2.65 所示的"Libraries"窗口。

窗口主要由元、器件库名，元、器件名称，元、器件符号，元、器件参数和元、器件的 PCB 封装等组成。

（2）选择 Sch 库类型。

Sch 库文件扩展名为 IntLib。

用鼠标左键单击元、器件库名右边的按钮，将弹出下拉列表。在列表中列出的是已添加在管理器中的 Sch 库文件名。

用鼠标左键单击列表中的元、器件库名，该库的所有元、器件清单将列在器件栏中。

（3）选择器件。用鼠标拖动器件栏右边的滚动条，可以游览库中的所有器件。

在器件栏中选定了某器件后，该器件的 Sch 符号栏及 PCB 封装将分别显示在器件符号栏和 PCB 封装栏。

如图 2.65 所示的是 Miscellaneous Devices.IntLib 库文件，选中的器件是 XTAL（晶体）。

2.3.4　添加 Sch 库文件

Protel DXP 2004 提供的 Sch 库文件是以世界著名电子器件生产厂商名称为文件夹。这些电子器件生产厂商有 Analog Devices、Altera、Atmel、Lattice Semiconductor 、 Maxim 、 Motorola 、 National

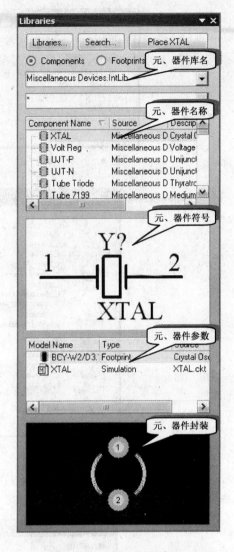

图 2.65　"Libraries"窗口

Semiconductor、Texas Instruments、Xilinx 等公司。Protel DXP 2004 提供的电子器件生产厂商比 Protel 99 SE 所提供的要少，像著名的 AMD、Intel 和 Phlips 公司就不在其中。Protel 99 SE 的 Sch 库文件是以数据库的形式（Ddb）包装的，不能被 Protel DXP 2004 直接调用。但是由于 Protel DXP 2004 同时支持 SchLib 和 Lib 库文件，因此将 Protel 99 SE 的库文件解包后得到的 Lib 库文件就可添加到 Protel DXP 2004 的库文件之中。

在众多的 Sch 库文件中，常用的数字集成电路可以在 Texas Instruments 公司的库文件中找到，常用的单片机可以在 Intel 公司的库文件中找到，常用的可编程器件可以在 Altera 、Lattice 和 Xilinx 公司的库文件中找到。

添加库文件步骤如下。

（1）打开 Add Remove Libraries 窗口。用鼠标左键单击主菜单中的 Design，再单击下拉菜单中的 Add\Remove Library，将打开如图 2.66 所示的"Add/Remove Libraries"窗口。

（2）打开 Libraries 窗口。用鼠标左键单击如图 2.66 所示窗口中的 Install... 按钮，将打开如图 2.67 所示的"库文件选择"窗口。在此窗口中，共列出了 52 家公司提供的元、器件库文件。

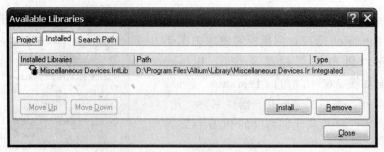

图 2.66   "Add/Remove Libraries" 窗口

图 2.67   "库文件选择" 窗口

（3）选择库文件。用鼠标左键双击某家公司的文件夹，将出现该公司所提供的所有 Sch 库文件。比如，打开 TI 公司的文件夹，将出现如图 2.68 所示的 "TI 公司的 Sch 库文件" 窗口。

图 2.68   "TI 公司 Sch 库文件" 窗口

用鼠标左键双击某库文件名，将回到如图 2.66 所示的窗口，该库文件名就出现在该窗口中，表示该库已被装入。

如果要移除某库文件，只需在如图 2.66 所示的窗口中选定某一库文件，再用鼠标左键单击 [Remove] 按钮，就可将该库文件从管理器中移除。

2.3.5 绘制 Sch 图

绘制 Sch 图所使用的工具和方法如下。

（1）Wiring 工具箱。绘制 Sch 图时，主要用到的是 Wiring 工具箱中的各种工具，这些工具都具有电气特性。Wiring 工具箱中可以条状的形式嵌入系统窗口上部，也可以成浮动窗口的形式。2 种形式的 Wiring 工具箱如图 2.69（a）、（b）所示。

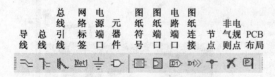

（a）条形 Wiring 工具箱

（b）窗口形 Wiring 工具箱

图 2.69　2 种形式的 Wiring 工具箱

（2）绘制 Sch 图。绘制 Sch 图要以元、器件为核心进行布局，再连接导线和端口。一般绘制顺序如图 2.70 所示。

① 放置元、器件。

- 用鼠标左键单击 Wiring 工具条中的 ▷ 图标，将出现如图 2.71 所示的"Place Part"（放置器件）窗口。

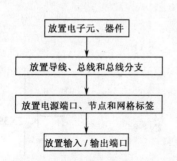

图 2.70　绘制 Sch 图的一般顺序

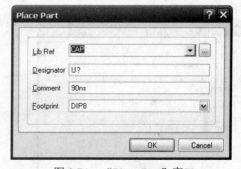

图 2.71　"Place Part"窗口

- 用鼠标左键单击 Lib Ref 后的 ▢ 按钮，将出现如图 2.72 所示的"Libraries"窗口。
- 用鼠标左键单击元、器件名称，该元、器件名称将处于高亮状态，同时，相应的图形符号和封装形式也出现在右边的窗口中。
- 选中某元、器件后，用鼠标左键单击 Libraries 窗口中的 [OK] 按钮，返回到如图 2.71 所示的窗口。但窗口中的数据已被所选中元、器件的数据所替换，如图 2.73 所示。
- 用鼠标左键单击"Place Part"窗口中的 [OK] 按钮，图纸上将出现带有十字形状的光标，且附有随光标移动的所要放置元、器件的虚线图形符号。移动光标到合适位置，单击鼠标左键就可将元、器件放置在指定位置上，且虚线变为实线。

如图 2.74 所示为放置晶体管 2N3904 前、后的情况。

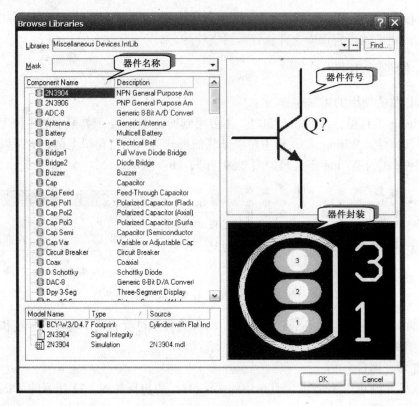

图 2.72　"Libraries"窗口

图 2.73　"Place Part"窗口

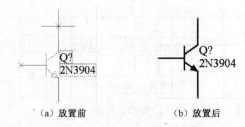

（a）放置前　　　　（b）放置后

图 2.74　放置晶体管前、后的情况

- 在放置了第 1 个元、器件后，同样元、器件的符号又出现在光标上。如果要重复放置同一种元、器件，继续单击鼠标左键即可。如果要终止放置该元、器件，单击鼠标右键即可。

在 Place Part 窗口中，Lib Ref 右边文本框中的字样是器件名称。

在 Designator 栏内录入元、器件的编号，字母表示元、器件类型，阿拉伯数字表示同类元、器件的不同序号。在对元、器件进行标注时，常用字母 R 表示电阻、L 表示电感、C 表示电容、T 表示变压器、D 表示二极管、Q 表示晶体管、U 表示集成电路，默认的元、器件编号的序号是问号。如果在环境参数设置中将 Auto-Increment During Placement 下的 Primary 设为 1，用户在对第 1 个元、器件给出序号后，再放置同类元、器件时，序号将自动递增。

在 Comment 栏内标注元、器件的名称或标称值。

在 Footprint 栏内录入的是元、器件在 PCB 文件中对应的电路封装形号，常用的 PCB 电路封装型号是：电阻—AXIAL0.4、电容—RAD0.1、集成电路—DIP-××等。

在放置器件时，经常需要旋转元、器件。用鼠标左键单击元、器件并按住左键不放，按动键盘上的空格键，元、器件就按逆时针方向 90°作步进旋转。如图 2.75 所示为对图 2.74 晶体管的旋转效果图。

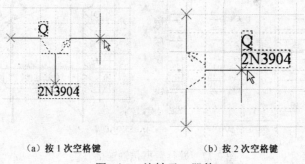

（a）按 1 次空格键　　　　　　　（b）按 2 次空格键

图 2.75　旋转元、器件

如果所装载的库文件中没有所需要的元、器件，则应先添加元件库，再从新添加的库中寻找器件。

② 查找元、器件。如果知道元、器件名称，但不知在哪一个库中，则可在 Place Part 窗口的 Lib Ref 后的文本框中录入所要查找的元、器件名，再用鼠标左键单击 OK 按钮就可查找所需要的元、器件。

通过元、器件名查找元、器件，只能在库管理器中查找。如果找不到所要找的元、器件，将出现如图 2.76 所示的"出错提示"对话框以提醒使用者。

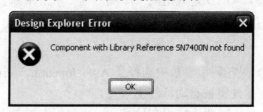

图 2.76　"出错提示"对话框

③ 制导线、总线、总线分支和网络标签。

- 绘制导线。用鼠标左键单击 ≈ 图标，光标变为十字形状。移动光标到适当位置，单击鼠标左键确定导线的起点。沿需要放置导线的路径移动鼠标，并在导线转弯处或终点处单击鼠标左键，以确定转折点或终点。单击鼠标右键可终止绘制该段导线，双击鼠标右键可终止绘制导线操作。
- 绘制总线。单击 ⊦ 图标即可绘制总线。其方法与绘制导线完全一样，不同的是总线比导线粗一些。
- 绘制总线引线。总线是形式上的多路导线，当总线与导线或元、器件引脚连接时，必须使用总线引线。

单击 ⊾ 图标，即可绘制总线引线。总线引线默认倾角为向右倾斜 45°，长度为 $10\sqrt{2}$ mil。若需要向左倾斜 45°的总线引线时，可用旋转角度的方法来实现。总线引线的旋转方法与元、器件的旋转方法完全相同。

在画并行数据传输线时，用总线连接比用导线连接更显示出图形的简洁，如图 2.77 所示是采用导线连接和总线连接传输并行数据的 Sch 图。在图纸中，并行数据传输线越多，总线的优势就越明显。

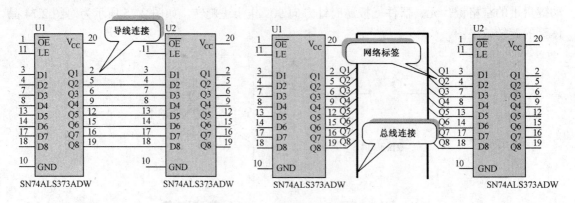

图 2.77　并行数据传输连接方式

④ 放置网络标签。当元、器件端口通过总线形式相连后，为了区分各引脚的具体连接关系，必须在总线的引线上放置网络标签。同名网络标签的电气符号处于同一网络中，且具有电气连接关系。Protel DXP 2004 在将 Sch 图转换为 PCB 图时，总线将被自动分为多根单导线，并按网络标签名称将各引脚的导线连接好。

单击 Net 图标，可放置网络标签。网络标签是一个电气连接点，所有具有相同网络名称的导线、引脚都处于同一网络。

⑤ 放置电源/地端点。用鼠标左键单击图标 ，即可放置电源和接地端点。

在 Protel 软件中，V_{CC} 和 GND 是共用同一个图标 。单击图标 后，光标变为十字形状，并带有 V_{CC} 符号。移动光标到适当位置，单击鼠标左键即可放置 V_{CC} 和 GND，单击右键可终止放置操作。

⑥ 放置电路节点。如果在环境参数中选择了 Auto-Junction，则在绘制导线时，若出现导线 T 型连接方式，在该连接处将被自动标注上节点。

在导线十字交叉处，如果需要连接相交导线，可用鼠标左键单击 图标，放置节点。

⑦ 放置输入/输出端口。用鼠标左键单击 图标，可放置 I/O 端口。放置 I/O 端口时，先单击鼠标左键确定端口起点，再移动鼠标到合适位置单击鼠标左键以确定端口终点。单击鼠标右键即可取消放置端口操作。

如图 2.78 所示是电路图中几种常用图形符号的示例。

从主菜单 Place 下拉菜单中也可以调用上述各种绘图工具。

如果关掉了 Wiring 工具条，只需从系统菜单的 View 项下的 Toolbars 的下拉菜单中选中 Wiring，在界面上即可出现 Wiring 工具条。

2.3.6　编辑 Sch 图

初步画好 Sch 图后，通常需要对图形的重要参数进行修改，对图形位置进行适当调整。标注参数可增加图纸的可读性和完整性，调整位置可使得图形布局更加合理、美观大方。

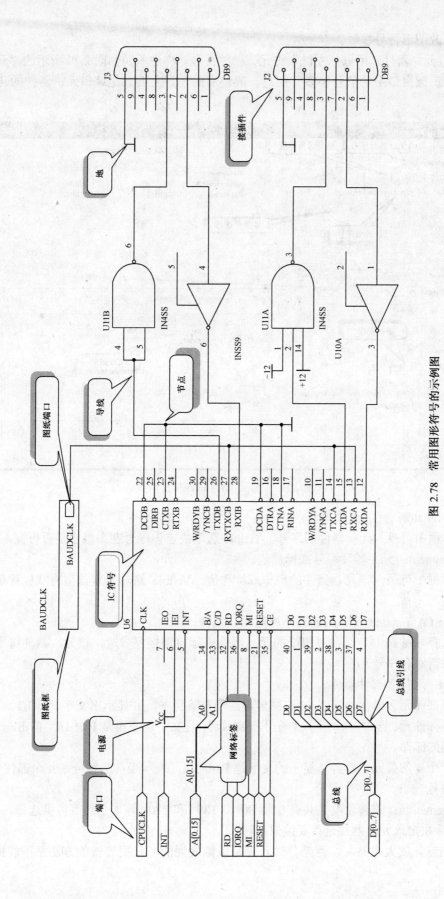

图 2.78　常用图形符号的示例图

（1）修改图形符号参数。

① 修改元、器件。用鼠标左键双击元、器件符号，将进入到如图 2.79 所示的"元、器件属性"窗口。该窗口中的信息很多，但对一般使用而言，主要只是编辑元、器件的几个重要参数。

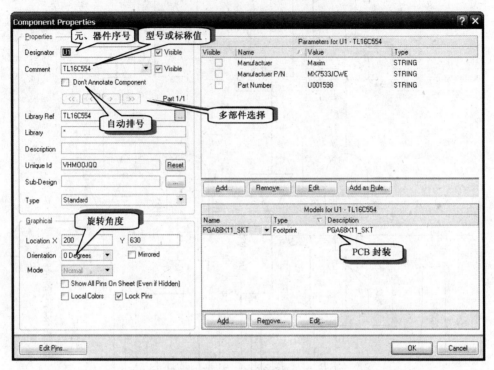

图 2.79　"元、器件属性"窗口

- Designator：元、器件序号。

在文本框中可录入元、器件的序号。Visible 选项决定该序号在图纸中是否可视。

- Comment：元、器件型号或标称值。

在文本框中可录入该元、器件的型号或标称值。Visible 选项决定该型号或标称值在图纸中是否可视。

- Don't Annotate Component：不标注元、器件。

若该选择项被选中后，在对图纸的元、器件进行自动排序号时，该元、器件将不参加序号排序并保留原有序号。

- Part：选择多部件器件。

若是单部件元、器件，《、〈、〉、》图形将处于灰暗状态，并显示出文字 Part 1/1。

若是多部件元、器件，《、〈、〉、》符号将被激活，且文字也不再是 Part 1/1。单击《、〈、〉、》，可选择不同的部件。

比如 1 个 4 部件元、器件，显示的文字是 Part 1/4，表示当前的符号是 4 个部件中的第 1 个部件的符号。

- Orientation：旋转角度。共有 0°、90°、180° 和 270° 等 4 个角度可供选择。Mirrored 选项决定该元、器件是否要镜像翻转。

在绘制差分放大电路时，两差分输入管是镜像放置的，只用旋转的方法是不能把一个晶体管放置为镜像的。

晶体管符号及相应的镜像符号如图 2.80 所示。

- Footprint：PCB 封装。Protel DXP 2004 在自动将 Sch 图转换为 PCB 图时，需要知道 Sch 图中每个元、器件在 PCB 图所对应的 PCB 封装，否则转换成 PCB 图后，缺少 PCB 封装的元、器件将丢失。修改 Footprint 的步骤在第 3 章讲解 PCB 知识时再详细讲授。

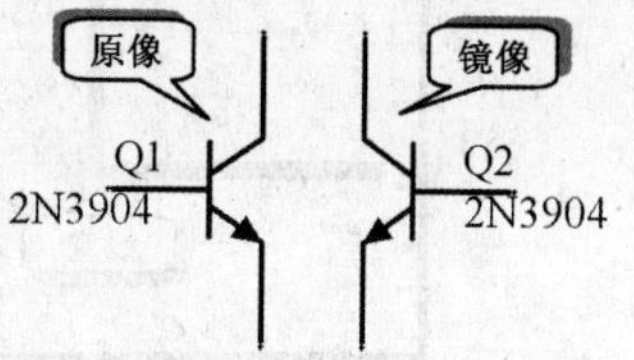

② 修改电源/地。用鼠标左键双击图纸中的 V_{CC} 图形符号，将出现如图 2.81 所示的 "Power Port" 窗口。

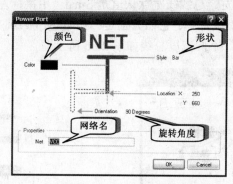

图 2.80　晶体管符号及镜像符号

- Color：颜色。用鼠标左键双击颜色框，可打开颜色窗口，从中选择所需颜色。
- Style：形状。移动鼠标到 Bar 文本上，在文本后面将出现一个向下箭头 ▾。用鼠标左键双击该箭头，将出现一个选择框，共有以下 7 种图形可供选择，如图 2.82 所示。

图 2.81　"Power Port" 窗口

Circle：圆圈。
Arrow：箭头。
Bar：横杠。
Wave：波浪。
Power Ground：电源地。
Signal Ground：信号地。
Earth：大地。

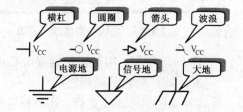

图 2.82　7 种图形

- Orientation：取向。选择图形旋转方向，共有 0°、90°、180° 和 270° 等 4 种可供选择。
- Net：网络名。默认的电源符号网络名是 V_{CC}，在文本框中可录入网络名。由图 2.75 可见，在前 4 种 V_{CC} 端口图形中，网络名都显示出来。3 种符号是接地符号，网络名不显示出来。在选择后 3 种接地符号时，应将其网络名改为 GND。

③ 修改导线参数。用鼠标左键双击图纸中的导线，即可出现 "导线参数修改" 窗口，如图 2.83 所示。

- Color：颜色。用鼠标左键双击 Color 右边的颜色框，可调出颜色窗口，进行颜色选择。默认颜色是深蓝色。
- Wire Width：导线线宽。导线线宽的默认值是 Small。用鼠标左键单击 ▾ 按钮，将出现下拉文本框，文本框提供了 4 种宽度选择，它们分别是：Smallest（最细），Small（细），Medium（中等）和 Large（宽）。不同宽度的导线如图 2.84 所示。

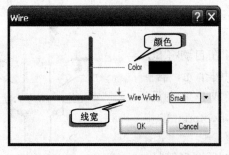

图 2.83 "导线参数修改"窗口

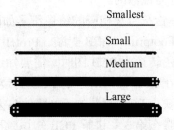

图 2.84 不同宽度的导线

设置好颜色和线宽后，用鼠标左键单击 OK 按钮，就可完成设置。

④ 修改总线参数。用鼠标左键双击图纸中的总线，可出现"总线参数修改"窗口，如图 2.85 所示。

- Bus Width：总线线宽。总线线宽默认值是 Smal。用鼠标左键单击 ▼，将出现下拉文本框，提供了 4 种宽度选择。它们分别是：Smallest（最细），Small（细）、Medium（中等）和 Large（宽）。不同宽度总线如图 2.86 所示。

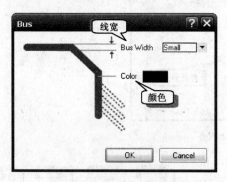

图 2.85 "总线参数修改"窗口

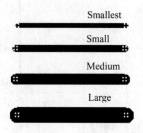

图 2.86 不同宽度总线

- Color：颜色。用鼠标左键双击 Color 右边的颜色框，即可调出颜色窗口，进行颜色选择。默认颜色是深蓝色。

设置好颜色和总线线宽后，用鼠标左键单击 OK 按钮，就可完成设置。

⑤ 修改总线引线。用鼠标左键双击图纸中的总线引线，可出现"总线引线参数修改"窗口，如图 2.87 所示。

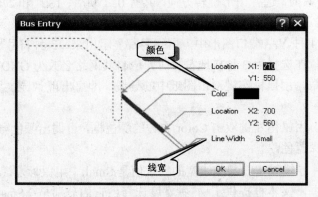

图 2.87 "总线引线参数修改"窗口

- Color：颜色。用鼠标左键双击 Color 右边的颜色框，可调出颜色窗口，进行颜色选择。默认颜色是深蓝色。
- Line Width：线宽。引线宽度默认值是 Small。用鼠标左键单击 ▾ 按钮，出现下拉文本框，提供了 4 种宽度选择。它们分别是：Smallest（最细）、Small（细）、Medium（中等）、Large（宽），如图 2.88 所示。

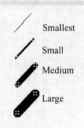

图 2.88　不同宽度的总线引线

如图2.87所示窗口中的两个Location是用于设置总线引线的两个端点，在 X1、Y1 和 X2、Y2 输入数字，可改变总线引线的位置。但通常不采用这种方法，而是用拖动图形的方法来达到改变总线引线位置的目的。

设置好颜色和线宽后，用鼠标左键单击 OK 按钮，就可完成设置。

⑥ 修改节点。用鼠标左键双击图纸中的节点，即可出现"节点参数修改"窗口，如图 2.89 所示。

- Color：颜色。用鼠标左键双击 Color 右边的颜色框，即可调出颜色窗口，进行颜色选择。默认颜色是深棕色。
- Size：尺寸。节点大小默认值是 Small。用鼠标左键单击 ▾ 按钮，将出现下拉文本框，提供了 4 种大小选择。它们分别是：Smallest（最小）、Small（稍大）、Medium（中等）、Large（大），如图 2.90 所示。

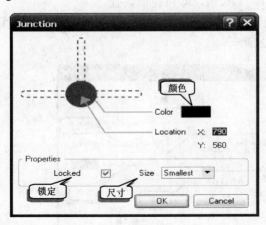

图 2.89　"节点参数修改"窗口

图 2.90　不同大小节点

- Locked：锁定。当选中该项后，节点为圆形，但中心是十字形，节点缩小到一定程度时，就只能见到十字而见不到圆。
- Location：位置。在如图 2.89 所示的 X、Y 右边的文本框中可输入数字，改变节点在图中的位置。但通常不采用这种方法，而是用拖动节点符号的方法来改变其位置。

设置参数后，用鼠标左键单击 OK 按钮，就可完成设置。

⑦ 修改标签参数。用鼠标左键双击图纸中的网络标签图形，即可出现"网格标签参数修改"窗口，如图 2.91 所示。

- Color：颜色。用鼠标左键双击 Color 右边的颜色框，就可调出颜色窗口，进行颜色选择。

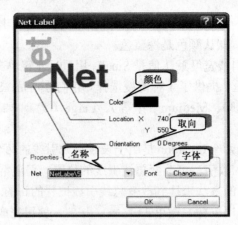

图 2.91　"网络标签参数修改"窗口

- Orientation：取向。用于确定标签的方向。共提供了 4 种方向选择，默认值为 0°。它们分别是：0°、90°、180° 和 270°
- Net：网络。在右边的文本框中可输入标签的网络名称。
- Font：字体。用鼠标左键单击 Change... 按钮，可调出"字体"窗口，对标签文本的字体、字号等进行设置。

设置参数后，用鼠标左键单击 OK 按钮，即可完成设置。

⑧ 修改输入/输出端口参数。用鼠标左键双击图纸中的输入/输出端口图形，就可打开"输入/输出端口参数修改"窗口，如图 2.92 所示。

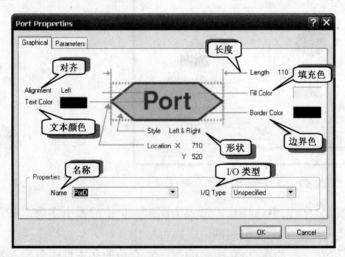

图 2.92　"输入/输出端口参数修改"窗口

- Length：长度。在右边的文本框中输入数字可改变端口的长度。
- Fill Color：填充颜色。用鼠标左键双击 Color 右边的颜色框，可调出颜色窗口，进行颜色选择，以决定端口内部的填充颜色。
- Board Color：边界颜色。用鼠标左键双击 Color 右边的颜色框，可调出颜色窗口，进行颜色选择，以改变端口边界线的颜色。
- Alignment：对齐方式，即指端口名称与端口框架的对齐方式。用鼠标左键单击 Alignment 右边的 ▼ 按钮，将出现下拉文本框，框中提供了 3 种对齐方式供选择，它们分别是：Left（左对齐），Center（中心对齐）和 Right（右对齐）。

- Text Color：文本颜色。用鼠标左键双击 Color 右边的颜色框，可调出颜色窗口，进行颜色选择，以确定端口名称的颜色。
- Style：端口形状。端口形状默认的是 Left Right。用鼠标左键单击 Style 右边的 ▼ 按钮，将出现下拉文本框，框中有 8 种端口形状可供选择。它们分别是：None（Horizontal 无方向），Left（向左），Right（向右），Left Right（左右两边），None（Vertical 纵向 无方向），Top（向上），Bottom（向下）和 Top-Bottom（上下）。如图 2.93 所示为不同方向的输入/输出端口。

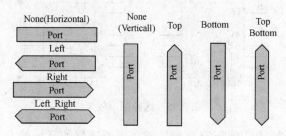

图 2.93　不同方向的输入/输出端口

- Name：端口名称。端口的默认值是 Port。在右边的文本框中可修改端口名称。
- I/O Type：I/O 类型。I/O 类型默认端口形式是 Unspecified。用鼠标左键单击 I/O Type 右边的 ▼ 按钮，将出现下拉文本框，框中有 4 种类型可供选择。它们分别是：Unspecified（未指定），Output（输出），Input（输入）和 Bidirectional（双向）。

设置参数后，用鼠标左键单击 ▭ OK ▭ 按钮，就可完成设置。

⑨ 修改图纸连接器。用鼠标左键双击图纸中的图纸连接器图形，就可出现其参数修改窗口，如图 2.94 所示。

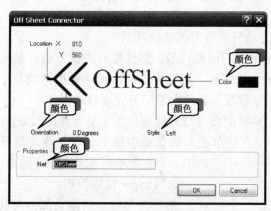

图 2.94　图纸连接器参数修改窗口

- Color：颜色。用鼠标左键双击 Color 右边的颜色框，即可调出颜色选择窗口，进行颜色选择。
- Orientation：取向，用于确定图纸连接器的方向。用鼠标左键单击 Orientation 右边的 ▼ 按钮，将出现下拉文本框，框中提供了 4 种方向可供选择。它们分别是：0°、90°、180° 和 270°。
- Style：类型。用鼠标左键单击 Style 右边的 ▼ 按钮，将出现下拉文本框，框中有两种类型可供选择。它们分别是：Left（向左）和 Right（向右）。

- **Net**：网络。在 Net 右边文本框中可修改端口的网络名称。

设置好参数后，用鼠标左键单击 [OK] 按钮，即可完成设置。

（2）选择、移动和旋转图形。

① 选择（Select）图形。用鼠标左键单击图纸中任一图形符号，该符号就被绿色虚线框所包围，表明该符号被选中。选择图形效果如图 2.95 所示。

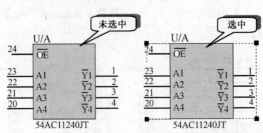

图 2.95　选择图形效果

如果要选择某个区域内的图形符号，只需在所要选择的区域的左上角按下鼠标左键，并向右下方拖动鼠标直到被选区域都在虚线框内为止，释放左键即可。

在环境参数设置中如果 Click Clear Selection 选项处于选中状态，在选择第 2 个图形时，第 1 个被选择图形的选中状态将被撤销。

如果要在图纸中选择多个分离的图形，则应先撤销 Click Clear Selection 选项的选中状态后再进行选择。

用鼠标左键单击被选图形中的任一处，即可撤销选择。

用鼠标左键单击窗口常用工具条中的 ⚒ 图标，可撤销大面积图形的选中状态。

② 移动（拖动）图形。改变图形的位置有两种方法：一是用 Move（移动）图形，二是拖动（Drag）图形。

- 快捷方法。快捷方法只支持对图形的移动。

用鼠标左键单击图纸中任一图形符号，按住鼠标左键不放，移动鼠标，图形就随光标移动。如果要移动某个区域内的图形，先选中这些图形，再像移动单个图形那样，就可移动选中的图形。移动图形到指定位置，释放左键即可完成移动操作。

注意：移动图形时，被移动部分与其他部分将完全分离，原来的连接关系将被破坏。

- 菜单方法。用鼠标左键单击系统菜单中的 Edit，并移动鼠标到 Move 栏，将出现如图 2.96 所示的 Move 菜单。

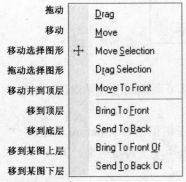

图 2.96　Move 菜单

a. Drag：拖动图形。

拖动图形时，被拖动部分与其他部分之间的电气连接关系仍将保持。为此，与被拖动部分相连导线类图形将自动进行调整来保证连线不断。

b. Move：移动图形。与快捷移动图形方法相同。

c. Move Selection：移动选择图形。移动处于选中状态的图形。

d. Drag Selection：拖动选择图形。拖动处于选中状态的图形。

e. Move To Front：移动图形，并将图形移至多个叠加图形的顶层。

f. Bring To Front：将图形移至多个叠加图形的顶层。

g. Send To Back：将图形移至多个叠加图形的底层。

h. Bring To Front Of：将图形移至另一个图形的上层。

i. Send To Back Of：将图形移至另一个图形的下层。

j. 移动、拖动图形的效果如图 2.97 所示。

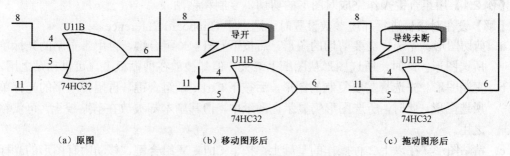

（a）原图　　　　　　　　（b）移动图形后　　　　　　　　（c）拖动图形后

图 2.97　移动、拖动图形的效果

③ 旋转图形。用鼠标左键单击单个图形，按住左键不放，同时按键盘上的空格键，就可转动所选图形。每按 1 次空格键，被选中的图形就逆时针转动 90°。

用鼠标左键双击图形，在图形参数修改窗口中的 Orientation 栏直接选择器件旋转角度，经确认后器件就按指定角度旋转。

图形旋转效果如图 2.98 所示。

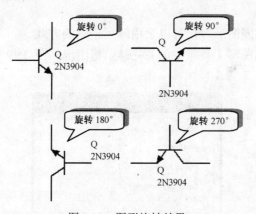

图 2.98　图形旋转效果

④ 调整线条长度。在调整好器件位置后，原来布线的长短或路径就可能不合适了，这是经常遇到的基本问题，为此要对线的长度进行调整。具体步骤如下。

• 用鼠标左键单击线条图形，线条将处于选中状态，并在线条的每个转折点上有 1 个绿色小方块。

• 用左键单击小方块，按下鼠标左键不放，并移动鼠标，线条的形状和长短就随之变化。

• 调整合适后，释放左键即可。

（3）剪切、复制和粘贴图形。剪切和复制命令需与环境参数设置中的 Clipboard Reference 选项和 Add Template to Clipboard 选项配合，请参考 2.2.1 节中有关这 2 个选项的阐述。

Protel DXP 2004 有 3 个地方可以找到对图形进行剪切、复制和粘贴的命令。

- 主菜单 Edit 下的 Cut、Copy、Paste、Rubber Stamp 和 Paste Array。
- 标准工具条中的 ✂ 🖹 🖺 🖺 图标和普通图工具条中的 ▦ 图标。
- Ctrl + X 、Ctrl + C 、Ctrl + V 和 Ctrl + R 组合键操作（Paste Array 不支持组合键操作）。

【例 2.1】用组合键操作完成对图形的剪切、复制和粘贴。

【解】设在对项目进行环境参数设置时，选中了 Clipboard Reference。

a. 剪切图形。先选择需要剪切的图形，后按下 Ctrl + X 组合键，再用带十字的光标单击所选图形。此时，所选图形从图纸上消失，但却被放在剪贴板上，可供粘贴之用。

b. 复制图形。先选择需要复制的图形，后按下 Ctrl + C 组合键，再用带十字的光标单击所选图形。此时，所选图形仍显示在图纸中，但其副本却被放在剪贴板上，可供粘贴之用。

c. 粘贴图形。在以上 2 种操作的基础上，按下 Ctrl + V 组合键，移动附有图形的光标到适当位置，单击鼠标左键即可将剪贴板的图形粘贴到指定位置。

d. 快捷粘贴图形。快捷粘贴图形是复制图形和粘贴图形的复合命令。执行快捷粘贴图形命令时不需要事先复制图形。

选择需要粘贴的图形，按下 Ctrl + R 组合键，用带十字的光标单击需要复制的图形。此时，所选图形被放在剪贴板上，并同时附着在光标上，这相当于按下了 Ctrl + C 和 Ctrl + V 组合键。移动附有图形的光标到适当位置，单击鼠标左键即可将剪贴板的图形粘贴到指定位置。

e. 阵列粘贴图形。

当需要将复制多份相同图形时，可以采用阵列粘贴的方式。

用鼠标左键单击普通图形工具条中的 ▦ 图标，将出现如图 2.99 所示的 "Setup Paste Array" 窗口。

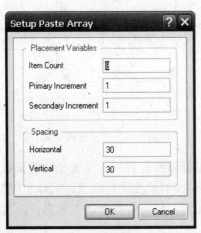

图 2.99　"Setup Paste Array" 窗口

（a）Item Count：粘贴数量。在右边的文本框中录入所要粘贴的图形数量。

（b）Primary Increment：主序号增量。在右边的文本框中录入所要粘贴图形的主序号增量。

（c）Secondary Increment：次序号增量。在右边的文本框中录入所要粘贴图形的次序号增量。

在设计器件的 Sch 库文件时，引脚名如果是数字，则粘贴引脚时该数字的递增量由 Secondary 的设置值决定。

（d）Horizontal：水平间隔。在 Horizontal 右边的文本框中录入所要粘贴图形的水平方向间隔距离，单位为 mil。如果间隔距离为正值，则图形从左向右展开；间隔距离为负值，则图形从右向左展开。

（e）Vertical：垂直间隔。在 Vertical 右边的文本框中录入所要粘贴图形的垂直方向间隔，单位为 mil。如果间隔距离为正值，则图形从下向上展开；间隔距离为负值，则图形从上向下展开。

用鼠标左键单击窗口中的 OK 按钮，将十字光标移动到适当位置，单击鼠标左键确定阵列图形的起点。如果仅 Horizontal 有值，将按指定的数量和间隔在水平方向粘贴图形。如果仅 Vertical 有值，将按指定的数量和间隔在垂直方向粘贴图形。如果 Horizontal 和 Vertical 都有值，则将沿某一斜线方向粘贴图形。

【例 2.2】在图纸某参考点向左上方阵列粘贴 4 个电阻，X 方向间隔为−30mil，Y 方向为 20mil，元件序号按 1 增加。

【解】阵列粘贴步骤如下：

a．在图纸中放置一个电阻 RES2，序号为 R1。

b．选择并复制电阻。

c．用鼠标左键单击普通图形工具条中的 图标。

d．在所出现的窗口中填入相关的数字。如图 2.100 所示为阵列粘贴参数设置。

e．用鼠标左键单击窗口中的 OK 按钮，在图纸上确定一个参考点。

f．在参考点处，单击鼠标左键，即得如图 2.101 所示的阵列粘贴效果。

图 2.100　阵列粘贴参数设置

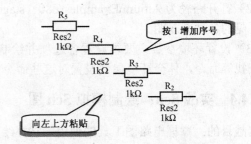

图 2.101　阵列粘贴效果

在阵列粘贴过程中，软件将记录最后一个图形的序号，再次阵列粘贴这种图形时，将以该序号为基础，按序号增量标注所粘贴图形的序号。如果在阵列粘贴过程中，对结果不满意的，可能会撤销粘贴后再重新粘贴，但这时图形的序号已记录在案，再次粘贴时将出现断号。要解决这个问题，要么重新复制图形再粘贴，要么用手工改序号。

2.4 实战 Sch 基础

2.4.1 实战 Sch：了解 Protel

实战目的：了解 Protel 的基本知识及应用。

实战内容：

（1）上网搜索有关 Protel 的知识，了解 Protel 的发展史和不同版本功能的异同。

（2）将搜索到的资料进行整理，并提交论文。

2.4.2 实战 Sch：熟悉 Sch 的工作环境

实战目的：掌握如何建立项目和 Sch 文件、如何设置图纸参数和环境参数，感受其效果。

实战内容：

（1）在 Windows 桌面上创建 1 个以自己名字命名的文件夹，打开 Protel DXP 2004，创建 1 个以自己名字命名的 PCB 项目，并将该项目保存在自己的文件夹中。

（2）创建 Sch 图纸，并设置图纸参数。要求对图纸的大小、取向进行设置。修改捕获网格、可视网格和电气网格。

（3）熟悉添加和移走 Sch 库文件的方法，浏览并熟悉常用库文件中的元件图形。

（4）设计 1 张 Sch 图纸，具体的参数如下：宽度为 750 mil；高度为 1000 mil；捕获网格为 4 mil；可视网格为 20 mil；电气网格为 2 mil；纸边宽度为 30 mil；X 方向分为 4 段；Y 方向分为 3 段边线；颜色为绿色；网格线为点状线；网格点的颜色为红色；被选中图形的颜色为紫色；图纸底色为淡黄色；光标为小十字 45°光标。

2.4.3 实战 Sch：掌握 Sch 的基本操作

实战目的：掌握设置环境参数、初步认识电路图工具和普通图工具。

实战内容：

（1）在 Windows 桌面上创建 1 个以自己名字命名的文件夹，打开 Protel DXP 2004，创建 1 个以自己名字命名的项目，并将该项目保存在创建的文件夹中（参考 2.2.3 节）。

（2）打开路径为 Altium\Examples\Z80（stages）下 Protel DXP 2004 自带的所有 Sch 图，了解常见的各种 Sch 图。

（3）设置环境参数。要求设置各选项并绘制图形，执行诸如图形选择、复制、移动、拖动、查找等命令，体会环境参数设置对这些命令的影响（参考 2.3.2 节的内容）。

2.4.4 实战 Sch：绘制模拟 Sch 图

实战目的：掌握电路图工具的使用，掌握绘制 Sch 图的方法。

实战内容：

（1）装载路径为 Altium\Library 下的库文件：Miscellaneous Connectors.IntLib、Miscellaneous Devices.IntLib、Texas Instruments\ TI Logic Gate 2.IntLib、Altera\Altera PLD MAX 7000.IntLib 浏览库文件中的器件（参考 2.3.3 节、2.3.4 节）。

（2）用电路图中的每个工具画图，并编辑每个图形的参数，查看参数设置对图形显示的影响（参考 2.3.5 节和 2.2.6 节）。

（3）绘制如图 S2.1 所示的模拟电路图。

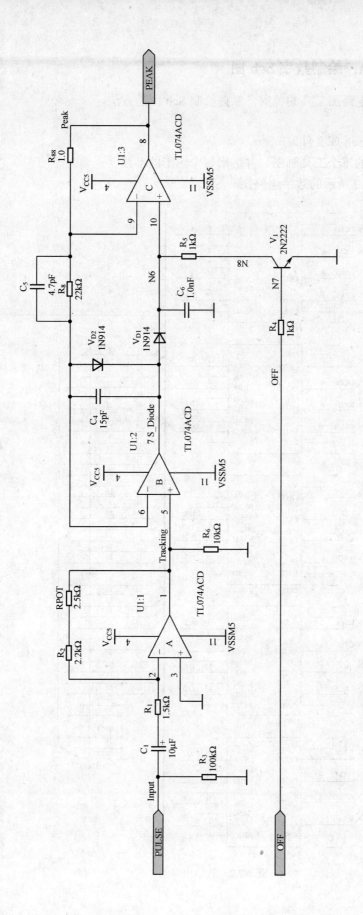

图 S2.1 模拟电路图

2.4.5 实战 Sch：绘制数字 Sch 图

实战目的： 掌握电路图工具的使用，掌握绘制 Sch 图的方法。

实战内容：

（1）装载相关的 Sch 库文件。

（2）用电路图中的每个工具画图，并编辑每个图形的参数。

（3）绘制如图 S2.2 所示的数字电路图。

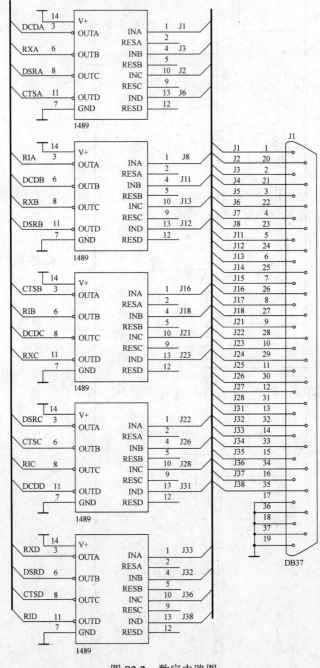

图 S2.2　数字电路图

习　题

[2.1]　如何安装或卸载 Protel DXP 2004？

[2.2]　如何设置备份文件的备份时间、份数、存放路径？

[2.3]　如何创建项目及 Sch 图？

[2.4]　进入图纸参数设置窗口 Document Options 有哪 3 种不同的方法？

[2.5]　在图纸参数设置中，哪些参数直接影响在图纸中放置具有电气特性的图形？

[2.6]　在环境参数设置中，哪些参数直接影响复制图形？其影响如何？

[2.7]　若要将图纸中的线状网格改为点状网格，需要如何设置？

[2.8]　如何浏览库文件和添加库文件？

[2.9]　当不知道 Sch 库文件、只知道器件型号时，如何添加该 Sch 库文件？

[2.10]　如何绘制和编辑总线、总线入口和电子标签？

单元测验题

1．选择题

（1）Protel DXP 2004 设计项目的扩展名是：

[A] PrjPcb　　　　　　[B] PrjGrp　　　　　　[C] Schdot

（2）Protel DXP 2004 Sch 图纸的扩展名是：

[A] PrjPCB　　　　　　[B] Schdoc　　　　　　[C] Schdot

（3）Protel DXP 2004 Sch 库文件的扩展名是：

[A] SchLib　　　　　　[B] Lib　　　　　　　　[C] Intlib

（4）绘制导线时使用如下哪一种工具？

[A] Line　　　　　　　[B] Wire　　　　　　　[C] Bus

（5）选择了 Auto-Junction 后，以下哪种情况在三线交点处会自动出现节点？

[A] 导线与导线相交　　[B] 导线与总线相交　　[C] 总线与总线分支相交

2．填空题

（1）在主菜单下方，有_____工具条，_____工具条，_____工具条，_____工具条和_____工具条。

（2）在_____窗口可以修改图纸参数，在_____窗口可以修改环境参数。

（3）放大图纸的快捷键是_____，缩小图纸的快捷键是_____。

（4）Protel 默认的长度计量单位是_____，100 单位的长度相当于_____mm。

（5）在 Sch 库文件中，如果某器件名前有 1 个"+"号，则表示该器件是 1 个_____器件，单击_____，可展开该器件的_____。

3. 简答题

（1）阐述 Move 图形和 Drag 图形之间的异同。

（2）阐述旋转器件图形的两种方法。

（3）阐述如何编辑低电平有效的电子标签。

（4）如何放置多部件器件中的不同部件？

第3章　Protel DXP 2004 电原理图设计进阶

要　　点

（1）掌握如何设计 Sch 库文件、层次 Sch 图、Sch 模板和结构图。

（2）掌握如何生成项目清单，使用任务管理器和打印图纸。

3.1　设计 Sch 元件库文件

虽然 Protel DXP 2004 为用户提供了许多 Sch 库文件，但新型器件在不断地出现，使得用户不得不自己制作具有电气特性的图形符号。创建新的或修改旧的图形符号都必须在 Sch 库文件编辑器中进行。

3.1.1　库文件图纸参数设置和环境参数设置

本节介绍图纸参数设置和环境参数设置。

（1）库文件图纸参数设置。

① Sch 库编辑器。用鼠标左键单击主菜单中 File 下的 New\Schematic Library 栏，就可创建 1 个扩展名为 SchLib 的 Sch 库文件。同时系统窗口也由 Sch 图设计窗口转换为库元件设计窗口，如图 3.1 所示。与 Sch 图设计窗口相比，库元件设计窗口的绘图区和绘图工具都发生了变化。

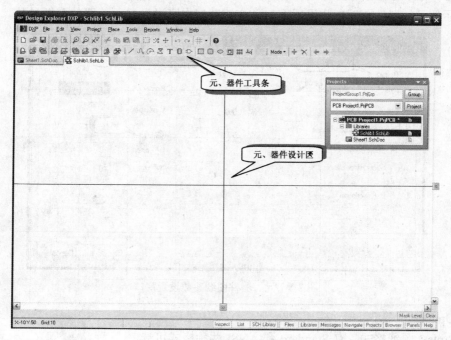

图 3.1　库元件设计窗口

- 有 1 个大十字线贯穿整个绘图区。十字中心是坐标原点，所设计的元、器件符号必须在十字中心附近。否则在放置该元件时，元件图形与光标之间的距离将过大。
- 绘图工具条改换成了元、器件工具条（Sch Lib Drawing）。

在绘图区任一处，单击鼠标右键，将出现如图 3.2 所示的浮动菜单。

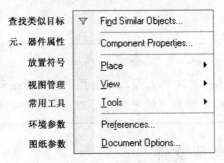

图 3.2　浮动菜单

- Find Similar Objects：查找相似目标。在图纸中查找相似目标，并自动调整图纸的大小，将所查找目标的图形与绘图区窗口适配。
- Component Properties：查看并编辑元、器件属性。
- Place：放置符号。即放置设计元、器件所需的基本元素符号。
- View：视图管理，包括图纸的缩放、工具条的开启与关闭、界面状态命令栏的开启与关闭、网格的开启与关闭等。
- Tools：工具，即对库进行操作的各种命令。
- Preferences：环境参数，即设置库元件编辑器的环境参数。
- Document Options：图纸参数。即设置元、器件图纸的参数。

② 元、器件图纸参数设置。用鼠标左键单击浮动菜单中的 Document Options，将出现如图 3.3 所示的元、器件图纸参数设置窗口，在该窗口中可以设置元、器件图纸参数。

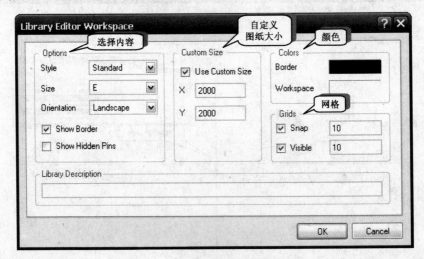

图 3.3　元、器件图纸参数设置窗口

- Options。
a. Style：图纸格式。有 Standard 和 ANSI 两种格式可选。

b．Size：尺寸大小。共提供了 A4、A3、A2、A1、A0、A、B、C、D、E、Letter、Legal、Tabloid、OrCAD A、OrCAD B、OrCAD C、OrCAD D 和 OrCAD E 等共 18 种标准图纸。

c．Orientation：图纸取向。图纸有"Landscape"和"Portrait"，即横向和纵向两种取向。

d．Show Border：显示边界。选择该项，将显示图纸的边界和十字中心线。

e．Show Hidden Pins：显示隐藏的引脚。在设计元、器件符号时，有些引脚在使用时是不可见的。比如，逻辑器件的电源引脚和接地引脚。Show Hidden Pins 能检查是否设计了这些引脚。

- Custom Size。Use Custom Size：用户自定义尺寸。X 为横向宽度；Y 为纵向高度，单位是 mil。
- Color。

a．Border：边界颜色。

b．Workspace：工作区底色。

双击文本右边的颜色区能打开调色板设置颜色。

- Grids。

a．Snap：捕获网格。选择是否需要捕获网格。在 Snap 右边的文本框中输入网格间距值。

b．Visible：可视网格。选择是否需要可视网格。在 Visible 右边的文本框中输入网格间距值。

（2）环境参数设置。库文件的环境参数设置与 Sch 图文件的环境参数设置的资源是共享的，只要在前面设置了 Sch 环境参数，这里就不需再重复设置。

此时，Sch 图的 Drawing 工具条所在的位置也被 Sch Lib Drawing 工具条所代替，且在原来的基础上新添了创建器件工具 、添加部件工具 和引脚绘制工具 。

在器件 Lib 文件的工作区单击鼠标右键，将出现如图 3.2 所示的浮动菜单。在该菜单的最下栏单击 Documents Options 和 Preferences，将分别出现库文件图纸参数编辑窗口和环境参数编辑窗口。

3.1.2　库元件编辑工具箱

在元件设计窗口中，工具箱是以条形出现的，如图 3.4（a）所示。用鼠标左键拖动条状工具箱，就可将它变为浮动工具箱，如图 3.4（b）所示。

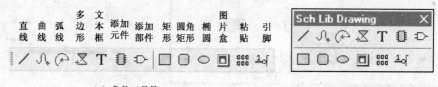

（a）条件工具箱　　　　　　　　　　　　（b）浮动工具箱

图 3.4　元、器件工具箱

╱：直线，用于绘直线。

⌁：曲线，用于绘曲线。

⌒：弧线，用于绘弧线。

⊠：多边形，用于绘多边形。

T：文本框，用于添加文字说明。

：元、器件，用于给出元、器件，添加新的元、器件。

：部件，用于给元、器件添加新的部件，从而成为多部件元、器件。

：矩形，用于绘矩形。

：圆角矩形，用于绘圆角矩形。

：椭圆，用于绘椭圆。

：图片盒，用于添加图片。

：阵列粘贴，用于阵列粘贴图形。

：引脚，用于绘制元、器件的引脚。

在以上所有工具中，只有引脚才具有电气特性。

3.1.3　放置与编辑图形

放置与编辑图形的方法如下。

（1）直线。

① 放置直线。用鼠标左键单击工具条中的 ／ 图标，屏幕上将出现带有十字光标的鼠标箭头。移动鼠标到图纸合适位置，单击鼠标左键，以确定直线的起点，再移动鼠标到合适位置，单击鼠标左键，以确定直线的终点。

② 编辑直线。用鼠标左键双击直线，将出现如图 3.5（a）所示的直线属性窗口，在此窗口中可对直线的线宽、线形和颜色进行修改。

- Line Width：线宽。用鼠标左键单击右边的 ▼ 按钮，将出现下拉文本框，框中提供了4 种宽度选择，它们分别是：Smallest（最细）、Small（细）、Medium（中等）、Large（宽）。
- Line Style：线型。用鼠标左键单击右边的 ▼ 按钮，将出现下拉文本框，框中提供了3 种线型，它们分别是：Solid（实线）、Dashed（点画线）和 Dotted（点状线）。3 种线型如图 3.5（b）所示。在这 3 种线型中，只有实线支持 4 种线宽。

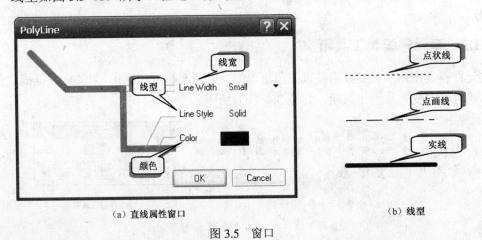

（a）直线属性窗口　　　　　　　　　　　　　　　（b）线型

图 3.5　窗口

- Color：导线颜色。用鼠标左键双击 Color 右边的颜色框，将打开调色板，可选择导线颜色。

（2）曲线。

① 放置曲线。用鼠标左键单击工具条中的 图标，屏幕上将出现带有十字光标的鼠标箭头。移动鼠标到图纸合适位置，单击鼠标左键，以确定曲线的起点。再移动鼠标到合适位置，

单击鼠标左键，以确定曲线的中间点。最后确定曲线终点。

② 编辑曲线。用鼠标左键双击曲线，将出现如图 3.6 所示的曲线属性窗口，在此窗口中可对曲线的线宽和颜色进行修改。

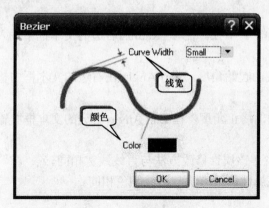

图 3.6　曲线属性窗口

- Curve width：曲线宽度。属性修改方法与直线相同。
- Color：颜色。属性修改方法与直线相同。

（3）弧线。

① 放置弧线。用鼠标左键单击工具条中的图标，屏幕上将出现带有十字光标的鼠标箭头。移动鼠标到图纸合适位置，单击鼠标左键，以确定弧线的中心点。此时，光标将自动跳转到中心的右侧，左、右移动光标并单击鼠标左键以确定圆弧的 X 轴半径长度；光标再自动跳转到中心的上方，上、下移动光标并单击鼠标左键以确定圆弧的 Y 轴半径长度；光标再自动跳转到圆弧的起点，移动光标并单击鼠标左键以确定圆弧起点；光标自动跳转到圆弧的终点，移动光标并单击鼠标左键以确定圆弧终点。

② 编辑弧线。用鼠标左键双击弧线，将出现如图 3.7 所示的弧线属性窗口，在此窗口中可对弧线的弧心坐标、半径、宽度、颜色、起始角和终止角进行修改。

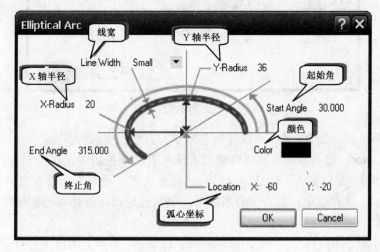

图 3.7　弧线属性窗口

- **Location**：弧心坐标。在 Location 右边的 X 和 Y 所对应的文本框中输入数字就可改变弧心的坐标。
- **X-Radius**：弧线的 X 半径。在 X-Radius 右边的文本框中输入数字就可改变弧线的 X 半径。
- **Y- Radius**：弧线的 Y 半径。在 Y- Radius 右边的文本框中输入数字就可改变弧线的 Y 半径。
- **Start Angle**：弧线的起始角度。Start Angle 在右边的文本框中输入数字就可改变弧线的起始角度。
- **End Angle**：弧线的终止角度。在 End Angle 右边的文本框中输入数字就可改变弧线的终止角度。
- **Line Width**：线宽。该属性修改方法与直线线宽相同。
- **Color**：颜色。该属性修改方法与直线颜色相同。

（4）多边形。

① 放置多边形。用鼠标左键单击工具条中的 图标，屏幕上将出现带有十字光标的鼠标箭头。移动鼠标到图纸的合适位置，单击鼠标左键，以确定多边形的一个顶点。再移动鼠标到合适位置确定多边形的另一个顶点，……，最后得到所需要的多边形虚线框。单击鼠标右键，虚线框变为实心的多边形。

② 编辑多边形。用鼠标左键双击多边形，将出现如图 3.8 所示的多边形属性窗口，在此窗口中可对多边形的边界线宽、边界颜色、是否实心和填充颜色进行修改。

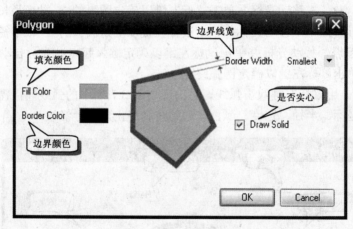

图 3.8　多边形属性窗口

- **Bordar Width**：边界线宽。该属性修改方法与直线线宽相同。
- **Bordar Color**：边界颜色。该属性修改方法与直线颜色相同。
- **Draw Solid**：是否实心。若选中，则为实心多边形。否则为空心多边形。
- **Fill Color**：填充颜色。若为实心多边形，则可通过该项选择实心的颜色。

（5）文本框。

① 放置文本框。用鼠标左键单击工具条中的 **T** 图标，屏幕上将出现带有十字光标的鼠标箭头。移动鼠标到图纸的合适位置，单击鼠标左键，以确定文本框的位置。单击鼠标右键中止放置操作。

② 编辑文本框。用鼠标左键双击文本框，将出现如图 3.9 所示的文本框属性窗口。在此窗口中可对文本的颜色、位置、取向、内容和字体进行修改。

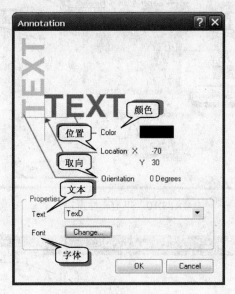

图 3.9　文本框属性窗口

- Color：颜色。该属性修改方法与直线颜色相同。
- Location：文本坐标。在 X 或 Y 右边的文本框可修改文本坐标。
- Orientation：取向。共有 4 个方向选择，它们分别是 0°、90°、180°、270°。
- Text：文本内容。在 Text 右边的文本框中输入所要显示的文本内容。
- Font：改变文本的字体、字号和字形等。

（6）矩形。

① 放置矩形。用鼠标左键单击工具条中的▦图标，屏幕上将出现带有十字光标的鼠标箭头。移动鼠标到图纸的合适位置，单击鼠标左键，以确定矩形的中心点。此时，光标自动跳转到中心的右上角，上下、左右移动鼠标以确定矩形的大小，再单击鼠标左键，以固定矩形。单击鼠标右键中止放置操作。

② 编辑矩形。用鼠标左键双击矩形，将出现如图 3.10 所示的矩形属性窗口。在此窗口中，可对矩形的边界线宽、边界颜色、是否实心、填充颜色、右上角坐标和左下角坐标进行修改。

属性修改方法与多边形的方法相同。

（7）圆角矩形。

① 放置圆角矩形。用鼠标左键单击工具条中的▢图标，屏幕上将出现带有十字光标的鼠标箭头。移动鼠标到图纸的合适位置，单击鼠标左键，以确定矩形的中心点。此时，光标自动跳转到中心的右上角，上下、左右移动鼠标以确定矩形的大小，再单击鼠标左键，以固定圆角矩形。单击鼠标右键中止放置操作。

② 编辑圆角矩形。用鼠标左键双击圆角矩形，将出现如图 3.11 所示的圆角矩形属性窗口。

在此窗口中，可对圆角矩形的的边界线宽、边界颜色、是否实心、填充颜色、右上角坐标、左下角坐标和圆角半径进行修改。

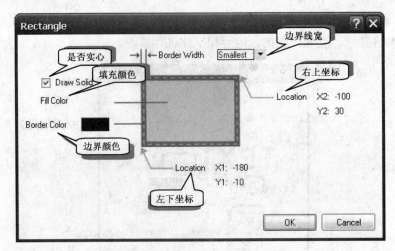

图 3.10 矩形属性窗口

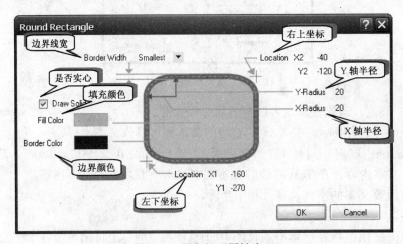

图 3.11 圆角矩形属性窗口

属性修改方法与多边形的方法相同。

（8）椭圆。

① 放置椭圆。用鼠标左键单击工具条中的 ◯ 图标，屏幕上将出现带有十字光标的鼠标箭头。移动鼠标到图纸的合适位置，单击鼠标左键，以确定椭圆的中心点。此时，光标将自动跳转到中心的右侧，左右移动光标并单击鼠标左键以确定椭圆的 X 轴半径长度；光标再自动跳转到中心的上方，上下移动光标并单击鼠标左键以确定椭圆的 Y 轴半径长度，单击鼠标左键完成椭圆的绘制。

② 编辑椭圆。用鼠标左键双击椭圆图形，将出现如图 3.12 所示的椭圆属性窗口。在此窗口中，可对椭圆的边界线宽、边界颜色、是否实心、填充颜色、中心坐标、X 轴半径的 Y 轴半径进行修改。

属性修改方法与多边形的方法相同。

（9）图片盒。

① 放置图片盒。用鼠标左键单击工具条中的 ▣ 图标，屏幕上将出现带有十字光标的鼠标箭头。移动鼠标到图纸的合适位置，单击鼠标左键，以确定图片盒的中心点。此时，光标将

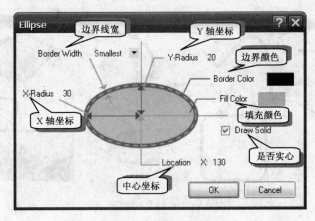

图 3.12　椭圆属性窗口

自动跳转到中心的右上方，单击鼠标左键完成图片盒的绘制。此时，将打开一个窗口，从该窗口中可选择所要装入的图片。

② 编辑图片盒。用鼠标左键双击图片，将打开如图 3.13 所示的多边形属性窗口。

a．FileName：文件名及路径。用鼠标左键单击 Browse... 按钮，可查找所需的图片。

b．Embeded：嵌入图片。若选中该项，图片将被嵌入在图片盒内，将原图删除后，仍可将图片放置在图纸中。若未选中该项，图片盒将按照图片存放路径查找图片。

c．Border On：加边框。若选中该项，则给图片加上边框。否则图片没有边框。

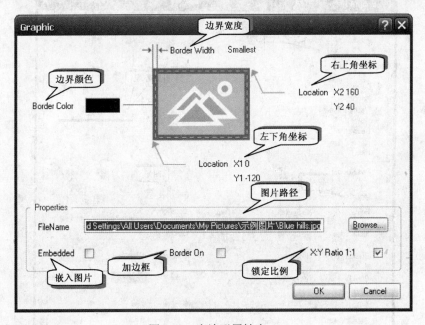

图 3.13　多边形属性窗口

X：Y Ratio 1：1 锁定图片比例。若未选中该项，则可改变图片的纵横比。

其他属性的修改与其他图形的方法相同。

如图 3.14 所示是以上介绍的各种几何图形的示例。

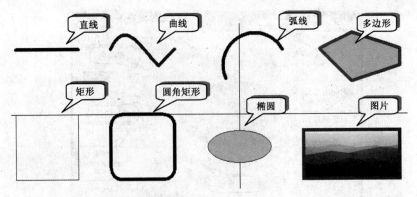

图 3.14　各种几何图形

（10）放置与编辑引脚。

① 放置引脚。用鼠标左键单击工具条中的 图标，屏幕上将出现带有十字图形的光标箭头。移动光标到图纸的合适位置，单击鼠标左键，以确定引脚的位置。此时，在元、器件图纸中出现的是一根长为 30 mil 的引脚，在引脚一端和旁边都有字符串。引脚一端的字符串称为引脚名，引脚旁边的字符串称为引脚编号。

② 编辑引脚。用鼠标左键双击引脚，将出现如图 3.15 所示的引脚属性窗口。在此窗口中，可定义引脚的各种属性。

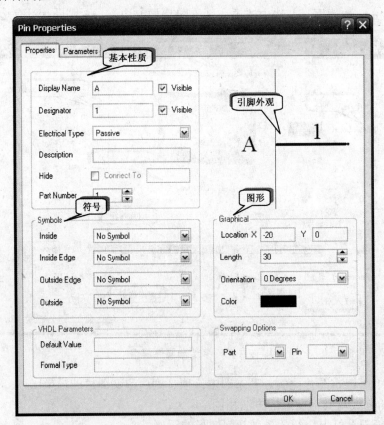

图 3.15　引脚属性窗口

- 基本性质。

a．Display Name：引脚名称。引脚名称位于引脚的非电气端。

b．Designator：引脚编号。引脚编号在靠近引脚电气端的一侧。

c．Electrical Type：电特性。可选类型有 Input（输入）、IO（双向）、Output（输出）、OpenCollector（集电极开路）、Passive（无源的）、Hiz（高阻）、Emitter（发射极）和 Power（电源）。

d．Hide：隐藏。在设计逻辑器件符号时，为了使符号简洁，通常都只显示输入/输出引脚，而不显示电源和地的引脚。这就需要在设计逻辑器件符号时，虽然添加电源和地的引脚，但却不显示。

e．Part Number：部件编号。在集成电路中，在一片芯片内可能集成了多个单元电路，每一个单元电路称为一个部件。

- 符号。在设计元、器件符号时，引脚的非电气特性端与图形框边沿相接，引脚名称在图形框内。

a．Inside：内部。在图形框内部，在引脚非电气特性端与引脚名之间可插入许多具有特殊意义的符号。

这些符号有：No Symbol（无符号）、Postponed（延迟）、OpenCollector（集电极开路）、Hiz（高阻）、HighCurrent（大电流）、Pulse（脉冲）、Schmitt（斯密特）、OpenCollector Pull Up（上拉集电极开路）、Open Emitter（发射极开路）、Open Emitter Pull Up（上拉发射极开路）、Shift Left（左移）、Open Output（开路输出）。

引脚内部特殊符号如图 3.16 所示。

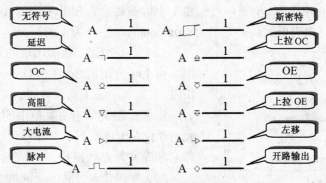

图 3.16　引脚内部特殊符号

b．Inside Edge：内边沿。在该项有两种图形可选，即 No Symbol（无符号）和 Clock（时钟）。若选择 Clock，则在引脚的内边沿将出现一个向内的尖角符号。

c．Outside：Edge：外边沿。在该项有 4 种图形可选，即 No Symbol（无符号）、Dot（圆圈）、Active Low Input（低有效输入）、Active Low Output（低有效输出）。

引脚外边沿特殊符号如图 3.17 所示。

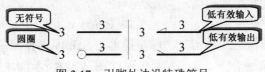

图 3.17　引脚外边沿特殊符号

d. Outside：外部。在该项有 7 种图形可选，即 No Symbol（无符号）、Right Left Signal Flow（从右往左的信号流）、Analog Signal In（模拟信号输入）、Not Logic Connection（无逻辑连接）、Digital Signal In（数字信号输入）、Left Right Signal Flow（从左往右的信号流）、Bidirectional Signal Flow（双向信号流）。

外部特殊符号如图 3.18 所示。

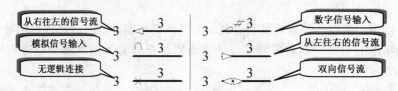

图 3.18　外部特殊符号

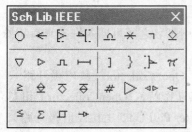

图 3.19　IEEE 符号

③ IEEE 符号库。为满足绘制元、器件符号时的各种需求，Protel DXP 2004 还提供了 IEEE 符号库。

单击主菜单中 View 下的 Toolbars\Sch lib IEEE，将出现浮动的 Sch lib IEEE 工具条。工具条中给出了 28 种常用的符号图形，如图 3.19 所示。

3.1.4　制作元、器件

制作元、器件的方法如下。

（1）创建元、器件库文件。用鼠标左键单击主菜单中 File 下的 New\Schematic Library 栏，可创建 1 个扩展名为 SchLib 的元、器件 Sch 库文件。

元、器件库文件编辑器默认的是名为 Component、序号为 1 的新元、器件。

图 3.20　Sch 库操作菜单

（2）绘制图形。在所出现的元、器件编辑工作区中，用上述介绍的 Sch Lib Drawing 工具条和 Sch lib IEEE 工具条中的工具可以设计 Component_1。

用鼠标左键单击主菜单中的 File\Save as，可保存元、器件 Sch 库文件。在保存过程中，还可修改库文件名和库文件存放路径。

（3）库操作。用鼠标左键单击主菜单中的 Tools，将出现如图 3.20 所示的 Sch 库操作菜单。

① New Component：新建元、器件。用鼠标左键单击 Sch 库操作菜单中的 New Component，将打开如图 3.21 所示的新元、器件命名窗口，在此窗口中可输入新元、器件的名称。用鼠标左键单击 OK 按钮，将出现一张新的图纸，在该该图纸上可设计新的元、器件。

② Remove Component：移除元、器件。用鼠标左键单击 Sch 库操作菜单 Remove Component 栏，将出现如图 3.22 所示的"删除元、器件"对话框，

提示是否要删除当前所见元、器件。

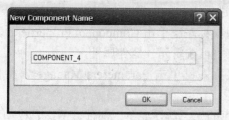

图 3.21　新元、器件命名窗口

图 3.22　"删除元、器件"对话框

用鼠标左键单击 [Yes] 按钮，将从库中删除该元、器件。

③ Remove Duplicates：移除副本。当库中出现了同名的元、器件时，用鼠标左键单击 Remove Duplicates，将出现提示窗口。一经确认，将删除 1 个同名文件。

在库中生成新的元、器件时，不会出现同名元、器件。在将其他库元、器件复制到库中时，可能会出现同名文件。如果 2 个同名元、器件相同，则应删除其中 1 个元、器件。

④ Rename Component：元、器件更名。用鼠标左键单击 Sch 库操作菜单 Rename Component，将出现如图 3.21 所示的窗口，在此窗口可修改当前所编辑元、器件的名称。

⑤ New Part。用鼠标左键单击 Sch 库操作菜单 New Part，图纸工作区被更新，作为同一元、器件的部件 2 的设计区，从而进行多部件元、器件的设计。

⑥ Remove Part。用鼠标左键单击 Sch 库操作菜单 Remove Part，将删除当前所设计的部件。

⑦ Mode。移动鼠标到 Sch 库操作菜单 Mode 上，将出现如图 3.23 所示的工作模式菜单。

- Previous：移到当前元、器件的上一个元、器件。
- Next：移到当前元、器件的下一个元、器件。
- Add：添加新的元、器件。
- Remove：删除元、器件。

⑧ Goto。移动鼠标到 Sch 库操作菜单 Goto 栏上，将出现如图 3.24 所示的浏览元、器件库。

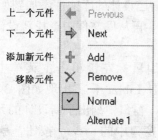

图 3.23　工作模式菜单

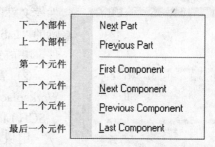

图 3.24　浏览元、器件库

- Next Part：移到当前元、器件的下一个部件。
- Previous Part：移到当前元、器件的上一个部件。
- First Component：移到库中的第 1 个元、器件。
- Next Component：移到当前元、器件的下一个元、器件。
- Previous Component：移到当前元、器件的上一个元、器件。
- Last Component：移到库中的最后一个元、器件。

⑨ Find Component：查找元、器件。用鼠标左键单击 Find Component，将打开元、器件查找窗口。在窗口中可在指定范围内按指定参数进行查找。

⑩ Component Properties：元、器件特性。用鼠标左键单击 Component Properties，将打开类似如图 2.80 所示的元、器件属性窗口，在窗口中可编辑元、器件属性。

⑪ Parameters Manager：参数管理器。用鼠标左键单击 Parameters Manager，将打开如图 3.25 所示的参数管理器窗口。

用鼠标左键单击 OK 按钮，将列出当前库的元、器件清单、部件、网络、模型和库名等列表，如图 3.26 所示。

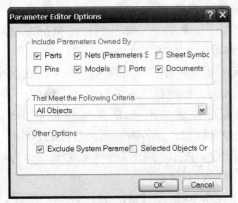

图 3.25　参数管理器窗口

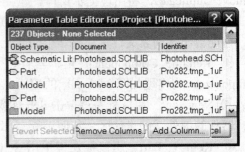

图 3.26　元、器件清单、部件等列表

⑫ Update Schematics：原理图升级。在修改完 Sch 库后，用鼠标左键单击 Update Schematics，就可将原理图中原先放置的同名元、器件符号进行更新升级，用最新版本符号更换原图中的旧符号。

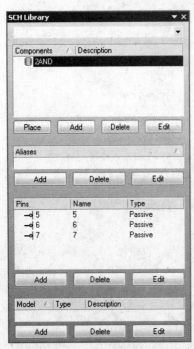

图 3.27　"SCH Library"窗口

（4）放置元、器件。在 Sch 原理图中放置自己设计的元、器件符号有以下两种方法。

① 添加成库文件。在 Sch 图纸窗口中，用添加元、器件库文件的方法，将自己设计的库文件添加到如图 2.65 所示的"Libraries"窗口。再从库文件中查找新设计的元、器件，并放置在图纸中。

② 直接放置。用鼠标左键单击主菜单中的 View\Worksplace Panles\SCH Library，将出现如图 3.27 所示的"SCH Library"窗口，窗口中列出了新设计的元、器件。

用鼠标左键单击窗口中的 Place 按钮，就可将所选元、器件放置在原理图中。

用鼠标左键单击窗口中的 Add 按钮，可向库中添加新的元、器件。

用鼠标左键单击窗口中的 Delete 按钮，可删除所选的元、器件。

用鼠标左键单击窗口中的 Edit 按钮，可以对所选元器件进行重新编辑。

3.2 设计层次 Sch 图及模板

3.2.1 设计层次 Sch 图

大型电子设备的 Sch 图纸通常是由多张不同功能的模块电路图组成的，且具有层次结构，这使得图纸便于阅读和修改。

在层次结构图中，上层画的是下层图纸的符号，下层是与上层某符号对应的电路图，层次关系可以多层嵌套。

生成层次结构图有两种方法，一种是自上而下法，另一种是自下而上法。

（1）自上而下法。自上而下生成层次结构图的步骤如下。

① 放置图纸符号。用鼠标左键单击 Wiring 工具条中的█图标，将出现一个随光标移动的空心矩形框，移动光标到合适位置并单击鼠标左键以确定图纸符号的左上角坐标，再移动光标确定右下角坐标。单击鼠标右键，中止放置图纸符号操作。此时，在图纸上出现了一个填充色为绿色的矩形框，如图 3.28 所示。

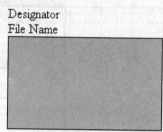

图 3.28 矩形框

在图纸符号的左上方有 2 个字符串，一个是标注图纸的序号 Designator，另一个是图纸文件名 File Name。用鼠标左键双击字符串就可以对图纸的序号和名称进行修改。

用鼠标左键双击图纸符号，将出现如图 3.29 所示的图纸符号属性修改窗口。

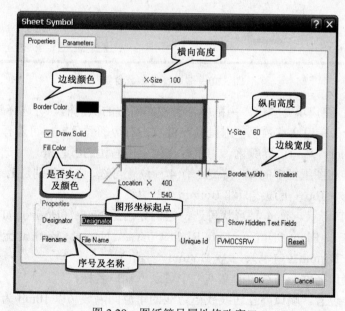

图 3.29 图纸符号属性修改窗口

- **Border Color**：端口边界颜色。用鼠标左键双击右边的颜色框，可选择颜色。
- **Draw Solid**：是否为实心符号。选中则为实心符号，否则为空心符号。
- **Fill Color**：实心填充颜色。用鼠标左键双击右边的颜色框，可选择颜色。

- X-Size：符号横向宽度，单位 mil。用鼠标左键双击右边的数字框，可修改数字。
- Y-Size：符号纵向宽度，单位 mil。用鼠标左键双击右边的数字框，可修改数字。
- Boarder Width：边线宽度。有 4 种宽度可选择，它们分别是：Smallest（最细）、Small（细）、Medium（中等）、Large（宽）。
- Location X：符号起点 X 坐标。用鼠标左键双击右边的数字框，可修改数字。
- Location Y：符号起点 Y 坐标。用鼠标左键双击右边的数字框，可修改数字。

② 放置图纸端口。用鼠标左键单击 Wiring 工具条中的 ⊠ 图标，光标上将增加一个小十字图形。移动光标到图纸符号内并单击图纸符号，光标上将增加一个随光标移动的端口图形。在图纸符号内合适的位置再单击鼠标左键，就能将图纸端口符号放置在矩形框内。

注意：图纸端口符号只能放置在图纸符号框中，无法放置在图纸符号框外。

移动光标到端口符号上，双击鼠标左键，将出现如图 3.30 所示的端口符号参数窗口。

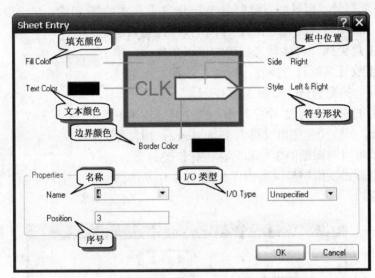

图 3.30　端口符号参数窗口

- Fill Color：端口填充颜色。用鼠标左键双击右边的颜色框，可选择颜色。
- Text Color：端口文本颜色。用鼠标左键双击右边的颜色框，可选择颜色。
- Border Color：端口边界颜色。用鼠标左键双击右边的颜色框，可选择颜色。
- Side：端口在图纸框中的哪一条边。有 4 种位置可选，它们分别是 Left（左边线）、Right（右边线）、Top（上边线）和 Bottom（下边线）。
- Style：端口形状。有 4 种形状可选，它们分别是 None（Horizontal 无方向、水平）、Left（向左）、Right（向右）、Left_Right（左右）、None（Vertical 无方向、垂直）、Top（向上）、Bottom（向下）、Top_Bottom（上下）。
- Name：端口名称。在右边的文本框中可录入端口名称。
- Rosition：位置。端口离左边线或下边线的单位间隔数（以 10mil 为一个间隔单位）。
- I/O Type：I/O 类型。有 4 种类型可选，它们分别是 Unspecified（未指定）、Output（输出）、Input（输入）、Bidirectiona（双向）。

③ 创建下层图纸。用鼠标左键单击主菜单的 Design\Create Sheet From Symbol（从符号创建图纸），移动带有十字形状的光标到矩形框内，单击框中绿色部分，将出现一个对话框，提

示在生成底层图纸时，是否将端口符号的 I/O 类型互换。

不管是选择 Yes、No，还是关闭窗口，都将自动生成一张下层图纸。底层图纸的名称与上层符号的名称完全一致，图纸中的电路输入/输出端口名称和个数与上层端口符号中的完全一致。

如图 3.31（a）所示的是上层框图及端口，如图 3.31（b）所示是相应的下层图纸中的 I/O 端口分布。

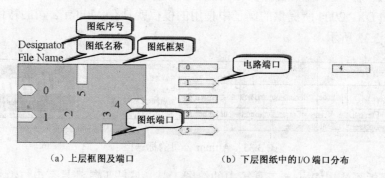

（a）上层框图及端口　　　　　　　　　　（b）下层图纸中的I/O端口分布

图 3.31　自上而下设计层次图

（2）自上而下法。

① 设计下层 Sch 图纸。设计好下层 Sch 图纸，电路中要有输入/输出端口符号。

② 创建上层图纸。新建 1 张 Sch 图纸作为上层图纸。

③ 创建图纸符号。用鼠标单击主菜单的 Design\Create Symbol From Sheet（从图纸创建符号），在随之出现的窗口中选择下层 Sch 图纸，确认后将出现一个对话框。单击窗口中的任何按钮，将出现 1 个随光标移动的固定大小的绿色矩形方块。

移动光标到合适位置，单击鼠标左键即可在 Sch 图纸上生成 1 个绿色矩形方块。该方块是所选下层图纸在上层图纸中的符号。

（3）上、下层次跳转。

① 由上而下。用鼠标左键单击常用工具条中的 ⬇⬆ 图标，将光标移动到上层框图上，用鼠标左键单击框图的填充颜色处，就可打开相应的下层原理图。如果是单击框图中的某端口，则在打开下层原理图的同时，将焦点指向该上层端口在下层图纸中所对应的端口。该端口处于高亮状态，图纸的其他部分处于灰暗状态。

② 由下而上。用鼠标左键单击常用工具条中的 ⬇⬆ 图标，将光标移动到下层图纸上，用鼠标左键单击图纸的某端口，光标将自动跳转到上层图纸中对应图纸框中的对应端口。该端口处于高亮状态，图纸的其他部分处于灰暗状态。

上层框图与下层电路图的高亮端口如图 3.32 所示。

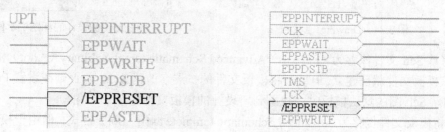

图 3.32　上层框图与下层电路图的高亮端口

当图纸中某一部分处于高亮，而其他部分处于灰暗，这种状态称为过滤状态。要消除过滤状态只需用鼠标左键单击标准工具条中的 ✗ᐁ 图标即可。

3.2.2　设计 Sch 模板

Protel DXP 2004 提供的 Sch 模板有 Standard 和 ANSI 两种，如图 2.51 所示。作为一个专业电子产品研制公司，往往需要自行设计模板，以体现公司的特色。

比如，Protel DXP 2004 所提供的例子中使用的模板就具有 Altium 公司的特色，Altium 公司的标题栏如图 3.33 所示。

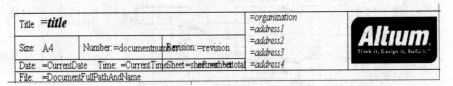

图 3.33　Altium 公司的标题栏

设计 Sch 模板不能用 Wring 工具箱中的绘图工具，这些工具都具有电气特性。而设计模板只是画一些普通图形，为此要使用 Drawing 工具箱中的绘图工具（非电气特性）绘制图形。

（1）Drawing 工具箱。条状 Drawing 工具箱如图 3.34 所示。工具箱中的绝大部分工具已在设计元、器件库文件中进行了详细的讲解，在这里只是多了长文本框和饼形。长文本框的作用是用于放置可以分行的长文本，而短文本框只用于放置单行文本。饼形图形的画法与椭圆的画法差不多。

（2）设计模板文件。设计图纸模板的具体操作如下。

① 新建 Sch 文件。

② 双击图纸边框，进入图纸参数设置窗口。

③ 取消窗口中 Title Block 的选择，并选择 Show Template Graphics。

④ 用 Drawing 工具条中的画线工具在图纸的右下角自行设计标题栏。

⑤ 在各标题栏中放入文本，注明项目名、图纸名、编号、审批、设计、绘图等字样。

⑥ 在标题栏中用图片盒导入指定的图片。

新设计的标题栏示例如图 3.35 所示。

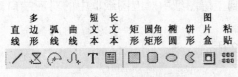

图 3.34　Drawing 工具箱

图 3.35　新设计的标题栏示例

⑦ 将该 Sch 文件保存为（Save as）Advanced Schematic templete binary（*.dot）格式的 模板文件，该模板文件就已建立。但最好将模板文件的扩展名改为 Schdot，否则在设置 Protel DXP 2004 创建新 Sch 图的默认模板时，找不到新设计的模板文件。

也可将模板文件保存为 Advanced Schematic templete ascii（dot）格式。但由于模板文件的格式最终为 binary 格式，因此在将模板文件保存为 ascii 格式后，还必须在图纸界面的窗口上用鼠标左键单击标准工具条中的■图标，将文件保存为 binary 格式。

具体保存步骤如下。

- 设模板文件名为 XXX，用鼠标左键单击主菜单的 File 项，在出现的下拉菜单中单击 Save as，此时将出现在文件保存路径选择窗口。
- 在该窗口的保存类型栏选择 ascii 格式，如图 3.36 所示。完成选择后，用鼠标左键单击 保存(S) 按钮，将文件保存在指定路径。

```
Advanced Schematic binary (*.schdoc)
Advanced Schematic ascii (*.schdoc)
Schematic binary 4.0 (*.sch)
Orcad SDT Schematic (*.sch)
Advanced Schematic template ascii (*.dot
Advanced Schematic template binary (*.do
Export AutoCAD Files (*.dwg;*.dxf)
```

图 3.36　ascii 格式

- 用鼠标左键单击标准工具条中的■图标，将出现如图 3.37 所示"文件格式"窗口。
- 默认对话框中的选择(binary 格式)，用鼠标左键单击 OK 按钮，文件被保存为 binary 格式。

（3）更换模板。更换图纸模板的具体操作如下。

① 激活需要更换模板的 Sch 文件。

② 用鼠标左键单击主菜单中的 Design\Template\Set Template File Name。

③ 在"打开"窗口中选择已设计好的带有扩展名 Schdot 的模板文件或类似 Word 文档的图标，用鼠标左键单击 打开(0) 按钮，出现如图 3.38 所示的更换图纸模板窗口。

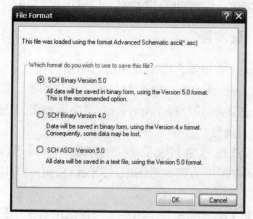

图 3.37　"文件格式"窗口

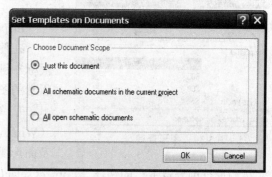

图 3.38　更换图纸模板窗口

④ 在该窗口中选择更换模板的范围。

- Just this document：只更换当前文件的模板。
- All Schematic documents in the current project：更换当前项目中所有文件的模板。
- All open Schematic documents：更换当前所有打开的 Sch 文件的模板。

⑤ 用鼠标左键单击 OK 按钮后，Sch 文件的模板就被更换。

（4）移除模板。移除图纸模板的具体操作如下。

① 激活需要移除模板的 Sch 文件。

② 用鼠标左键单击主菜单中的 Design\Template\Remove Current Document，出现如图 3.38

所示的窗口。

③ 选择了应用范围后，用鼠标左键单击 OK 按钮，指定范围内 Sch 文件的模板就被移除。

（5）设置默认模板。更换模板能改变已创建文件的模板，如果希望新创建的 Sch 图能按照新设计的模板生成图纸，则必须对系统的默认模板进行设置。

设置过程如下。

① 在工作区内单击鼠标右键，选择浮动菜单中的 Preferences 栏。

② 在环境参数设置 Preferences 的窗口中，用鼠标左键单击 Default Template Name 选择栏右边的 Browse... 按钮。

③ 在打开窗口中选择已设计好的带有扩展名为 Schdot 的 Sch 模板（系统不支持扩展名为 dot 的 Sch 文件作为默认模板），用鼠标左键单击 打开(O) 按钮。

④ 用鼠标左键单击 Preferences 窗口中的 OK 按钮，默认模板设置完毕。

新建 Sch 文件时，将以指定的模板建立 Sch 文件。

注意：模板文件与用该模板生成的图纸虽然在外观上没有区别，但模板文件中原来的图形是可以重新编辑的，而用该模板生成的图纸中模板带来的图形是不可编辑的。设计者只能以模板图形为背景，在它的上面绘制原理图。

3.3　任务管理

在设计窗口的右下角边沿是任务管理栏。在任务管理栏中，共有 10 个任务，它们分别是：Inspector、List、Files、Libraries、Messages、Navigator、Projects、Browse、Panels 和 Help。

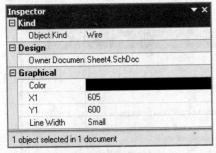

图 3.39　图形查询器

3.3.1　查询器

Inspector：查询器。用于显示被选图形的属性。

在使用 Inspector 前，应在 Sch 图中选中图形。用鼠标左键单击图纸下方的 Inspector，将出现如图 3.39 所示的图形查询器。

从图形查询器中可见，所选图形名称为导线（Wire），所在图纸为第 4 张图纸（Sheet4.SchDoc）以及图形颜色、端点坐标、线宽。

在图形查询器最下栏的字样 "1 object selected in 1 document" 说明在 1 张图纸中有 1 个图形被选中。在使用浏览器时，不允许在同一项目中有 1 个以上的图形被同时选中。若出现这种情况，在图形查询器最下栏中将告之在几个图纸中有几个图形处于选中状态。在各种属性栏内将不给出具体数据。

比如，在同一项目中的两张图纸中各选中 1 个图形，此时的图形查询器将如图 3.40 所示。其中各属性栏没有具体的数据，在图形查询器最下栏出现 "2 objects selected in 2 documents" 的字样。

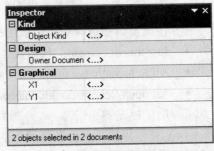

图 3.40　两张图纸中各选中 1 个图形

在浏览了某一图形而想要浏览另一图形时，必须先取消已浏览图形的选中状态，再选中新的图形。此时，浏览器窗口中的数据将及时更换。

3.3.2　列表管理器

List：列表。用于显示项目或图纸中图形和引脚统计数。

用鼠标左键单击图纸下方的 List，将出现如图 3.41 所示的空白 List 窗口。

在窗口中对需要列表的文件范围进行选择，在选择图纸栏中有 Current Document（当前图纸）和 Open Documents（处于开启状态的图纸）可选。

选择了图纸范围后，用鼠标左键单击窗口中的 ▽ Apply 按钮，在窗口下部的空白处将出现所选图纸范围内的图形及引脚清单，如图 3.42 所示。

图 3.41　空白 List 窗口

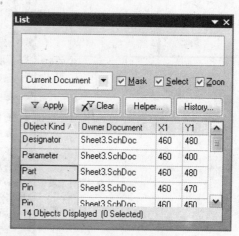

图 3.42　图形及引脚清单

List 中各行的选中状态与图形的选中状态是同步的。当用鼠标左键单击表中的某行时，该行将处于高亮状态，它所对应的图形部分也将处于选中状态；当用鼠标左键单击图形的某部分时，该部分将处于选中状态，同时表中对应的栏也将处于高亮状态，如图 3.43 所示。

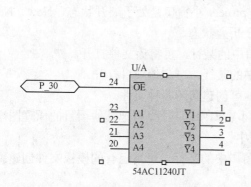

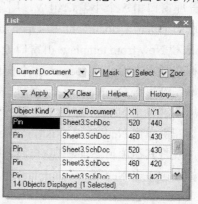

图 3.43　高亮状态

在列表中单击了 1 个 Pin 后，再单击另 1 个 Pin，图形中只能是最近选中的引脚处于选中状态。但由于图形显示的问题，可能导致出现两个引脚同时为高亮。在主菜单 View 项中选择 Refresh 就可见到正确的显示结果。

3.3.3 文件管理器

Files：用于各类文件的管理。

用鼠标左键单击图纸下方的 Files，将出现如图 3.44 所示的 File 管理窗口。

图 3.44 File 管理窗口

File 管理窗口由 5 个小窗口组成，用鼠标左键单击小窗口的名字就可以展开和折叠这些小窗口。图中 Open a document 和 Open a project 小窗口是处于展开状态，New、New from exisiting file 和 New from template 小窗口处于折叠状态。

用鼠标左键单击 Open adocument 小窗口中的某行，可将该文件打开。

用鼠标左键单击 Open a project 小窗口中的某行，可将该项目打开。

用鼠标左键单击 New 小窗口中的某行，可创建新的各种文件。

用鼠标左键单击 New from exisiting file 小窗口中的某行，可把其他项目的原理图添加到现有项目中，或将其他项目添加到现有项目组中。

用鼠标左键单击 New from template 小窗口中的某行，可用已有的模板文件创建新的各种文件。

3.3.4 库管理器

Libraries：库。用于对各种库文件的管理。

用鼠标左键单击图纸下方的 Libraries，将出现 Libraries 管理窗口。

该窗口的视图和功能已在第 2 章进行了详细介绍，参考 2.3.3 节。

3.3.5 信息管理器

Messages：信息。用于对项目编译信息的管理。

用鼠标左键单击图纸下方的 Messages，将出现如图 3.45（a）所示的空白窗口。该窗口是一个空白窗口，对项目进行编译后，该窗口中将充满其编译信息，如图 3.45（b）所示。

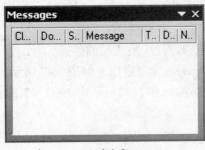
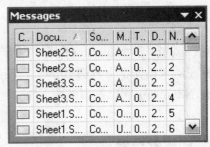

（a）空白窗口　　　　　　　　　　　　　（b）编译信息

图 3.45　Messages 管理窗口

3.3.6 导航器

Navigator：导航器，用于对项目的管理和引导。用鼠标左键单击图纸下方的 Navigator，将出现如图 3.46（a）所示的项目导航窗口。从窗口中可以清楚地看到文件的层次结构。

用鼠标左键单击某张图纸，该图纸的详细信息显示在下面的 3 个小窗口中。图纸导航窗口如图 3.46（b）所示。显示内容包括：元、器件序号及名称；网络标签；电路端口。

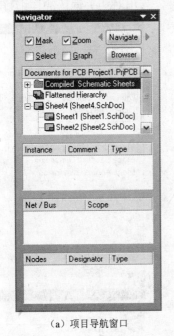

（a）项目导航窗口　　　　　　　　　　（b）图纸导航窗口

图 3.46　Navigator 管理窗口

用鼠标左键单击窗口中的网络标签或电路端口，图纸上所对应的图形将自动缩放到适当大小，位于屏幕中央，并处于高亮状态。

3.3.7 项目管理器

Projects：项目。用于项目的管理。

用鼠标左键单击图纸下方的 Projects，将打开 Projects 管理窗口。该窗口的视图和功能已在第 2 章进行了详细介绍，参考 2.2.2 节。

3.3.8 浏览器

Browse：浏览。与 Navigator 配合，用于显示电路连接中最底层的信息。

用鼠标左键单击图纸下方的 Browse，将打开 Browse 管理窗口，如图 3.47 所示。

由于在 Navigator 管理窗口选中了 Net1_47，Browse 窗口就显示出 Net1_47 的详细连接情况。

3.3.9 面板管理器

Panels：面板。其功能是打开上述的任务管理菜单，与主菜单中 View 下的 Workspace Panels 基本相同。

3.3.10 帮助管理器

Help：帮助。提供快捷帮助，用于常用词语的定义或解释。

用鼠标左键单击快捷帮助键 Help，将打开如图 3.48 所示的 Help 管理窗口。在窗口中部的文本框中输入要查询的词语，单击 Search 按钮，将开始搜索。搜索结果将出现在窗口上部的文本框中。双击窗口上部的词语，将打开 Help 文件，列出对相关词语的详细解释。

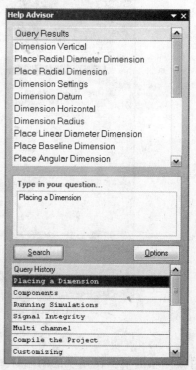

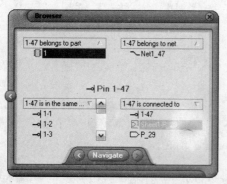

图 3.47　Browse 管理窗口　　　　　　图 3.48　Help 管理窗口

3.4 完善图纸与输出文件

3.4.1 完善图纸

完善图纸的方法如下。

（1）画机械结构图。一个完整的电子设计。不仅要有完整的电原理图和 PCB 图，还应有完整的设备机械结构图，便于安装 PCB 板和整机布线。

画机械结构图实际上是在 Sch 图纸上，主要用 Drawing 工具条中的工具绘图。

如图 3.49 所示是 Protel DXP 2004 自带例子 Photoplotter\Endosure 项目中的一张机箱结构图。该结构图是用 Drawing 工具条中的工具绘制的。

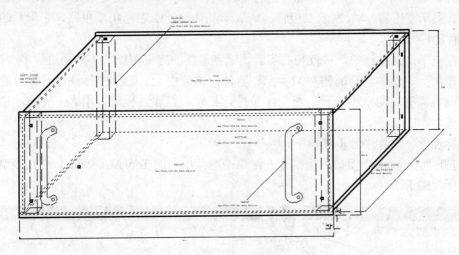

图 3.49　机箱结构图

（2）图形对齐。为了使绘制的图形更加美观，在绘制完成后，需要对各元、器件的位置进行微调，相邻元、器件之间可能取一定的对齐方式。

图形对齐步骤如下：

① 在图纸中选中所要对齐的图形。

② 用鼠标左键单击主菜单中的 Edit\Align\Align，将出现如图 3.50 所示的对齐方式菜单。

③ 在菜单中选择合适的对齐方式，可使所选图形按指定方式对齐。

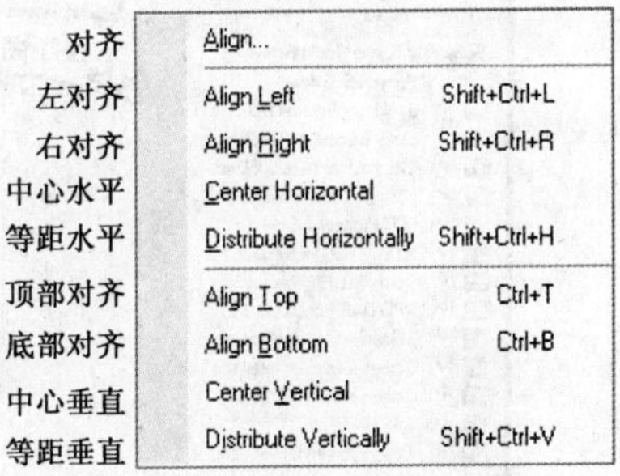

对齐	Align...	
左对齐	Align Left	Shift+Ctrl+L
右对齐	Align Right	Shift+Ctrl+R
中心水平	Center Horizontal	
等距水平	Distribute Horizontally	Shift+Ctrl+H
顶部对齐	Align Top	Ctrl+T
底部对齐	Align Bottom	Ctrl+B
中心垂直	Center Vertical	
等距垂直	Distribute Vertically	Shift+Ctrl+V

图 3.50　对齐方式菜单

如图 3.51（a）所示是对齐前的图形分布，如图 3.51（b）所示是左边两个元件按左对齐后的图形分布。

从图 3.51 可见，对齐后原来的边线被切断。为此，在执行了图形对齐操作后，还要对断开的线进行调整。

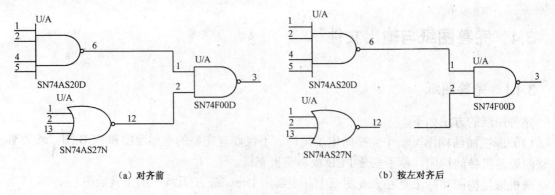

(a) 对齐前	(b) 按左对齐后

图 3.51　图形对齐

（3）元、器件编号。在对元、器件进行标注时，用字母 R 表示电阻、L 表示电感、C 表示电容、T 表示变压器、V_D 表示二极管、V 表示晶体管、U 表示集成电路，字母后的数字表示同种器件的序号。

由于在电子产品设计中，从最初的实验图纸到最终的定稿图纸，不知要进行多少次改动，有时需要增加元、器件，有时需要减少元、器件，图纸中元、器件的标注序号很可能变得比较乱。因此，需要对图纸中的元、器件序号进行整理。整理过程可以用人工完成，也可用软件自动完成。

自动标注元、器件序号步骤如下。

① 打开"Annotate"窗口。用鼠标左键单击主菜单中的 Tools\Annotate，将出现 Annotate 窗口，如图 3.52 所示。

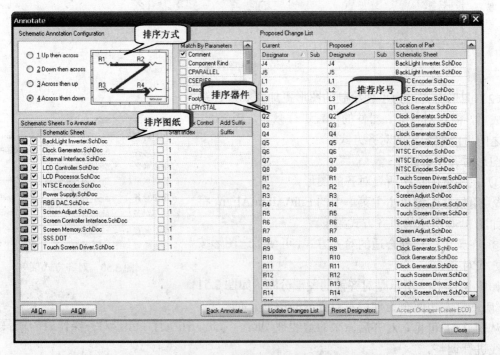

图 3.52　"Annotate"窗口

在窗口的左上部分的排序方式清单中，选择排序方式。

② 选择排序方式。Sch 图共有 4 种自动排序方式，它将图纸中器件符号分为若干行和列，然后按 Up then across（自下而上，自左向右）、Down then across（自上而下，自左向右）、Across then up（自左向右，自下而上），Across then down（自左向右，自上而下）的方式排序，如图 3.53 所示。

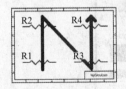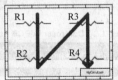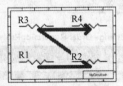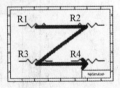

图 3.53　器件自动排序方式

③ 替换原序号。在窗口左下部分的排序图纸清单中，选择需要排序的图纸，并用鼠标左键单击排序器件下部的 Reset Designators 按钮。此时排序器件清单中推荐序号的数字全被 "?" 所替换（如 R?、U?），如图 3.54 所示。

④ 重新编号。用鼠标左键单击 Update Changes List 按钮，在推荐序号栏中的序号栏不再有 "?"，而是按选定的排序方式对元、器件进行重新编号。如图 3.55 所示的是按照 Across then down（自左向右，自上而下）的方式排序所得的新序号与原序号的对应关系。

Desig...	Sub ⁄	Designator
J5		J?
C26		C?
C27		C?
U10		U?
C2		C?
C5		C?
C6		C?
C7		C?
C8		C?
Q1		Q?
R8		R?
Q2		Q?

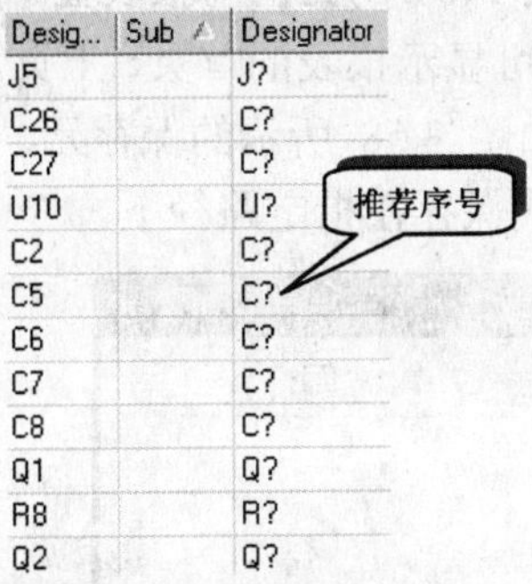

推荐序号

图 3.54　推荐序号

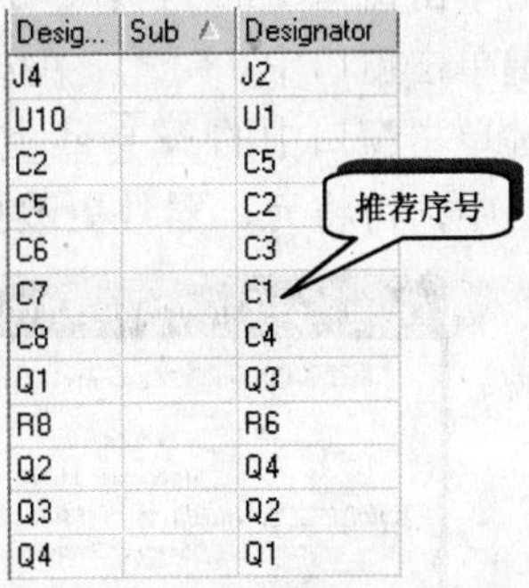

Desig...	Sub ⁄	Designator
J4		J2
U10		U1
C2		C5
C5		C2
C6		C3
C7		C1
C8		C4
Q1		Q3
R8		R6
Q2		Q4
Q3		Q2
Q4		Q1

推荐序号

图 3.55　新序号与原序号的对应关系

⑤ 接受新序号。用鼠标左键单击 Accept Changes (Create ECO) 按钮，将出现如图 3.56 所示的新旧序号对照表。

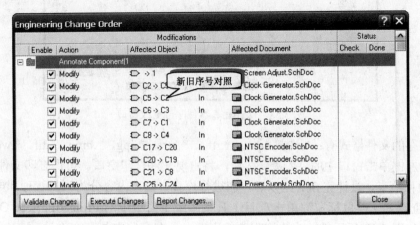

图 3.56　新旧序号对照表

⑥ 执行改动。用鼠标左键单击 Execute Changes 按钮，将执行对元、器件序号的修改。此时，所选图纸中的元、器件的原序号就被新序号所替换。

⑦ 生成报表。用鼠标左键单击 Report Changes... 按钮，将出现如图 3.57 所示的元、器件序号改动报表。

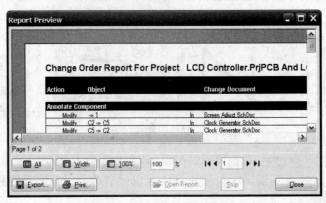

图 3.57　元、器件序号改动报表

用鼠标左键单击窗口中的 All 按钮，将使整页报表与报表显示区适配。

用鼠标左键单击窗口中的 Width 按钮，将使报表宽度与报表显示区宽度适配。

用鼠标左键单击窗口中的 100% 按钮，将按报表 100%的比例与报表显示区适配。

用鼠标左键单击窗口中 1 按钮的小箭头，可显示报表的首页、上页、下页或末页。

用鼠标左键单击窗口中的 Export... 按钮，将出现如图 3.58 所示的保存元、器件序号更改窗口。在该窗口中，可将元、器件更改报表按指定格式保存在指定路径下。

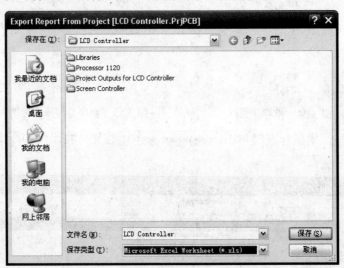

图 3.58　保存元、器件序号更改窗口

可以保存的文件格式有：*.xls、*.pdf、*.rtf 、*.htm、*.jpg、*.bmp、*.tif、*.wql 和*. wkl。

用鼠标左键单击窗口中的 Print... 按钮，将出现文件打印窗口，可供打印文件。

（4）项目检查。设计完 Sch 图以后，应进行检查。检查内容分为项目管理和电路连线。

① 检查设置。用鼠标左键单击项目工具条中或主菜单中的 Project\Project Options 图标，将出现如图 3.59 所示的检查内容报告级别窗口。在窗口中共有 9 个选项卡，在项目检查

中，主要用到的是 Error Reporting 和 Connection Matrix 这两个选项卡。

- Error Reporting。在 Error Reporting 选项卡中，列出了对项目和文件进行管理时，能够检查出的错误类型及给出的报告信息。

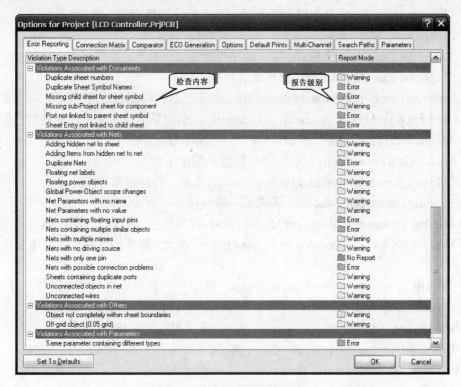

图 3.59　检查内容报告级别窗口

报告级别有：▦ Error 出错，▢ Warning 警告和 ▨ No Report 不报告。

a．Violation Associated with Buses。

（a）Bus indices out of range：总线的指示超出了范围，警告。

（b）Bus range syntax erros：总线范围句法错误，出错。

（c）Illegal bus definitions：非法的总线定义，出错。

（d）Illegal bus range values：非法的总线值，出错。

（e）Mismatched bus label ordering：总线标签顺序失配，警告。

（f）Mismatched bus widths：总线宽度失配，警告。

（g）Mismatched bus-Section index ordering：所选总线索引顺序失配，警告。

（h）Mismatched bus/wire object on wire/bus：导线/总线上的总线/导线目标失配，出错。

（i）Mismatched electrical types on bus：总线上电气类型失配，警告。

（j）Mismatched Generics on bus [First Index]：总线属性失配[第 1 索引]，警告。

（k）Mismatched Generics on bus [Second Index]：总线属性失配[第 2 索引]，警告。

（l）Mixed generic and numberic bus labeling：总线标签属性和数字混用，警告。

b．Violation Associated with Components。

（a）Component Implementation with duplicate pins usage：元、器件引脚使用重复，警告。

（b）Component Implementation with invalid pins mapping：元、器件有无效引脚，出错。

（c）Component Implementation with missing pins in sequence：元、器件引脚编号有漏号，警告。

（d）Components containg duplicate sub-parts：元、器件有重名部件，出错。

（e）Components with duplicate Implementation：元、器件重名，警告。

（f）Components with duplicate pins：元、器件有重名引脚，警告。

（g）Duplicate Component Models 元、器件模型重名，警告。

（h）Duplicate Part Designators：部件重名，出错。

（i）Errors in Component Model Parameters：在元、器件模型参数中有错误，出错。

（j）Extra pin found in component display mode：在引脚显示模式中发现额外的引脚，警告。

（k）Mismatched hidden pin connections：隐藏引脚连接失配，出错。

（l）Mismatched pin visibility：引脚的可视性失配，出错。

（m）Missing Component Model Parameters：丢失元、器件模型参数，出错。

（n）Missing Component Models：丢失元、器件模型，警告。

（o）Missing Component Models in Model Files：在模型文件中丢失了元、器件模型，出错。

（p）Missing pin found in component display mode：在元、器件显示模式中发现丢失的引脚，警告。

（q）Models Found in Different display mode：在不同的显示模式中发现模型，警告。

（r）Sheet Symbol with duplicate entries：图纸符号具有重名的端口，出错。

（s）Un-Designated parts requiring annotation：未设置序号的部件需要标注，警告。

（t）Unsed sub-part in component：在元、器件中有未用部件，警告。

c．Violation Associated with Documents。

（a）Duplicate sheet numbers：图纸编号重号，警告。

（b）Duplicate Sheet Symbol Numbers：图纸符号重号，出错。

（c）Missing child sheet for sheet symbol：图纸框图丢失了对应的下层图纸，出错。

（d）Missing sub-Project sheet for component：元、器件丢失了子项目图纸，警告。

（e）Port not linked to parent sheet symbol：图纸端口未链接到图纸框图，出错。

（f）Sheet Entry not inked to child sheet：电路端口未链接到下层图纸，出错。

d．Violation Associated with Nets。

（a）Adding hidden net to sheet：图纸中有隐藏的网络，警告。

（b）Adding items from hidden net to net：从隐藏的网络中添加内容到另一网络，警告。

（c）Duplicate Nets：网络标签重名，出错。

（d）Floating net labels：悬浮的网络标签，警告。

（e）Floating power labels：悬浮的电源标签，警告。

（f）Global Power Object scope changes：全局电源范围发生了变化，警告。

（g）Net parameters with no name：网络参数没有名称，警告。

（h）Net parameters with no value：网络参数没有值，警告。

（i）Nets containing floating input pins：网络中包含有浮动的输入脚，出错。

（j）Nets containing multiple similar objects：网络中包含有多个相似目标，出错。

（k）Nets with multiple names：网络有多个名称，警告。

（l）Nets with no driving source：网络没有驱动源，警告。

（m）Nets with only one pin：网络只有一个引脚，不报告。

（n）Nets with possible connection problems：网络可能有连接错误，出错。

（o）Sheet containing duplicate ports：图纸中包含有重名端口，警告。

（p）Unconnected objects in net：目标未连接到网络中，警告。

（q）Unconnected wires：导线未连接到网络中，警告。

e．Violation Associated with others。

（a）Object not completely within sheet bounderies：目标图形不全部在图纸边界内，警告。

（b）Off-grid object（0.05 grid）：目标不在网格上，警告。

f．Violation Associated with Parameters。

（a）Same parameter containing different types：同一参数有不同的类型，出错。

（b）Same parameter containing different values：同一参数有不同的值，不报告。

- Connection Matrix。Connection Matrix 选项卡如图 3.60 所示，图中给出了图形符号互连时可能出现的情况及报告级别。

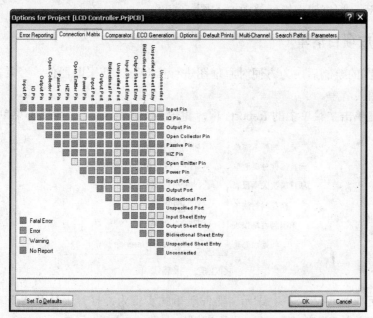

图 3.60　Connection Matrix 选项卡

报告级别可根据设计人员的需求自行调整。用鼠标左键单击图中的小方块，就能改变报告级别。

该项检查又称为电气规则检查（Electrical Rules Check，ERC），看是否有违反电气规则的情况。

② 检查错误。

- 编译项目。用鼠标左键单击主菜单中 Project\Compile All Projects，系统开始对项目管理器中的所有项目进行编译检查，并给出检查结果表，如图 3.61 所示。

在该窗口中将列出编译时所发现的错误，这些错误主要包括错误所在图纸、错误类型。错误类型主要有器件引脚悬空、器件未指定序号等。

Class	Document	Source	Message	Time	Date	No.
[Warning]	Screen Controller ...	Compiler	Unconnected line (410,625) To (410,865)	09:24:38 AM	2006-7-29	32
[Warning]	Screen Memory.S...	Compiler	Adding items to hidden net VCC	09:24:38 AM	2006-7-29	33
[Warning]	Screen Memory.S...	Compiler	Adding hidden net	09:24:38 AM	2006-7-29	34
[Error]	Clock Generator....	Compiler	Net NetQ2_1 contains floating input pins (Pin Q2-1)	09:24:38 AM	2006-7-29	35
[Warning]	Clock Generator....	Compiler	Unconnected Pin Q2-1 at 500,460	09:24:38 AM	2006-7-29	36
[Error]	Clock Generator....	Compiler	Net NetQ2_2 contains floating input pins (Pin Q2-2)	09:24:38 AM	2006-7-29	37
[Warning]	Clock Generator....	Compiler	Unconnected Pin Q2-2 at 480,440	09:24:38 AM	2006-7-29	38
[Error]	Clock Generator....	Compiler	Net NetQ2_2 contains floating input pins (Pin Q2-2)	09:24:38 AM	2006-7-29	39
[Warning]	Clock Generator....	Compiler	Unconnected Pin Q2-2 at 480,440	09:24:38 AM	2006-7-29	40
[Error]	Clock Generator....	Compiler	Net NetQ2_1 contains floating input pins (Pin Q2-1)	09:24:38 AM	2006-7-29	41
[Warning]	Clock Generator....	Compiler	Unconnected Pin Q2-1 at 500,460	09:24:38 AM	2006-7-29	42
[Error]	Screen Memory.S...	Compiler	FRAMA12 contains Output Pin and Input Port objects (Pin U2-121,Port TOFPGA2TDI)	09:24:39 AM	2006-7-29	43
[Error]	Clock Generator....	Compiler	Net NetQ2_1 contains floating input pins (Pin Q2-1)	09:24:39 AM	2006-7-29	44

图 3.61　检查结果表

- 显示错误。用鼠标左键双击窗口中的某错误栏，将出现 Compile Error 窗口。单击该窗口中的出错图形图标，系统将自动把该出错图形所在的 Sch 图打开，并以出错图形为中心、以适中比例显示图形，且出错图形处于高亮状态。
- 修改错误。根据错误提示修改 Sch 图。

3.4.2　生成项目清单

完成 Sch 图的绘制后，为方便对原理图进行校对、方便采购器件，经常需要生成元、器件清单及其他相关清单。

用鼠标左键单击主菜单中的 Reports 项，将出现如图 3.62 所示的报告菜单。

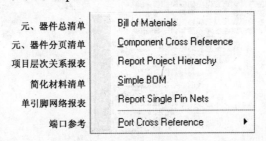

图 3.62　报告菜单

（1）生成元、器件清单。生成元、器件清单的步骤为：打开项目及 Sch 文件。打开需要生成元、器件清单的项目和其中的一张原理图。

（2）列元、器件清单。用鼠标左键单击如图 3.62 所示工具菜单中的 Bill of Materials 栏，将出现项目元、器件总清单窗口，如图 3.63 所示。

（3）报表输出。

用鼠标左键单击 Report... 按钮，将出现如图 2.63 所示的窗口，可将清单保存。

用鼠标左键单击 Export... 按钮，在所出现的窗口中，可将清单按指定格式保存在指定路径下。

可以保存的文件格式有：*.xls、*.htm、*.xml、*.cvs 和*.txt。

如果计算机上已安装了 Excel，用鼠标左键单击 Excel... 按钮，清单将被保存为 Excel 格式。

（4）用鼠标左键单击如图 2.62 所示的 Component Cross Reference，将打开如图 3.64 所示项目元、器件总清单。与图 3.63 相比，如图 3.64 所示的是按照图纸来列元、器件清单的，表中每一行对应一张图纸。

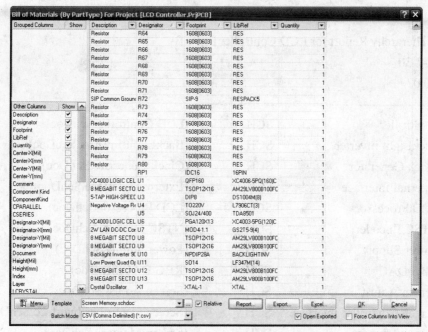

图 3.63　项目元、器件总清单

图 3.64　项目元、器件总清单（按图纸统计）

注意：Protel DXP 2004 在生成元、器件清单时是以顶层文件为主线的，如果只是有零散的 Sch 图纸，而没有顶层图，在生成元、器件清单时将出现问题。可见，要生成项目的元、器件清单，则必须在项目中创建一张顶层图纸。

（5）生成其他报表。

① 项目等级报表。用鼠标左键单击如图 3.62 所示的 Report Project Hierarchy，在项目管理器中将出现以项目名命名、扩展名为 REP 的新文件。

用鼠标左键双击该文件的字样或图标，将打开该文件。在该文件中列出了项目图纸的隶属级别。

对 LCD Controller.PrjPCB 项目生成等级报表，将产生名为 LCD Controller.REP 的文件，其文件内容如下：

```
------------------------------------------------------------
Design Hierarchy Report for LCD Controller.PrjPCB
-- 2006-7-30
-- 16:50:07
------------------------------------------------------------
LCD Controller                      SCH          (LCD Controller.SchDoc)
    BackLight Inverter              SCH          (BackLight Inverter.SchDoc)
    Clock Generator                 SCH          (Clock Generator.SchDoc)
    External Interface              SCH          (External Interface.SchDoc)
    LCD Processor                   SCH          (LCD Processor.SchDoc)
    NTSC Encoder                    SCH          (NTSC Encoder.SchDoc)
    Power Supply                    SCH          (Power Supply.SchDoc)
    RBG DAC                         SCH          (RBG DAC.SchDoc)
    Screen Adjust                   SCH          (Screen Adjust.SchDoc)
    Screen Controller Interface     SCH          (Screen Controller Interface.SchDoc)
    Screen Memory                   SCH          (Screen Memory.SchDoc)
Touch Screen Interface and Driver  SCH          (Touch Screen Driver.SchDoc)
```

从文件内容的排版方式可见，该项目的顶层文件名为 LCD Controller，下一级的文件共有 11 个，在顶层文件中没有框图符号的 Sch 图不在统计之列。

② 元、器件简要报表。用鼠标左键单击如图 3.62 所示的 Simple BOM 栏，在项目管理器中将出现 1 份以项目名命名、扩展名为 BOM 和 1 份以项目名命名、扩展名为 CVS 的新文件。用鼠标左键双击文件名，即可打开文件。

这两份文件都是元、器件清单，只是显示方式不同。BOM 格式的文件可读性更强些。

③ 单引脚网表报表。用鼠标左键单击如图 3.62 所示的 Report Single Pin Nets 栏，在项目管理器中将出现 1 份以项目名命名、扩展名为 REP 的新文件。

由于单引脚网表报表的名字与项目等级报表的名字完全一样，因此，这两份报表将有冲突。解决的办法是在生成了项目等级报表后，改动其名字即可。

对 LCD Controller.PrjPCB 项目生成单引脚网表报表，将产生名为 LCD Controller.REP 的文件，其文件内容如下：

```
------------------------------------------------------------
Single Pin Net Report for LCD Controller.PrjPCB
-- 2006-7-30
-- 17:11:34
------------------------------------------------------------
Net TST has only one pin (Pin J2-3)
Net S_P has only one pin (Pin -4)
Net LCDVRI has only one pin (Pin J2-17)
Net LCDVGI has only one pin (Pin J2-18)
Net LCDVBI has only one pin (Pin J2-19)
```

Net LCDTST has only one pin (Pin J2-5)

Net LCDNC has only one pin (Pin J2-4)

Net /LCDVSY has only one pin (Pin J2-2)

Net /LCDHSY has only one pin (Pin J2-1)

Net TMS has only one pin (Pin U1-13)

在该文件中可见，项目中有部分引脚是单引脚网络。该文件部分单引脚网络所对应的图形如图 3.65 所示。

3.4.3 生成项目库文件

在完成项目设计后，可生成该项目的 Sch 库文件。该库文件包括项目中所有的元、器件。生成项目库文件的步骤如下。

（1）在导航器中选中需要生成库文件的项目。

（2）用鼠标左键单击主菜单中的 Design\Make Project，随后将生成该项目的 Sch 库文件。同时，还弹出如图 3.66 所示的 Sch 图预览设置窗口，在窗口中列出了项目中所用到的元、器件。

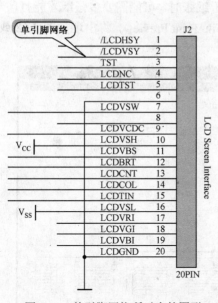

图 3.65　单引脚网络所对应的图形

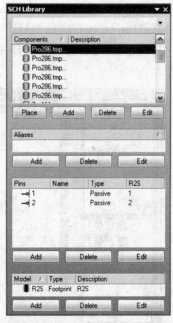

图 3.66　Sch 图预览设置窗口

3.4.4 打印图纸

打印图纸的方法如下。

（1）设置 Sch 图打印属性。

① 用鼠标左键单击主菜单中的 File\Page Setup，将出现如图 3.67 所示的 Sch 图打印属性设置窗口。

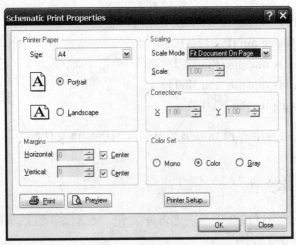

图 3.67　Sch 图打印属性设置窗口

②　在 Sch 图打印属性设置窗口中，主要是 Printer Paper 和 Scaling 的选择和配合运用。在 Size 中提供了 13 种标准纸张。在 Scale Mode 中有 Fit Document On Page 和 Scaled Print 两种模式选择。

- Fit Document On Page：整张图纸与所选纸张大小适配。整张图纸将打印在一张纸上。
- Scaled Print：按指定比例打印。当图纸大于纸张时，可能需要多张纸才能打印一张图。

（2）打印预览。用鼠标左键单击主菜单中的 File\Print Preview，将出现如图 3.68 或图 3.69 所示的窗口。

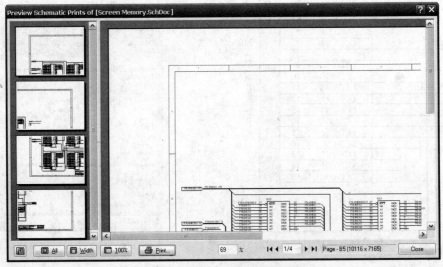

图 3.68　按比例适配预览效果图

如图 3.68 所示的是按比例适配预览效果图。图中的 Sch 图纸规格为 A3，打印纸张规格为 B5，Scale Mode 设置为 Scaled Print 模式后的预览效果图。由于图纸大于打印纸张，图纸将被分为 4 张纸打印。

如图 3.69 所示的是整张图纸适配预览效果图。图中的 Sch 图纸规格为 A3，打印纸张规格为 B5，Scale Mode 设置为 Fit Document On Page 模式后的预览效果图。从图中可见，图纸将被打印在一张纸上。

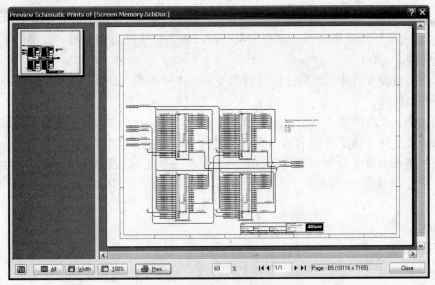

图 3.69　整张图纸适配预览效果图

（3）打印。用鼠标左键单击主菜单中的 File 项，移动光标到 Print 栏，并单击鼠标左键，在出现的打印机设置窗口中适当地进行选择，就可打印图纸。

3.4.5　生成网络表

Protel DXP 2004 能根据 Sch 图自动生成对应的 PCB 图。为了实现这一功能，先必须由 Sch 图生成描述电路的网络表，再由电路的网络表生成 PCB 图。

（1）网络表菜单。在打开项目和相应图纸的前提下，用鼠标左键单击主菜单中的 Design\Netlist For Document，将出现如图 3.70 所示的网络表菜单。

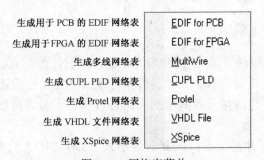

图 3.70　网络表菜单

- EDIF for PCB：生成用于 PCB 的 EDIF 网络表。
- EDIF for FPGA：生成用于 FPGA 的 EDIF 网络表。

EDIF（Electronic Design Interchange Format），用于数据交换的工业标准格式。

- MultiWire：生成多线网络表。
- CUPL PLD：生成用于可编程逻辑器件的 CUPL 格式的网络表。
- Protel：生成 Protel 网络表。
- VHDL File：生成 VHDL 文件。
- XSpice：生成 Xspice。

在打开项目和相应图纸的前提下，用鼠标左键单击主菜单中的 Design，移动光标到 Netlist For Project，将出现下拉菜单。单击菜单中某一栏，将为整个项目中的每一张图纸生成相应模式的网络表文件。

在众多的网络表文件中，用得比较普遍的是 Protel 网络表。下面重点介绍其生成方法并对文件做出分析和解释。

（2）生成 Protel 网络表。用鼠标左键单击菜单中的 Protel，在项目管理器中将增加一个带有蓝色图标的新文件。该文件的名称与图纸的名称相同，但扩展名为 NET。

用鼠标左键单击该文件名，可将其打开。下面是一个简单 Sch 图纸的 Protel 网络表。

[
U1
DIP-24/X1.5
54AC11240JT
]
（
VCC
U1-18
U1-19
）
（
GND
U1-5
U1-6
U1-7
U1-8
）

网络表文件由两部分组成，第 1 部分是元、器件声明，每个元、器件用一组方括号及其中的元、器件序号行，PCB 封装行，元、器件型号或数字标注行描述。第 2 部分是网络连接描述部分，每个网络用一组圆括号及其中的网络各行和若干与该网络连接的元、器件引脚或电路端口行描述。

以上 NET 文件声明了序号为 U1、PCB 封装形式为 DIP-24/X1.5、名为 54AC11240JT 的元、器件；描述了该器件的第 18 脚和第 19 脚属于 V_{CC} 网络，器件的第 5、6、7、8 脚属于 GND 网络。

3.5 实战 Sch 进阶

3.5.1 实战 Sch：制作 Sch 器件库文件

实战目的：掌握制作 Sch 器件库文件的方法。

实战内容：

（1）熟悉 Sch 库文件的创建和添加、移走元件的方法。

（2）按照如图 S3.1 所示设计的 80C31 器件的 Sch 库文件（参考 3.1 节）。

（3）按照如图 S3.2 所示设计的是 1 个 74HC04（4 个 2 输入或非门）多部件器件。各部件和引脚的关系如表 S3.1 所示，V_{CC} 和 GND 为隐藏引脚（参考 3.1 节）。

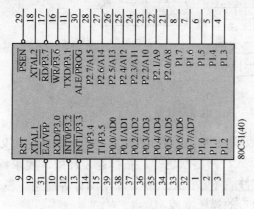

图 S3.1　80C31 器件的 Sch 库文件

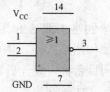

图 S3.2　74HC04 多部件器件

表 S3.1　各部件和引脚的关系

部　件	输入引脚	输出引脚	V_{CC} 引脚	GND 引脚
1	1、2	3	14	7
2	4、5	6	14	7
3	9、10	8	14	7
4	12、13	11	14	7

3.5.2　实战 Sch：设计层次 Sch 图和模板文件

实战目的：掌握层次 Sch 图的设计方法，Sch 图模板文件的设计方法，更换 Sch 图模板和指定系统默认模板的方法，生成文件清单的方法。

实战内容：

（1）绘制如图 S3.3 所示的模拟电路原理图和如图 S3.4 所示的数字电路原理图，并将两图作为下层图纸，设计层次图（参考 3.2.1 节）。

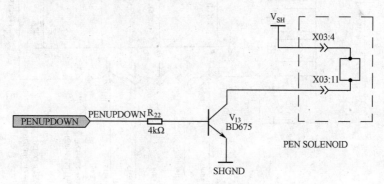

图 S3.3　模拟电路原理图

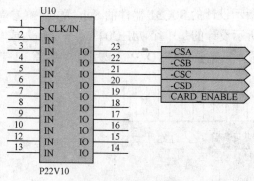

图 S3.4　数字电路原理图

（2）创建 1 张 Sch 图，取消该图的原模板并自己设计模板。在设计模板时可以修改图纸参数，比如图纸大小、图纸底色、网格形式、网格颜色等。在标题设计中，要求标题中要包含设计项目名称、设计日期、设计人、文件版本、图纸大小、专用图标等信息。设计完毕后，将该 Sch 文件另存为名为"模板_1.Schdot"的模板文件。

（3）将如图 S3.3 和图 S3.4 所示的 Sch 图模板更换为"模板_1.Schdot"（参考 3.2.2 节）。

（4）将"模板_1.Schdot"设置为系统默认模板。设置完毕后再新创建 1 个 Sch 文件，检查新建的文件上是否以"模板_1.Schdot"为模板（参考 3.2.2 节）。

3.5.3　实战 Sch：绘制普通图形

实战目的：掌握普通图工具的使用，掌握绘制普通图的方法。

实战内容：

（1）用普通图中的每个工具画图，并编辑每个图形的参数，查看参数设置对图形显示的影响（参考 3.4.1 节）。

（2）打开 Altium\Examples\Photoplotter\ Enclosure 下的 Sch 图，熟悉用普通图工具绘制的图形，并按照如图 S3.5 所示的结构图。

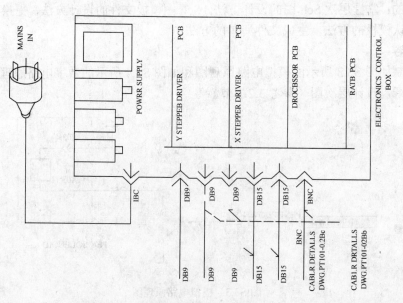

图 S3.5　结构图

习　题

[3.1]　在设计 Sch 库文件时，画元、器件符号通常用哪些基本元素？

[3.2]　如何设计下降沿触发的时钟引脚？

[3.3]　由下而上设计层次电路图的步骤是什么？

[3.4]　如何取消图纸原有的模板？

[3.5]　如何更换图纸的模板？

[3.6]　如何将自己设计的模板作为系统默认模板？

[3.7]　文件管理器有哪些窗口？这些窗口中都是什么类型的文件？

[3.8]　导航器有哪些窗口？窗口中有哪些内容？

[3.9]　如何给图纸的元、器件排序号？

[3.10]　如何生成网表文件？

单元测验题

1. 选择题

（1）自己设计的 Sch 库文件扩展名是：

　　[A] SchLib　　　　　　　[B] Schdot　　　　　　　　[C] IntLib

（2）设计 Sch 库文件时，哪一种图形符号具有电气特性？

　　[A] Line　　　　　　　　[B] Arc　　　　　　　　[C] Pin

（3）Sch 模板的文件扩展名是：

　　[A] Dot　　　　　　　　[B] Schdoc　　　　　　　[C] Schdot

（4）在绘图时，直线有如下 3 种线型，其中哪一种线型可设置不同的线宽？

　　[A] Solid　　　　　　　[B] Dashed　　　　　　　[C] Dotted

（5）生成网表的主要目的是：

　　[A] 增加文件类型　　　[B] 用文字来表述图形　　[C] 为生成 PCB 服务

2. 填空题

（1）在设计 Sch 库文件时，在 Sch Lib Drawing 工具条中，只有_____具有电气特性。

（2）在 Sch 库文件中，如果某器件名前有 1 个 "+" 号，则表示该器件是 1 个_____器件，单击_____，可展开该器件的_____。

（3）由上而下设计层次 Sch 图时，应先在顶层图纸上放置_____和_____。在常用工具条中，用鼠标左键单击_____图标，可实现上、下层图纸的转换。

（4）Protel DXP 2004 认可的模板文件的扩展名有_____和_____，但要设置为系统的默认模板，则文件的扩展名必须是_____。

3. 简答题

（1）如何设计 Sch 元件库文件？

（2）如何设计层次 Sch 图文件？

（3）如何将已放置在图纸中的元、器件符号升级？

（4）如何设计模板文件和更换模板？

（5）如何生成项目材料清单？

第 4 章　Protel DXP 2004 印制电路板设计

要　点

（1）熟悉 PCB 图。熟悉 PCB 图纸界面，掌握如何设置 PCB 图纸参数、添加 PCB 库文件。

（2）绘制 PCB 图。掌握手工绘制 PCB 图的方法、用 Sch 文件自动生成 PCB 图的方法。

4.1　熟悉 PCB 图

4.1.1　PCB 图纸界面

PCB 图纸界面介绍如下。

（1）PCB 基本常识。PCB 是在环氧树脂板上覆盖相当于电路导线的铜膜而形成的。根据 PCB 上导线的分布层数，PCB 分为单面板、双面板和多层板。根据 PCB 基材的软硬程度，PCB 可分为柔性 PCB 和刚性 PCB。

在 PCB 上焊接好元、器件，就形成了电路板。在 PCB 上焊接的元、器件有穿孔式器件与表面贴装器件两种。

穿孔式器件就是元、器件的引脚要从 PCB 的一面穿透到另一面，从而使得元、器件在 PCB 的一面（称为"元件面"），而焊点在另一面（称为"焊接面"）。

表面贴装器件就是元、器件的引脚不穿过 PCB，元、器件的"元件面"和"焊接面"在同一面。表面贴装器件较穿孔式器件节省 PCB 面积，是目前元、器件的主要封装形式。

穿孔式器件和表面贴装器件示意图分别如图 4.1（a）、（b）所示。

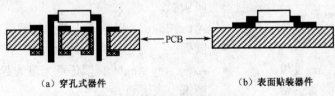

（a）穿孔式器件　　　　　　　　　　　　（b）表面贴装器件

图 4.1　元、器件安装示意图

（2）创建 PCB 文件。打开 Protel DXP 2004，用鼠标左键单击主菜单中的 File\NEW\PCB，就可进入 PCB 编辑环境。PCB 图纸以黑色为底色，如图 4.2 所示为 PCB 图纸界面。

在 PCB 图纸界面中，PCB 图纸窗口结构与 Sch 图纸窗口结构基本相同，且许多操作命令是相同的，许多参数是共享的。

下面只介绍 PCB 特有的内容。

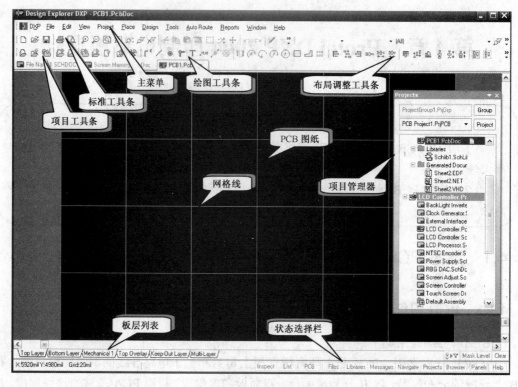

图 4.2 PCB 图纸界面

图 4.3 Place 菜单

4.1.2 PCB 主菜单与工具条

本节介绍 PCB 主菜单与工具条的相关知识。

（1）PCB 主菜单。

① Place。单击主菜单中的 Place，将出现如图 4.3 所示的 Place 菜单，在菜单中可以选择所要放置的图形。

- Arc（Center）：以中心为起点的圆弧。在 PCB 图纸中画圆弧。
- Arc（Edge）：以端点为起点的圆弧。在 PCB 图纸中画圆弧。
- Arc（Any Angle）：以任意角度为起点的圆弧。在 PCB 图纸中画圆弧。
- Full Circle：圆形。在 PCB 图纸中画圆圈。
- Fill：矩形填充图形。在 PCB 图纸中画矩形填充区。
- Line：导线。在 PCB 图纸中画导线。
- String：字符串。给 PCB 图纸添加字符串。
- Pad：焊盘。给 PCB 图纸添加安装元、器件用的焊盘。
- Via：过孔。连接不同图层的导线。
- Interactive Routing：互动布线。与 PCB 图中的飞线互动布线，也可像 Line 那样使用。

· 116 ·

- Component：元、器件。给 PCB 图纸放置元、器件封装。
- Coordinate：坐标。给 PCB 图纸放置参考坐标。
- Dimension：尺寸。给 PCB 图纸标注几何尺寸。
- Polygon Plane：多边形。给 PCB 图纸放置填充多边形。
- Slice Polygon Plane：分割多边形。将已放置的多边形分割开。
- Keepout：禁止布线。设置禁止布线区。

② Design。用鼠标左键单击主菜单中的 Design，将出现如图 4.4 所示的 PCB Design 菜单。

- Update Schematics in（*.PrjPCB）：升级项目中的原理图。当原理图生成 PCB 图后，如果对 PCB 图的元、器件序号和型号作了修改，执行该命令，原理图将得到自动更新，而不需要手工对原理图修改。

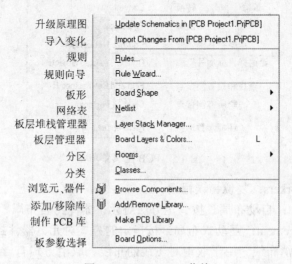

图 4.4　PCB Design 菜单

- Import Changes From（*.PrjPCB）：从 PCB 文件中导出改动信息，并确认是否需要保留这些修改。
- Rules：设计规则，用于修改设计规则，以创建出具有个性的设计规则。
- Rule Wizard：设计规则向导，用于引导设计人员创建设计规则。
- Board Shape：PCB 板形状，定义任意形状的 PCB 板图。
- Netlist：网络表。修改网络表或创建网络表。
- Layer Stack Manager：层数堆栈管理。设置 PCB 图的层数。
- Board Layers & Colors：板层颜色管理。设置 PCB 图各层的颜色。
- Rooms：分区。在 PCB 图中，元、器件可以放在不同的分区中。
- Classes：分类。PCB 图中各类符号的分类报表。
- Browse Components：浏览元、器件封装。用于查找元、器件封装。
- Add/Remove Library：添加/移除 PCB 库文件。用于对 PCB 库的操作。
- Make PCB Library：制作 PCB 库文件。用于设计新的 PCB 封装符号。
- Board Options：PCB 板参数设置。

③ Tools。用鼠标左键单击主菜单中的 Tools，将出现如图 4.5 所示的 PCB 工具菜单。

- Design Rule Check：设计检查规则。

设计检查规则	Design Rule Check...
复位错误标记	Reset Error Markers
自动布局	Auto Placement ▶
互动式布局	Interactive Placement ▶
取消布线	Un-Route ▶
密度图	Density Map
重新标注	Re-Annotate...
信号完整性	Signal Integrity...
交叉探针	Cross Probe
图层层次图例	Layer Stackup Legend
转换	Convert ▶
泪滴	Teardrops...
使网络长度相等	Equalize Net Lengths
给选择目标加外轮廓	Outline Selected Objects
查找和设置测试点	Find and Set Testpoints
清除所有测试点	Clear All Testpoints
环境参数选择	Preferences...

图 4.5　PCB 工具菜单

- Reset Error Markers：复位错误标记。
- Auto Placement：自动布局。按一定方法对元、器件封装布局。
- Interactive Placement：互动式布局。按指定的方式对元、器件封装布局。
- Un-Route：取消布线。用于取消对飞线的布线。取消方式有 All、Net、Connection、Component、Room。
- Density Map：密度图。显示 PCB 图的密度分布，执行该命令后，在 PCB 图中，密度底的区域用草绿色显示，随着密度的增加，颜色逐渐加深，密度最大处用红色显示。
- Re-Annotate：重新标注。对 PCB 中的封装序号按指定的方式标注序号。
- Signal Integrity：信号完整性分析。
- Cross Probe：交叉探针。用于从 PCB 图中的某个元、器件图形找到对应的 Sch 图及其中的元、器件。
- Layer Stackup Legend：图层层次图例。用于显示 PCB 上的各图层的上下顺序。
- Convert：图形类型转换。
- Teardrops：泪滴。给导线添加泪滴。
- Equalize Net Lengths：使网络长度相等。
- Outline Selected Objects：勾画选中网络的外轮廓。
- Find and Set Testpoints：查找和设置检测点。
- Clear All Testpoints：清除所有检测点。
- Preferences：PCB 环境参数设置。

④ Auto Route。单击主菜单中的 Auto Route，将出现如图 4.6 所示 PCB 自动布线菜单。

- All：所有连接。对 PCB 图中的所有飞线布线。
- Net：网络。对指定网络的飞线布线。
- Connection：连接。对指定连接的飞线布线。
- Component：元、器件。与指定元件连接的飞线布线。
- Area：区域。对所选区域内的飞线布线。
- Room：分区。对分区中的飞线布线。
- Fanout：驱动。该功能只对表面贴装元、器件有效。在 Fanout 的下拉菜单中选择驱动对象，表面贴装元、器件将引出网络连接端点。
- Setup：设置。用于设置布线规则。
- Stop：停止。停止布线。
- Pause：暂停。暂停布线。
- Restart：重启。重启布线。

图 4.6　PCB 自动布线菜单

（2）绘图工具条。PCB 绘图工具条如图 4.7 所示。图中所给出的绘图工具与 Place 菜单中的工具完全一样，不同的只是工具放置顺序。

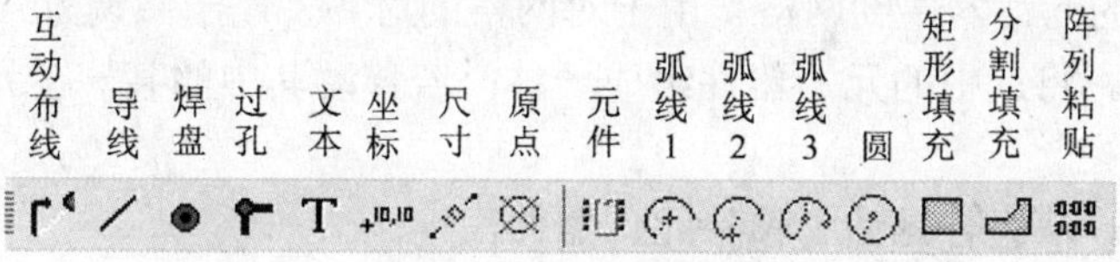

图 4.7　PCB 绘图工具条

（3）布局调整工具条。PCB 布局调整工具条如图 4.8 所示。

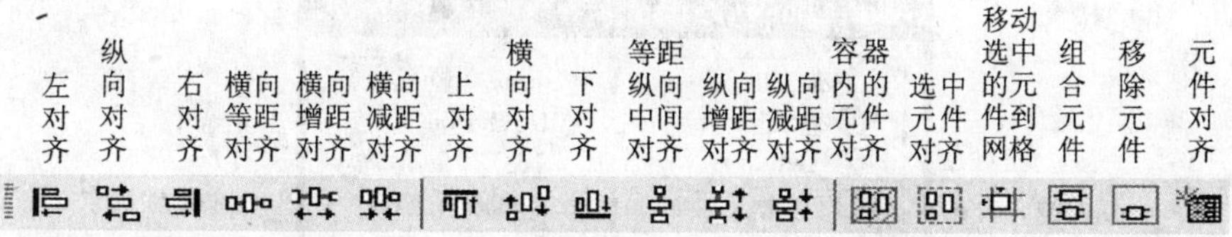

图 4.8　PCB 布局调整工具条

在用布局工具条布局中对 PCB 上的元、器件位置进行调整前，应选择所要调整位置的元、器件，再用合适的工具。

　：左对齐。执行该命令后，所选元、器件将向所选元、器件中最左边的靠拢。若能排成一列则排成一列，否则排成多列。从而在保证元、器件不出现重叠的情况下，最大限度地向左看齐。

　：纵向对齐。执行该命令后，所选元、器件将以鼠标单击元件为基准纵向排成一列。

　：右对齐。效果与左对齐相仿，只不过是向右对齐。

　：横向等距对齐。执行该命令后，所选元、器件中最左边和最右边的元、器件位置不动，其他元、器件以这些元、器件为基准水平方向移动，保证水平方向为等间距。

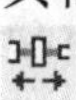

　：水平增距对齐。执行该命令后，所选元、器件以选中元、器件中最左边的为基准向

右移动。移动时，元、器件之间不进行等间距调整，而是等比例间距增加。每执行一次命令，选中元、器件中最右边向右移动一个单位距离，该距离与图纸参数设置（Board Options）中的 Component Grid 的设置有关，中间的元、器件按等比例距离向右移动。

　　：横向减距对齐。效果与水平增距对齐相似，只是每执行一次命令，元、器件之间的间距是随之作等比例减小的。

　　：上对齐。执行该命令后，所选元、器件将向所选元、器件中最上边的靠拢。

　　：横向对齐。执行该命令后，所选元、器件将以鼠标点中元件为基准横向排成一列。

　　：下对齐。效果与上对齐相仿，只不过是向下对齐。

　　：纵向等距对齐。对齐原理与横向等距对齐相同。

　　：纵向增距对齐。对齐原理与横向增距对齐相同。

　　：纵向减距对齐。对齐原理与横向减距对齐相同。

　　：容器内的元件对齐。执行该命令后，箭头光标上附加了一个十字光标。移动光标到容器，并单击容器任意处，容器中的元、器件将以容器的左上角为基准，并排成一行。再次单击窗口时，容器中可能会只显示出一个元、器件，刷新屏幕就可以看见容器中全部的元、器件了。

　　：选中元、器件对齐。执行该命令后，箭头光标上附加了一个十字光标。移动光标到选择区，并单击选择区任意处，所选中元、器件将排成一列。

　　：移动选中的元、器件到网格。用于对网格的对齐，属于微调方式。

　　：组合元件。将选中的元、器件组成一体，若移动其中的某一个元、器件，其他元、器件将随之移动。

　　：移除元件。从组合元件中移除元、器件。

　　：元件对齐。用鼠标左键单击该图标后，将出现如图 4.9 所示的"对齐方式选择"窗口。在该选择窗口中，可以选择几种常用的对齐方式。

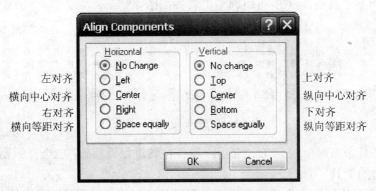

图 4.9　"对齐方式选择"窗口

4.1.3　设置 PCB 参数

设置 PCB 参数的方法如下。

（1）设置 PCB 板形。用鼠标左键单击主菜单中的 Design，在随之出现的菜单中，用左键单击 Board Shape，将出现如图 4.10 所示的 PCB 板形菜单。

① Redefine Board Shape。PCB 默认的板形是矩形。用鼠标左键单击 Redefine Board Shape，

PCB 图中原为黑色的区域变为绿色，移动十字光标在屏幕上可对 PCB 的板形重新定义。

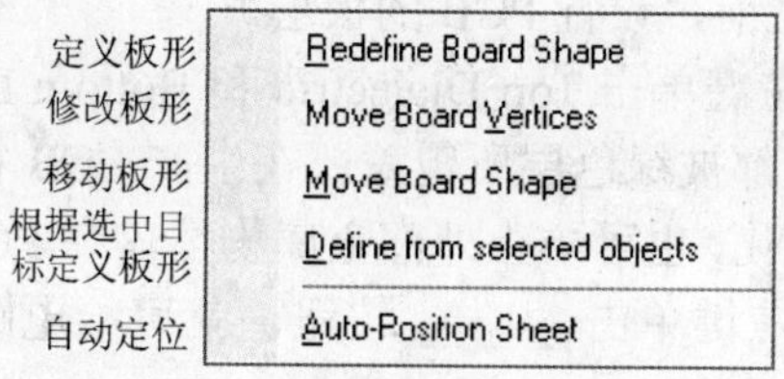

定义板形	Redefine Board Shape
修改板形	Move Board Vertices
移动板形	Move Board Shape
根据选中目标定义板形	Define from selected objects
自动定位	Auto-Position Sheet

图 4.10　PCB 板形菜单

如图 4.11（a）所示是原始 PCB 板图的一部分，图（b）是重新定义后的八角板形。

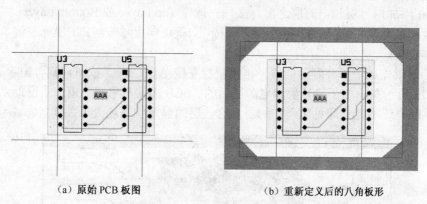

（a）原始 PCB 板图　　　　　　　　（b）重新定义后的八角板形

图 4.11　重新定义 OCB 板形

② Move Board Vertices。用鼠标左键单击 Move Board Vertices，PCB 图中原为黑色的区域变为绿色，移动十字光标到 PCB 的板形边线，可调整边线的位置，从而完成对板形的修改。

③ Move Board Shape。用鼠标左键单击 Move Board Shape，光标上将附有一个自定义板形的外轮廓。移动光标到合适位置，并单击鼠标左键，就可将自定义板形移动到新的位置。

④ Define from selected objects。用鼠标左键单击 Define from selected objects，将根据所选元、器件自动设置 PCB 的板形。

⑤ Auto-Position Sheet。用鼠标左键单击 Auto-Position Sheet，将根据图中的元、器件自动调整 PCB 板形。

（2）设置 PCB 层数。用鼠标左键单击主菜单中的 Design，在随之出现的菜单中，再用左键单击 Layer Stack Manger，将出现如图 4.12 所示的"PCB 板层管理"窗口。

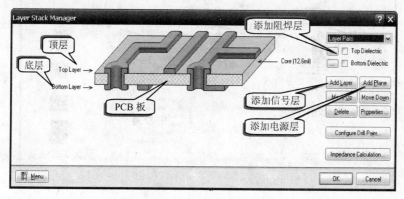

图 4.12　"PCB 板层管理"窗口

窗口中部是 PCB 板，Protel DXP 2004 默认的 PCB 板是双面板。当电路比较复杂，需要多层板时，就要在设计 PCB 图之前，设置 PCB 的板层。

① 添加阻焊层。用鼠标左键单击 Top Dielectric 和 Bottom Dielectric，PCB 板的顶层和底层除焊盘和过孔外，其他部分都被绿色层所覆盖。在生产 PCB 板时，绿色层就是阻焊层。添加阻焊层的目的是防止导线氧化，也可防止外部金属物体落在 PCB 板上时引起线路间的短路。

② 添加信号层。用鼠标左键单击 Add Layer 按钮，就可给电路板添加信号层，最多可添加 30 层，使信号层达到 32 层。

③ 添加电源层。用鼠标左键单击 Add Plane 按钮，就可给电路板添加电源层，最多可添加 16 层。

注意：在添加信号层和电源层之前，必须先选中 Top Layer 或 Bottom Layer。

④ 层次间移动。用鼠标左键单击 Move Up 按钮，就可向上移一层；用鼠标左键单击 Move Down 按钮，就可向下移一层。

⑤ 删除层。先选中所要删除的层，再用鼠标左键单击 Delete 按钮，就可删除该层。

如图 4.13 所示是添加了信号层和电源层后的 "PCB 多层板管理" 窗口。设置完 PCB 层数后，在 PCB 图中还不能立即见到添加的层，这些层的显示状态还处于关闭状态。

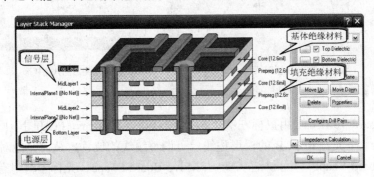

图 4.13　"PCB 多层板管理" 窗口

（3）设置 PCB 图层颜色。用鼠标左键单击主菜单，选择 Design\Board Layers & Colors，将出现如图 4.14 所示的 "PCB 图层颜色选择" 窗口。

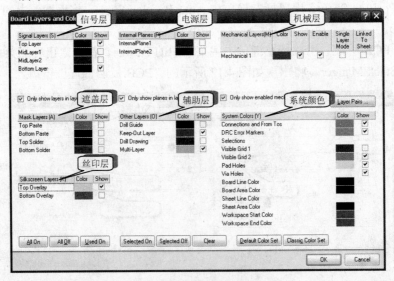

图 4.14　"PCB 图层颜色选择" 窗口

① Signal Layers。Signal Layers（信号层）用于布电路信号线。Protel DXP 2004 的信号层共有 32 层，它们的名称分别为 Top Layer、MidLayer1、……、MidLayer 2 和 Bottom Layer。

在图 4.14 中由于选择了 Only show layers in layer stack，因此只显示了已使用的信号层。在所见到的 4 层中，由于两个中间层的显示状态未选中，因此在 PCB 图纸中还不能见到这两层。选中后，就能在 PCB 图中见到这两层了。

② Internal Planes。Internal Planes（电源层）用于布内部电源和地线。Protel DXP 2004 的电源层共有 16 层，它们的名称分别为 InternalPlane1、InternalPlane2、……、InternalPlane16。

在图 4.14 中由于选择了 Only show layers in layer stack，因此只显示了已使用的内部电源层。这两层也处于未显示状态，在 PCB 图中还不能见到这两层。

③ Mechanical Layers。Mechanical Layers 是机械层，用于放置有关制作及装配 PCB 的信息，如修整标记、尺寸标记、数据资料、孔洞信息、装配说明等。Protel DXP 2004 的机械层共有 16 层，它们的名称分别为 Mechanical1、Mechanical 2、……、Mechanical 16。

机械层不是 PCB 上的物理层，不能通过添加板层的方法来增加层数。取消 Only Show enabled mechanical Layers，就能见到所有的 16 层了。可根据需要，使有关的机械层处于显示状态，在 PCB 图中就能见到所选的机械层。

④ Mask Layers。Mask Layers 是遮盖层，包括顶部和底部的锡膏层和焊接层。

⑤ Silkscreen Layers。Silkscreen Layers 是丝印层，用于印制元、器件的外轮廓、参数值和字符串等非电气图形，使在电路板上查找元、器件更加方便和快捷。

⑥ Other Layers。Other Layers：其他辅助层，包括 Drill Guide（钻孔引导层）、Keep-Out Layer（禁止布线层）Drill Drawing（钻孔绘图层）和 Multi-Layer（多层）。

- Drill Guide 和 Drill Drawing 的信息在绘制 PCB 图时会自动生成。
- Keep-Out Layer 用于定义 PCB 的电气图形区域，在该层所画的线不会制作在 PCB 上。
- Multi-Layer 是所有信号层的代表，在该层上放置的穿孔式元、器件将会与所有信号层相连。

⑦ System Colors。System Colors（系统颜色）用于设置系统通用的一些颜色。

- Selections：设置图形处于选中状态时的颜色。
- Visible Grid 1：设置小网格的颜色和是否可视。
- Visible Grid 2：设置大格的颜色和是否可视。
- Pad Holes：设置焊盘内孔的颜色。
- Via Holes：设置过孔内孔的颜色。

⑧ 其他。

- All On。用鼠标左键单击 [All On] 按钮，将打开所有已列出的信号层、电源层和其他所有层。
- All Off。用鼠标左键单击 [All Off] 按钮，将关闭所有已列出的层。
- Used On。用鼠标左键单击 [Used On] 按钮，将打开 PCB 图中被使用的层。
- Selected On。先用鼠标左键单击某层的名称，该字符串将处于高亮状态。再用鼠标左键单击 [Selected On] 按钮，将打开选中的层。相当于直接用光标单击该层名称右边的选择框。
- Selected Off。先用鼠标左键单击某层的名称，该字符串将处于高亮状态。用鼠标左键单击 [Selected Off] 按钮，将关闭选中的层。相当于直接用光标单击该层名称右边的选择框。

- Clear。用鼠标左键单击 Clear 按钮，将取消字符串的高亮状态。
- Default Color Set。用鼠标左键单击 Default Color Set 按钮，将默认颜色设置为各层的颜色。
- Classic Color Set。用鼠标左键单击 Classic Color Set 按钮，将传统的颜色设置为各层的颜色。

（4）设置图纸参数。在主菜单中选择 Design，在随之出现的菜单中，用鼠标左键单击 Board Options，出现如图 4.15 所示的"PCB 图纸参数选择"窗口。

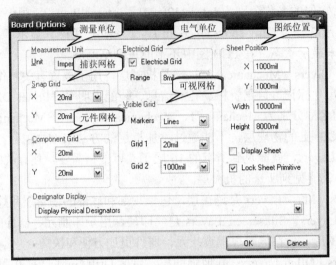

图 4.15 "PCB 图纸参数选择"窗口

① Measurement Unit。在 Measurement Unit（测量单位）栏可选择长度的计量单位是 "Imperial"（mil）还是"Metric"（cm）。

② Snap Grid。在 Snap Grid（捕获网格）栏可设置图形在图纸 X 方向和 Y 方向的最小移动间隔。在文本框中，默认值是 20mil。用鼠标左键单击文本框右边的 符号，将弹出下拉列表，在表中列出了 1 mil、5 mil、10 mil、20 mil、25 mil、50 mil、100 mil、0.025 mm、0.100 mm、0.250 mm、0.500 mm、1.000 mm、2.500 mm 等 13 种选择。也可在文本框中直接输入数字。

③ Component Grid。在 Component Grid（元件网格）栏可设置元、器件在图纸 X 方向和 Y 方向的最小移动间隔。在文本框中，默认值是 20 mil。用鼠标左键单击文本框右边的 符号，将弹出下拉列表，在表中列出了 13 个选择数据，也可在文本框中直接输入数字。

④ Electrical Grid。在 Electrical Grid（电气网格）栏可设置电气图形的最小间距。在文本框中，默认值是 20 mil。用鼠标左键单击文本框右边的 符号，将弹出下拉列表，在表中列出了 1 mil、5 mil、10 mil、20 mil、25 mil、50 mil、100 mil、0.025 mm、0.100 mm、0.250 mm、0.500 mm、1.000 mm、2.500 mm 等 13 种选择。也可在文本框中直接输入数字。

⑤ Visible。在 Visible（可视）栏中，可选择可视网格线是 Lines 线性的还是 Dots 点状的，也可选择 Grid 1—小网格和 Grid 2—大网格的间距。

在 Grid 1 的文本框中，默认值是 20 mil。用鼠标左键单击文本框右边的 符号，将弹出下拉列表，在表中列出了 10 mil、20 mil、25 mil、50 mil、100 mil、0.250 mm、0.500 mm、0.025 mm、1.000 mm、2.500 mm 等 10 个数据供选择。也可在文本框中直接输入数字。

在 Grid 2 的文本框中，默认值是 20 mil。用鼠标左键单击文本框右边的 符号，将弹出下拉列表，在表中列出了 10 mil、20 mil、25 mil、50 mil、100 mil、0.250 mm、0.500 mm、0.025 mm、

1.000 mm、2.500 mm 等 10 个选择数据，也可在文本框中直接输入数字。

在 PCB 图中通常所见的网格是大网格，若要显示小网格，则应在图层管理窗口中，使小网格处于显示状态。

⑥ Sheet Position。PCB 的图纸是由两层组成的，顶层是绘制 PCB 图的工作区，也简称为 PCB 图纸。底层是 Sheet，是 PCB 工作区的衬垫，平时处于不可见状态。

在 Sheet Position（图纸位置）栏中，可选择图纸工件区与 Sheet 的相对位置、Sheet 的尺寸和是否显示 Sheet。

如图 4.16 所示显示了 PCB Sheet 工作区（黑色区域）。

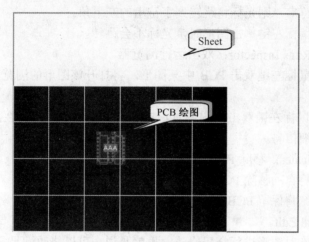

图 4.16　PCB Sheet 工作区

（5）设置环境参数。用鼠标左键单击主菜单中的 Tools\Preferences，将出现如图 4.17 所示的 PCB "环境参数设置" 窗口。

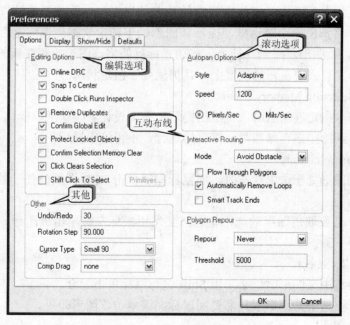

图 4.17　"环境参数设置" 窗口

① Options 选项卡。

· Editing Options。

a. Online DRC：在线设计规则检查。

选中该项，系统将在线监视 PCB 图设计中所有规则的执行情况。若有违反，则将在 PCB 图中以高亮显示。

未选中该项，系统将不进行在线检查。

b. Snap To Center：中心捕获。

选中该项，在用鼠标左键单击元、器件时，光标将自动跳转到元、器件的原点上。若用鼠标左键单击的是字符串，则光标将跳转到字符串的左下角。

未选中该项，用鼠标左键单击图形时，光标不会跳转。

c. Double Click Runs Inspector：双击运行浏览器。

若选中该项，用鼠标左键双击 PCB 中某图形，将打开该图形的浏览器，查看该图形的简要信息。

未选中该项，用鼠标左键双击某图形时，打开的将是该图形的属性窗口。在该窗口中，可以查看该图形的详细信息。

d. Remove Duplicates：移除 PCB 库中的重复元件。

选中该项，系统将自动移除 PCB 库中的重复元件。

未选中该项，系统将保留 PCB 库中的重复元件。

e. Confirm Global Edit。

选中该项，将允许对图形进行全局修改，也就是说，可以修改满足一定条件的同类图形。

未选中该项，只能修改选中的图形。

f. Protect Locked Objects：保护锁定对象。

选中该项，当用鼠标单击处于锁定状态的图形时，图形无任何反映，不能移动。

未选中该项，用鼠标单击处于锁定状态的独立的焊盘、过孔或导线这样的图形，并且按住鼠标左键不放，将弹出一个对话框，提示该图形处于锁定状态，询问是否要继续对该图形操作。若选择 Yes，该图形将跳到光标上，移动光标就能将该图形放置在新的位置，再次单击鼠标左键，该图形就被固定在新的位置上，且仍然处于锁定状态。

g. Conform Selection Memory Clear。

选中该项，清除指定存储器时，将给出提示，需要设计者确认清除操作。

未选中该项，清除指定存储器时，将直接进行，不再给出提示。

h. Click Clears Selection。

选中该项，当图形处于选中状态时，用鼠标左键单击 PCB 图纸的任一处，就可取消选中状态。

未选中该项，若要取消图形的选中状态，必须用鼠标左键单击该图形，而单击其他处无效果。

i. Shift Click To Select。

选中该项，要选中某图形时，必须用 Shift 键与鼠标单击配合。

未选中该项，要选中某图形就只需要用鼠标左键单击该图形即可。

· Autopan Options。

a. Style。

若 PCB 工作区大于窗口显示区，PCB 图纸自动滚动方式有 7 种可供选择。

（a）Disable：不滚动。按住鼠标左键不放，并移动光标到显示区边沿，图纸不会滚动。

（b）ReCenter：重新定中心。按住鼠标左键不放，并移动光标到显示区边沿，图纸将滚动，并以光标为中心。

（c）Fixed Size Jump：按固定尺寸跳动。按住鼠标左键不放，并移动光标到显示区边沿，图纸将按固定尺寸滚动。

（d）Shift Accelerate：用 Shift 键配合滚动加速。按住 Shift 键和鼠标左键不放，并移动光标到显示区边沿，图纸将加速滚动。

（e）Shift Decelerate：用 Shift 键配合滚动减速。按住 Shift 键和鼠标左键不放，并移动光标到显示区边沿，图纸将减速滚动。

（f）Ballistic：变速滚动。光标到达边界时，视图离边界近，则图形移动速度慢，视图离边界远则图形移动速度快。

（g）Adaptive：速度适配。按住 Shift 键和鼠标左键不放，移动光标到显示区边沿，图纸将按适当的速度滚动。

b．Speed。当滚动方式选择为 Adaptive 时，速度滚动由 Speed 右边文本框中的数字决定，数字越大，速度越快，其单位有 Pixels/s（像素/秒）和 Mils/s（密尔/秒）可选。

c．Step Size。当滚动方式选择为其他时，Step Size 右边文本框中的数字决定图形单步移动值。

d．Shift Step。用 Shift 键配合移动时，Shift Step 右边文本框中的数字决定图形单步移动值。

- Other。

a．Undo/Redo。设置撤销操作和恢复操作步数。在文本框中可输入所需的步数。

b．Rotation Step。设置图形旋转角度。用光标点中图形并按住鼠标左键不放，每按动一次空格键，图形将按照所指定角度作逆时针转动。

c．Cursor Type。

（a）Large 90：大十字 90° 光标。

（b）Small 90：小十字 90° 光标。

（c）Small 45：小十字 45° 光标。

d．Comp Drag。

（a）Connected Tracks：连接的导线。拖动元、器件时，与该元、器件相连的导线将随之移动。

（b）None：无拖动效果。拖动元、器件时，与该元、器件相连的导线将不随之移动。

- Interacticve Routing。

a．Mode：用于设置互动布线时的工作模式。

（a）Avoid Obstacle：避开障碍。在该工作模式下，在 PCB 中用互动方式布线时，将避开前进道路中的障碍物，绕道而行。

（b）Ignore Obstacle：忽略障碍。在该工作模式下，在 PCB 中用互动方式布线时，将允许导线穿过前进道路中的障碍物。

（c）Push Obstacle：推开障碍。在该工作模式下，在 PCB 中用互动方式布线时，将推开前进道路中的障碍物。

注意： 这3种模式在手动布线时无效。

3种工作模式的障碍效果图如图4.18（a）、（b）和（c）所示。

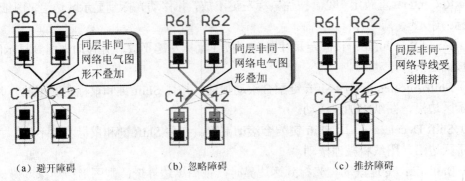

图 4.18　3种工作模式的障碍效果图

b．Plow Through Polygons。

选中该项，在互动布线时允许导线穿越多边形。

未选中该项，在互动布线时不允许导线穿越多边形。

在工作模式选择为 Ignore Obstacle 或 Push Obstacle 时，该项为不可选。

c．Automatically Remove Loops。

选中该项，在互动布线时将自动断开环状网络连接。

未选中该项，在互动布线时将保留环状网络连接。

d．Smart Track Ends。（智能导线终端）

选中该项，从某焊盘开始互动布线时，若在中途中止布线，将导线头留在了图纸空白处，导线头将自动与未布完的飞线相连接。

未选中该项，中途中止互动布线，导线头可能不与飞线相连接。此时，飞线将与导线中距离最近线段端点相连。

智能导线终端效果图如图4.19所示。

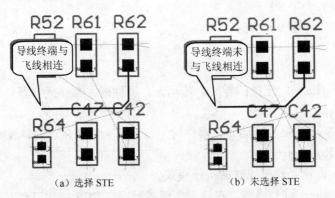

图 4.19　智能导线终端效果图

- Polygon Repour。重建多边形主要用于在互动布线时，如果有导线穿越了同层的多边形，则需要重建多边形使导线与多边形填充分离开来。

a．Repour。

（a）Never：不重建。选择该项后，拖动多边形，将出现一个对话框，提示是否执行重建。

若选择 Yes，则重建；若选择 No，则不重建。

（b）Threshold：有条件重建。

（c）Always：无条件重建。选择该项后，拖动多边形，多边形将被重建。

b．Threshold。Threshold 右边的对话框，用于设置 Repour 中 Threshold 模式的门限值。若多边形中的元素小于该门限值时，多边形将被立即重建。若多边形中的元素大于该门限值时，将出现一个对话框，提示是否执行重建。

多边形重建效果如图 4.20 所示。

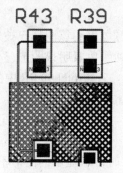 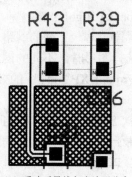

（a）导线叠加在同层多边形上　　　（b）重建后导线与多边形分离

图 4.20　多边形重建效果图

② Display 选项卡。Display 选项卡包含 Display Options、Show 和 Draft Thresholds 3 个选择区，如图 4.21 所示。

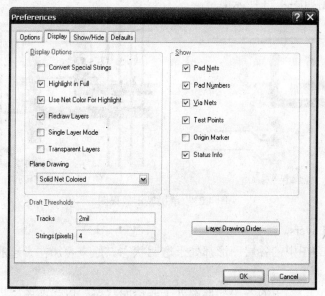

图 4.21　Display 选项卡

● Display Options。

a．Convert Special Strings。

选中该项，将把 Text 文本框中的特殊字符串转换成相应的信息。

未选中该项，则只能显示字符串本身。

Convert Special Strings 效果图如图 4.22 所示。

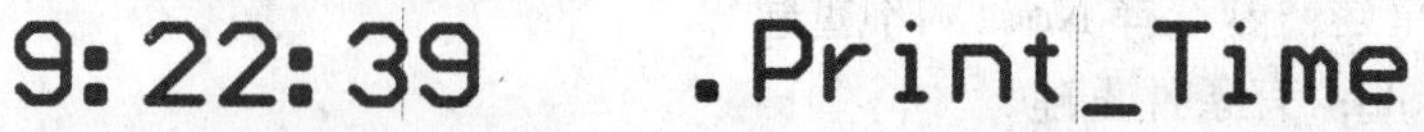

$$9{:}22{:}39\qquad .Print\_Time$$

（a）选择转换特殊字符串 　　　　（b）未选择转换特殊字符串

图 4.22　Convert Special Strings 效果图

b．Highlight in Full。

选中该项，违反检查规则的地方将以实心高亮显示。

未选中该项，违反检查规则的地方将以轮廓高亮显示。

c．Use Net Color For Highlight。

选中该项，选择图形时，不同的网络将以不同颜色表明该图形已被选中。

未选中该项，选择图形时，不同的网络将以相同颜色表明该图形已被选中。

注：该功能在 Protel DXP 2004 中的效果不明显，在 Protel 99 SE 中的效果明显。

d．Redraw Layers。

选中该项，当 PCB 图由某一层切换到另一层时，屏幕将被刷新，另一层的图形将被置于屏幕的最顶层，以便于检查和修改该层的图形。

未选中该项，当 PCB 图由某一层切换到另一层时，所显示的图形不切换。若想要切换，则必须执行 Refresh（刷新）操作。

e．Single Layer Mode。

选中该项，PCB 设置为单层显示模式。此时，只能看到当前图层中的图形。

未选中该项，PCB 图中的各层图形都能见到。

单层显示效果图如图 4.23 所示。

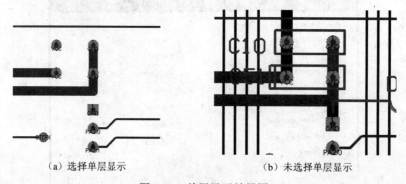

（a）选择单层显示 　　　　　　　（b）未选择单层显示

图 4.23　单层显示效果图

f．Transparent Layers。

选中该项，PCB 图中的各层图形都处于透明状态。原来叠加在一起的各层图形将显示出现叠加状况。

未选中该项，PCB 图中的各层图形都处于非透明状态。以当前图层为最顶层显示各层图形。

透明图层效果图如图 4.24 所示。

● Show。

a．PadNets。

选中该项，将显示焊盘网络名。

未选中该项，将不显示焊盘网络名。

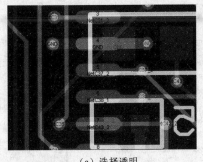
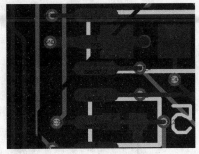

（a）选择透明 　　　　　　　　　　　　　　　（b）未选择透明

图 4.24　透明图层效果图

b．PadNumbers。

选中该项，将显示焊盘编号。

未选中该项，将不显示焊盘编号。

c．ViaNets。

选中该项，将显示过孔网络名。

未选中该项，将不显示过孔网络名。

d．Test Points。

选中该项，将显示测试点。

未选中该项，将不显示测试点。

e．Origin Marker。

选中该项，将显示原点标记。

未选中该项，将不显示原点标记。

f．Status Inf。

选中该项，将显示状态信息。当光标在图纸中通过某图形时，与该图形有关的信息将显示在窗口的下边沿。

未选中该项，将不显示状态信息。

● Draft Thresholds。

a．Tracks。Tracks 为草图模式下线条轮廓线的宽度。在右边的文本框中可修改该值。

b．Strings。Strings 为草图模式下字符串线的宽度。在右边的文本框中可修改该值。

③ Show/Hide 选项卡。Show/Hide 选项卡如图 4.25 所示。在图中可以设置 Arcs、Fills、Pads、Polygons 、Dimensions、Strings、Tracks、Vias、Coordinates、Rooms 的 3 种显示方式。这 3 种显示方式分别为 Final（精细）、Draft（草稿）和 Hidden（隐藏）。

精细显示和草图显示效果图如图 4.26 所示。如果选择隐藏模式，则在 PCB 图中将看不见该图形。

4.1.4　PCB 元、器件封装知识

相同种类的元、器件可以有不同的封装，不同的元、器件可以有相同的封装。在 PCB 图中，元、器件封装的结构和尺寸与元、器件的物理结构和尺寸是直接相关的。如果没有对元、器件物理结构和尺寸的知识有深入的了解，就无法设计出布局合理的 PCB。

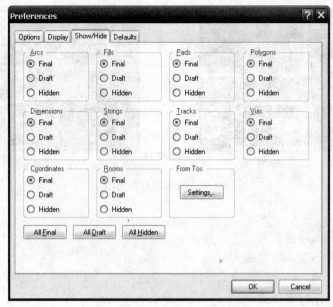

图 4.25　Show/Hide 选项卡

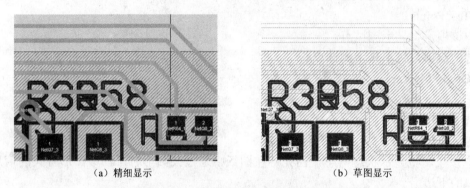

（a）精细显示　　　　　　　　　　　　（b）草图显示

图 4.26　精细显示和草图显示效果图

（1）固定电阻器。固定电阻器是 1 个 2 端元件，两端点之间的电阻值是固定不变的。

按照制作材料分，电阻可分为金属膜电阻器、金属氧化膜电阻器、碳膜电阻器、陶瓷电阻器和线绕电阻器等。陶瓷电阻器通常都是大功率电阻，线绕电阻器通常都是高精度电阻。

按照精度分，电阻可分为普通电阻器和精密电阻器。普通电阻器精度有±5%（Ⅰ级）、±10%（Ⅱ级）和±20%（Ⅲ级）。精密电阻器精度有±2%、±1%、±0.5%、±0.2%等。

按照功率分，常见的电阻功率等级有 1/16W、1/8W、1/4W、1/2W、1W、2W、5W、10W等。

按照安装方式分，常见的电阻安装方式有穿孔焊接式、表面贴装式、引线式等。

为了标识电阻器的阻值和精度，在常用的穿孔焊接式电阻器的外表都印有一组色环，这样的电阻器也称为色环电阻器。色环由数值环和精度环组成。其颜色与所代表的数字之间的关系如表 4.1 所示。

表 4.1 色环电阻的颜色与所代表的数字之间的关系

数值	黑	棕	红	橙	黄	绿	蓝	紫	灰	白
	0	1	2	3	4	5	6	7	8	9
倍率	10^0	10^1	10^2	10^3	10^4	10^5	10^6	10^7	10^8	10^9
精度%	紫	蓝	绿	棕	红	金	银	无色		
	±0.1	±0.2	±0.5	±1	±2	±5	±10	±20		

色环电阻及标识如图 4.27 所示。

第 1 数字环位于电阻器的某一顶端，标识的是电阻器阻值有效数值的整数部分，第 2 数字环标识的是电阻器阻值有效数值的小数部分。将这两个环的数值相加，再乘以倍率环所代表的倍率，就得到该电阻器的阻值。最后 1 个色环是精度环。

图 4.27 色环电阻器及标识

如果精度是 1% 的电阻器，则需要 5 个色环，其中，3 个为数值环，1 个为倍率环，1 个为精度环。

电阻器封装尺寸主要决定于其额定功率，功率越大，电阻器体积就越大。

常见电阻器实物图形如图 4.28 所示。

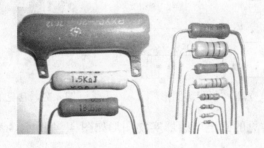

图 4.28 常见电阻器实物图形

在 Protel DXP 2004 中，Misecllaneous Devices.Intlib 库中提供的穿孔焊接式电阻的封装为 AXIAL0.3～AXIAL 1.0，共 8 种；贴片式电阻的封装为 0402～1210，共 3 种。常见的电阻器封装形式如图 4.29 所示，这些封装并非从属于特定的元件类属，而是可以灵活应用于电阻、电容、电感、二极管等多类元件的装配。

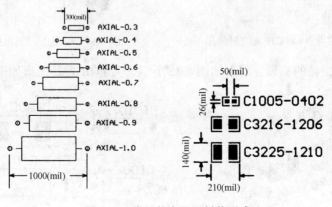

图 4.29 常见的电阻器封装形式

（2）可调电阻。可调电阻又称为电位器，是 1 种 3 端元件。常见的电位器实物图形如图 4.30 所示。常见的电位器 PCB 封装图形如图 4.31 所示。

图 4.30　常见的电位器实物图形

（3）固定电容器。固定电容器是 1 个 2 端元件，两端点之间的电容值是固定不变的。

按照制作材料分，电容器可分为铝电解电容器、钽电解电容器、陶瓷电容器、云母电容器、薄膜电容器、纸介电容器、金属化纸介电容器等。常见的电容器实物图形如图 4.32 所示，其 PCB 封装图形如图 4.33 所示。

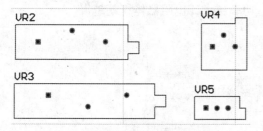

图 4.31　常见的电位器 PCB 封装图形

图 4.32　常见的电容器实物图形

（4）固定电感器。常见的固定电感器实物图形如图 4.34 所示，常见电感器封装与电阻器封装基本相同。

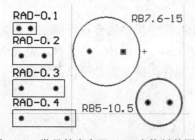

图 4.33　常见的电容器 PCB 实物封装图形

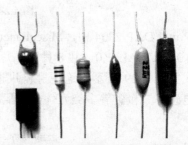

图 4.34　常见的固定电感器实物图形

（5）二极管。常见的二极管图形如图 4.35 所示，其 PCB 封装图形如图 4.36 所示。

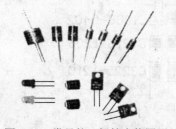

图 4.35　常见的二极管实物图形

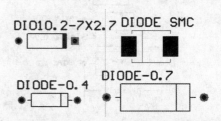

图 4.36　常见的二极管 PCB 封装图形

（6）晶体管。常见的晶体管实物图形如图 4.37 所示，其 PCB 封装图形如图 4.38 所示。

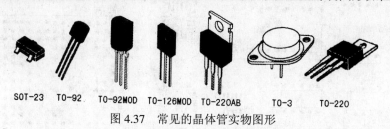

图 4.37　常见的晶体管实物图形

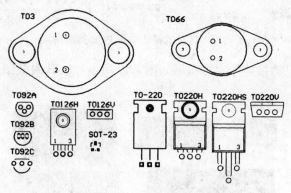

图 4.38　常见的晶体管 PCB 封装图形

（7）晶体。常见的晶体实物图形如图 4.39 所示。

图 4.39　常见的晶体实物图形

图中左边的是有源晶振，有 4 个引脚。上下 2 行的间距与标准双列直插式集成电路的封装相同，可借用 DIP 封装。

图中右边的是晶体，其封装与电阻和电容的封装相同。

（8）集成电路。常见的集成电路实物图形如图 4.40 所示，其 PCB 封装图形如图 4.41 所示。

图 4.40　常见的集成电路实物图形

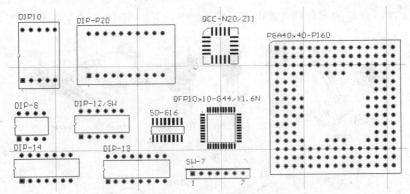

图 4.41　常见的集成电路 PCB 封装图形

（9）接插件。常见的接插件实物图形如图 4.42 所示，PCB 封装图形如图 4.43 所示。

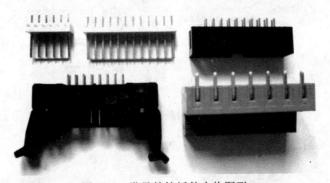

图 4.42　常见的接插件实物图形

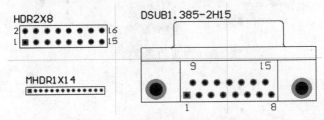

图 4.43　常见的接插件 PCB 封装图形

4.2　绘制 PCB 图

4.2.1　手工绘制 PCB 图

手工绘制 PCB 图的方法如下。

（1）绘图工具。手工绘制 PCB 图时，要用主菜单中的 Place 下的各种工具或 Placement 工具条中的各种工具。

Placement 工具条如图 4.44 所示。从工具条中选择合适的工具，就能在 PCB 图中画出所需要的图形。

互动布线　导线　焊盘　过孔　文本　坐标　尺寸　原点　元件　弧线1　弧线2　弧线3　圆　矩形填充　分割填充　阵列粘贴

图 4.44　PCB 绘图工具条

（2）绘制 PCB 图。手工绘制 PCB 图要以器件封装为核心，再连导线。PCB 图的绘制顺序如图 4.45 所示。

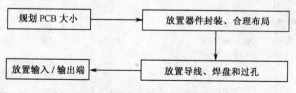

规划 PCB 大小　→　放置器件封装、合理布局

放置输入/输出端　←　放置导线、焊盘和过孔

图 4.45　PCB 图的绘制顺序

① 规划 PCB 大小。PCB 的大小与电路的复杂程度、器件的物理尺寸有关。首先应根据原理图所用元、器件的个数和占用的面积，估算出该原理图所用 PCB 的大小。

Protel DXP 2004 默认的 PCB 共有 6 层。它们分别是：Top Layer（顶层）、 Bottom Layer（底层）、Mechanical 1（机械层 1）、Top Overlay（字符层）、Keep-Out Layer（禁止布线层）和 Multi-Layer（多层）。

Top Layer 和 Bottom Layer 用于布导线和其他具有电气特性的图形。在制作 PCB 时，这两层中的图形将以铜膜导体的形式附着在 PCB 基材上，形成导电通路。

Mechanical 1 用于规划 PCB 的物理边界，决定 PCB 的大小。

Top Overlay 又称为丝印层，用于放置元、器件图形轮廓、编号、参数值等。在这一层中的图形，将用油漆印刷在 PCB 上。

Keep-Out Layer 用于规划电路图的电气边界，在自动布局和自动布线时很有用。

● 物理边界的规划。

a. 利用模板规划 PCB。Protel DXP 2004 提供了 59 种模板供选用，其中有 14 种是带有图纸背景的通用模板，45 种为标准工业模板。

用鼠标左键单击窗口下部的任务管理器的 File，将出现如图 4.46 所示的"File 管理"窗口。"File 管理"窗口由 5 个小窗口组成，在该窗口中用鼠标左键单击某栏的名称就可打开或关闭该小窗口。

图 4.46　"File 管理"窗口

下面以用 PCI short card 3.3V-64 BIT 模板创建 PCB 为例，讲解操作步骤。

（a）用鼠标左键单击图 4.46 中的 New from template\PCB Template，将打开如图 4.47 所示的"模板选择"窗口。

图 4.47　"模板选择"窗口

（b）用鼠标左键双击窗口中的 PCI short card 3.3V-64 BIT 文件名，在屏幕上将出现如图 4.48 所示的 PCI short card 3.3V-64 BIT 模板。

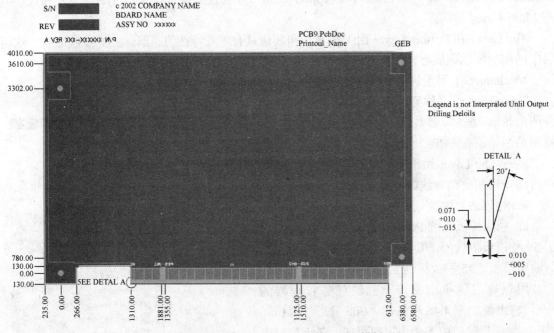

图 4.48　PCI short card 3.3V-64 BIT 模板

b．利用向导规划 PCB。

（a）用鼠标左键单击图 4.46 中的 New from template\PCB Board Wizard，将打开如图 4.49 所示的"向导"窗口。

（b）用鼠标左键单击窗口中的 [Next>] 按钮，将打开如图 4.50 所示的"计量单位选择"窗口。在此窗口中，如果选择的计量单位是 Imperial ，长度单位就是 mil；如果选择的计量单位是 Metric，长度单位就是 mm。

图 4.49　"向导"窗口

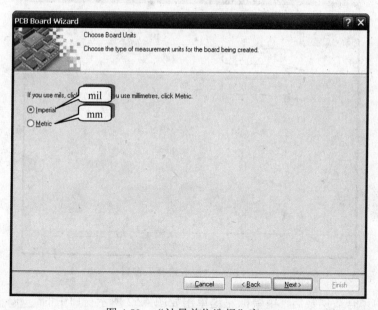

图 4.50　"计量单位选择"窗口

（c）用鼠标左键单击上述窗口中的 Next> 按钮，将出现如图 4.51 所示的"模板选择"窗口。在此窗口中可以选择合适的模板。

（d）在选中了合适的模板（比如 PCI short card universal-64BIT）后，用鼠标左键单击上述窗口中的 Next> 按钮，将出现如图 4.52 所示的"层数选择"窗口。在此窗口中可以选择 PCB 的信号层数和电源层数。

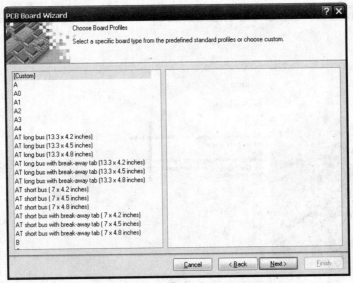

图 4.51　"模板选择"窗口

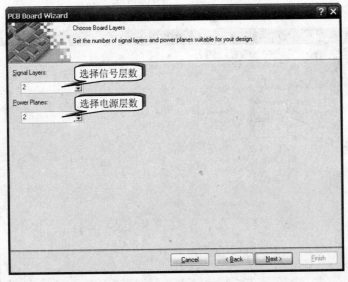

图 4.52　"层数选择"窗口

（e）在选中了合适层数后，用鼠标左键单击如图 4.52 所示窗口中的 Next> 按钮，将出现如图 4.53 所示的"孔型选择"窗口。在此窗口中可以选择是从顶层到底层的穿透式孔，还是由某地层到中间层的盲孔。

（f）在选中了孔形后，用鼠标左键单击如图 4.53 所示窗口中的 Next> 按钮，将出现如图 4.54 所示的"封装形式选择"窗口。在此窗口中可以选择 PCB 上是表面安装元、器件，还是穿透式元、器件，需不需要在 PCB 的两面安装表面安装元、器件。

如果选择的是穿透式元、器件，该窗口中将出现如图 4.55 所示的穿透式元、器件选择窗口。在这里可选择标准 DIP 封装的两个焊盘间能够通过的导线数目。

（g）在选中了封装后，用鼠标左键单击如图 4.54 所示窗口中的 Next> 按钮，将打开如图 4.56 所示的"参数设置"窗口。

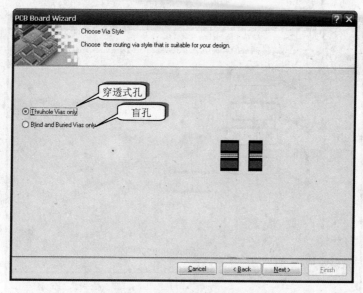

图 4.53　"孔型选择"窗口

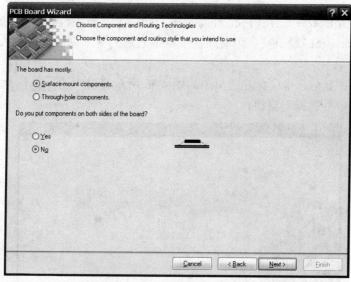

图 4.54　"封装形式选择"窗口

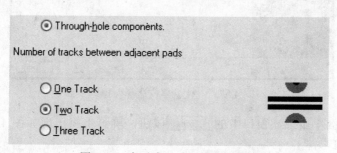

图 4.55　穿透式元、器件选择窗口

Minimum Track Size：最小线宽。在字符串右边的文本框中，可输入所需的线宽值。

Minimum Via Width：过孔外径。在字符串右边的文本框中，可输入所需的过孔外径值。

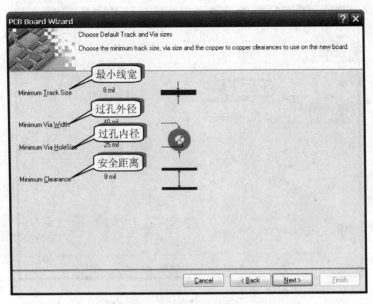

图 4.56　"参数设置"窗口

Minimum Via HoleSize：过孔内径。在字符串右边的文本框中，可输入所需的过孔内径值。

Minimum Clearance：最小安全距离。在字符串右边的文本框中，可输入所需的最小安全距离值。

（h）在设置完参数后，用鼠标左键单击如图 4.56 所示窗口中的 Next > 按钮，将出现如图 4.57 所示的"计量单位选择"窗口。

图 4.57　"计量单位选择"窗口

（i）用鼠标左键单击上述窗口中的 Finish 按钮，屏幕上将出现如图 4.58 所示 PCI short card universal-64BIT 图。

在利用模板或向导创建 PCB 时，如果选择的不是标准工业模板，而是其他模板，则将出现如图 4.59 所示的带有图纸背景的 PCB 图。

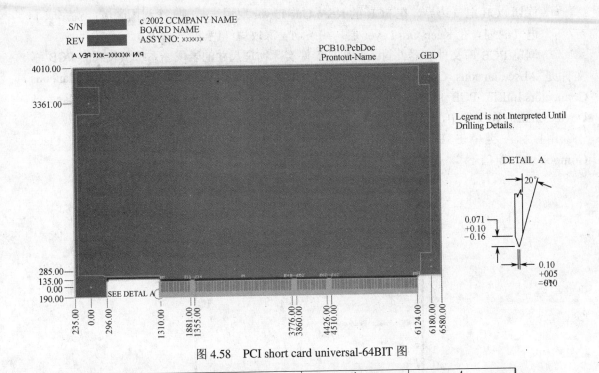

图 4.58　PCI short card universal-64BIT 图

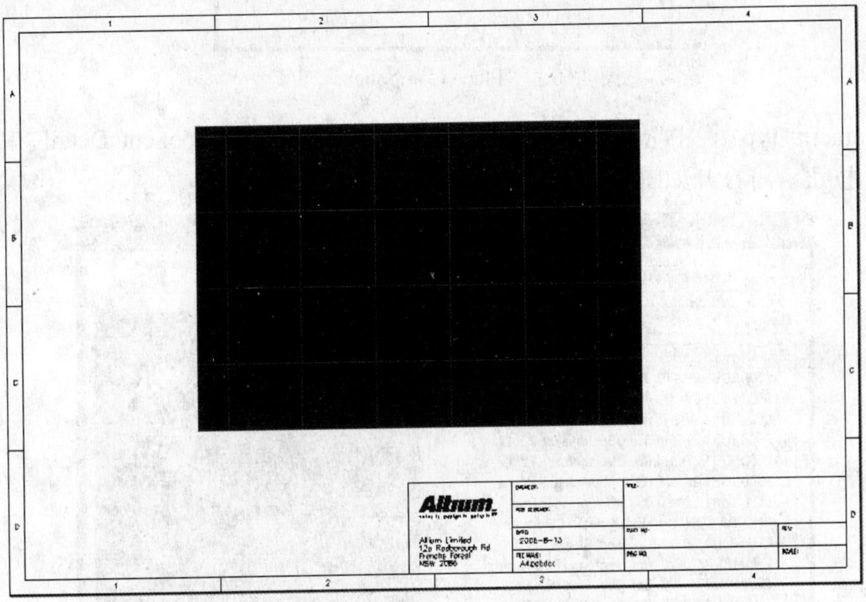

图 4.59　带有图纸背景的 PCB 图

c．利用命令规划 PCB。

（a）用普通的方法创建一张 PCB 图。

（b）用鼠标左键单击主菜单中的 Design\Board Shape\Redefine Board Shape。

（c）此时，PCB 图中原为黑色的区域变为绿色，黄色图纸背景变为黑色。移动十字光标在屏幕上画封闭图形，就可对 PCB 的板形重新定义。

在 PCB 图纸上所见的大网格的长宽均为 1 000 mil（2.54cm）。以此为参照，可在 PCB 图纸上规划出合适的区域。

- 规划 PCB 电气边界。在 PCB 的 Keep-Out Layer 层用线条画 1 个封闭区域，就完成了电气规划。在 Keep-Out Layer 层，线条均呈深玫瑰红色。

② 浏览 PCB 库文件。器件封装图形是器件实际物理尺寸的表现。系统预装载的 PCB 库文件是 Miscellaneous Connectors.IntLib 和 Miscellaneous Devices.IntLib。在 Miscellaneous Connectors.IntLib PCB 库文件中提供的是各种接插件的封装图形。在 Miscellaneous Devices.IntLib 库文件中，提供了常用元、器件的封装图形。

用鼠标左键单击 Placement 工具条中的 图标，将打开如图 4.60 所示的 "Place Component" 窗口。

图 4.60　"Place Component" 窗口

在 Placement Type 栏中选择 Footprint，再用鼠标左键单击 Component Details 中 Footprint 项右边的 按钮，将打开如图 4.61 所示的 "Browse Libraries" 窗口。

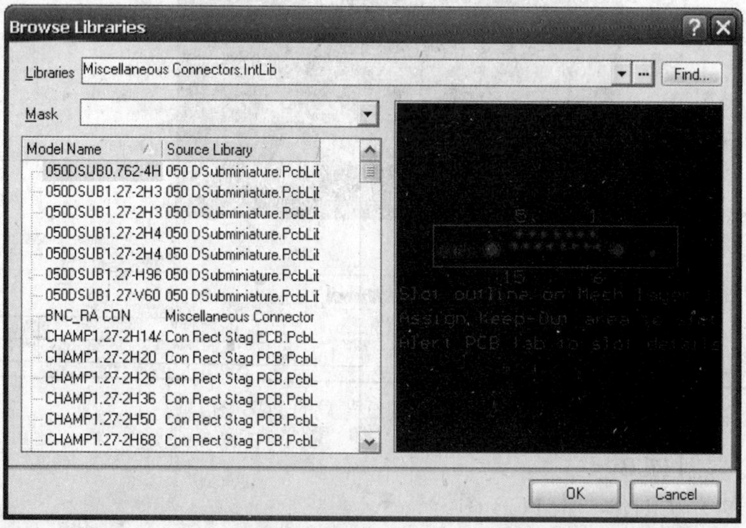

图 4.61　"Browse Libraries" 窗口

Protel DXP 2004 默认的是 Miscellaneous Connectors.IntLib（接插件库），如果要放置常用元、器件，则用鼠标左键单击 图标，然后再选择 Miscellaneous Devices.IntLib（常用元、器件库），Devices 窗口内部的信息随之更换，如图 4.62 所示。

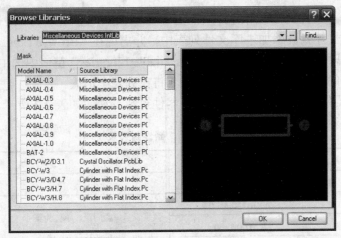

图 4.62　Devices 窗口

在如图 4.62 所示的两图中，左窗口中是各种封装的名称，右窗口中是该封装名所对应的封装图形。用鼠标左键单击封装名，其相应的图形就显示在右窗口中。

③ 添加和移除 PCB 库文件。为了满足设计 PCB 时对各种元、器件封装的需求，Protel DXP 2004 同时还提供了另外 51 个 PCB 库文件夹，根据需要可添加和移除选中的 PCB 库文件。

在如图 4.61 所示的"Browse Libraries"窗口中，用鼠标左键单击 ⸻ 图标，将打开如图 4.63 所示的"Available Libraries"窗口。

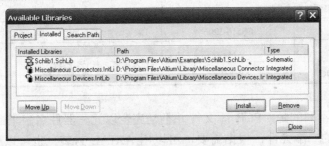

图 4.63　"Available Libraries"窗口

用鼠标左键单击窗口下部的 Install... 按钮，将打开如图 4.64 所示的"打开"窗口。

图 4.64　"打开"窗口

从该窗口中进入文件夹，就可选择所需的 PCB 库文件（扩展名为 IntLib）。用鼠标左键双击某库文件，该库文件就被添加进库文件列表中，并出现在"Browse Libraries"窗口中。如果想移走某库文件，只需在如图 4.63 所示的"Available Libraries"窗口中选中该库文件，再用鼠标左键单击窗口中的 Remove 按钮，该库文件名将在列表中消失。

④ 常用元、器件封装及说明。常用元、器件封装及说明如表 4.2 所示。

表 4.2 常用元、器件封装及说明

封装类型	封装名称	说 明
穿孔式元、器件		
电阻类元件	AXIAL-0.3～0.7	数字表示焊盘间距，单位为英寸
无极性电容	RAD-0.1～0.4	
电解电容	RB5-10.5，7.5-15	横杠前的数字表示焊盘间距，横杠后的数字表示电容外径，单位为 mm
二极管	DIODE-0.4，0.7	数字表示焊盘间距，单位为英寸
晶体管	BCY-W3	
电位器	VR5	
双列直插	DIP-xx	xx 为数字，表示引脚数
电子管	VTUBE-5～9	数字表示引脚数
表面贴装式元器件		
二端元件	C3216-1206	可贴装贴片电阻、电感、电容和二极管
标准双列 IC	SO-G xx	xx 为数字，表示引脚数
窄引脚间距双列 IC	SSO-G xx	

与 Sch 库文件不同的是，PCB 库文件并不是完全以元、器件名字来命名封装形式的。这是因为只要是常用的二端元件，根据需要，可以用 AXIAL 封装、也可以用 RAD 封装图形。各种不同的双列直插 IC 有不同的逻辑功能，但许多 IC 的引脚却是一样多，比如 74LS00、74LS01、74LS02 等众多 IC 都是 14 引脚，它们都可用同一个 DIP 封装，如 DIP-14。

常用的元、器件封装图形如图 4.65 所示。

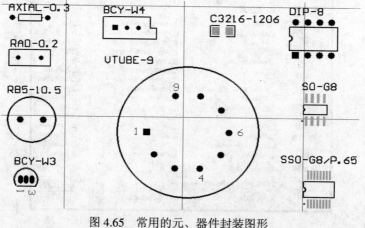

图 4.65 常用的元、器件封装图形

⑤ 放置器件封装图形和布局。在如图 4.62 所示的窗口中选中某个元件图形，再用左键单击 ▭ OK ▭ 按钮，将打开如图 4.66 所示的"Place Component"窗口。

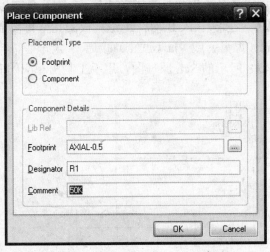

图 4.66 "Place Component"窗口

与图 4.60 相比，如图 4.66 所示窗口的 Footprint 右边的文本框中自动填入了所选中的元、器件封装名。

此时，可在 Designator 右边的文本框中输入元、器件名称及序号，在 Comment 右边的文本框中输入元、器件型号或元件值。再用鼠标左键单击如图 4.66 所示窗口中的 ▭ OK ▭ 按钮，在图纸上将出现该封装图形，且封装图形会跟随光标移动。移动光标到适当位置，单击左键后封装图形就被固定在图纸上。

此时，又出现一个相同的封装图形，以供重复放置相同元件之用。如果不想重复地放置相同的元件，按右键即可取消放置该元件的操作，同时又出现如图 4.66 所示的窗口，以供重新选择其他元件之用。

在 PCB 中，元、器件的布局很重要。布局时，既要考虑自身的连线，又要考虑周边环境。要在器件之间留下足够的面积，以满足布线之用。当芯片的引脚很多时，更要注意预留布线面积。为了尽可能减小元、器件之间的热影响、磁场影响和电场影响，一般元、器件要远离这些器件。比如，要远离电源变压器、电源芯片等。大功率器件要尽量不放置在 PCB 的中部，接口器件要放置在 PCB 的边上。

⑥ 放置导线、焊盘和过孔。Protel DXP 2004 默认的是双面 PCB。为了将两面的导线区分开，顶层（Top Layer）导线用的是红色，底层（Bottom Layer）导线用的是蓝色。

• 放置导线。用左键单击 Placement 工具条中的 ▱ 或 ╱ 图标，就可在图纸上绘制导线了。其方法与在 Sch 图中绘制导线的方法是一样的。但要注意的是，为了防止信号在导线转弯处产生反射，在 PCB 中绘制导线时，导线不能转直角弯，通常是转 45°角弯。

Protel DXP 2004 在布线时，在转弯处采用的是前导式布线方式，如图 4.67 所示。

所谓前导式布线方式是指与光标相连的一段是一条轮廓线，它提示设计者导线可能的走向。与轮廓线相连的实心线（端点是轮廓），

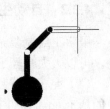

图 4.67 前导式布线方式

提示设计者导线将在此位置按所显示的形状和长度固定下来。再后边的实心线是已固定的导线。

- 放置焊盘和过孔。焊盘和过孔都具有多层电气属性，如果需要把顶层导线与底层导线连接起来，只需在工具条中用鼠标左键单击 ⊛ 或 🕯，就可以在 PCB 中放置 Pad（焊盘）或 Via（过孔）。在制作 PCB 时，绝缘基板的孔壁将被金属化，从而保证了 PCB 两面导线通过 Pad（焊盘）或 Via（过孔）接通。

【例 4.1】根据如图 4.68 所示的 Sch 原理图，用手工画出相应的 PCB 图。

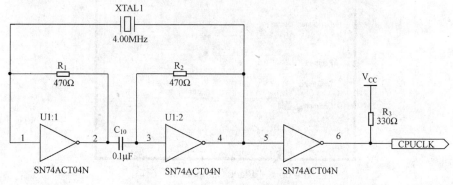

图 4.68　【例 4.1】的 Sch 原理图

【解】分析：该电原理图有 3 个电阻、1 个普通电容、1 个晶体，3 个反相器，1 个直流电源 V_{CC} 和 1 个输出端口。

如果电阻在 PCB 中采用卧式安装方式，则应选择两引脚间距为 0.4 英寸的电阻封装 AXIAL-0.4。

电原理图中的电容是普通电容，两引脚间距通常为 0.1 英寸，为此，可选择 PIN2 的封装。

通常，晶体的 2 个引脚的间距为 0.2 英寸，可选择 RAD0.2 的封装。

由于 1 片 74LSACT04 中有 6 个相同的反相器，再加上 V_{CC} 和 GND，因此，U1 应采用有 14 个引脚的集成电路封装，比如，DIP-14。

V_{CC} 与 GND 是配对出现的，它们需要从 PCB 的外部引入，需要用 1 个有 2 个焊盘的封装，比如，PIN2。

在放置输出端口时，可以放置 1 个 PIN1。有时为了便于检测，通常也应在端口旁边放一个 GND。

在布局时要使电源和输出端尽量分开些。布线时 V_{CC} 和 GND 的线要宽一些。

放置好各种封装后，再按原理图在 PCB 上布线，由于电路简单，可布单面图。单面图的导线通常都布在底层，最后可得如图 4.69 所示的【例 4.1】的 PCB 图。

注意：用手工绘制的 PCB 图中，所有具有电气特性的图形都不能指定网络。

4.2.2　自动生成 PCB 图

用手工绘制复杂的 PCB 图很费时，Protel DXP 2004 为用户提供了自动绘制 PCB 图的功能，可以大大减轻工作量。自动绘制 PCB 图的步骤如图 4.70 所示。

（1）完善 Sch 图。完善 Sch 图，一是检查图中的元件是不是正确地连接；二是给 Sch 图中的所有元、器件指定一个相应的封装。也就是在编辑 Sch 图时，每个元件的属性中的"Footprint"必须有一个正确的封装名。

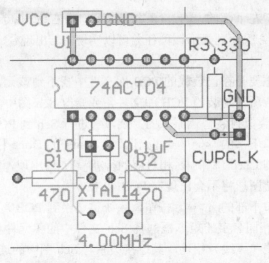

图 4.69　【例 4.1】的 PCB 图

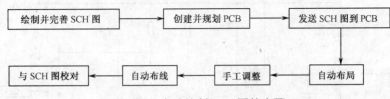

图 4.70　自动绘制 PCB 图的步骤

（2）规划 PCB。在所创建的 PCB 图纸中，切换到 Keep-Out Layer 层，单击工具条中的／图标，在图纸上画一个大小合适的矩形并保存该文件。

（3）发送 Sch 图到 PCB。在 Sch 图编辑环境下，在项目管理窗口中，将所要发送的 Sch 图移动到该项目中所有 Sch 图的第 1 排。用鼠标左键单击主菜单中的 Design，在出现的一级下拉菜单中选择 Update PCB xxx.PcbDoc（xxx 表示 PCB 文件名），将打开如图 4.71 所示的"Engineering Change Order"窗口。

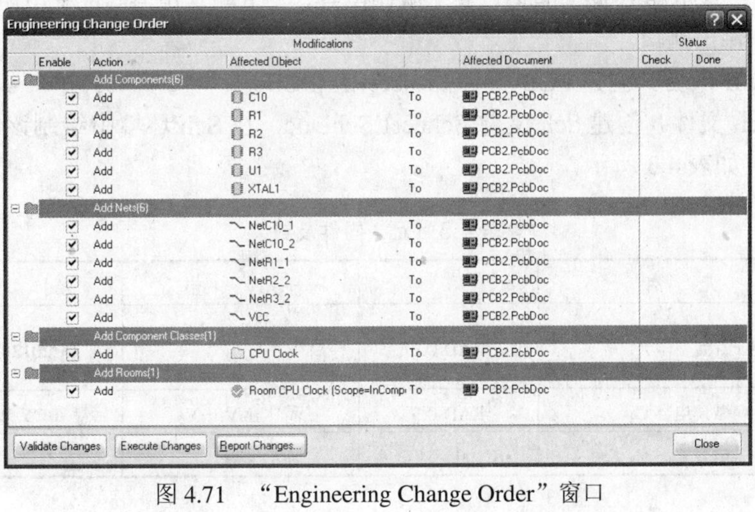

图 4.71　"Engineering Change Order"窗口

用鼠标左键单击窗口左下部的 Validate Changes 按钮，窗口内右边 Status 的 Check 栏将出现 ✹ 或 ✹ 的符号。若某一行出现 ✹，则表示该项任务可以实现，若出现 ✹，则表示该项任务不能实现。

不能实现的原因，主要是在已装载的 PCB 库文件中找不到该元、器件的封装。当出现这种情况时，必须装载包含所需封装的 PCB 库文件，或修改 Sch 图中相关元件的 Footprint，用已装载 PCB 库文件中的类似封装替代原来的封装，再进行 Sch 到 PCB 的发送。

用鼠标左键单击窗口下部的 Execute Changes 按钮，在 Status 的 Done 栏下各行将出现 ✹，它表明该项任务已完成。但与 Check 栏的 ✹ 相对应的行就没有 ✹ 出现，它表明该项任务未执行。与未执行任务相应的封装图形将不会出现在 PCB 图中。

用鼠标左键单击窗口下部的 Close 按钮，系统将切换到 PCB 环境，在 PCB 规划框的右侧将出现与 Sch 文件名相同名字的矩形框，且 Sch 文件中的各元件将放置在矩形框中，各封装图形之间由暗灰色的线（飞线）相连，其连接关系与 Sch 图中的连接关系相对应。

【例 4.2】将如图 4.72 所示的 Sch 图发送到 PCB 中。

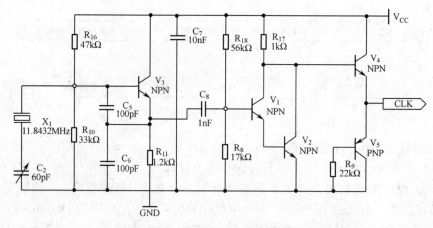

图 4.72 【例 4.2】的 Sch 图

【解】分析：该电路有 1 个晶体、1 个微调电容、3 个固定电容、7 个电阻、5 个晶体管、1 个 V_{CC} 和 1 个输出端口。

① 创建 PCB 项目。创建 PCB 文件 Project1.PrjPCB。

② 创建 Sch 文件。创建 Sch 文件 Scheet1.SchDoc，在 Sch 环境中绘制该原理图，并给各元件指定封装，如表 4.3 所示。

表 4.3 元、器件及封装

元　件	封　装	元　件	封　装
石英晶体 X1	RAD-0.2	电阻 $R_8 \sim R_{11}$ $R_{16} \sim R_{18}$	CC2012-0805
微调电容 C2	RAD-0.3	晶体管 $V_1 \sim V_5$	BCY-W3
电容 $C_5 \sim C_8$	C1005-0402		

③ 创建 PCB 文件。创建 PCB 文件 PCB1.PcbDoc，并在 PCB 的 Keep-Out Layer 层用"╱"画 1 个矩形来规划 PCB 的电气边界。

④ 发送 Sch 文件。切换到 Sch 文件，并用鼠标左键单击主菜单中的 Design，在出现的一级下拉菜单中选择 Update PCB1.PcbDoc，将打开如图 4.73 所示的 "Engineer Change Order" 窗口。

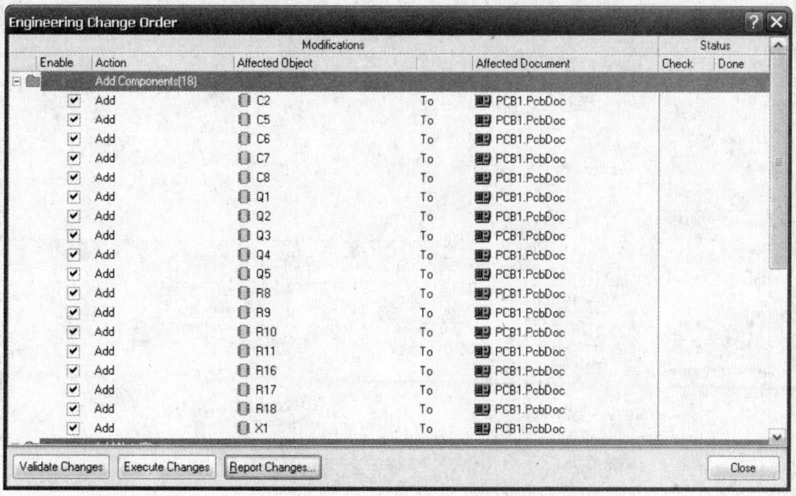

图 4.73 "Engineer Change Order" 窗口

⑤ 执行 Changes。用鼠标左键单击窗口左下部的 Validate Changes 按钮，再单击 Execute Changes 按钮，"Engineer Change Order" 窗口中的 Status 栏将出现如图 4.74 所示的 "执行 Changes 后的" 窗口。

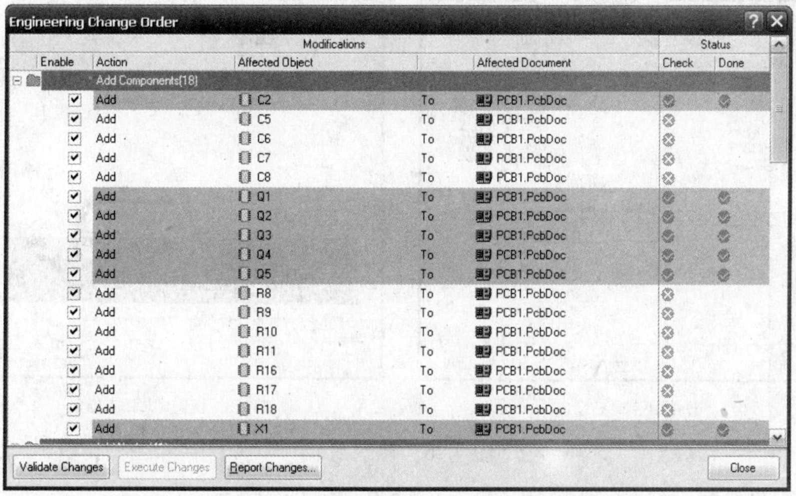

图 4.74 "执行 Changes 后的" 窗口

将 Status 的 Check 栏与 Done 栏比较，不难发现有部分电容和电阻在 Done 栏没有 图标，这表明该元、器件向 PCB 图添加失败。向下滚动文件，还可发现许多引脚也没有 图标，这些问题都是由元、器件封装引出的。原因就是在现有的 2 个元、器件封装库中找不到相应的封装。将电容和电阻的封装改为 C1005-4042，就可顺利地将它们添加到 PCB 图中。

⑥ 修改 Footprint。用鼠标左键双击元、器件，将出现如图 4.75 所示的 "元、器件属性" 窗口。

用鼠标左键单击窗口下部的 Edit... 按钮，将出现如图 4.76（a）所示的找不到封装窗口。在封装名右边的文本框中输入所需要的封装名，若库中有此封装，该封装的图形将出现在下部的图形小窗口中，如图 4.76（b）所示。用鼠标左键单击 OK 按钮，就可完成对该元、器件封装的修改了。

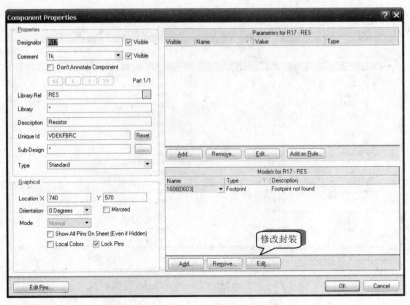

图 4.75   "元、器件属性"窗口

（a）找不到封装窗口

（b）找到封装图形窗口

图 4.76   修改封装

在完成了对封装的修改并存盘后，再将该 Sch 文件发送到 PCB，在 PCB 中将出现如图 4.77 所示的图形。

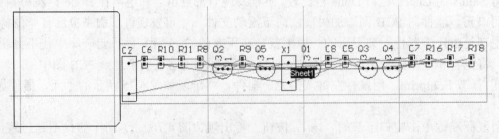

图 4.77   发送 Sch 到 PCB 的图形

（4）自动布局。由 Sch 转换到 PCB 后，元、器件封装都放在 1 个以原理图名字命名的 Room 里。此时的 PCB 图还只是一个临时图形，各元、器件之间的连线呈灰色，通常称为飞线。飞线就相当于在原理图中元、器件之间的连线。

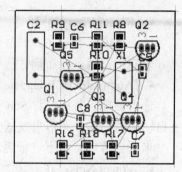

图 4.78　移动后的 PCB 图

选中元、器件，并将其拖到规划框中。拖动元、器件封装时，元、器件之间的飞线也随之移位，但连线关系仍保持不变。移动后的 PCB 图如图 4.78 所示。

用鼠标左键单击主菜单中的 Tools\Auto Placement\Auto Place，将出现如图 4.79 所示的"Auto Place"窗口。

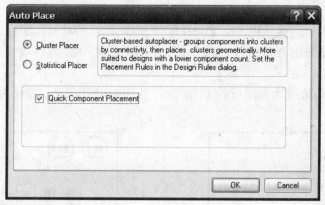

图 4.79　"Auto Place"窗口

① Cluster Placer。Cluster Placer 为组群布局。它是以布局面积最小为标准，同时可以将元、器件名称和序号隐藏。若选中 Quick Component Placement，则将加快布局速度。

② Statistical Placer。Statistical Placer 为统计布局。选择该方法，其窗口内容将发生变化，如图 4.80 所示。它是以元器件之间连线最短为标准的。

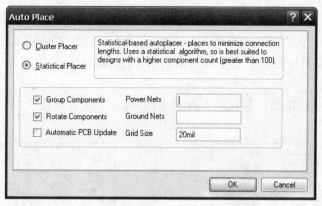

图 4.80　选择 Statistical Placer 统计布局方法

- Group Components。

选中该项，表示将当前网络中的连接密切的元、器件作为 1 组，在布局时将该组的所有元、器件作为 1 个整体来考虑。

未选中该项，将把每个元、器件作为 1 个个体来看待。

- Rotate Components。

选中该项，表示在布局过程中，根据需要可旋转和移动元、器件封装。

未选中该项，在布局过程中，元、器件封装不转动。

- Automatic PCB Update。

选中该项，若已经将 Sch 图发送到 PCB，但后来 Sch 图进行了修改，在执行布局过程中，将自动更新的 Sch 图信息发送到 PCB。

未选中该项，将不进行更新。

- Power Nets：在右边的文本框中，可输入电源网络名称。
- Ground Nets：在右边的文本框中，可输入接地网络名称。
- Grind Size：在右边的文本框中，可输入布局时网格的大小。

在出现窗口中单击 OK 按钮，Protel DXP 2004 就开始对元、器件进行自动布局。

如图 4.81 所示是按组群布局后的 PCB 图，从图中可见，元、器件很紧凑，电路占用的 PCB 面积很小。

如图 4.82 所示是按统计布局后的 PCB 图，从图中可见，元、器件占满了所规划的 PCB 面积。

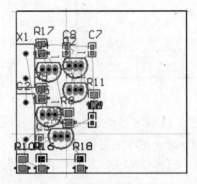

图 4.81　组群布局后的 PCB 图

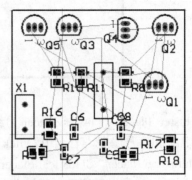

图 4.82　统计布局后的 PCB 图

（5）手工调整。自动布局后所得到的 PCB 图，其元件分布与我们所希望的布局有很大出入，可通过移动手工封装图形调整其布局，调整后的布局 PCB 图如图 4.83 所示。

（6）自动布线。用鼠标左键单击主菜单中的 Auto Route\All，将出现 Situs Routing Stratagies 窗口。

单击窗口中 Route All 按钮，系统将开始自动布线（默认为双面板）。布线后的 PCB 图如图 4.84 所示。

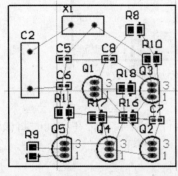

图 4.83　调整后的布局 PCB 图

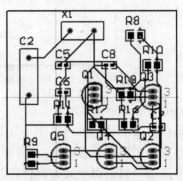

图 4.84　布线后的 PCB 图

在自动布线时，还可选择 Net、Connection、Component、Area 和 Room，它们将对某一网络、某一连线、某一元件、某一选中区域和某一分区进行自动布线。

4.2.3　完善 PCB 图

完善 PCB 图的方法如下。

（1）添加泪滴。为了使导线与焊盘接合处能平滑过渡，可以通过给焊盘添加泪滴的方法来实现。具体步骤如下。

① 打开需要添加泪滴的 PCB 图。

② 用鼠标左键单击主菜单中的 Tools\Teardrops，将打开如图 4.85 所示的 Teardrop Options 对话框。

在对话框中，有 General、Action 和 Teardrop Style 选择区。

- General：操作对象。在该选择区选择哪些符号是操作对象。
- Action：操作行为。在该选择区选择是添加泪滴还是移除泪滴。
- Teardrop Style：泪滴类型。在该选择区选择是弧形泪滴还是直线形泪滴。

③ 在操作对象选择区选择前 2 项后，用鼠标左键单击 OK 按钮，在 PCB 图中各焊盘和过孔与导线相拉处将出现泪滴形过渡导线。

添加泪滴后的 PCB 图如图 4.86 所示。

图 4.85　Teardrop Options 对话框

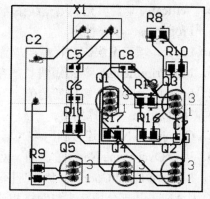

图 4.86　添加泪滴后的 PCB 图

（2）添加填充。为了增强电路的抗干扰能力，在 PCB 上除了导线、焊盘和过孔外，其他区域通常放置多边形填充。

添加多边形填充的步骤如下。

① 用鼠标左键单击 PCB 绘图工具条中的 图标，将打开如图 4.87 所示的 "填充多边形设置" 窗口。

② 选择相关选项。

- Surround Pads With：用何种图形围绕焊盘。
- a. Arcs：用圆弧围绕焊盘。
- b. Octagons：用八角形围绕焊盘。
- Grid and Track：网格与导线。
- a. Gris Size：网格大小。在右边的文本框中可输入网格间距值。
- b. Track Width：填充线宽。在右边的文本框中可输入填充线宽值。

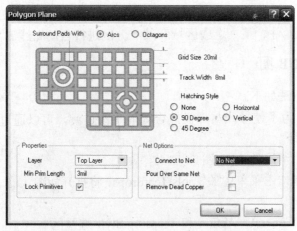

图 4.87 "填充多边形设置"窗口

- Hatching Style：填充方式。

a. None：无填充。选中该项后，只能在 PCB 中画多边形。

b. 90 Degree：90°填充。填充线条成 90°相交。

c. 45 Degree：45°填充。填充线条成 45°相交。

d. Horizontal：水平填充。填充线条为水平线条。

e. Vertical：垂直填充。填充线条为垂直线条。

- Properties：填充性质。

a. Layer：填充图层。选择需要放置填充的图层。

b. Min Prim Length： 最短线长。在右边的文本框中，可输入填充线条的最短长度。

c. Lock Primitives：锁定初始值。

- Net Options：选择网络。

a. Connect to Net：连接到网络。填充时将填充多边形与指定网络相连。

b. Pour Over Same Net：覆盖同一网络。填充时将该网络覆盖。

c. Remove Dead Copper：移除死区铜箔。若指定填充与某一网络相连，但在填充时由于种种原因造成了某部分填充未与网络相连，这部分填充被称为死区铜箔，简称死铜。

③ 用鼠标左键单击 OK 按钮，光标上将附有十字图形。移动光标到 PCB 图中，画封闭多边形，该封闭多边形中将出现填充图形。

如图 4.88 所示的填充多边形图形的左下部分是选择的 45°填充，用八角形围绕焊盘、放置在底层且与 GND 网络相连，该图右上部分是选择的 90°填充，用弧形围绕焊盘、放置在顶层且未与网络相连。

如果要得到实心填充，只需将填充导线宽度设置为与网格间距相当即可。

（3）添加字符串。若需要将特别说明写在 PCB 上，可通过添加字符串的方法来实现。字符串可添加到丝印层（Top Over Layer 或 Bottom Over Layer），也可添加在顶层和底层。添加在顶层或底层时，字符串将以铜箔的方式出现，这时就需要考虑字符串与 PCB 上其他导电铜箔之间的短路问题。

PCB 字符串的添加、修改与 Sch 库文件中添加和修改字符串的方法基本相同，这里不再介绍（参考 3.1.3 节）。

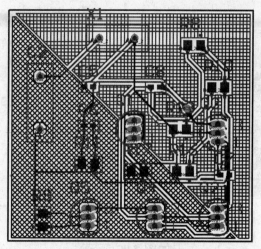

图 4.88　填充多边形图形

（4）添加尺寸标注。在 PCB 中，有时需要标注某些重要的尺寸。如 PCB 的尺寸、特定元件外形间距等，以方便、合理地对元、器件布局。尺寸标注通常放在机械层（Mechanical 1）。

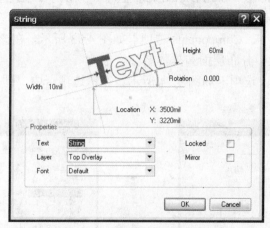

图 4.89　"字符串设置"窗口

添加尺寸标注的步骤如下。

① 用鼠标左键单击绘图工具条中的 图标，光标上将出现如图 4.90 所示的尺寸标注图形。

② 移动光标到起始点单击鼠标左键，移动光标到终点并单击左键。双击右键可中止操作。此时，在 PCB 图中将出现尺寸标注线和起点到终点的长度（单位是 mil）。

图 4.90　尺寸标注

如图 4.91 所示是在图 4.88 的基础上添加了尺寸标注后的图形。

4.2.4　其他应用

其他应用有以下几种。

（1）PCB 板信息。用鼠标左键单击主菜单中的 Reports\ Board Information，将打开如图 4.92 所示的 PCB 信息窗口。该窗口有 3 个选项卡，它们分别是：General（通用信息）、Components（元、器件信息）和 Nets（网络信息）。

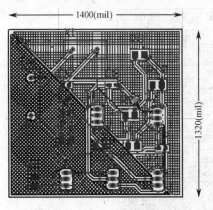

图 4.91　尺寸标注图形

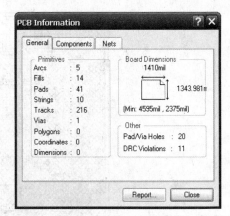

图 4.92　PCB 信息（通用信息）窗口

① General 选项卡。General 选项卡如图 4.92 所示。

- Primitives。在 Primitives 区中，列出了 PCB 图中各种图形符号（不包括元、器件封装）的统计数。
- Board Dimensions。在 Board Dimensions 区中，列出了 PCB 的实际物理尺寸。
- Others。在 Others 区中，列出了 PCB 中的焊盘和过孔总数以及违反设计规则的次数。

② Components 选项卡。Components 选项卡如图 4.93 所示。在该选项卡中，列出了 PCB 板中所有元、器件的总数、分布层面和具体名称。

③ Nets 选项卡。Nets 选项卡如图 4.94 所示。在该选项卡中，列出了 PCB 板中所有网络的总数和具体名称。

图 4.93　PCB 信息（元件信息）窗口

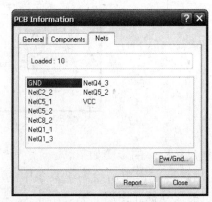

图 4.94　PCB 信息（网络信息）窗口

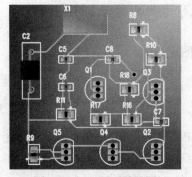

图 4.95　3D 显示效果图

（2）3D 显示。用鼠标左键单击常用工具条中的 ■ 图标，系统将对当前的 PCB 文件进行 3D 显示，显示效果如图 4.95 所示。

（3）打印预览。用鼠标左键单击主菜单中的 File\Print Preview，系统将生成 PCB 预览图，如图 4.96 所示。

由图 4.96 可见，PCB 上的元、器件封装图形、顶层导线和底层导线都显示在 1 张图上。如果按照此图打印黑白图片，则较难分清各层的符号。

在预览前，先进行预览设置，可将各层图形符号分离。

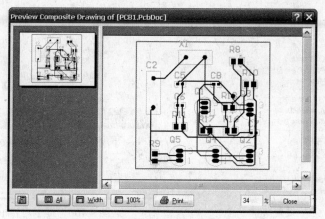

图 4.96　PCB 预览图

（4）打印设置。用鼠标左键单击主菜单中的 File\Page Setup，将打开如图 4.97 所示的"页面设置"窗口。

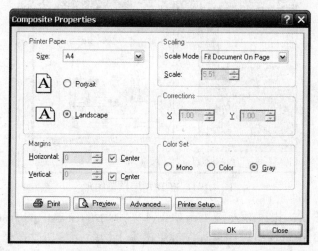

图 4.97　"页面设置"窗口

用鼠标左键单击 Advanced... 按钮，将打开如图 4.98 所示的"PCB 打印设置"窗口。

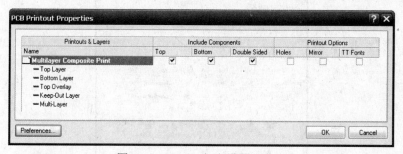

图 4.98　"PCB 打印设置"窗口

在如图 4.98 所示的窗口中，列出了 PCB 的 5 个板层。如果只想打印其中的某一层，只需要在 Printouts & Layers 栏下方保留该层的名称，删除其他层就可以了。

移动光标到需要删除层的名称上，并单击鼠标右键，将出现如图 4.99 所示的设置菜单。

移动光标到 Delete，并单击鼠标左键，将打开如图 4.100 所示的提示对话框，要求确认是否删除该项。用鼠标左键单击 Yes 按钮，该层即被删除。

图 4.99　设置菜单

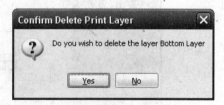

图 4.100　提示对话框

如图 4.101 所示是删除了底层和字符层后的 PCB 顶层预览图形。图中只保留了顶层、禁止布线层和焊盘层。

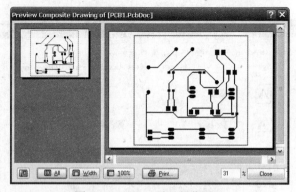

图 4.101　PCB 顶层预览图形

若需要添加某图层，用鼠标左键单击如图 4.99 所示的菜单中的 Insert Layer，将打开如图 4.102 所示的 PCB 预览窗口。用鼠标左键单击最上边的 ∨ 按钮，在弹出的列表中可选择需要添加图层的名称。单击 OK 按钮，就可将选中的图层添加到打印设置窗口中。

图 4.102　PCB 预览窗口

在打印设置完成后，就可启动打印机打印 PCB 图。

4.3　PCB 元件库文件

4.3.1　创建 PCB 元件库

对于一种新的器件，可能在 PCB 文件中找不到合适的封装，这就需要设计相应的封装图形。

自动生成 PCB 图的步骤如图 4.103 所示。

图 4.103　自动生成 PCB 图的步骤

（1）创建 PCB 库文件。用鼠标左键单击主菜单中的 Design\Make PCB Library。此时在项目管理器中将添加一个 Free Documents 文件夹，在文件夹中的 PCB Library 路径下出现了一个 PCBxx. PcbLib 库文件。如果是在新创建的 PCB Project 中创建 PCB 库文件，则该库文件是一个空文件；如果是在原有的工程中创建 PCB 库文件，则该库文件将包含该工程所用过的封装图形。同时在窗口中出现了 PCB 元件设计图纸，如图 4.104 所示。

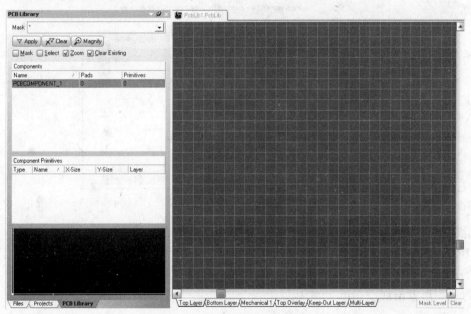

图 4.104　PCB 元件设计图纸

（2）绘制 PCB 元件图形。用画 PCB 图的工具绘制 PCB 元件图形。根据前面所介绍 PCB 元件的图形可知，它主要是由外轮廓、焊盘（穿孔式器件）或焊线（表面贴装式器件）所组成的。在设计新的 PCB 元件封装图形时，就是画这几种图形。

在新创建的库文件中，默认的是名为 PCBCOMPONEN_1 的元件。如果要新添元件、删除元件或更改元件名，则用鼠标左键单击主菜单中的 Tools 按钮，在出现的一级下拉菜单中单击 New Component、Remove Component 和 Component Properties，在出现的窗口中可实现上述

3 项操作。

（3）添加 PCB 元件。单击 New Component 后，将出现设计向导窗口，引导设计进行步骤。设计向导窗口 1 如图 4.105 所示。单击窗口中的 Next> 按钮，将出现如图 4.106 所示的设计向导窗口 2。

图 4.105　设计向导窗口 1

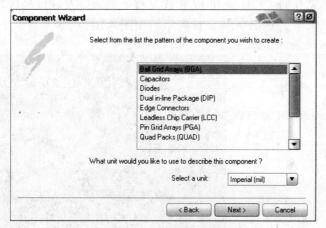

图 4.106　设计向导窗口 2

在此窗口中，给出了常用的封装形式以供选择。比如，BGA、DIP、LCC、PGA、QUAD、SOP、SBGA 和 SPGA 等。当选择了某种封装形式后，单击窗口中的 Next> 按钮，又将出现一个新的窗口。在完成设置后，进入到下一个窗口，直到设计任务完成为止。此时，所设计的元件封装图形就出现在图纸上。

4.3.2　设计元件封装

【例 4.3】设计一个 6 个引脚的标准 DIP 封装图形。

【解】分析：该双列直插式器件的 6 个引脚分为两排，标准的 DIP 封装的每列内焊盘的间距为 100 mil（2.54 mm 或 0.1 英寸），两列之间的距离为 600 mil。

（1）创建一个 PCB 元件库，并在其中添加一个新元件，在向导窗口中选择 DIP 类型，单击窗口中的 Next> 按钮，出现如图 4.107 所示的修改焊盘内径和外径窗口。

（2）在如图 4.107 所示的窗口中可修改焊盘的内径和外径。现默认其参数，单击窗口中的

Next> 按钮，出现如图 4.108 所示的修改焊盘间距窗口。

（3）在如图 4.108 所示的窗口中可修改焊盘间距。现默认其参数，单击窗口中的 Next> 按钮，出现如图 4.109 所示的修改图形外轮廓线宽窗口。

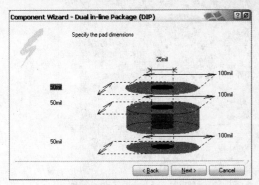

图 4.107　修改焊盘内径和外径窗口

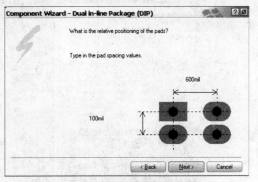

图 4.108　修改焊盘间距窗口

（4）在如图 4.109 所示的窗口中可修改图形外轮廓线宽。现默认其参数，单击窗口中的 Next> 按钮，出现如图 4.110 所示的选择引脚数窗口。

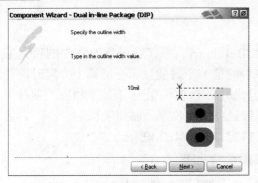

图 4.109　修改图形外轮廓线宽窗口

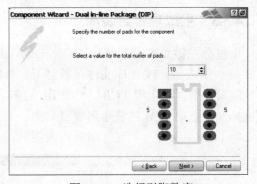

图 4.110　选择引脚数窗口

（5）在如图 4.110 所示的窗口中选择器件的引脚数为 6，单击窗口中的 Next> 按钮，出现如图 4.111 所示的输入元件名窗口。

在如图 4.111 所示的窗口中输入元件名为"DIP-6"，单击窗口中的 Next> 按钮，将出现如图 4.112 所示的设计完成窗口。单击窗口中的 Finish 按钮，即完成设计。DIP-6 的封装图形就出现在 PCB 元件库中，如图 4.113 所示。

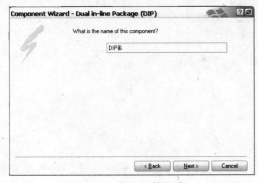

图 4.111　输入元件名窗口

图 4.112　设计完成窗口

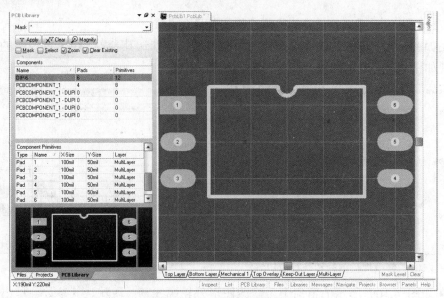

图 4.113　DIP-6 封装图形

4.3.3　生成项目封装库

用鼠标左键单击主菜单中的 Design\Make PCB Library，系统将开始对选中的项目生成 PCB 库。生成后，PCB 库文件将被打开，并将库中的第 1 个封装显示在屏幕上。同时，在项目导航窗口中，将出现 PCB1.PCBLIB 的名字。但此时的 PCB 库还未添加在相应的项目中，用鼠标左键拖动 PCB 封装库到项目名上，释放左键就可将封装库添加到项目中。

将 PCB 库保存后，包含项目封装库的项目导航窗口如图 4.114 所示。

图 4.114　项目导航窗口

4.4　实战 PCB

4.4.1　实战 PCB: 手动绘制 PCB 图

实战目的: 熟悉 PCB 工作环境，掌握 PCB 图绘制工具的使用，熟悉电路元、器件封装的符号及物理尺寸，掌握元、器件封装在 PCB 中的合理布局。

实战内容：

（1）用 PCB 绘图工具绘制图形。

（2）按照如图 S4.1 所示的模拟电路图，设计并绘制相应的 PCB 图。元、器件的封装图形从 ProtelDXP 2004 默认的 PCB 库中查找。

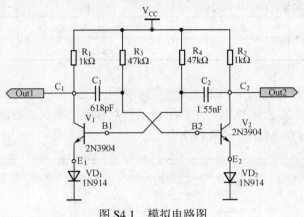

图 S4.1　模拟电路图

4.4.2　实战 PCB：自动绘制 PCB 图

实战目的： 掌握规划 PCB 物理边界和电气边界的方法，掌握自动绘制 PCB 图的方法。

实战内容：

（1）按照如图 S4.2 所示的数字电路图，并给每个元、器件符号指定 1 个相应的封装。

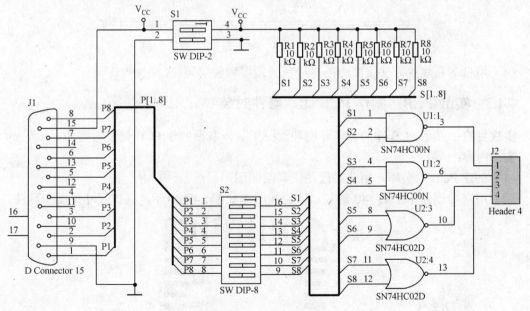

图 S4.2　数字电路图

元、器件封装参考如表 S4.1 所示。

表 S4.1　元、器件封装参考

Sch 元、器件	PCB 封装	Sch 元、器件	PCB 封装
D Connector 15	DSUB1.385-2H15	$R_1 \sim R_8$	C1005-0402
SW DIP-8	DIP-16	SN74HC00N, SN74HC02D	DIP-14/D19.7
SW DIP-2	DIP-4	Header 4	HDR1X4

（2）创建 PCB 文件，并规定 PCB 的物理边界和电气边界。

（3）将数字电路图发送到 PCB，并利用自动布局和手工布局的方法调整元、器件封装图形的位置，最后形成如图 S4.3 所示的 PCB 图。

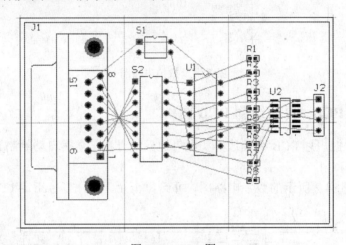

图 S4.3　PCB 图

（4）用自动布线的方法将图中的飞线变为顶层和底层导线。

4.4.3　实战 PCB：制作 PCB 元、器件封装

实战目的：熟悉 PCB 库的工作环境和绘图工具，掌握制作 PCB 封装的方法。

实战内容：

（1）创建 PCB 封装库，用各种绘图工具绘制图形。

（2）用向导创建 1 个 $L_{CC}40$ 封装，该封装图形如图 S4.4 所示，具体尺寸见图中标注。

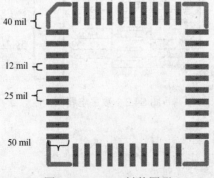

图 S4.4　$L_{CC}40$ 封装图形

（3）用向导创建其他形式的封装。

（4）用手工方法生成 1 个 3 部件器件封装，自行创作每个封装图形。

习　题

[4.1]　创建 1 张 PCB 图，该 PCB 图有几个图层，具体英文名称和相应的中文解释是什么？

[4.2]　如何规划 PCB 板？

[4.3]　如何浏览 PCB 库文件？

[4.4]　常见的元、器件都用哪些封装？

[4.5]　绘制元件封装时，通常用哪些符号？

[4.6]　阐述通过 Sch 图生成 PCB 图的步骤。

[4.7]　如何创建 PCB 封装库，如何向库中添加新的元件？

[4.8]　如何给多部件元、器件指定相应的封装？

[4.9]　如何给 PCB 图添加泪滴和填充？

[4.10]　如何生成项目 PCB 库文件？

单元测验题

1．选择题

（1）PCB 库文件扩展名是：

　　[A] SchLib　　　　　　　[B] PcbLib　　　　　　　[C] IntLib

（2）设计 PCB 库文件时，哪一种图形符号具有电气特性？

　　[A] Line　　　　　　　　[B] Arc　　　　　　　　[C] Pin

（3）双列直插式元、器件的英文缩写是：

　　[A] DIP　　　　　　　　[B] L_{CC}　　　　　　　[C] BGA

（4）集成电路元、器件与封装的对应关系是：

　　[A] 一对多　　　　　　　[B] 一对一　　　　　　　[C] 多对一

（5）在 PCB 图中，哪种符号是必不可少的？

　　[A] TearDrop　　　　　　[B] Fill　　　　　　　　[C] Pad

2．填空题

（1）在 PCB 图中，系统默认的顶层图形颜色是_____，顶层图形颜色是_____，机械层图形颜色是_____，丝印层图形颜色是_____，禁止布线层图形颜色是_____。

（2）在布线过程中，当电路元件少、线路简单时，最好采用_____布线方法。当电路元件多、线路复杂时，最好采用_____布线方法。

（3）焊盘是多层符号，它能穿透 PCB 的_____层。

（4）自动布局有_____种布局方法。

3. 简答题

（1）如何更换导线的层次？

（2）有两种工具可以在 PCB 图中画导线，这两种工具有什么区别？

（3）如何将 Sch 图转换为 PCB 图？

（4）如何给 PCB 标注尺寸？

电路仿真篇

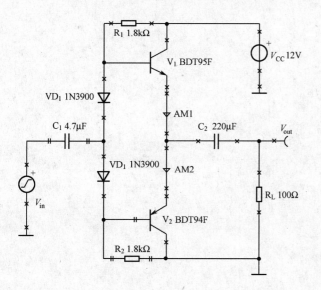

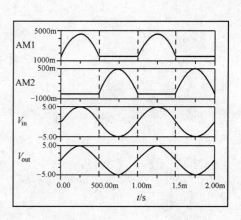

第 5 章　Tina Pro 基础知识

要　点

（1）Tina Pro 的基础知识：介绍 Tina Pro 的工作界面、主菜单的常用命令和工具栏的常用命令，介绍元件库中的常用元、器件和仪表。

（2）Tina Pro 的常用操作：介绍如何设置环境参数和图纸参数，如何放置元件、移动元件、旋转元件、复制元件、粘贴元件、编辑元件的主要参数、连接导线和总线，如何放置和编辑文本、几何图形。

（3）Tina Pro 宏的设计：介绍由电路到宏符号和由宏符号到电路的两种设计方法。

5.1　简介

5.1.1　基本功能和界面

以下介绍 Tina Pro 的基本功能和界面。

（1）系统要求。在 Windows XP 中安装 Tina Pro 时，对计算机的硬件要求如下。

① 处理器：Pentium PC，主频 1.2GHz 或更高；

② 内存：128MB；

③ 硬盘空间：软件空间 100MB，C 盘空间 500MB；

④ 显存：32MB；

⑤ 显示器分辨率：1 024×768，32 位真彩。

（2）软件安装。将 Tina Pro 软件光盘放入光驱，计算机将自动运行安装文件。在出现的一系列对话窗口中分别填入产品序列号、指定安装路径、选择符号标准后，将开始安装 Tina Pro。

安装结束后，在桌面上将出现如图 5.1 所示的 Tina 快捷图标。

（3）基本功能。Tina Pro 是一个能对模拟电路、数字电路和混合型电子电路进行仿真的软件，它是匈牙利 Design Soft 公司的产品。

Tina Pro 为用户提供了超过 20 000 个元件的元件库，用户可以从中选取所需的元件，在电路图编辑器中迅速地创建电路，并通过 20 多种不同的分析模式对不同的电路进行仿真，从而分析所设计电路的性能指标。分析的结果可展现在相关的图表中、显示在不同的虚拟仪器里或保存到 Word 文档中。

图 5.1　Tina 快捷图标

与 EWB 电路仿真软件相比，Tina Pro 的电原理图更为规范，与 Protel 软件的电原理图的形式基本一致。

（4）突出特点。

① 中文界面。Tina Pro 中文特别学生版是专门为中国学生定制的中文电子电路仿真软件，该软件不但界面是中文的，帮助文件也是中文的，为中国学生学习和使用该软件提供了很好的环境。

② 实例演示。Tina Pro 提供了 35 个动画演示实例，使初学者能很快掌握 Tina Pro 的使用。这些动画演示实例讲授电路图编辑器，追加新元件、放置电线、放置总线、子回路、DC 和 AC 分析、数字和混合电路分析等。

③ 符号规范。Tina Pro 提供了规范的元、器件符号，每个符号有美国标准和欧洲标准两种不同的图形。这些符号与《电路分析》、《模拟电子线路》和《数字逻辑电路》等相关教科书上的符号是一致的，为初学者提供了方便。

④ 分析多样。Tina Pro 提供了诸如 DC 分析、AC 分析、瞬时分析、傅里叶分析、符号分析、噪声分析、最优化分析、数字分析、数字 VHDL 仿真和混合 VHDL 仿真等分析方法，其分析结果能以表格、图形、数学式等形式表现出来。

⑤ 图图联系。Tina Pro 能够将电路的仿真结果以图表的形式粘贴在电路图文件中，便于直观、详细地描述电路的功能和技术指标。

⑥ 虚拟现实。Tina Pro 还能通过计算机接口，与专用实验箱相连。将实验箱上的实际电路及测试结果显示在计算机屏幕上，将实际电路与虚拟电路协同起来。

⑦ 函数化简。Tina Pro 具有逻辑函数化简功能，能以逻辑函数表达式和真值表的方法输入逻辑函数，并将其转换为其他形式的函数表达式。比如，最小项之和表达式、最简与或表达式、最大项之积表达式、最简或与表达式等。还可以给出相应的基于门电路或 PLA 的逻辑电路图。

（5）系统界面。用鼠标左键双击桌面上的 Tina 图标，将打开 Tina Pro 系统界面，如图 5.2 所示。系统界面由主菜单，工具栏，元、器件库和工作区组成。

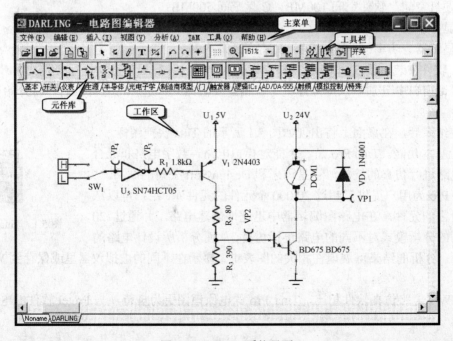

图 5.2　Tina Pro 系统界面

主菜单提供了诸多的命令，比如文件管理命令、文件编辑命令、电路编辑命令、视图管理命令、电路分析命令、分析测试命令和工具管理命令。

工具栏如图 5.3 所示，它以图标的形式提供了一些对文件或图形的常用操作命令。

图 5.3　工具栏

注意： 在工具栏中，🔄🔄两个图标不是我们所熟悉的"撤销操作"和"恢复操作"命令，而是图形"逆时针旋转"和"顺时针旋转"命令。

元件库提供了 14 大类，共 2 万多个模拟电路、数字电路、控制电路的元件图形符号和几十种仪器和仪表图形符号。

工作区是绘制仿真电路的专用区域。

5.1.2　主菜单命令

主菜单命令有以下 5 种。

（1）文件菜单。文件菜单如图 5.4 所示。由图可见，文件菜单主要分为文件操作命令和打印设置命令。

① 文件操作命令。

- 新建。用鼠标左键单击"新建"按钮，将新创建一张原理图。Tina Pro 新建原理图的默认名是 Noname.TSC。
- 打开。用鼠标左键单击"打开"，将会出现"打开电路图"窗口。在此窗口中，可选择原有的电路图。使用"打开"命令还可以打开扩展名为 TSM 的宏文件。

在工作区可以打开多个原理图文件，但只能对当前处于激活状态的文件进行编辑和仿真。

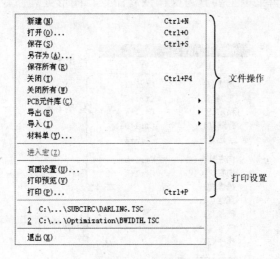

图 5.4　文件菜单

- 保存。用鼠标左键单击"保存"，将出现"保存电路图"窗口。在此窗口中，可选择文件的保存路径和文件名。

- 另存为。用鼠标左键单击"另存为"命令，将出现"保存电路图"窗口。在此窗口中，可选择文件的保存路径和文件名。
- 保存所有。用鼠标左键单击"保存所有"命令，将保存工作区中的所有文件。
- 关闭。用鼠标左键单击"关闭"命令，将关闭处于激活状态的原理图。
- 关闭所有。用鼠标左键单击"关闭所有"命令，将关闭工作区中的所有文件。
- PCB 元件库。用鼠标左键单击"PCB 元件库"命令，将出现下拉菜单。在菜单中可选择 PCB 输出格式，默认的是 EDS 格式。
- 导出。用鼠标左键单击"导出"命令，将出现下拉菜单。在菜单中可选择将 Tina Pro 电路图文件转换并另存为扩展名为 CIR 的 PSpice 格式文件、扩展名为 WMF 的图形文件和扩展名为 NET 的 PCB 网表文件。
- 导入。用鼠标左键单击"导入"命令，将出现下拉菜单。在菜单中可选择能够导入的电路图文件，如扩展名为 ICE、CIR 和 TLC 的文件。
- 材料单。用鼠标左键单击"材料单"命令，将出现"材料单"窗口。在窗口中可生成当前激活的原理图文件的元件清单。
- 进入宏。打开电路图并选中宏符号，用鼠标左键单击"进入宏"命令，宏的内部电路将被打开。
  ② 打印设置命令。
- 页面设置。用鼠标左键单击"页面设置"命令，将打开"页面设置"窗口。在该窗口中可设置图纸的大小、页边距等。
- 打印预览。用鼠标左键单击"打印预览"命令，图纸将处于预览状态，再单击"打印预览"命令，可撤销预览。
- 打印。用鼠标左键单击"打印"命令，将打开"打印"窗口。在该窗口中可以选择打印机型号、打印范围和打印份数。

（2）编辑菜单。编辑菜单如图 5.5 所示，在未选中图形时，该菜单中的绝大部分都处于休眠状态。由图可见，编辑菜单主要分为操作恢复命令、图形处理命令、图形旋转命令和属性修改命令。

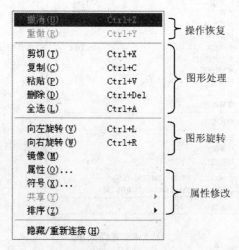

图 5.5　编辑菜单

① 操作恢复命令。

- 撤销。用鼠标左键单击"撤销"命令,将撤销上一步的操作。
- 重做。用鼠标左键单击"重做"命令,将恢复刚撤销的操作。

"撤销"和"重做"的步数是无限制的。

② 图形处理命令。图形处理命令就是对工作区中所选图形的剪切、复制、粘贴、删除和全选命令。其组合键分别为 Ctrl+X、Ctrl+C、Ctrl+V、Ctrl+Del 和 Ctrl+A。

- 剪切。在选中图形后,用鼠标左键单击"剪切"命令,被选中图形将被删除但同时保存在剪贴板中。
- 复制。在选中图形后,用鼠标左键单击"复制"命令,被选中图形将被保存在剪贴板中。
- 粘贴。用鼠标左键单击"粘贴"命令,剪贴板中图形将被粘贴至图纸中。
- 删除。在选中图形后,用鼠标左键单击"剪切"命令,被选中图形将被删除,但不会保存在剪贴板中。
- 全选。用鼠标左键单击"全选"命令,图纸中的所有图形将被选中。

③ 图形旋转命令。图形旋转命令是对工作区中所选元件进行左右旋转、镜像翻转。这几个命令适用于工具条中的所有元件和大部分仪器(示波器、信号分析器和网络分析器除外),但不适用于像导线、线条等由插入菜单绘制的图形。

- 向左旋转。在选中图形后,用鼠标左键单击"向左旋转"命令,被选中图形将逆时针旋转90°。
- 向右旋转。在选中图形后,用鼠标左键单击"向右旋转"命令,被选中图形将顺时针旋转90°。
- 镜像。在选中图形后,用鼠标左键单击"镜像"命令,被选中图形将左右镜像。

④ 属性修改命令。属性修改命令是对工作区中所选元件的属性进行修改。

- 属性。在选中图形后,用鼠标左键单击"属性"命令,将打开"属性"编辑窗口,在属性编辑窗口可修改图形的基本参数。
- 符号。在选中元、器件符号后,用鼠标左键单击"符号"命令,将打开"符号"编辑窗口。在该窗口中可以修改元、器件的外观图形。
- 排序。在选中图形后,用鼠标左键单击"排序"命令,将出现下拉菜单。在菜单中可选择图形的叠加层次关系。

(3)插入菜单。插入菜单如图 5.6 所示。由图可见,插入菜单主要包括插入符号命令和宏命令。

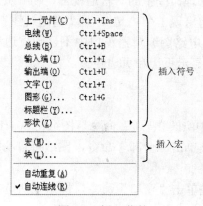

图 5.6　插入菜单

① 插入符号命令。

- 上一元件。用鼠标左键单击"上一元件"命令，图纸上将出现最近一次向工件区放置的元件。
- 电线。用鼠标左键单击"电线"命令，可在图纸上绘制导线。
- 总线。用鼠标左键单击"总线"命令，可在图纸上绘制总线。
- 输入端。用鼠标左键单击"输入端"命令，可在图纸上绘制输入端。
- 输出端。用鼠标左键单击"输出端"命令，可在图纸上绘制输出端。
- 文字。用鼠标左键单击"文字"命令，将打开"文字"编辑窗口。编辑后，文本将出现在图纸上。
- 图形。用鼠标左键单击"图形"命令，将打开"导入文件"窗口。在该窗口中，可选择需要插入扩展名为 WMF 的图形。
- 标题栏。用鼠标左键单击"标题栏"命令，将打开"导入文件"窗口。在该窗口中，可选择需要插入扩展名为 TBT 的图纸标题。
- 形状。用鼠标左键单击"形状"命令，将出现下拉菜单。在菜单中可选择需要插入的几何形状，这些形状有线条、箭头、矩形、多边形、椭圆和弧形等图形。

由"形状"插入的图形不具有电气特性，不能将线条作为导线用。

② 插入宏命令。

- 宏。用鼠标左键单击"宏"命令，将打开"导入宏"窗口。在该窗口中，可选择需要插入扩展名为 TSM 的宏模块。
- 块。用鼠标左键单击"块"命令，将打开"块向导"窗口。在该窗口中，可设计宏模块的符号。
- 自动重复。若选择该项，该项前将出现 1 个"√"。在"自动重复"状态下，可连续放置相同的元件。
- 自动连线。选择该项，该项前将出现 1 个"√"。当移动电路图中的某个元件时，与这个元件相连的导线将自动进行调整，以保证该元件与电路其他部分原有的电气连接关系不变。

未选中该项，则移动元件时，该元件将与原来与之相连的导线断开。

（4）视图菜单。视图菜单如图 5.7 所示。视图菜单主要包括视图管理命令、图纸管理命令和工具管理命令。

① 视图管理命令。视图管理命令中的"普通视图"和"页面视图"是 2 选 1 选择项，如选中了"页面视图"，则前面将出现 1 个"√"，且"普通视图"前的"√"将消失。

在"普通视图"模式下，电路图编辑器窗口中不显示页边和页边距。在"页面视图"模式下，电路图编辑器窗口中将显示页边和页边距。

② 图纸管理命令。

- 缩放命令。

a. 普通命令。用鼠标左键单击"普通"命令，图纸将以 1:1 的比例显示视图。

b. 全部命令。用鼠标左键单击"全部"命令，图纸将自动缩放，使整个电路图全部显示在窗口中。

c. 窗口命令。用鼠标左键单击"窗口"命令，图纸上所选部分的图形将被缩放成窗口大小。

图 5.7 视图菜单

d. 放大命令。用鼠标左键单击"放大"命令1次，图纸就放大为原来的2倍。

e. 缩小命令。用鼠标左键单击"缩小"命令1次，图纸就缩小为原来的1/2。

f. 页宽命令。用鼠标左键单击"页宽"命令，图纸将自动缩放，使得图纸宽度与窗口宽度相匹配。

g. 整页命令。用鼠标左键单击"整页"命令，图纸将自动缩放，使整张图纸与窗口相匹配。"页宽"和"整页"命令只有在选择了"页面视图"时才被激活。

h. 网格线命令。用鼠标左键单击"网格线"命令，可打开或关闭图纸上的点状网格线。

i. 基点标记命令。用鼠标左键单击"基点标记"命令，可打开或关闭元、器件末端基点的标记。在图形中基点标记以红色的"×"表示，基点即元件的电气端点。

j. 数值命令。用鼠标左键单击"数值"命令，可打开或关闭元、器件的参数值。如电阻的阻值，晶体管的型号等。

k. 单元命令。用鼠标左键单击"单元"命令，可打开或关闭元、器件的参数计量单位。

软件默认的电压单位是V、电流单位是A、功率单位是W、电阻单位是Ω、电容单位是F、电感单位是H，频率的单位是Hz、时间单位是s。

比如，5V电压和1μF电容，选择"单元"则显示为"5V"和"1μF"；不选择，则显示为"5"和"1μ"。

该命令只有在选择了"数值"命令后才被激活。

l. 标签命令。用鼠标左键单击"标签"命令，可打开或关闭元、器件的标签。

每一个元件都有其特定的标签名称。例如，电阻-R，电容-C，电感-L，二极管-VD，晶体管-V等。

m. 重画命令。当执行完某些命令后，屏幕上显示的图形可能比较凌乱。例如，在移动某个元件后，该元件原来所在处可能还有残留图形。用鼠标左键单击"重画"命令，图纸上的残留图形将被清除。

③ 工具管理命令。

• 工具栏命令。用鼠标左键单击"工具栏"命令，可打开或关闭工具栏。若工具栏处于打开状态，该工具栏将出现在主菜单下方。

• 元件条命令。用鼠标左键单击"元件条"命令，可打开或关闭元件条。若元件条处于打开状态，该元件条将出现在主菜单下方。

- 测验管理器命令。用鼠标左键单击"测验管理器"命令，将打开或关闭"测验管理器"命令。在测验管理器中，教师可以给电路插入错误，并给出可选参考答案，用于对学生进行测验。
- 选项命令。用鼠标左键单击"选项"命令，将打开"编辑器"窗口。在此窗口中，可设置图纸编辑器的基本参数。

（5）分析菜单。用鼠标左键单击主菜单的"分析"命令，将出现如图 5.8 所示的分析菜单。

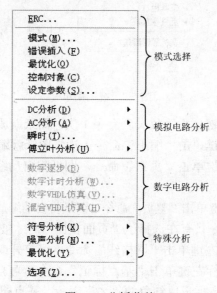

图 5.8　分析菜单

由图可见，分析菜单命令可分为模式选择、模拟电路分析、数字电路分析、特殊分析等 4 大类。

这里只是简要地介绍各种分析方法的基本含义，详细的描述将在以后有关的示例中再介绍。

① 模式选择。

- ERC 命令。用鼠标左键单击"ERC"命令，将启动电气规则检查功能，对当前处于激活状态的电路图进行检查，并列出检查到的错误。当在错误列表中选中某元件时，该元、器件在电路图中将以高亮的形式显示。
- 模式命令。用鼠标左键单击"模式"命令，将出现"分析模式选择"窗口。在此窗口中，可以选择不同的分析模式，比如单步分析、参数步进分析、温度步进分析、最差情形分析、蒙特卡罗分析和最优化分析。
- 最优化命令。最优化分析对电路中某个支路电压或是支路电压分析，需要事先在要进行最优化分析的地方放置电压测量仪表或电流测量仪表。

用鼠标左键单击"最优化"命令，光标上将附加 1 个电压表图标，移动光标到测量仪表上并单击鼠标左键，将出现"最优化-目标设定"窗口。在此窗口中，可输入优化期望值。

- 控制对象命令。该命令与"最优化"命令配合使用。

在选择了最优化目标后，用鼠标左键单击"控制对象"命令，光标上将附加 1 个电阻图标，移动光标元件并单击鼠标左键，将打开"最优化-目标设定"窗口。在此窗口中，可输入元件值的变化范围。

- 设定参数命令。用鼠标左键单击"设定参数"命令，将打开分析参数窗口。在此窗口中，可修改对分析有影响的参数。这些参数有温度、DC 绝对电流错误、DC 绝对电压错误、DC 相对错误、DC 最大迭代数、DC 最小迭代数、DC 最小源步幅、DC 第 1 源步幅、DC 第 2 源步幅、TR 最大绝对电压增量、TR 最大相对增量、TR 绝对/相对电压开关、TR 绝对/相对电流开关、TR 最小时间步幅、TR 激励细分、TR 时间区间细分最优化绝对错误和最优化相对错误等。

② 模拟电路分析。

- DC 分析命令。移动光标到"DC 分析"命令，将出现下拉菜单。在菜单中有如下选项：计算节点电压、DC 分析结果列表、传输特性和温度分析。

用鼠标左键单击其中某项，将开始进行相关直流分析。

- AC 分析命令。移动光标到 "AC 分析"命令，将出现下拉菜单。在菜单中有如下选项：特定频率的响应、AC 分析结果列表、相位图、时间函数、网络分析等。

用鼠标左键单击其中某项，将开始进行相关交流分析。

注意：AC 分析命令不适用于数字电路。

- 瞬时命令。用鼠标左键单击"瞬时"命令，将打开瞬时分析窗口。在窗口中可设置相关参数。

- 傅里叶分析命令。移动光标到 "傅里叶分析"命令，将出现下拉菜单。在菜单中有如下选项：傅里叶级数分析、傅里叶频谱分析。

用鼠标左键单击其中某项，将开始进行相关分析。

③ 数字电路分析。数字电路分析工具不能用于模拟电路。

- 数字逐步命令。用鼠标左键单击"数字逐步"命令，将开始对数字逻辑电路进行仿真分析，同时图纸右下角将出现控制面板窗口。在此窗口中，可以调整仿真的速度。

当执行这一命令时，电路中各节点的逻辑状态值将会以不同的颜色显示在电路图中。显示的颜色如下：低电平——蓝色；高电平——红色；无关——绿色。

- 数字计时分析命令。用鼠标左键单击"数字计时分析"命令，将打开数字计时分析窗口。在此窗口中，可以设置仿真的时间长度。

④ 特殊分析。

- 符号分析命令。用鼠标左键单击"符号分析"命令，将把对电路分析的 DC 结果、AC 结果、AC 传输结果或时间函数结果用数学公式的形式表示出现。

若电路不适合该项分析，将给出相应提示。

- 噪声分析命令。用鼠标左键单击"噪声分析"命令，将打开噪声分析窗口。在此窗口中，可设置相关参数。

若电路不适合该项分析，将给出相应提示。

- 最优化命令。在选定了最优化目标和设置了最优化参数后，用鼠标左键单击"最优化"命令，将开始对电路进行最优化分析。

5.2 元、器件和仪器、仪表库

Tina Pro 提供的元、器件库和仪器、仪表库非常丰富，其中有 2 万多种元、器件和 20 多种测试仪器和仪表。它们分为基本库、开关库、测试仪表库、信号源库、半导体元件库、光电子元件库、制造商模型库、电路元件库、触发器元件库、逻辑 IC 元件库、接口元件库、射频元件库、模拟控制库和特殊元件库。

5.2.1　基本元、器件库

基本元、器件库包括基本库和开关库。

（1）基本库。基本库提供了常用的元、器件和测试仪表，如图 5.9 所示。

图 5.9　基本库

其中，变压器还分为理想变压器、带中间抽头的理想变压器、非线性变压器、带中间抽头的非线性变压器和带分离线圈的非线性变压器。

（2）开关库。开关库提供了开关、按钮、键盘和继电器等开关型器件，如图 5.10 所示。

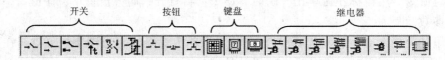

图 5.10　开关库

开关种类有单刀单掷开关、单刀双掷开关、高/低电平转换开关、时间延迟、电压控制开关和连接开关。

按钮种类有常开触点按钮、常闭触点按钮和常开/常闭触点按钮。

键盘种类有十六进制键盘、十六进制单键键盘和 ASCII 码单键键盘。

继电器种类有单刀常开触点继电器、单刀常闭触点继电器、单刀双掷继电器、双刀单掷继电器、双刀双掷继电器、继电器线圈、继电器开关部件和连接器。

5.2.2　仪器、仪表库

仪器、仪表库包括测试仪表库和信号源库。

（1）测试仪表库。测试仪表库主要包括各种测试仪器和显示器，如图 5.11 所示。

图 5.11　仪表库

逻辑状态显示器 1 和逻辑状态显示器 2 的功能和显示效果是完全相同的，不同的只是外观大小不一样。字符显示器 1 和字符显示器 2 都是用于显示十六进制数，不同的只是字符显示器 1 需要七段码来驱动七段显示器，而字符显示器 2 内部有译码器，只需要 4 位二进制码来驱动七段显示器。

（2）信号源库。信号源库主要包括直流电源、可控电源、任意波信号源和数字信号源，如图 5.12 所示。

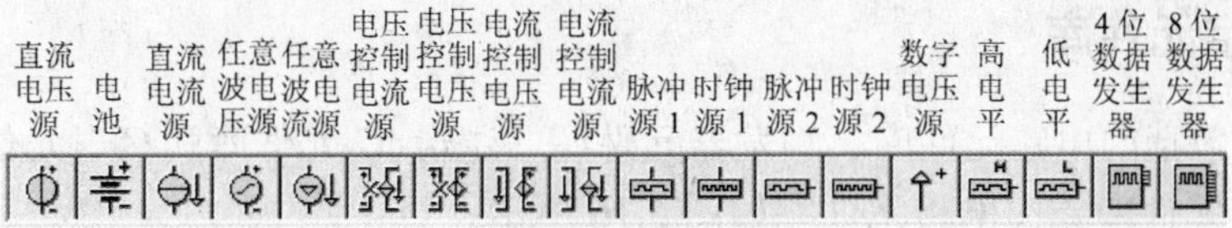

图 5.12　信号源库

5.2.3　模拟元件库

模拟元件库包括半导体元件库、光电子元件库和制造商模型库。

（1）半导体元件库。半导体元件库主要包括二极管、晶体管、场效应管和晶闸管等，如图 5.13 所示。

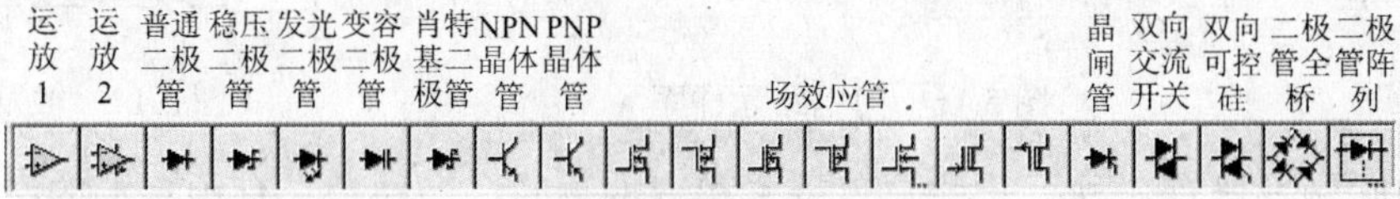

图 5.13　半导体元件库

运放 1 和运放 2 都是运算放大器，不同的是运放 1 的电源是默认的，而运放 2 需要外加电源。场效应管类型分为 NMOS 增强型、PMOS 增强型、NMOS 耗尽型、PMOS 耗尽型 N 沟道结型和 P 沟道结型。

（2）光电子元件库如图 5.14 所示。

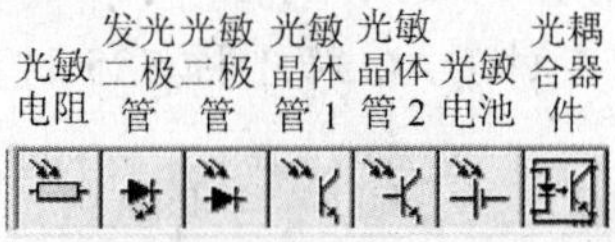

图 5.14　光电子元件库

（3）制造商模型库。制造商模型库主要收集了十多家世界著名电子元件生产厂商的元件，比如，AD 公司、BB 公司、MAXIM 公司、MOTOROLA 公司、PHILIPS 公司、TI 公司等。

制造商模型元件库如图 5.15 所示。

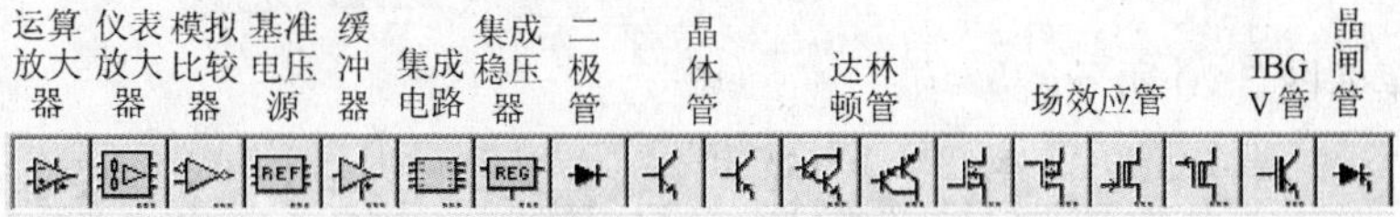

图 5.15　制造商模型元件库

在制造商模型元件库中，运算放大器共有 13 种、仪表放大器共有 46 种、模拟比较器共有 30 种、基准电压发生器共有 55 种、缓冲器共有 23 种、集成电路共有 202 种、集成稳压器共有 22 种、二极管共有 505 种、NPN 双极型晶体管共有 1 061 种、PNP 双极型晶体管共有 557 种、NPN 达林顿晶体管共有 23 种、PNP 达林顿晶体管共有 9 种、N 沟道 MOS 管共有 579 种、

P 沟道 MOS 管共有 139 种、N 沟道结型场效应管共有 2 种、P 沟道结型场效应管共有 2 种、IBGV 管共有 9 种、晶闸管共有 215 种。

5.2.4 数字元件库

数字元件库包括门电路元件库、触发器元件库、逻辑 IC 元件库和接口元件库。

（1）门电路元件库。门电路元件库如图 5.16 所示。

缓冲器共有 23 种可选。与门有 2 输入与门、3 输入与门和 4 输入与门。或门有 2 输入或门、3 输入或门和 4 输入或门。与非门有 2 输入与非门、3 输入与非门和 4 输入与非门。或非门有 2 输入或非门、3 输入或非门和 4 输入或非门。

（2）触发器元件库。触发器元件库如图 5.17 所示。

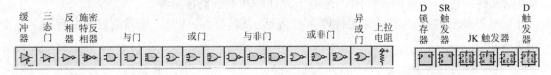

图 5.16　门电路元件库　　　　　　　　　图 5.17　触发器元件库

其中，JK 触发器有 3 种：一种是有预置和清零端的；一种是只有预置端的；另一种是只有清零置端的。

（3）逻辑 IC 元件库。逻辑 IC 元件库如图 5.18 所示。

逻辑 IC 元件库是以 74 系列元件为主，其中门电路共有 67 种，触发器共有 61 种，数据选择器共有 50 种，译码器共有 34 种，缓冲器共有 91 种，计数器共有 44 种，寄存器共有 28 种，运算电路共有 14 种，数字比较器共有 11 种，存储器共有 3 种，单稳态触发器共有 2 种。

（4）接口元件库。接口元件库如图 5.19 所示。

在接口元件库中有 5 种 ADC、5 种 DAC 和 1 种 555 时基电路。

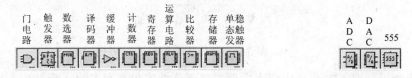

图 5.18　逻辑 IC 元件库　　　　　　　　　图 5.19　接口元件库

5.2.5 射频元件库

射频元件库如图 5.20 所示。

图 5.20　射频元件库

射频元件库包括射频传输线和射频元件。

（1）射频传输线。射频传输线共有 3 种：一种是普通传输线；一种是终端短路传输线；

另一种是终端开路传输线。

（2）射频元件。其中，微波 NPN 晶体管 5 种、微波 PNP 晶体管 5 种、微波电容 5 种、2P 微波电感 5 种、1P 微波电感 5 种、微波场效应管 5 种、2P 微波 PIN 二极管 5 种、1P 微波 PIN 二极管 5 种、微波开关二极管 5 种、微波变容二极管 5 种。

5.2.6 模拟控制库

模拟控制库如图 5.21 所示。

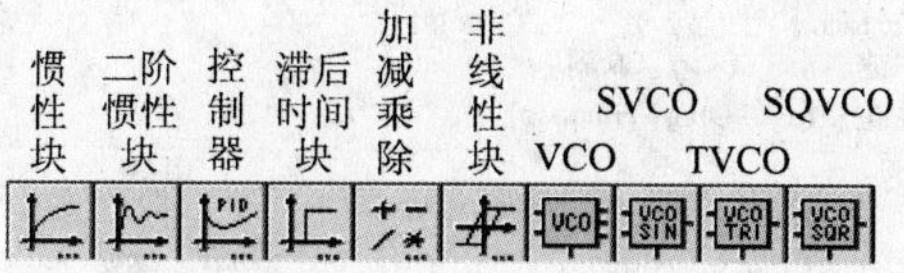

图 5.21 模拟控制库

其中，惯性块 4 种、二阶惯性块 2 种、控制器 8 种、滞后时间块 2 种、非线性块 7 种。

5.2.7 特殊元件库

特殊元件库如图 5.22 所示。

图 5.22 特殊元件库

如图 5.22 所示的特殊元件库中，后 3 种元件提供了构成桥形连接、星形连接和三角形连接的支路元件，有电阻支路、电容支路和电感支路等。

5.3 设置环境参数和图纸参数

5.3.1 设置环境参数

用鼠标左键单击主菜单中的"视图"\"选项"，将打开如图 5.23 所示的"编辑器选项"窗口，窗口中主要有元件符号选择栏、度量单位选择栏和 AC 用的基本函数选择栏。

① 元件符号设置。元件符号设置主要影响门电路逻辑符号的外观形状，Tina Pro 给出了美国标准（ANSI）和欧洲标准（DIN）。

如图 5.24 所示给出了几种门电路逻辑符号的美国标准和欧洲标准形状。该设置的影响是全局的，一经选定，工具条中门电路元件库的符号和所有打开的图纸上的门电路将自动转换为相应标准的形状。

图 5.23 "编辑器选项"窗口

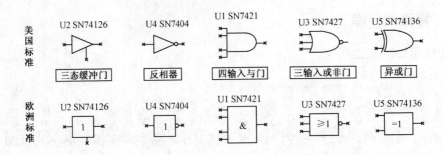

图 5.24 逻辑门的美国标准和欧洲标准形式

② 度量单位。度量单位栏有两个选择项：英制与公制。系统默认的是英制，但最好选择公制，即以 mm 为度量单位。

③ AC 用的基本函数。Tina Pro 给出了正弦函数和余弦函数两个基本函数作为 AC 分析中的基本函数，系统默认是余弦函数。

如果基本函数选择的是余弦，那么波形 $A\cos(\omega t)$ 将会用一个实数相量 A 来表示，而 $A\cos(\omega t+\varphi)$ 将用一个复数相量 $A\exp(j\varphi)$ 来表示，$A\sin(\omega t)$ 将用 $A\cos(\omega t-90)$ 来表示。

如果基本函数选择的是正弦，那么波形 $A\sin(\omega t)$ 将会用一个实数相量 A 来表示，而 $A\sin(\omega t+\varphi)$ 将用一个复数相量 $A\exp(j\varphi)$ 来表示，$A\cos(\omega t)$ 用 $A\sin(\omega t+90)$ 来表示。

④ 完成一条电线的分割。完成一条电线的分割项设置用于绘制导线或总线的操作方法。

- Click-Drag-Click。在绘制导线或总线时，单击鼠标左键确定起点，移动光标，在终点处单击鼠标左键，就可完成绘制任务。
- Press- Drag-Release。在绘制导线或总线时，在起点处按住鼠标左键不放并拖动光标，在终点处释放鼠标左键，就可完成绘制任务。

⑤ Global Settings。Global Settings（全局设置）选择栏中的"数字"、"单元"和"标签"3 个选项相当于主菜单中视图下的 3 个同名选项。选中后，元件的标称值、计量单位和名称将在图纸中显示出来。

⑥ 元件参数名。元件参数名用于设置多参数元件的参数名称。

⑦ 编辑器颜色方案。用鼠标左键单击如图 5.25 所示的"选择颜色编辑器"窗口中的 ▼ 按钮，可选择图纸是白色背景还是黑色背景。

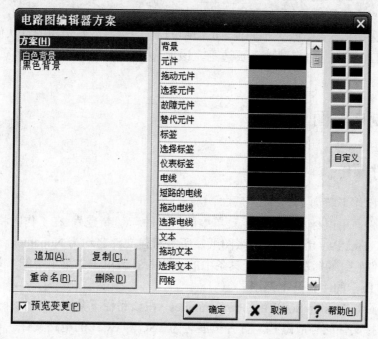

图 5.25　"选择颜色编辑器"窗口

若要设置其他操作所对应的颜色，可用鼠标左键单击如图 5.23 所示"编辑器选项"窗口中的 高级(A) 按钮，在打开的编辑器窗口中进行选择颜色。在窗口中，不仅可以选择图形符号的显示颜色，而且还可以选择许多操作时的显示颜色。

5.3.2　设置图纸参数

用鼠标左键单击主菜单中的"文件"\"页面设置"，将打开"页面设置"窗口，如图 5.26 所示，该窗口是在环境参数设置中选择了度量单位为 mm 后的"页面设置"窗口。

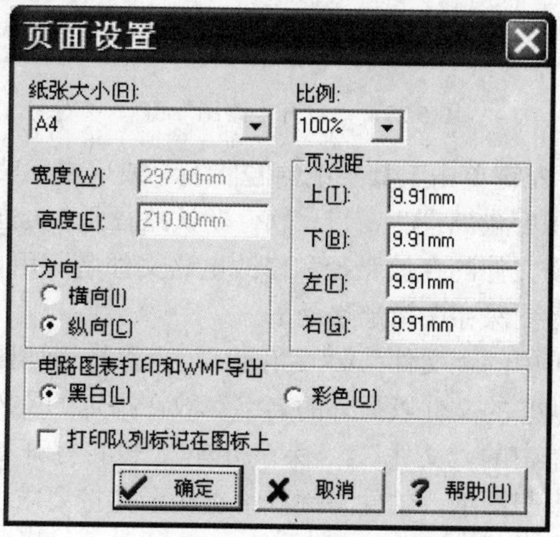

图 5.26　"页面设置"窗口

（1）纸张大小选择。系统提供了 13 种规格的图纸，默认值是 A4 纸。

（2）方向选择。默认选择是纵向。但选择横向，则更适合我们画电原理图的习惯。

（3）比例选择。比例选择栏显示的比例范围为 25%～500%，按 25%递增，共 20 种比例。

（4）页边距选择。不管纸张大小如何，页边距的上、下、左、右边距的默认值均为 9.91mm（0.39 英寸），可在文本框中直接输入页边距。该项选择只有在图纸被设置为页面视图后才有效果。

5.4 绘制电路图

5.4.1 文件操作

电路图文件操作步骤如下。

（1）创建文件。用鼠标左键单击主菜单中的"文件"\"新建"，在工作区将新增 1 张名为 Noname 的图纸。Tina Pro 允许创建多张图纸，所有新建文件名均为 Noname。

（2）打开文件。用鼠标左键单击工具条中的 图标，或单击主菜单中的"文件"\"打开"，将打开如图 5.27 所示的"打开电路图"窗口。

软件默认路径是 Design Soft\Tina Pro\Examples，在该路径下共有 243 个例子供选择。在该窗口中，可以选择文件的存放路径，打开扩展名为 TSC 和 SCH 的电路文件。

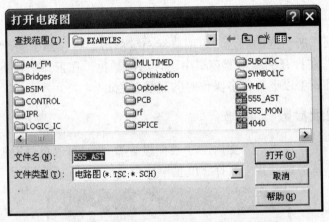

图 5.27 "打开电路图"窗口

（3）保存文件。用鼠标左键单击工具条中的 图标，或单击主菜单中的"文件"\"保存"，将打开如图 5.28 所示的"保存电路图"窗口。软件默认路径是 Design Soft\Tina Pro\Examples。

在该窗口中，可以选择文件的存放路径和修改电路文件名。用鼠标左键单击 保存(S) 按钮，处于激活状态的文件将被保存在指定路径下。

用鼠标左键单击主菜单中的"文件"\"另存为"，也将打开如图 5.28 所示的"保存电路图"窗口，可将处于激活状态的文件以另外的名字存放在指定的文件夹中。

用鼠标左键单击主菜单中的"文件"\"保存所有"，也将打开如图 5.28 所示的"保存电路图"窗口。如果建立了多张图纸，软件将逐张给出提示并按要求保存图纸。

图 5.28 "保存电路图"窗口

（4）关闭文件。用鼠标左键单击工具条中的 ![icon] 图标，或单击主菜单中的"文件"\"关闭"，将出现如图 5.29 所示的"确认"窗口，提示在关闭文件前是否要保存已修改的文件。

图 5.29 "确认"窗口

如果单击 是(Y) 按钮，则将打开如图 5.28 所示的"保存电路图"窗口，以保存并关闭文件。

如果单击 否(N) 按钮，则将立即关闭文件。

用鼠标左键单击主菜单中的"文件"\"关闭所有"，将开始对所有打开的文件逐个进行检查。如果有图纸被修改，则将打开如图 5.29 所示的"确认"窗口，提示是否保存将要被关闭的文件。

5.4.2　绘制模拟电路图

下面通过示例来讲解如何绘制 TSC 原理图。通过讲解绘制原理图，学习如何放置元件、旋转元件、复制元件、粘贴元件、编辑元件的主要参数、移动元件、连接导线等。

【例 5.1】绘制如图 5.30 所示的模拟电路原理图。

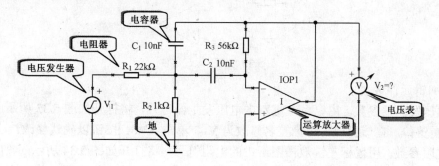

图 5.30　【例 5.1】模拟电路原理图

【解】设计步骤如下。

（1）设置环境参数。单击主菜单中的新建项，创建默认名为 Noname 的新文件。在主菜单的"插入"项中选择"自动重复"和"自动连线"。在"视图"项中选择"网格线"、"数值"、"单元"、"标签"、"工具栏"和"元件条"。在环境参数中选择欧洲标准。

（2）放置仪器和元件。

① 在"基本元件条"或"发生源元件条"中用鼠标左键单击"电压发生器"图标，此时的光标将由箭头形状变为手掌形状，且附带有 1 个红色的电压发生器符号。移动带有电压发生器符号的光标到图纸中的合适位置，再单击鼠标左键，完成放置电压发生器任务。

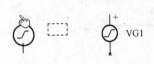

图 5.31　电压发生器

如图 5.31 所示的左边图形是单击元件条中的"电压发生器"图标后图纸上出现的图形，右边的图形是放置电压发生器后的图形。电压发生器的默认标签名为 VG，VG 后的数字表示电压发生器的序号，该序号从 1 开始按 1 递增。

由于在设置环境参数时选择了"自动重复"，因此，在放置了 1 个电压发生器后，在光标上将又出现 1 个电压发生器的符号。若不再想放置电压发生器，则按下键盘上的"Esc"键可撤销重复放置操作，光标上的电压发生器符号将消失。单击鼠标右键，在出现的浮动菜单中用鼠标左键单击"撤销方式"也可实现撤销重复操作。

② 在"基本元件条"中单击"电阻"图标，并放置 3 个电阻在电压发生器的右边。电阻的标签名自动地标为 R_1、R_2 和 R_3，默认的电阻阻值为 $1k\Omega$。

③ 在"基本元件条"中单击"电容"图标，并放置 2 个电容 C_1 和 C_2 在图纸中。

④ 在"半导体元件条"中单击"理想运算放大器"图标，放置 1 个运算放大器 IOP1 在电阻、电容的右边。

⑤ 在"基本"元件条或"仪表"元件条中单击"伏特表"图标，并放置 1 个伏特表 VM1 在所有元件的右边。

⑥ 在"基本"元件条中单击"地"图标，并放置 1 个接地符号在所有元件的下方。

放置元、器件后，图纸如图 5.32 所示。

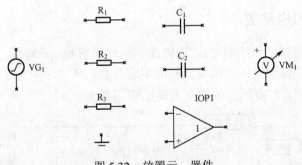

图 5.32　放置元、器件

（3）编辑元件参数。

① 电压发生器参数。用鼠标左键双击电压发生器符号，将打开如图 5.33 所示的"电压发生器"编辑窗口。在该窗口中将标签名修改为 V_1，单击 ✔确定 按钮以确认修改。

② 电阻参数。用鼠标左键双击图纸中的电阻符号，将打开如图 5.34 所示的"电阻器"编辑窗口。在该窗口中，可修改电阻的标签名和阻值。分别双击 3 个电阻，将它们的电阻值分

别设置为 22kΩ、1kΩ和 56kΩ，并单击 ✓ 确定 按钮以确认修改。

- 旋转电阻。用鼠标左键单击电阻 R_2 的电路符号，使该电阻处于选中状态（电阻的颜色变为红色），再单击工具条中的两个旋转图形图标 ⤾⤿ 中的任一图标，电阻 R_2 的符号和标签都将逆时针或顺时针旋转 90°。单击被选中元件外的任意处，将取消对元件的选择。

用鼠标左键单击标签 R_2，再将其旋转 90°。最后就得到电阻 R_2 的电路符号呈纵向方向放置，它的标签 R_2 和阻值 22kΩ呈横向方向放置的图形。

用同样方法旋转电阻 R_3 的电路符号和标签，使得它的电路符号呈纵向方向放置，标签 R_3 和阻值 56kΩ呈横向方向放置。

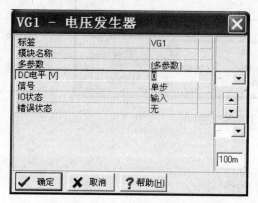

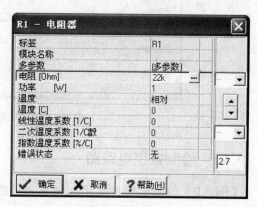

图 5.33　"电压发生器"编辑窗口　　　　图 5.34　"电阻器"编辑窗口

也可以通过复制、粘贴的方法得到电阻 R_3。在完成对 R_2 的编辑后，选中 R_2，按下组合键 Ctrl+C，将电阻 R_2 复制在剪贴板上。再按下组合键 Ctrl+V，就将电阻 R_2 粘贴在图纸上。双击该电阻，将其标签和阻值分别修改为 R_3 和 56kΩ即可。

③ 电容参数。用上述相同方法修改 C_1 和 C_2 的电容值为 10nF，并旋转电容 C_1 呈纵向放置状态。

④ 伏特表。用上述相同方法修改伏特表的标签名为 V_2。

（4）调整元件位置。用鼠标左键单击元件符号使其处于选中状态，按住鼠标左键不放，移动鼠标，元件将随之移动。当元件移动到合适位置时，再释放鼠标左键，就可将元件定位到该处。

（5）连接导线。如图 5.32 所示，元件的每个端点处有 1 个红色的"×"号，它是元件的电气端点。当光标移动到元件的电气端点时，光标的形状将由箭头状变为笔状。此时单击鼠标左键，再移动鼠标，在笔形光标下将出现 1 条导线。移动光标到合适位置后，单击鼠标左键，即可结束连线操作。在走线时，导线只能横平竖直地放置，转角只能是直角，不能以其他任意角度转角。

移动光标到电压发生器"+"端的红色"×"号处，当光标变为笔状后单击鼠标左键，移动光标到 R_1 左边的电气端点，再单击鼠标左键，这两点之间就连接好了一条导线。

（6）保存文件。Tina Pro 新建原理图文件的默认名称为 Noname，默认保存路径为 DesignSoft\Tina Pro\Examples。

用鼠标左键单击工具栏中的保存图标 🖫，将打开如图 5.35 所示的"保存电路图"窗口。在窗口中，可以选择文件的保存路径，并指定文件名称。用鼠标左键单击 保存(S) 按钮，就可将文件保存。

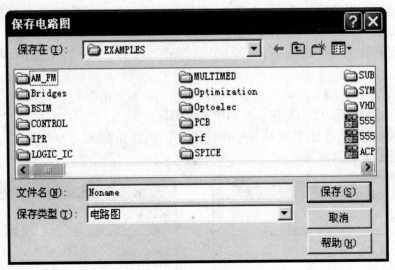

图 5.35　"保存电路图"窗口

5.4.3　绘制数字电路图

【例 5.2】绘制如图 5.36 所示的数字电路原理图。

【解】设计步骤如下。

（1）设置环境参数。同【例 5.1】的第 1 步。

（2）放置仪器和元件。

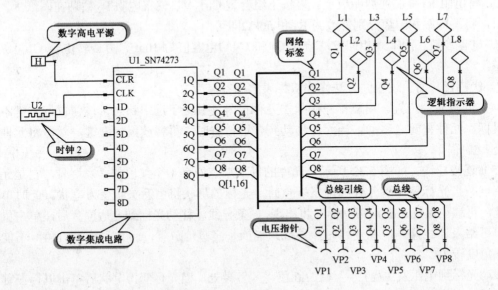

图 5.36　【例 5.2】数字电路原理图

①　在"逻辑 ICs"元件条中，用鼠标左键单击"触发器与锁存器"图标██，将打开如图 5.37 所示的"触发器与锁存器"窗口。

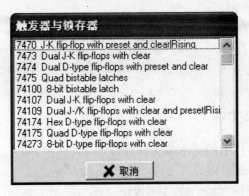

图 5.37　"触发器与锁存器"窗口

从该窗口中双击元件"74273 8-bit D-type flip-flops with clear"，放置 1 个 74273 在图纸中部。

② 在"发生源"工具条中单击"时钟 2"图标 ▭ 和"数字高电平源"图标 ▱，将其放在元件 U1_SN74273 的左边。

③ 在"仪表"工具条中单击"电压指针"图标 ┤，依次放 8 个电压指针于图纸的下部，其标签名依次为 VF1～VF8。

④ 在"仪表"工具条中单击"逻辑指示 2"图标 ▱，依次放 8 个逻辑指示器于图纸的右部，其标签名依次为 L1～L8。

（3）编辑元件。

① 双击电压指针，将其标签名依次修改为 VP1～VP8，并将它们旋转为向下放置。

② 双击逻辑指示器，将其状态置为"开"。

（4）连接导线。

① 将脉冲源、数字高电平源分别与 SN74273 的 CLK 和 $\overline{\text{CLR}}$ 用导线相连。

② 用鼠标左键单击主菜单中的"插入\总线"，在图纸上画出总线。用鼠标左键双击"总线"，将打开如图 5.38 所示的"总线/电线属性"窗口。将它的标签名（ID）改为 Q[1,16]，并选择"显示 ID[S]"。

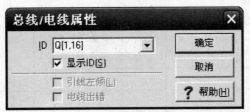

图 5.38　"总线/电线属性"窗口

③ 将 SN74273 的 1Q～8Q 输出端用导线分别与总线相连，并将各导线的标签名分别改为 Q1～Q8。

④ 将逻辑指示器 L1～L8 用导线分别与下边的总线相连，并将各导线的标签名分别改为 Q1～Q8。

⑤ 将电压指针 VP1～VP8 用导线分别与总线 1 的右边线段相连，并将各导线的标签名分别改为 Q1～Q8，并选择引线向左倾斜。

（5）将文件保存。

5.5 编辑文件

5.5.1 放置与编辑文本

用鼠标左键单击工具栏中的文本编辑图标 $\boxed{\text{T}}$，将打开如图 5.39 所示的"文本编辑"窗口。在该"文本编辑"窗口中既可以输入文字，也可以输入公式。

窗口中的公式编辑图标 $\boxed{{}^n\!/\!_d}$ $\boxed{x^a}$ $\boxed{\hat{U}}$ $\boxed{a_i}$ $\boxed{b\text{-}\beta}$ 依次分别为分数、指数、特殊符号、下标和字符转换。窗口中的工作区内是分别放置了分数、指数、特殊符号、下标和字符转换后的录入文本形式，其相应的文本显示结果如图 5.40 所示。

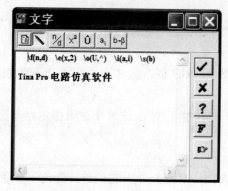

图 5.39　"文本编辑"窗口

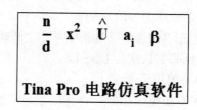

图 5.40　文本显示结果

从图 5.39 和图 5.40 可见，录入文本\f（n,d）括号中的 n 是分数中的分子，d 是分母；\e（x,2）括号中的 x 是指数的底，2 是指数的幂；\o（U,^）括号中的^是 U 上方的符号；\i（a,i）括号中的 i 是 a 的下标；\s（b）是将英文字母 b 转换为希腊字母 β。

英文字母转换为希腊字母的关系如表 5.1 所示。

表 5.1　英文字母—希腊字母转换表

英文字母	希腊字母	英文字母	希腊字母	英文字母	希腊字母	英文字母	希腊字母
a	α	h	η	o	o	v	ν
b	β	i	ι	p	π	w	ω
c	χ	j		q	θ	x	ξ
d	δ	k	κ	r	ρ	y	ψ
e	ε	l	λ	s	σ	z	ζ
f	φ	m	μ	t	τ		
g	γ	n	ν	u	υ		

上述公式录入文本与显示文本示例只是通用范例。其实，录入文本中的任意部分既可以是字母或其他符号，也可以是数字，还可以是各种函数嵌套。只要将上述录入文本适当组合，

就可录入复杂的公式。复杂公式的编辑及显示如图 5.41 和图 5.42 所示。

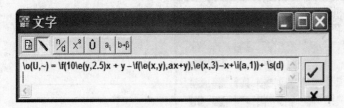

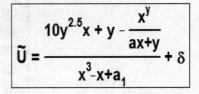

图 5.41 复杂公式的编辑　　　　　　　　图 5.42 复杂公式的显示

5.5.2 绘制与编辑几何形状

用鼠标左键单击主菜单中的"插入"\"形状",可见以下几栏:线条、箭头(线性、圆角、圆形),多边形、矩形、椭圆和弧形。这些几何形状是没有电气特性的图形,常用的几何形状示例如图 5.43 所示。

(1) 绘制与编制线条。

① 绘制线条。用鼠标左键单击主菜单中的"线条",光标变为"十"字形。移动光标到适当位置,单击鼠标左键以确定线条的起点,按住鼠标左键不放并向需要画线条的方向移动光标,在光标经过之处就形成了一条线条。在线条终点处释放鼠标左键,即完成此次操作。

② 编辑线条。用鼠标左键双击线条,将打开如图 5.44 所示的"形状特性"窗口。

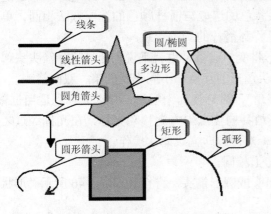

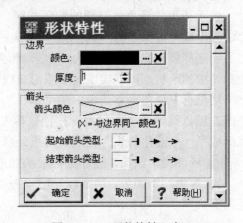

图 5.43 常用的几何形状示例　　　　　　图 5.44 "形状特性"窗口

在该窗口中的"边界"栏内,可对线条的颜色和宽度(厚度)进行编辑。

用鼠标左键单击"颜色"右边的 … 按钮,将打开如图 5.45 所示的"调色板"窗口。

在"调色板"对话窗口中,可在基本颜色中选择线条的颜色,也可自定义颜色。

用鼠标左键单击"厚度"栏的 ，可调整线条的粗、细，也可直接输入数字。

若在"箭头"栏中选择除 —（直线）外的其他箭头类型,线条将变为箭头。

(2) 绘制与编辑箭头。

① 绘制直线箭头。用鼠标左键单击主菜单中的"箭头\线性",光标变为十字形。移动光标到适当位置,单击左键以确定箭头的起点,按住左键不放,并向需要画箭头的方向移动光标,在光标经过之处就形成了一条线性箭头。在箭头终点处释放鼠标左键,即完成此次操作。

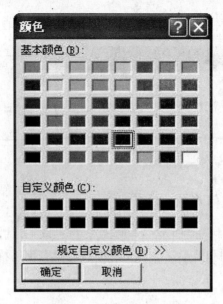

图 5.45   "调色板"窗口

② 编辑直线箭头。用鼠标左键双击线性箭头图形，也将出现如图 5.44 所示的窗口。在该窗口中的"边界"栏内，可对箭杆的颜色和宽度（厚度）进行编辑。

在"箭头"栏内，可对箭头头部的颜色和类型进行编辑。当"箭头颜色"为 时，表示箭头的颜色与箭杆的颜色相同。箭头颜色的选取与箭杆颜色的选取方法相同。单击"边界"或"箭头"内的 按钮，箭头的颜色将与箭杆的颜色一致。

当选择箭头头部的类型为 一 后，箭头图形将变为线条。也就是说，通过选择箭头头部起始和结束的形状，可以实现线条图形与线性箭头图形的互换和不同形状的单、双向箭头。

用鼠标左键单击主菜单中的"箭头"\"圆角"，光标变为十字形。移动光标到适当位置，单击左键以确定箭头的起点，按住鼠标左键不放并向任意斜方向移动光标，在光标经过之处就形成了一条圆角箭头。在箭头终点处释放鼠标左键，即完成此次操作。

③ 绘制圆形箭头。绘制圆形箭头的方法与上相同。

④ 编辑圆形箭头。用鼠标左键双击圆角箭头或圆形箭头，将打开如图 5.46 所示"形状特性"窗口。

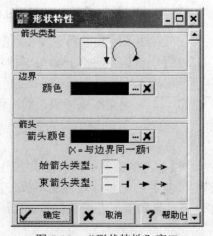

图 5.46   "形状特性"窗口

通过选择"箭头类型",可实现圆角箭头和圆形箭头的互相转换。这两种箭头除了箭杆宽度不能改变之外,其他选择与线性箭头的相同。

如果选择箭头头部类型为 — ,则可以得到圆角线、圆形线等图形。

常见线条和箭头如图 5.47 所示。

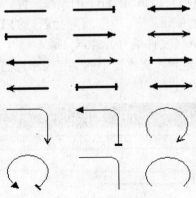

图 5.47　常见线条和箭头

(3)绘制与编辑多边形。

① 绘制多边形。用鼠标左键单击主菜单中的"多边形",光标变为"十"字形。移动带有"十"字线的光标到适当位置,单击鼠标左键以确定多边形的第 1 个顶点,再移动光标到另一点并单击鼠标左键以确定第 2 个顶点,……,直到形成 1 个闭合图形。

② 编辑多边形。用鼠标左键双击多边形,出现如图 5.48 所示的"多边形编辑"窗口。在此窗口中可对多边形边框线条的颜色和宽度、内部填充颜色或是否填充进行编辑。

如图 5.49 所示的左边是未编辑的多边形,右边是边线与内部填充都进行了设置的多边形。

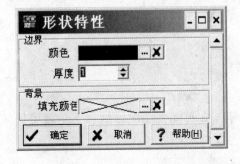

图 5.48　"多边形编辑"窗口

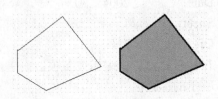

图 5.49　多边形

(4)绘制与编辑矩形、椭圆和弧形。

① 绘制矩形、椭圆和弧形。绘制矩形、椭圆和弧形的方法都与绘制圆角箭头的方法相同。调节矩形的长宽相同时,将得到正方形。调节椭圆的长半轴与短半轴相同时,将得到圆。

② 编辑矩形、椭圆和弧形。用鼠标左键双击矩形、椭圆和弧形,也会出现如图 5.48 所示的窗口,从而可以编辑它们的边界线的颜色、粗细和内部填充颜色。如图 5.50 所示的左边是未填充颜色的矩形、椭圆形和弧形,右边是填充颜色后的图形。

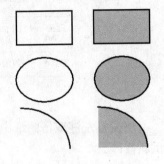

图 5.50　矩形、椭圆形和弧形

5.5.3　其他操作

其他操作有以下 4 种。

（1）放置与编辑标题栏。用鼠标左键单击主菜单中的插入\标题栏，并在随之出现的导入文件窗口中选择系统提供的名为 TITLEBLK.TBT 的模板文件。

在如图 5.51 所示的"标题栏编辑"窗口中，可对标题栏的 Title（标题），Size（图纸尺寸），Date（设计日期），Document No.（文件编号），Rev（版本号），Sheet、of（图纸总张数及本图纸是第几张图）进行编辑。"锁定到"文本框中的文字表示标题栏将位于图纸的什么位置，共有左上、左下、右上和右下 4 种选择。

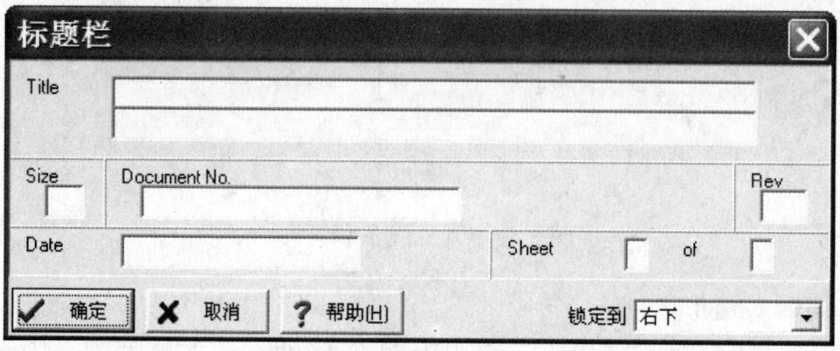

图 5.51　"标题栏编辑"窗口

按下列内容编辑标题栏。

Title:　　　　常用几何图形示例

　　　　　　　设计者:张三

Size:　　　　 A4

Document No.:　1

Rev:　　　　　3

Date:　　　　 2004.7.20

Sheet:　　　　1

Of:　　　　　 5

在标题栏窗口中编辑完各项后，单击 ✔ 确定 按钮，在页面视图图纸的右下角就可见如图 5.52 所示的标题栏。

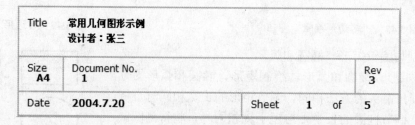

图 5.52　标题栏

用鼠标左键双击图纸中的标题，将打开如图 5.51 所示的窗口，此时可以对标题各栏进行重新修改。

（2）选择、移动图形。

① 选择。用鼠标左键单击图纸中的任意符号，该符号变为红色，即表示该符号被选中。

如果要选择某个区域内的图形符号，只需移动光标到所选择的区域的左上角并单击鼠标左键，按住鼠标左键并向右下方拖动鼠标直到被选区域都在虚线框内为止，释放鼠标左键即可。如果要选择图纸中不同区域的符号，可用键盘上的"Shift"键配合鼠标完成选择。具体方法是：按下"Shift"键，同时用鼠标左键单击所要选择的各个符号，就可将这些符号选中。

单击被选图形之外的任一处，即可撤销选择。

② 移动。选中图形后按下鼠标左键不放，拖动光标，被选图形也随之移动。在电路中移动元件时，若希望电路中原来的导线连接关系不变，则必须先选中"插入"菜单中的"自动连线"。否则，连线将不会随元件移动。

（3）剪切、复制和粘贴图形。剪切、复制和粘贴图形的命令在主菜单中的"编辑"中，这些命令也支持组合键命令 Ctrl + X、Ctrl + C、Ctrl + V。

① 剪切。先选中图形，再使用组合键 Ctrl + X，图纸上的所选图形将被删除，同时该图形被放置在剪贴板中。

② 复制。先选中图形，再使用组合键 Ctrl + C，图形被放置在剪贴板中。

③ 粘贴。使用组合键 Ctrl + V，可将剪贴板中的图形放置在图纸中。

（4）旋转、镜像图形。

① 旋转。选中具有电气特性的图形，再单击工具栏中的左右旋转图标 ⟲⟳，图形就可向逆时针或顺时针按 90° 步进旋转。

② 镜像。选中具有电气特性的图形，再单击工具栏中的镜像图标 ✦，所选图形就会左右镜像显示。

如图 5.53 所示是图形旋转与镜像示意，此例是将运算放大器向左旋转 90°、向右旋转 90° 和左右镜像后的图形。

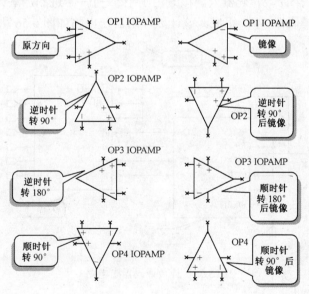

图 5.53　图形旋转与镜像

（5）图纸的放大与缩小。

① 放大。用鼠标左键单击工具菜单中的 🔍 按钮，移动光标到图纸，单击左键，图纸将放大两倍。

② 缩小。用鼠标左键单击工具菜单中的 🔍 按钮，移动光标到图纸，按住 Ctrl 键，单击鼠标左键，图纸将缩小为原图的 1/2。

5.6 创建宏

在设计复杂的电路时，一张图纸上可能画不下全部电路，这时就可以像 Protel DXP 那样设计层次原理图。即在顶层图纸上用符号代表某部分电路，通过该符号才进入到底层图纸。在 Tina Pro 中设计层次原理图就是设计宏（子电路）。那些常用的单元电路也可以在总电路图中用宏来代替，使得电路更加简洁。

生成宏的方法有 2 种：一种是由电路图生成宏，另一种是先生成宏符号再设计宏电路。其流程图分别如图 5.54 和图 5.55 所示。

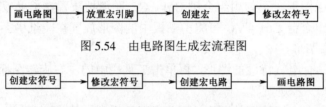

图 5.54　由电路图生成宏流程图

图 5.55　先生成宏符号再设计宏电路流程图

5.6.1　由电路图生成宏

【例 5.3】设计 1 个计数译码器宏。该宏由 1 个二-五-十进制加法计数器 7490 和 1 个输出低电平有效的七段译码器 7447 组成。该计数译码器宏电路如图 5.56 所示。

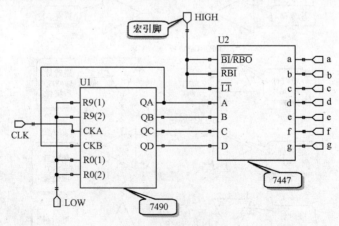

图 5.56　计数译码器宏电路

【解】设计步骤如下。

（1）用鼠标左键单击主菜单中的"文件"\ "新建"，创建 1 个默认名为 Noname 的新原理图文件。

（2）用鼠标左键单击"逻辑 ICs"元件条中的计数器图标，在出现的计数器窗口中选择 7490，并将其放置在图纸上，再将 7490 的 QA 与 CKB 用导线连接从而构成十进制计数器。

（3）用鼠标左键单击"逻辑 ICs"元件条中的译码器图标，在出现的计数器窗口中选择 7447，并将其放置在图纸上。

（4）用鼠标左键单击"特殊"元件条中的宏引脚图标，放置多个宏引脚。宏引脚是宏内部电路与外部电路的接口，宏电路所有对外口线（包括电源和地）都必须采用宏引脚。

（5）将 7490 的 2 个置 9 端和 2 个置 0 端用导线连接在一起并与 1 个宏引脚相连，双击该引脚，将其标签名改为 LOW；将 7490 的 CKA 与 1 个宏引脚相连，并将其标签名改为 CLK。

（6）将 7447 的灭灯输入、动态灭灯输入和灯测试等 3 个输入端用导线连接在一起，并与 1 个宏引脚相连，将其标签名改为 HIGH；将 7447 的 7 个输出端分别与 7 个宏引脚相连，并将 7 个宏引脚的标签名分别改为 a、b、c、d、e、f 和 g。

（7）将 7490 的输出端 QA、QB、QC 和 QD 分别与 7447 输入端 A、B、C 和 D 相连。所设计的原理图如图 5.56 所示。

（8）将文件保存为"计数译码器"。

（9）用鼠标左键单击主菜单中的"工具"\"新建宏向导"，将打开如图 5.57 所示的"新建宏向导"窗口。

在窗口的名称和标签栏中输入宏名称"计数译码器"。在内容栏中选择"当前电路"，在形状栏中选择"自动生成"。

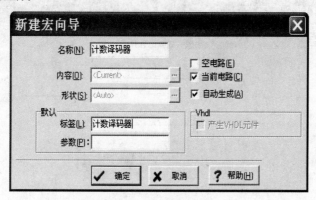

图 5.57　"新建宏向导"窗口

（10）用鼠标左键单击 ✓ 确定 按钮确认选择，并将名称为"计数译码器"的宏保存在适当的路径下（软件默认的宏文件路径是 DesignSoft\Tina Pro\MACROLIB）。

（11）此时，名称为"计数译码器"的宏即已生成。

单击主菜单中的"插入"\"宏"，在随之出现的窗口中用鼠标左键双击名称为"计数译码器"的宏，光标上就出现了宏的图形符号。移动光标到合适位置并单击鼠标左键，将宏放置在图纸中。"计数译码器"的宏符号如图 5.58 所示。

宏符号的大小与宏名称、各边的宏引脚的多少有关，由软件自动生成。

（12）用鼠标左键双击宏符号，将打开如图 5.59 所示的"宏参数"窗口。从窗口中可见，[形状]栏后的"计数译码器"即为宏符号名，[内容]栏后的"计数译码器.TSC"即为与宏符号相关的宏电路。单击 输入宏 按钮，可将宏电路展开。

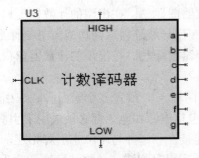

图 5.58 宏符号

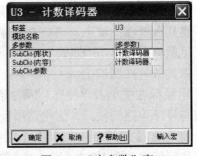

图 5.59 "宏参数"窗口

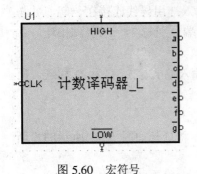

图 5.60 宏符号

若要将已知电路转换为宏,只需把电路与外部的接口端加上宏引脚,再按照以上例子中的第(9)步和第(10)步操作即可。

5.6.2 由宏符号生成宏电路

【例 5.4】生成如图 5.60 所示的宏符号。

【解】设计步骤如下。

(1)创建块向导。用鼠标左键单击主菜单中的"插入"\"块",将打开如图 5.61 所示的"块向导"窗口。

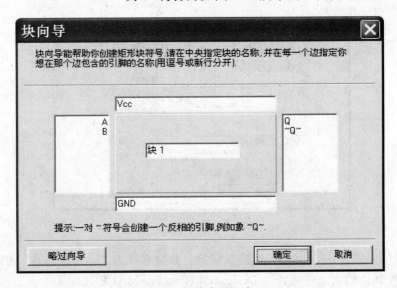

图 5.61 "块向导"窗口

在该窗口的中部是宏名称,上、下、左、右部分是宏引脚名称。上、下部分的各引脚名称之间需用 ","分隔,左、右部分的各引脚应各占一行,一对 "~" 符号将创建低电平有效的字符串。例如 "~Q~" 将显示为 "$\overline{Q}$"。

(2)指定模块和各引脚名。在窗口中部名称栏输入"计数译码器_L",上部引脚区输入"HIGH",下部引脚区输入"~LOW~",左部引脚区输入"CLK",右部引脚区输入"~a~、~b~、~c~、~d~、~e~、~f~、~g"(每个字母各占一行)。用鼠标左键单击 [确定] 按钮以确认设置后,将打开如图 5.62 所示的"符号编辑器"窗口,在该窗口中,可对宏符号进行编辑。

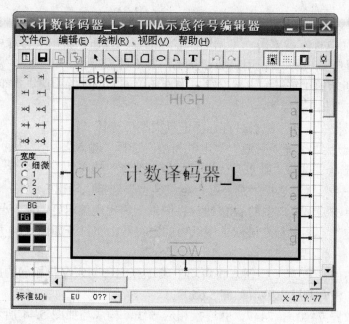

图 5.62 "符号编辑器"窗口

（3）编辑引脚属性。用鼠标左键双击"符号编辑器"窗口中的引脚，将打开如图 5.63 所示的"引脚属性"窗口。

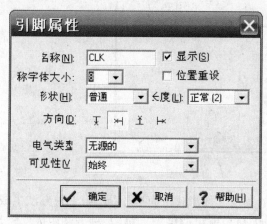

图 5.63 "引脚属性"窗口

① 名称。在名称栏中可修改引脚的名称，且支持中、英文名称。若选择"显示"，引脚名称将被显示出来。

② 字体大小。用鼠标左键单击"字体大小"右边的箭头按钮，将出现可选字号种类，共有 6、7、8、9 和 10 等 5 种字号，但也支持用户输入其他数字的字号。

③ 形状。用鼠标左键单击"形状"右边的箭头按钮，将出现可选形状种类，共有普通、圆点、时钟和圆点时钟等 4 种形状。

④ 长度。用鼠标左键单击"长度"右边的箭头按钮，将出现可选长度类型，共有零[0]、微短[1]、正常[2]、较长[3]和长[4]等 5 种长度。

⑤ 方向。用鼠标左键单击"方向"右边的 4 个图形中的任一个图形，将改变引脚的方向。

⑥ 电气类型。用鼠标左键单击"电气类型"右边的箭头按钮，出现可选电气类型，共有

输入、输出、双向、无源的、电源、3 态、集电极开路和发射极开路等 8 种类型。

⑦ 可见性。用鼠标左键单击"可见性"右边的箭头按钮，将出现可选可见性类型，共有"始终、电源、用户 1、用户 2、用户 3 和从不"等 6 种类型。

在如图 5.62 所示的"符号编辑器"窗口中，还可添加或删除引脚、改变引脚的宽度。

各引脚具体修改如下：

CLK——"形状"选择"圆点时钟"，"电气类型"选择"输入"。

HIGH——"形状"选择"普通"，"电气类型"选择"输入"。

LOW——"形状"选择"圆点"，"电气类型"选择"输入"。

a、…、g——"形状"选择"圆点"，"电气类型"选择"输出"。

用鼠标左键单击编辑窗口中的 ■ 按钮，在图纸上将出现编辑好的宏符号图形。

（4）输入宏电路。用鼠标左键双击图纸中的宏符号，将打开如图 5.64 所示的"宏向导"窗口。

单击该窗口中的 输入宏 按钮，将自动生成 1 张名称与宏名称相同的原理图。在该原理图中只有宏引脚，没有具体电路，如图 5.65 所示。

在该图纸中放置 7490 和 7447，并连接相应导线，构成与如图 5.44 所示相仿的原理图，保存文件为"计数译码器_L"，这样"计数译码器_L"宏就生成了。

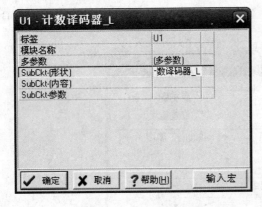

图 5.64 "宏向导"窗口

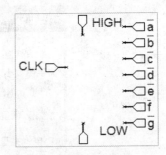

图 5.65 宏引脚

注意：2 种方法生成的宏在文件形式上有些不同。第 1 种方法生成的宏，其扩展名为 TSM，在原理图文件中执行插入宏命令就可调用宏。第 2 种方法生成的宏是在原理图文件中，其文件扩展名是 TSC。调用它们时，只有先打开原理图文件，再将该宏复制到其他原理图文件中。

5.7 上机实战 Tina Pro

5.7.1 实战 Tina：熟悉 Tina Pro 的基本操作

实战目的：熟悉 Tina Pro 的界面和基本操作。

实战内容：创建文件、删除文件、旋转各种图形、熟悉元件条中的各种元、器件。

5.7.2 实战 Tina：设计原理图和编辑文本

实战目的：掌握在电路编辑器中绘制电路图的方法。

实战内容:

（1）绘制如图 S5.1 所示的模拟电路图（参考 5.4.2 节）。

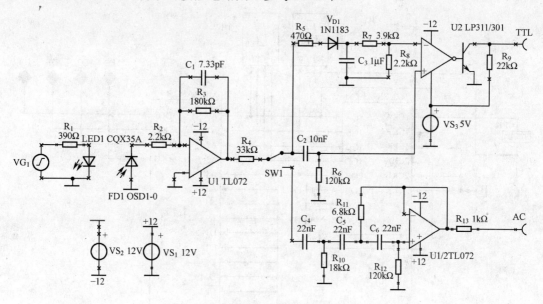

图 S5.1　模拟电路图

（2）绘制如图 S5.2 所示的数字电路图（参考 5.4.3 节）。

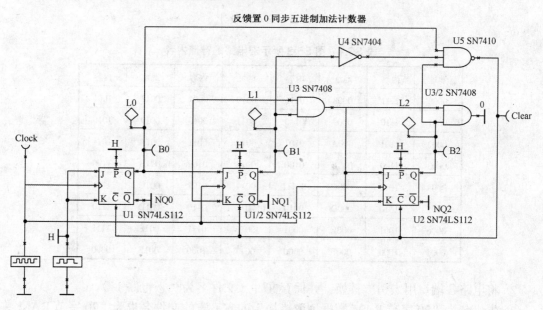

图 S5.2　数字电路图

5.7.3　实战 Tina：设计宏

实战目的：掌握设计宏的 2 种方法。

实战内容:

（1）先设计电路，再生成宏（参考 5.6.1 节）。

① 按照如图 S5.3 所示的宏电路设计画电路图，其中 RAM 的字长为 4 位，存储内容如表 5.1 所示。

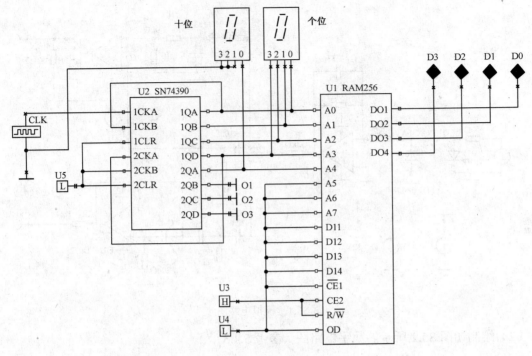

图 S5.3　宏电路设计

表 S5.1　图 S5.3 所示宏电路的存储内容

地址	内容	地址	内容	地址	内容	地址	内容
0000	1111	0008	0111	0010	0001	0018	1001
0001	1110	0009	0110	0011	0010	0019	1010
0002	1101	000A	0101	0012	0011	001A	1011
0003	1100	000B	0100	0013	0100	001B	1100
0004	1011	000C	00111	0014	0101	001C	1101
0005	1010	000D	0010	0015	0110	001D	1110
0006	1001	000E	0001	0016	0111	001E	1111
0007	1000	000F	0000	0017	1000	001F	0000

② 将电路各端口用宏引脚替换，并保存文件（文件名为"宏电路 1"）。

③ 生成名为"20 字节 RAM 数据读取模块"的宏，宏的文件名也为"20 字节 RAM 数据读取模块"。

④ 创建新文件，并插入前面设计的名为"20 字节 RAM 数据读取模块"的宏。

⑤ 用鼠标左键双击插入的宏，并导出宏电路。

⑥ 给主电路图设计一个标题栏。

（2）先设计宏符号，再设计宏电路（参考 5.6.2 节的内容）。

① 设计如图 S5.4 所示的宏符号，宏符号名称为"74HC4066"。

② 再由宏符号生成电路，将只有宏引脚的电路按如图 S5.4（b）所示的宏电路补充完整，并保存文件名为"74HC4066"。

③ 打开设计的 "74HC4066" 宏，用鼠标左键双击宏，并导出宏电路。

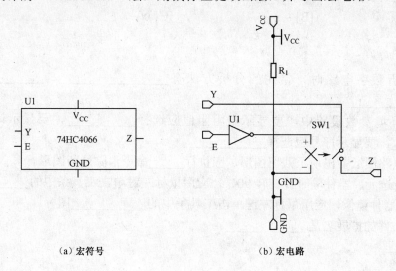

（a）宏符号　　　　　　　　（b）宏电路

图 S5.4　宏符号

习　题

[5.1]　Pina Pro 的系统界面主要由哪几部分组成？

[5.2]　Pina Pro 都有哪些元、器件库？

[5.3]　如何完成环境参数设置和图纸参数设置？

[5.4]　Pina Pro 电原理图文件的默认路径和默认名称是什么？文件的扩展名是什么？

[5.5]　绘制电原理图时，如何放置元、器件和测试仪表？如何绘制导线和总线？

[5.6]　如何修改图形符号的属性？

[5.7]　如何输入数学公式？举例说明典型输入式与显示结果的对应关系。

[5.8]　如何复制、剪切、粘贴、旋转图形？

[5.9]　如何设计图纸的标题栏？

[5.10]　如何生成宏？如何调用宏？

单元测验题

1．选择题

（1）NPN 晶体管都位于哪个元件库中？

　　[A] 基本库　　　　[B] 模拟元件库　　　　[C] 数字元件库

（2）74161 都位于哪个元件库中？

　　[A] 基本库　　　　[B] 模拟元件库　　　　[C] 数字元件库

（3）Tina Pro 电原理图的扩展名为：

　　[A] Sch　　　　[B] Noname　　　　[C] TSC

（4）显示文本图样为 x^y，在文本编辑窗口中，应输入：

[A] \f（x,y）　　　　[B] \o（x,y）　　　　[C] \i（x,y）

（5）在"宏向导"窗口中，要表示引脚名 $\bar{x}$，在引脚名称栏中应输入：

[A] –x-　　　　[B] ~ x~　　　　[C] \x\

2. 填空题

（1）分析数字电路时，常用的分析方法有＿＿＿＿＿＿＿、＿＿＿＿＿＿＿、和＿＿＿＿＿＿＿。

（2）在环境参数设置中，要显示电阻阻值应选择＿＿＿＿＿，要显示计量单位应选择＿＿＿＿＿，要显示序号应选择＿＿＿＿＿。

（3）当电路图纸中出现了残留图形，应执行＿＿＿＿命令消除残留图形。

（4）将所选元、器件顺时针旋转 90°，应用鼠标左键单击工具条中的＿＿＿＿＿图标，要将所选元、器件镜像，应用鼠标左键单击工具条中的＿＿＿＿＿图标。

（5）宏文件的扩展名是＿＿＿＿＿。

3. 简答题

（1）Tina Pro 都有哪些特点？

（2）在"文件"菜单中，都列出了哪些文件操作命令？

（3）以门电路为例，阐述逻辑器件符号美国标准与欧洲标准的差别。

（4）简要阐述由底层电路生成宏的操作步骤。

第6章 Tina Pro 设计与分析

要 点

（1）Tina Pro 仪器、仪表。熟悉 Tina Pro 各种虚拟仪器、仪表的使用方法。

（2）仿真分析。掌握模拟电路和数字电路的各种仿真分析方法。

（3）函数化简。掌握逻辑函数化简器的使用方法。

6.1 常用仪器、仪表

"发生源"元件条中共有 18 种不同类型的信号发生器，本节仅讲解其中比较复杂的信号发生器。比较复杂的信号发生器有电压发生器和电流发生器、脉冲源和时钟、4 位数据发生器。

6.1.1 模拟信号发生器

以下介绍模拟信号发生器的结构、原理和应用。

模拟信号发生器包括电压发生器和电流发生器，它们实际上是函数发生器，被用于模拟电路分析。这两种发生器所能产生的波形种类都是一样的，唯一的区别只是一个是输出电压，另一个是输出电流。下面仅以电压发生器为例，讲解如何编辑和使用模拟信号发生器。

（1）基本参数设置。用鼠标左键单击"发生源"元件条中电压发生器图标，可将电压发生器放置在图纸中。双击图纸上的电压发生器图形，将打开如图 6.1 所示的"电压发生器"窗口。

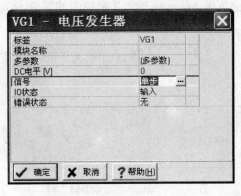

图 6.1 "电压发生器"窗口

① 标签。标签栏中的文本"VG1"是电压发生器的名称，用鼠标左键单击该栏后可直接修改标签名称。标签的用处不仅仅在于给每个元件取名，还在于当电压发生器与翻译器一起使用时，信号参数可被翻译器调用。

② DC 电平。DC 电平定义了一个在瞬时分析时加在波形函数上的恒定电平。该栏中的文本 "0" 表示信号源输出信号的直流电平为 0V，在该栏中可以直接输入数字和量纲。

软件认可的量纲有 M—兆，k—千，m—毫，υ—微，n—纳，p—皮。例如 0.5 表示 0.5V，1m 表示 1mV，2k 表示 2kV。

③ 信号。信号栏中的文本 "单步" 表示电压发生器输出电压波形种类，电压发生器可输出多种波形的电压。波形的选择和编辑在后面讨论。

④ IO 状态。IO 状态栏中的文本指明了电压发生器是否作为外电路的输入信号仪器。

⑤ 错误状态。错误状态栏中的文本指明该元件有无故障。单击该栏后，可选择电压发生器的错误类型。软件提供了无错误、打开和短路 3 种错误。该栏状态的设定主要用于电路的故障设置。

（2）信号选择与编辑。用鼠标左键单击如图 6.1 所示 "电压发生器" 窗口的 "信号"，在文本 "单步" 后会出现 1 个按钮，单击该按钮可打开如图 6.2 所示的 "信号编辑器" 窗口。

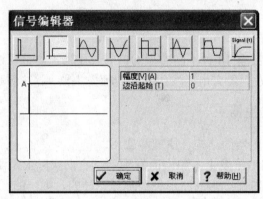

图 6.2 "信号编辑器" 窗口

在该窗口中共有脉冲波、单步波、正弦波、余弦波、方波、三角波和梯形波等 7 种基本波形可选择和编辑，另外还可实现任意波。

① 脉冲波。用鼠标左键单击 "信号编辑器" 窗口中的 ⌐ 图标，将打开如图 6.3 所示的 "脉冲波属性编辑" 窗口。

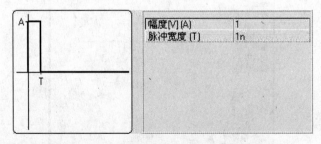

图 6.3 "脉冲波属性编辑" 窗口

在该窗口中，用鼠标左键单击 "幅度"，可在文本框中输入脉冲幅度值。单击 "脉冲宽度"，可在文本框中输入脉冲持续时间值。

该脉冲波不是周期性波形，通常用做冲激信号。

② 单步波。用鼠标左键单击 "信号编辑器" 窗口中的 ⌐ 图标，将打开 "单步波属性编辑" 窗口，如图 6.4 所示。

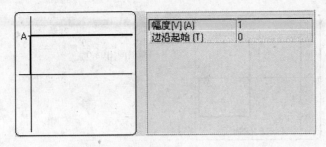

图 6.4 "单步波属性编辑" 窗口

在该窗口中，用鼠标左键单击"幅度"，可在文本框中输入单步波幅度值。单击"边沿起始"，可在文本框中输入单步波的起始时间值。

单步波不是周期性波形，通常用做阶跃信号。

③ 正弦波。用鼠标左键单击"信号编辑器"窗口中的 ⩘ 图标，将打开"正弦波属性编辑"窗口，如图 6.5 所示。

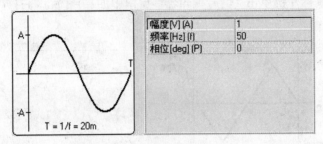

图 6.5 "正弦波属性编辑" 窗口

在该窗口中，用鼠标左键单击"幅度"，可在文本框中输入正弦波幅度值。单击"频率"，可在文本框中输入正弦波的重复频率。单击"相位"，可在文本框中输入正弦波的起始相位值。

④ 余弦波。用鼠标左键单击如图 6.2 所示的"信号编辑器"窗口中的 ⩗ 图标，将打开"余弦波属性编辑"窗口，如图 6.6 所示。

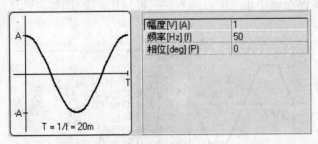

图 6.6 "余弦波属性编辑" 窗口

在该窗口中，用鼠标左键单击"幅度"，可在文本框中输入余弦波幅度值。单击"频率"，可在文本框中输入余弦波的重复频率。单击"相位"，可在文本框中输入余弦波的起始相位值。

⑤ 方波。用鼠标左键单击如图 6.2 所示的"信号编辑器"窗口中的 ⊔ 图标，将打开"方波属性编辑"窗口，如图 6.7 所示。

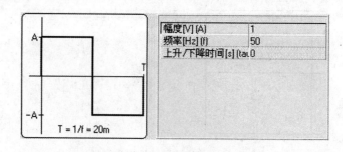

图 6.7　"方波属性编辑"窗口

在该窗口中，用鼠标左键单击"幅度"，可在文本框中输入方波幅度值。单击"频率"，可在文本框中输入方波的重复频率。单击"上升/下降时间"，可在文本框中输入方波的上升沿和下降沿的持续时间。

方波具有正、负电平，且占空比为 50%。

⑥ 三角波。用鼠标左键单击"信号编辑器"窗口中的 ⋀ 图标，将打开"三角波属性编辑"窗口，如图 6.8 所示。

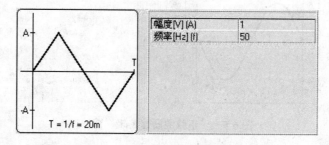

图 6.8　"三角波属性编辑"窗口

在该窗口中，用鼠标左键单击"幅度"，可在文本框中输入三角波幅度值。单击"频率"，可在文本框中输入三角波的重复频率。

⑦ 梯形波。用鼠标左键单击"信号编辑器"窗口中的 ⊓ 图标，将打开"梯形波属性编辑"窗口，如图 6.9 所示。

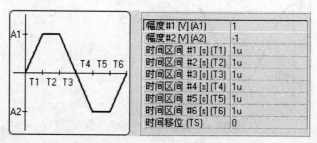

图 6.9　"梯形波属性编辑"窗口

在该窗口中，用鼠标左键单击"幅度#1"，可在文本框中输入梯形波的上水平边幅度值。单击"幅度#2"，可在文本框中输入梯形波的下水平边幅度值。单击"时间区间#1"，可在文本框中输入正值梯形波的左梯形边的持续时间值。单击"时间区间#2"，可在文本框中输入正值梯形波的水平边的持续时间值。单击"时间区间#3"，可在文本框中输入正值梯形波的右梯形边的持续时间值。单击"时间区间#4"，可在文本框中输入负值梯形波的左梯形边的持续时间值。单击"时间区间#5"，可在文本框中输入负值梯形波水平边的持续时间值。单击"时间区间#6"，可在文本框中输入负值梯形波的右梯形边的持续时间值。单击"移位"按钮，可在文本框中输入梯形波的起始时间。

梯形波是周期性信号，周期时间等于各区间时间之和。

⑧ 任意波。用鼠标左键单击"信号编辑器"窗口中的 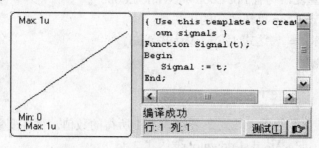 图标，将打开"任意波属性编辑"窗口，如图 6.10 所示。

图 6.10   "任意波属性编辑"窗口

任意波是用户自定义波，在窗口右部的文本框中，给出了自定义波形函数的例子，该函数是 1 个线性函数，其程序为：

      Function Signal （t）；   声明函数 Signal 是时间变量函数
      Begin
          Signal : = t;   定义函数 Signal 的表达式
      End；

其中，如果改变表达式右边的数学式，就能得到用户所需要的波形。

6.1.2 任意波函数定义

以下介绍任意波函数。

（1）函数构成。函数语句的语法如下：

Function 函数名（参数 1，…，参数 n）；

Begin

    函数体；

End；

关键字 Function 之后是函数标识符和形式参数。形式参数，变量和常数都是复数。其中虚数单位的符号是 I。

形式参数之后是关键字 Begin、函数体以及关键字 End。

（2）函数体。函数体包含赋值语句、复合语句、重复语句、条件语句。在函数体里可以调入其他的函数或函数本身（递归，循环）。

① 复合语句。复合语句的语法是：

begin

    语句组

end

复合语句中的语句可以是赋值语句或条件语句。

② 条件语句。条件 （if） 语句的语法是：

if 表达式 then 语句

   else 语句

如果表达式计算值是一个非 0 值，则执行 then 后面的语句。如果表达式计算值是 0 值，则执行 else 后面的语句。条件语句中的语句可以是赋值语句、复合语句或条件语句。

③ 重复语句。重复语句有 For Loop 和 While Loop。

- For Loop。For Loop 循环语句的语法是：

    for 名称：= 表达式 1 to 表达式 2 do

  begin

    语句组

  end

循环重复执行的次数等于表达式 2-表达式 1+1 所得的数值。循环变量（名）是递增的。

    for 名称：= 表达式 1 downto 表达式 2 do

  begin

    语句组

  end

循环重复执行的次数等于表达式 1-表达式 2+1 所得的数值。循环变量（名）是递减的。

- While Loop。while 表达式 do

  begin

    语句组

  end

只要表达式的值为真，语句组将一直重复地执行。重复语句中的语句可以是赋值语句或条件语句。

（3）命令。函数定义块之后是命令句。命令句包括赋值语句、计算表达式、描绘曲线以及解答方程系统。

① 赋值语句。

    语法为：

      名称：= 表达式

② 计算表达式。

    语法为：

      表达式=[Enter]

③ 描绘曲线。

    语法为：

      draw（表达式，名称）

这个语句有两个参数：第 1 个参数是 1 个表达式，仅能够包含一个自变量。第 2 个参数是曲线的名称。

（4）内置函数。在翻译器中有许多内置函数可以使用。一些函数的形式参数是复数，这些函数用 C 做标记。

① Sin（x）　　　　　　　　　　　计算 x 的正弦值。

② Cos（x）　　　　　　　　　　　计算 x 的余弦值。

③ Tan（x） 计算 x 的正切值。

④ Atan（x） 计算 x 的余切值。

⑤ Exp（x） C 计算指数函数 e^x。

⑥ Ln（x） C 计算 x 的常用对数值。

⑦ Sqr（x） C 计算 x 的平方值。

⑧ Sqrt（x） C 计算 x 的正平方根值。

⑨ Abs（x） C 计算 x 的绝对值。

⑩ Sgn（x）

$$1, \text{if } x > 0$$
$$0, \text{if } x = 0 \quad \text{符号函数。}$$
$$-1, \text{if } x < 0$$

⑪ Re（x） C 计算 x 的实数部分。

⑫ Im（x） C 计算 x 的虚数部分。

⑬ Arc（x） C 按弧度形式计算 x 的相位。

⑭ Sum（f（x）） 计算函数 f（x）在[0..x]区间内的积分。

⑮ D（f（x）） 计算函数 f（x）对 x 的导数。

⑯ Periodic（x,y） 函数根据 y 将 x 转换到[0..y] 的区间中。

⑰ Not（x） 逐位计算 x 的相反值。

⑱ RadToDeg（x） 将 x 从弧度转化为度。

⑲ DegToRad（x） 将 x 从度转化为弧度。

⑳ $\text{Replus(x,y)} = \dfrac{x * y}{x + y}$ C 计算并联阻抗。

㉑ E（x）= 0 if x ≤ 0, 1 if x >0; 单步。

㉒ Db（x）=20lg（x）, x>0 C 以分贝形式计算某一数值。

㉓ 预先定义的变量： pi···π。

【例 6.1】设计 1 个调制信号为 200kHz 的正弦信号、调制度为 0.7、载波幅度为 3V、载频为 1MHz 的调幅波。

【解】设计步骤如下。

（1）调幅波通用表达式。

单音调制调幅波的通用表达式为：

$$V_{\text{AM}}(t) = V_{\text{om}}\left(1 + m_{\text{a}} \sin(2\pi F t)\right)\sin(2\pi f_c t)$$

（2）放置电压发生器。创建 1 个新文件，选择"发生源"元件条，用鼠标左键单击电压发生器图标，将电压发生器放置在图纸上。

（3）选择任意波型。用鼠标左键双击电压发生器符号，在出现的窗口中单击"信号"栏，在出现的"信号编辑器"窗口中选择任意波，如图 6.11 所示。

（4）录入表达式。将窗口文本框中的表达式改为：

Signal : = 3*（1+0.7*sin（2*pi*2*t/1e−5）)*sin（2*pi*t/1e−6）;

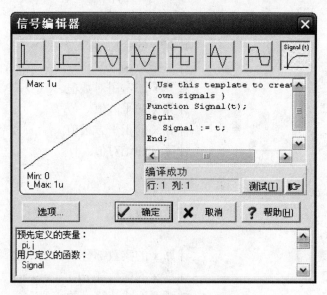

图 6.11 "信号编辑器"窗口

（5）设置周期。用鼠标左键单击窗口中的 选项 按钮，将打开如图 6.12 所示的"选项"窗口。

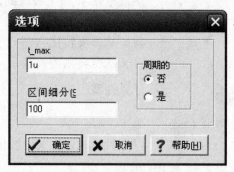

图 6.12 "选项"窗口

① t_max：。"t_max:"是指单组波形的最长时间，在下方的文本框中输入 1u。

② 区间细分。"区间细分"是指波形的精细程度，数字越大，波形越精细。在下方的文本框中输入 100；

③ 周期。在"周期的"选择框中选择"是"。

（6）用鼠标左键单击"选项"窗口中的 ✓ 确定 按钮，将返回到"编辑"窗口，在窗口的左部将出现所定义的调幅波形，如图 6.13 所示。

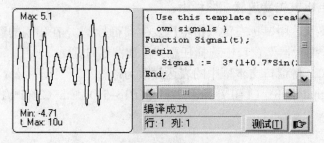

图 6.13 调幅波形

6.1.3 数字信号发生器

数字信号发生器包括脉冲源、时钟信号发生器和数据发生器。

脉冲源和数据发生器为数字电路提供各种输入信号，时钟信号发生器为时序电路提供同步时钟。脉冲源实际上是数字信号发生器，通过编辑信号波形，可以实现任意的数字信号。

（1）脉冲源。Tina Pro 提供了两种数字信号发生器，它们分别为"脉冲源"和"脉冲源2"。这两种脉冲源在本质上没有区别，只是"脉冲源"有 1 个接地端和 1 个输出端，而"脉冲源2"只有 1 个输出端。通过对数字信号发生器的编辑可产生不同的数字信号。下面我们仅以"脉冲源2"为例，讲解如何编辑数字信号发生器的信号。

① 基本参数设置。用鼠标左键单击"发生源"元件条中"脉冲源2"图标 ，将"脉冲源2"放置在图纸中。用鼠标左键双击图纸上的"脉冲源2"图形 ，将打开如图 6.14 所示的"脉冲源"窗口。

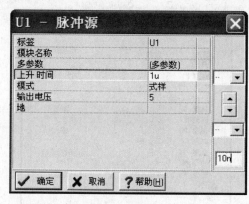

图 6.14　"脉冲源"窗口

"上升时间"栏的文本"1u"是指数字信号的上升沿和下降沿是 1μs，窗口右下角的 10n 表示用窗口右边中部的增加/减少按钮进行时间微调时，时间的步进量为 10ns。修改该栏的文本内容并单击其他栏后，修改的数据即被确认。同时，时间微调步进量也自动调整为上升/下降时间的1%。比如，设定上升/下降时间为 1m，则时间微调步进量就会自动变为 10u。

"输出电压"栏的文本"5"表示输出电压为 5V。单击该栏后，窗口右下角的文本框中的数字就变为 50m，它表示输出电压微调步进量为 50mV。

"模式"栏的文本"式样"表示数字信号的形式，在这里可以对信号的式样进行编辑。

② 式样编辑。用鼠标左键单击"脉冲源"窗口的"模式"，在文本"式样"后会出现 1 个按钮，单击该按钮就可打开如图 6.15 所示的"设置时刻和幅度"窗口。在该窗口中可对数字信号电平转换时刻进行编辑，从而可实现任意的数字信号。

编辑方法如下。

- 追加时间段。用鼠标左键单击窗口右上方的 追加新的(D) 按钮，在窗口左部的编辑区中增加 1 对时刻栏和幅度栏，时刻的默认值为 0，幅度的默认值为"低"电平。如图 6.16 所示是追加新的"时刻和幅度"窗口，显示了单击 5 次 追加新的(D) 按钮后的情况。

- 设置时间和状态值。直接在时刻栏中输入具体的数字，在幅度栏中选择从该时刻起的逻辑状态是低（电平）、高（电平）、无关或高 Z（高阻），编辑时刻和幅度示例如图 6.17 所示。

图 6.15 "设置时刻和幅度"窗口

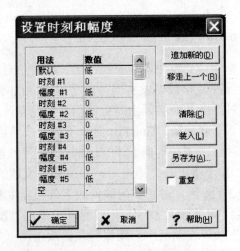

图 6.16 追加新的"时刻和幅度"窗口

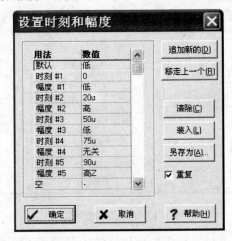

图 6.17 编辑时刻和幅度示例

- 确认编辑。选择窗口中的"重复"选项后,单击 ✔ 确定 按钮,退回到"脉冲源"窗口。单击"脉冲源"窗口的 ✔ 确定 按钮,就可确认对该脉冲源的编辑。

用虚拟示波器测试波形如图 6.18 所示。用虚拟逻辑分析器测试波形如图 6.19 所示。

从图 6.18 中可见,由于是模拟示波器,所以能显示出信号的上、下沿时间,但对数字信号的无关输出和高阻输出却默认为 0 电平。

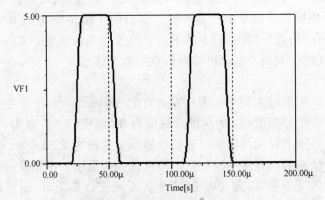

图 6.18 虚拟示波器测试波形

从图 6.19 中可见，虚拟逻辑分析器只显示出数字信号的逻辑状态，并未显示出信号的上、下沿时间，对信号的无关输出则默认为 1/2 高电平，对信号的高阻输出则默认为 0 电平。

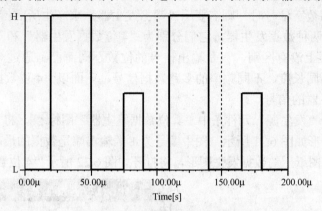

图 6.19　虚拟逻辑分析器测试波形

（2）时钟信号发生器。Tina Pro 提供了 2 种时钟信号发生器，它们分别为"时钟"和"时钟 2"。这 2 种时钟源在本质上没有区别，只是"时钟"有 1 个接地端和 1 个输出端，而"时钟 2"只有 1 个输出端。通过对时钟信号发生器的编辑可产生不同占空比的时钟信号。下面仅以"时钟 2"为例，讲解如何编辑时钟信号发生器的信号。

用鼠标左键单击"发生源"元件条中"时钟 2"图标，将"时钟 2"放置在图纸中。双击图纸上的"时钟 2"图形，将打开如图 6.20 所示的"时钟"窗口。

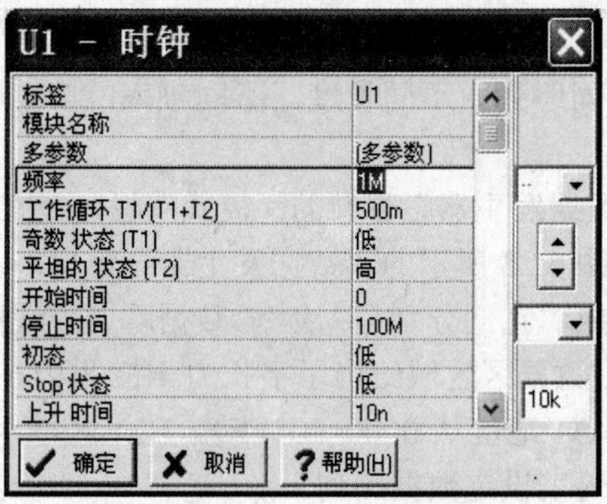

图 6.20　"时钟"窗口

在"时钟"窗口中，给出了许多参数可供修改和选择。但需要经常修改的时钟信号参数主要是信号的重复频率和占空比。

"频率"栏后的文本"1M"表示设置的重复频率为 1MHz，窗口右下角的"10k"表示用窗口右边中部的增加/减少按钮进行频率微调时，频率的步进量为 10kHz，即为设定频率的 1%。

"工作循环 T1/[T1+T2]"栏后的文本"500m"表示在 1s 时间内 T1 时间长度为 500ms，即 0.5s。"工作循环 T1/[T1+T2]"实际上是时钟信号的占空比。以上定义的数字，表示该时钟信号的占空比 $\eta=0.5$。修改该栏文本中的数字就可改变时钟信号占空比，该数字与时钟频率无关，其微调步进量也是设置量的 1%。

时钟信号幅度的设置，初态、T1 和 T2 高、低电平的选择一般都认可软件的默认值。

（3）4 位数据发生器。在数字电路中，经常需要多路输入信号。虽然可以用多个数字信号发生器来产生所需信号，但多个信号之间基本上没有严格的时间关系，前一状态组合与后一状态组合没有严格的逻辑关系，这种信号组合方式在许多应用场合不能满足需要。若需要有时间对应关系的多路数字信号时，则需要用"数据发生器"来产生所需信号。

Tina Pro 提供了两种数据发生器，它们分别为"4 位数据发生器"和"8 位数据发生器"。这两种发生器在本质上没有区别，只是输出信号的位数不同而已。通过对数据发生器的编辑可产生不同序列、不同长度、不同频率的多路数据信号，下面以"4 位数据发生器"为例，讲解如何编辑数据发生器的信号。

用鼠标左键单击"发生源"元件条中"4 位数据发生器"图标，将"4 位数据发生器"放置在图纸中，其图形如图 6.21 所示。图中编号为 1 的输出端是数据的最高位，编号为 4 的输出端是最低位。双击图纸上的数据发生图形，将打开如图 6.22 所示"4 位数据发生器"窗口。

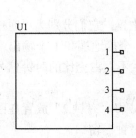

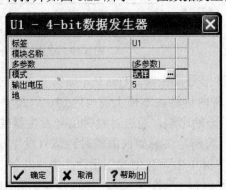

图 6.21　4 位数据发生器　　　　　　图 6.22　"4 位数据发生器"窗口

要使数据发生器输出不同序列、不同长度、不同频率的多路数据信号，必须通过编辑发生器模式来实现。

用鼠标左键单击"4 位数据发生器"窗口的"模式"栏，在文本"式样"后会出现 1 个按钮，单击该按钮就可打开如图 6.23 所示的"数据发生器"窗口。

该窗口由 4 个编辑区组成，它们分别是：地址/数据区、方式区、模式区和仿真区。

（1）地址/数据区。地址/数据区区域给出了字长为 4 位的 256 字的 RAM，地址从 0000 到 00FF（8 位数据发生器的 RAM 地址从 0000～03FF）。在该区域，可以直接在 Value 区输入 4 位二进制码或两位十六进制码来设定数据序列。

（2）方式区。方式区的两个可选项决定了地址/数据区中 Value 的值的显示方式。

（3）模式区。模式区中的"受影响地址（低位）"和"受影响地址（高位）"是指用 Tina Pro 提供的数据模式填充 RAM 的数据时，RAM 的起始地址和终止地址。起始地址和终止地址可以在 0000～00FF 任意指定，但终止地址必须大于起始地址。

单击该区域中的 填充... 按钮，出现如图 6.24 所示的"填充"窗口。在该窗口有 8 种基本模式可供选择，其中后 6 种模式的初始值可以自行设置。

（4）仿真区。仿真区中的"步进时间"是指仿真时数据的变化速率，文本中的"1u"表示每过 1μs，数据发生器中的 RAM 地址指针将移向下 1 个地址，并输出该地址内的 4 位数据。

"开始地址"和"停止地址"是指仿真时，RAM 地址指针的变化范围。该范围可以与 RAM 填充地址指针范围相同，也可以不同。

在设置完以上区域后，通常还要选择仿真区下方的 Repeat pattern（重复样式）。如果不选择它，电路在仿真时，数据发生器只输出 1 次仿真区中指定的 RAM 地址指针变化范围的数据而不再重复。

图 6.23 "数据发生器"窗口

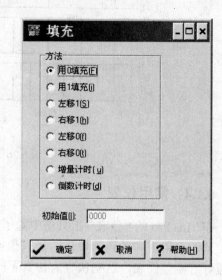

图 6.24 "填充"窗口

如图 6.25 所示是按照余 3BCD 码模式设置的 RAM 内容。如图 6.26 所示是相应的输出波形。

图 6.25 按照余 3BCD 码模式设置的 RAM 内容

从图中可见，数据发生器输出波形为 4 位数据，编码序列从 0011 到 1100 循环变化，且每隔 1μs 变化 1 个状态，与所设定的参数和模式完全相同。

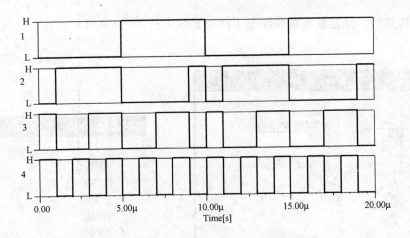

图 6.26 余 3BCD 码输出波形

6.1.4 常用仪表

在 Tina Pro 的"仪表"工具条中除了有大家熟悉的伏特表、安培表、欧姆表、逻辑指示器、示波器、万用表和数码管以外,还有像电压指针、开路器、电压箭头、电流箭头、阻抗表和交通灯等测量仪表,这些仪表为仿真不同类型的电路带来了极大的方便。测量仪表如图 6.27 所示。

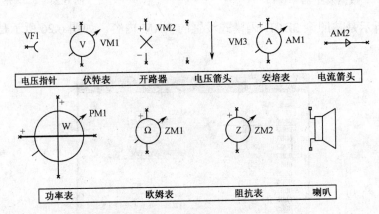

图 6.27 测量仪表

下面主要讨论仿真中常用仪表的参数设置与使用。

(1) 电压测量仪表。电压测量仪表有电压指针、伏特表、开路器和电压箭头,它们的电路符号如图 6.27 所示。

① 电压指针。将电压指针放置在图纸上后,双击电压指针图形 ⊸(VF1,将打开如图 6.28 所示的"电压指针"属性窗口。在该窗口中,可修改电压指针的标签名称。

电压指针只有 1 个电端点,使用时只需将该端点放置在某节点上。在对电路进行节点分析时,该节点的电压值就会在指针的标签后面显示出来。在对电路进行瞬时分析时,该节点的波形将显示在波形图中。

② 伏特表。双击图纸上的伏特表图形 ⓥ VM1,也会出现与如图 6.28 所示相类似的属性窗口。在窗口中,可以修改伏特表的标签名称。

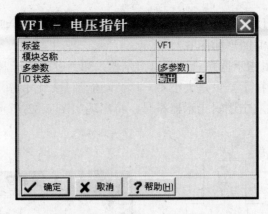

图 6.28　"电压指针"属性窗口

伏特表有两个电端点。当需要测量直流电路或交流电路中两个节点之间的电压时，需要将伏特表的两个电端点分别与两个节点相并联。在对电路进行节点分析时，该节点的电压值就会在标签后面显示出来。对于 AC 分析，显示的内容是两个节点间有效电压值和相位。在对电路进行瞬时分析时，该两个节点之间的波形将显示在波形图中。

③ 开路器和电压箭头。开路器和电压箭头其实就是伏特表，不同之处仅在于外观不同而已，使用方法与伏特表相同。

（2）电流测量仪表。

① 安培表。双击图纸上的安培表图形Ⓐ™，也会出现与如图 6.28 所示相类似的属性窗口。

安培表有两个电端点。当需要测量直流电路或交流电路中某个支路的电流时，需要将安培表串联在该支路中。在对电路进行节点分析时，该支路的电流值会在标签域中显示出来。对于 AC 分析，显示的内容是该项支路的有效电压值和相位。在对电路进行瞬时分析时，该支路的电流波形将显示在波形图中。

② 电流箭头其实就是安培表，不同之处仅在于外观不同而已，使用方法与安培表相同。

（3）功率测量仪表。功率测量仪表由伏特表和安培表组成，伏特表用细的垂直线来代表，而安培表用粗的水平线来表示，参考方向的正极端（也即箭头的起始端）用"+"来表示。功率测量电路如图 6.29 所示。

在 DC 分析中，功率表按照外加电压和流经电流为基准计算负载功率，并在它的标签域中显示出来。在 AC 分析计算节点电压中，移动光标单击功率表，将出现如图 6.30 所示的窗口。在该窗口中列出了功率测量结果，如有效功率（P），无功功率（Q）和视在功率（S），以及相位和功率因素（cos（fi））。

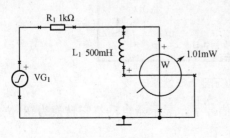

图 6.29　功率测量电路

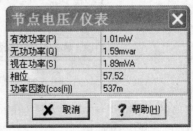

图 6.30　功率测量结果

（4）数显仪表。数显仪表包含有逻辑指示器、七段显示器、十六进制显示器、ASCII 码显示器和交通灯。它们的电路图形如图 6.31 所示。

① 逻辑指示器。逻辑指示器包含"逻辑指示器"和"逻辑指示器 2"，它们都用于指示逻辑电平的高、低。这两种指示器只是大小不一样，功能都是一样的。

在图纸上用鼠标左键双击逻辑指示器符号，将出现如图 6.32 所示的"逻辑指标器属性编辑"窗口。

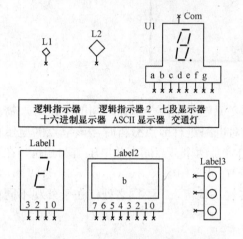

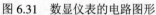

图 6.31　数显仪表的电路图形

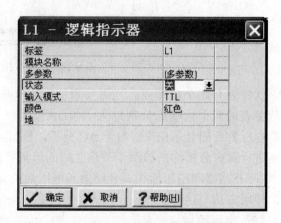

图 6.32　"逻辑指示器属性编辑"窗口

在窗口的"输入模式"栏中，有 TTL 和 CMOS 两种电平可供选择。在"颜色"栏中，有红、绿、黄、蓝、橙 5 种颜色可供选择。

② 七段显示器。七段显示器是共阳数码管显示器，它有 1 个公共端、7 个代码输入端和 1 个小数点输入端，所有输入信号都是输入低电平有效。

双击七段显示器符号，将会出现如图 6.33 所示的"七段显示器"属性窗口。

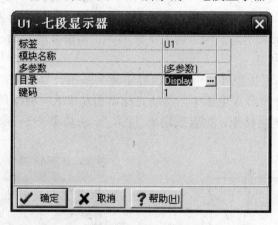

图 6.33　"七段显示器"属性窗口

在该窗口的"键码"栏中输入适当的阿拉伯数字，显示器自动将它转换为 8 位二进制码（含小数点），并显示出结果。

部分键码与显示结果如表 6.1 所示。

表 6.1　部分键码与显示结果对照表

键码	显示	键码	显示	键码	显示	键码	显示
2 或 3	0	152 或 153	4	0 或 1	8	98 或 99	C
158 或 159	1	72 或 73	5	8 或 9	9	132 或 133	d
36 或 37	2	64 或 65	6	16 或 17	A	96 或 97	E
12 或 13	3	30 或 31	7	192 或 193	b	112 或 113	F

注：输入偶数时，将显示小数点。

③ 十六进制显示器。十六进制显示器输入的是 4 位二进制码，显示的是对应的十六进制数。用鼠标左键双击十六进制显示器，将出现类似如图 6.33 所示的窗口。在十六进制显示器属性窗口的"键码"栏中输入 0～15 阿拉伯数字，显示器显示为对应的十六进制数。

④ ASCII 码显示器。ASCII 码显示器输入的是 8 位 ASCII 码，显示的是对应的数字和字符。

在 ASCII 码属性窗口的"键码"栏中输入 0～255 的阿拉伯数字，显示器显示为对应的数字和字符。

⑤ 交通灯。交通灯有红、黄、绿 3 个灯，分别对应 3 个输入端，输入电压为直流电压。

在交通灯属性窗口的"电压"栏中的数字是输入阈值电压的两倍，当输入直流电压高于该数字的 1/2 时，对应的指示灯将会点亮。

Tina Pro 在对电路仿真时，只要电路有电源、信号源和测量点，直接运行系统菜单的"分析"中的各种分析模式，就可得到相应的测量结果，而不需要往电路中放置像系统菜单中的"T&M"中的各种大型测量仪器。

6.2　电路仿真分析

6.2.1　DC 分析

在主菜单中选择"分析"，在下拉菜单中选择"DC 分析"。

"DC 分析"包含计算节点 DC 电压、DC 结果表、DC 传输特性和温度分析，既适合模拟电路，也适合数字电路。

（1）计算节点 DC 电压。计算节点 DC 电压命令用于对电路进行 DC 分析，并计算节点的对地直流电位。此时，电路中的直流电源和信号源中的直流成分都会对分析产生影响。

在选择了"计算节点电压"命令后，光标将变为探针样，同时将打开节点电压测试窗口，如图 6.34 所示。将光标移动至电路某节点并单击鼠标左键，这个节点的电位会显示在测试窗口中。

图 6.34　节点电压测试窗口

（2）DC 结果表。"DC 结果表"命令与"计算节点电压"命令相仿，也是用于对电路进行 DC 分析。但它不仅仅计算多个节点的电位，而且还计算两节点之间的电位差，还可以计算支路电流。

在选择了"DC 结果表"命令之后，电路中将自动给出相关节点的序号，同时还将打开"电压/电流"窗口，窗口以表格的形式把所测得的参数全部显示其中。

此时，移动带探针的光标到电路的某节点或某元件上，表格中该节点对应的电位或该元件两端的电位差及流经该元件的直流电流都将以红色高亮的形式显示。

【例6.2】对如图 6.35 所示的晶体管放大电路进行 DC 分析，计算静态工作点 V_{BQ}、V_{EQ}、I_{CQ}、I_{EQ}、V_{CEQ} 和 I_{BQ}。

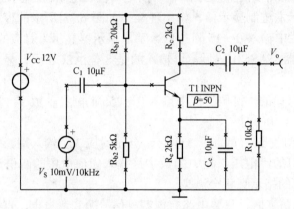

图 6.35　晶体管放大电路

【解】用人工计算和电路仿真方法对所给电路进行分析。

① 绘制电原理图。

② 人工计算电路的静态工作点：

$$V_{BQ} = \frac{R_{b2}}{R_{b1} + R_{b2}} \times V_{CC} = \frac{5}{20+5} \times 12 \approx 2.33V$$

$$V_{EQ} = V_{BQ} - V_{BEQ} = 2.33 - 0.7 = 1.63V$$

$$I_{CQ} \approx I_{EQ} = \frac{V_{BQ} - V_{BEQ}}{R_e} = \frac{1.63}{2} = 0.815mA$$

$$V_{CEQ} \approx V_{CC} - I_{CQ}(R_C + R_e) = 12 - 0.815 \times (2+2) = 8.74V$$

$$I_{BQ} = \frac{I_{CQ}}{\beta} = \frac{0.815}{50} = 16.3\mu A$$

③ 计算机仿真。运行系统菜单中的"DC 分析"\"DC 结果表"命令后，电路将自动标出节点，如图 6.36 所示。

计算出的 DC 节点电压、支路电流和节点间电压如图 6.37、图 6.38 和图 6.39 所示。从图 6.36 可知，图中的节点 1、2 和 6 就是晶体管的基极 b、发射极 e 和集电极 c。可见 VP_1 就是 V_{BQ}，VP_2 就是 V_{EQ}，VP_6−VP_2 为 V_{CEQ}，I_Rc 就是 I_{CQ}，I_Re 就是 I_{CQ}，I_Rb1−I_Rb2 为 I_{BQ}。

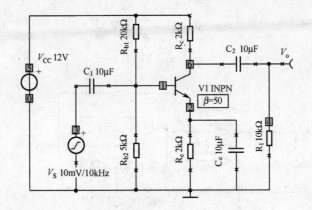

图 6.36　DC 结果表分析电路自动标出节点

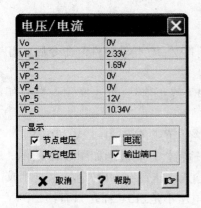

图 6.37　DC 节点电压

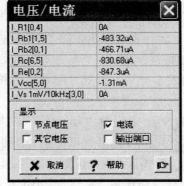

图 6.38　DC 支路电流

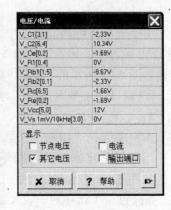

图 6.39　DC 节点间电压

由此可得：

$$V_{BQ} = VP\_1 = 2.33V; \quad V_{EQ} = VP\_2 = 1.69V;$$

$$V_{CEQ} = VP\_6 - VP\_2 = 8.65V;$$

$$I_{CQ} = 0.831mA; \quad I_{EQ} = 0.847mA;$$

$$I_{BQ} = -(I\_Rb1 - I\_Rb2) = 483.3 - 466.7 = 16.6\mu A$$

从人工计算结果和计算机仿真结果可以看出，两种方法得出的结果相当吻合。

（3）DC 传输特性。"DC 传输特性"命令主要用于计算电路的 DC 传输特性。仿真时，Tina 将用 1 个输出电压可变的直流电源来代替电路原来的电压固定的电压源，输出电压按指定的范围变化，从而得到相应的输出电压，输出与输入之间的 DC 特性用图形显示出来。

但要注意，由于电容有隔直流的作用，因而如图 6.35 所示的电路就不适合进行 DC 传输特性分析。

【例 6.3】分析如图 6.40 所示的反相比例放大电路的 DC 传输特性。

【解】分析步骤如下。

① 绘制电原理图。

② 人工分析。由电路可得输出与输入之间的表达式为：

$$V_{out} = -\frac{R_f}{R_2} \times V_{in}$$

$$= -2V_{in}$$

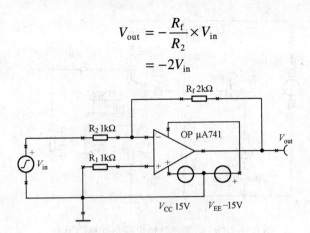

图 6.40   反相比例放大电路

由上式可得电路的理论电压传输特性为线性函数。

③ 运行 DC 传输特性命令。运行系统菜单中的"DC 分析"\"DC 传输特性"命令后，将打开如图 6.41 所示的"DC 传输特性"窗口。

该窗口中主要是选择"输入"类型、设置"起始值"和"终止值"。可选择输入类型有 V_{in}、V_{CC}、V_{EE}、R_1、R_2 和 R_f。

本例中选择"输入"类型为 V_{in}，并设置"起始值"和"终止值"分别为-12V 和 12V。

用鼠标左键单击窗口中的 $\boxed{\checkmark \text{ 确定}}$ 按钮后就可得到 DC 传输特性。其波形如图 6.42 所示。

从图 6.42 可见，由于受到电源电压和放大倍数的限制，输入电压在-6～6V 时，上式才成立。当超过这个范围时，放大器呈饱和状态。另外，输出饱和电压不是±15V 而是只有约±13V，这是因为μA741 运算放大器的最大输出电压要比电源电压低 2V 左右。

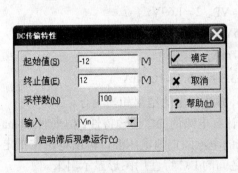

图 6.41   "DC 传输特性"窗口

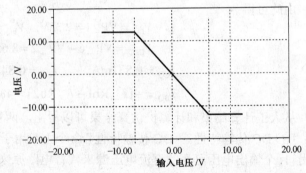

图 6.42   DC 传输特性波形

【例 6.4】将如图 6.43 所示的反相器分别设置为 TTL 器件和 CMOS 器件（默认 V_{CC}=5V），分析电路的电压传输特性。

【解】分析步骤如下。

① 将反相器设置为 TTL 器件，运行 DC 传输特性命令。将扫描起始电压设为 0V，终止电压设为 5V。

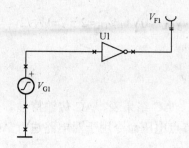

图 6.43　反相器

TTL 反相器电压传输特性曲线如图 6.44 所示。

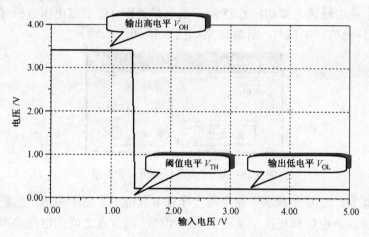

图 6.44　TTL 反相器电压传输特性曲线

从图 6.44 可见，V_{OH}=3.4V，V_{OL}=0.2V，V_{TH}=1.2V，与《数字逻辑电路》教材中的相关知识一致。

② 将反相器设置为 CMOS 器件，运行 DC 传输特殊命令。将扫描起始电压设为 0V，终止电压设为 5V。

CMOS 反相器电压传输特性曲线如图 6.45 所示。

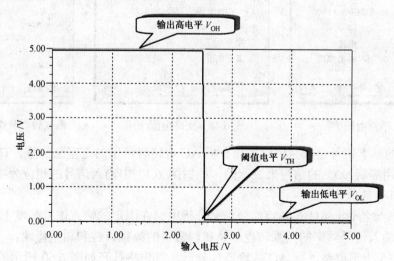

图 6.45　CMOS 反相器电压传输特性曲线

从图 6.45 可见，$V_{OH} \approx 5V$，$V_{OL} \approx 0V$，$V_{TH} = 2.5V = V_{CC}/2$，与《数字逻辑电路》教材中的相关知识一致。

6.2.2　AC 分析

AC 分析包含计算节点电压、AC 结果表、AC 传输特性、矢量图和时间函数。

（1）计算节点电压。计算节点电压命令用于对电路进行 AC 分析，并计算节点的 rms（有效值）、DC 电位、AC 峰值和相位。

在选择了"计算节点电压"命令后，则会出现探针样的光标。将光标移动至某节点并单击鼠标左键。这个节点的 rms（有效值）、DC 电位、AC 峰值和相位就会显示在对话窗口中。

对【例 6.2】的电路图，即如图 6.35 所示的电路进行 AC 节点电压分析并计算节点电压，当用探针单击晶体管的集电极时，计算结果如图 6.46 所示。

图 6.46　AC 节点电压分析计算结果

（2）AC 结果表。"AC 结果表"命令与"计算节点电压"命令相仿，也是用于对电路进行 AC 分析，计算节点的电位和相位、支路电流和相位、两节点之间的电位差和相位差。

对图 6.35 进行 AC 结果表分析，计算出的 AC 节点电压/相位、AC 支路电流/相位和 AC 节点间电压/相位分别如图 6.47、图 6.48 和图 6.49 所示。

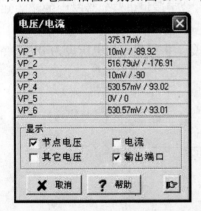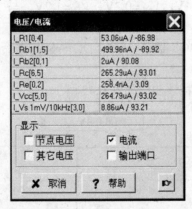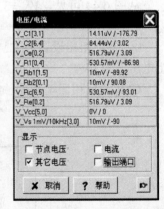

图 6.47　节点电压/相位　　　　图 6.48　支路电流/相位　　　　图 6.49　节点间电压/相位

Tina Pro 的基本信号是余弦信号，而分析 AC 电路时常用的是正弦信号。Tina Pro 表示正弦信号时，是用滞后 90°的信号来表示的，故如图 6.40 中输入信号的相位为–90°。另外，V_{out} 只给出了其有效值。

（3）AC 传输特性。AC 传输特性分析是分析电路在固定的输入信号幅度下，输出信号的幅度和相位与输入信号频率的关系，也就是我们常说的幅频特性和相频特性。

对如图 6.35 所示电路进行 AC 传输特性分析，首先将打开如图 6.50 所示的"AC 传输特性分析"窗口。在该窗口中，可以设置分析频率范围、扫描类型和图表形式。

用鼠标左键单击窗口中的 ✓ 确定 按钮后，将得出分析结果。如图 6.51 所示为放大电路的幅频和相频特性。从图中可见，放大电路的上截止频率约为 25MHz，下截止频率约为 1kHz，在通带内，放大倍数约为 35dB，相位约为 180°。

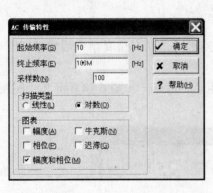

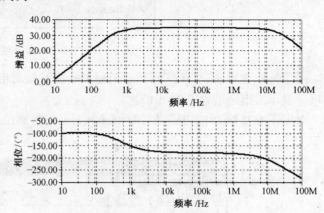

图 6.50 "AC 传输特性分析"窗口　　　　图 6.51 放大电路的幅频和相频特性

（4）矢量图。矢量图是用矢量的形式表现出电路在固定的输入信号幅度和频率的条件下，输出电压的幅度和相位。

如图 6.47 所示的 VP_4 是放大电路的输出电压幅度和相位。注意，该相位是以 0°为参考相位，而不是以输入信号为参考相位。

对如图 6.35 所示的电路进行矢量图分析，得到如图 6.52 所示的 AC 矢量分析图。

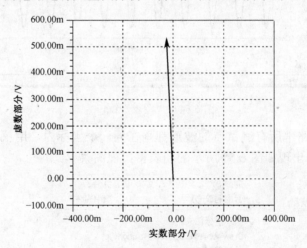

图 6.52 AC 矢量分析图

从该图中可见，输出电压幅度为 530mV 左右，相位为 93°左右。

（5）时间函数。时间函数分析是用正弦稳态分析方法对 AC 电路进行分析，它表现的是线性电路输入、输出信号与时间的关系。对于非线性电路或有储能元件的电路，该分析方法无效。

用鼠标左键单击主菜单中的"分析"\"AC 分析"\"时间函数"，将打开如图 6.53 所示的"时间函数"对话框。在对话框中，应根据输入信号的频率来设定终止时间和采样数。

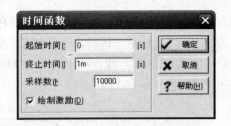

图 6.53 "时间函数"对话框

用鼠标左键单击 [✓ 确定] 按钮，Tina Pro 将开始对电路进行仿真。仿真结束后将打开图表窗口，显示出电路的输入/输出波形。

对如图 6.35 所示的电路进行时间函数分析，仿真结束后，将打开如图 6.54 所示的"图表"窗口。

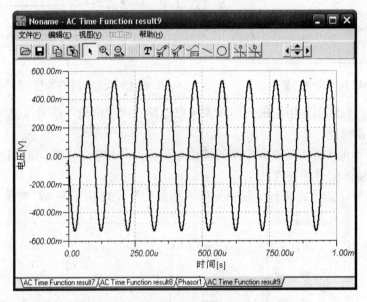

图 6.54 "图表"窗口

在该窗口中，电路中所有测试点的波形都画在同一个坐标内。用鼠标左键单击该窗口主菜单中的"视图"，将出现如图 6.55 所示的图表窗口视图菜单。

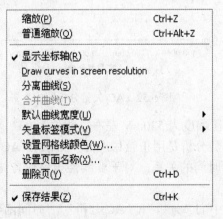

图 6.55 图表窗口视图菜单

用鼠标左键单击"分离曲线",图表窗口将所有曲线一一分离,如图 6.56 所示。

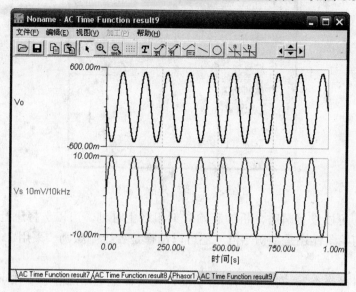

图 6.56 分离曲线

利用窗口中的指针工具可对曲线进行时间的幅值测量,如图 6.57 所示。

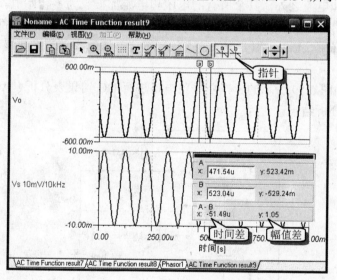

图 6.57 时间和幅值测量

从图 6.57 中可计算出,输出信号的幅度是输入信号的 53 倍左右,相位差为 180°,与 AC 分析中的其他分析方法的结果完全一致。

6.2.3 瞬时分析

瞬时分析适用于对线性和非线性 AC 电路进行分析,也适用于对有储能元件的电路进行分析,它能表现出电路的暂态响应结果。

用鼠标左键单击主菜单中的"分析"\"瞬时分析",将打开如图 6.58 所示的"瞬时分析"窗口。

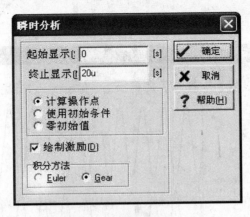

图 6.58 "瞬时分析"窗口

在该窗口中，可以设置瞬时分析的起始时刻和终止时刻，可以选择进行瞬时分析时是计算操作点、使用初始条件还是零初始值。还可以选择是否绘制激励，采用 Euler 还是 Gear 积分方法。

若选择"计算操作点"，则进行瞬时分析时，先要计算电路的静态工作点（相当于先进行了 DC 结果表分析），再计算瞬时响应。

若选择"使用初始条件"，则电路中除了带电电容、能量存储电感以及由初始条件元件指定有初始值的电压和电流之外，其余所有的电压和电流都被设为零初始值。

若选择"零初始值"，则不管电路中原来的初始值如何，所有的初始值都被设为零初始值。

在积分方法选择中，Euler 积分方法比 Gear 积分方法的收敛速度要慢，故系统默认的是 Gear 积分方法。

【例 6.5】对如图 6.59 所示的考毕兹振荡电路进行 DC 结果表分析、AC 时间函数分析和瞬时分析，并解释分析结果。

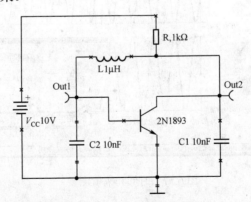

图 6.59　考毕兹振荡电路

【解】分析步骤如下：

（1）绘制电路图。

（2）DC 结果表分析。用鼠标左键单击主菜单中的"分析"\"DC 分析"\"DC 结果表"，电路的节点分布和各节点直流电压如图 6.60 和图 6.61 所示。

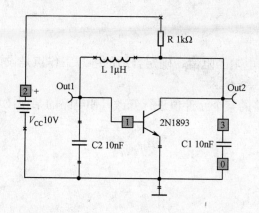
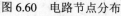

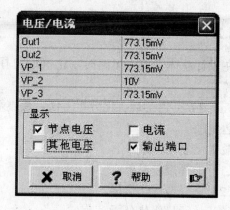

图 6.60 电路节点分布

图 6.61 各节点直流电压

从结果表可知，2 个输出端的静态电压为 773.15mV。

（3）AC 时间函数分析。用鼠标左键单击主菜单中的"分析"\"AC 分析"\"时间函数"，得到如图 6.62 所示的 AC 时间函数分析结果。图中的 2 个输出均为 0V。

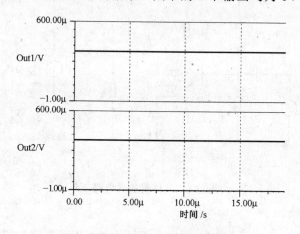

图 6.62 AC 时间函数分析结果

（4）瞬时分析。用鼠标左键单击主菜单中的"分析"\"瞬时分析"，在属性窗口中设置瞬时分析为 0～20μs，并选择"计算操作点"，单击 ✔ 确定 按钮后，得到如图 6.63 所示的分析波形。从图中可见，电路有明显的起振过程。

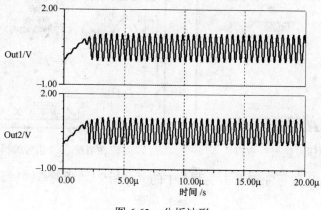

图 6.63 分析波形

6.2.4 最优化分析

在设计晶体管放大电路时，正确地选择外围电阻的阻值、确定合适的静态工作点是设计的关键。

Tina Pro 提供了最优化分析方法，通过对电路的某个元件值进行修改，使电路的某项技术指标达到最佳。

最优化分析步骤如下：

（1）选择控制对象。

（2）选择最优化目标。

（3）执行最优化分析。

（4）确认分析结果。

【例 6.6】用最优化分析方法分析如图 6.64 所示的晶体管放大电路，通过调整电阻 R_{b1}，使电路在输入 10mV/100kHz 正弦信号时，输出电压最大。

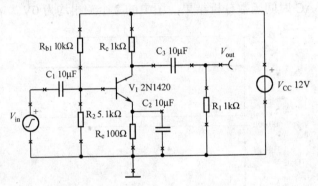

图 6.64   晶体管放大电路

【解】分析步骤如下。

① 设置信号源。画出电路图，按如图 6.65 所示的"电压发生器"和如图 6.66 所示的"信号编辑器"设置和选择相关参数。

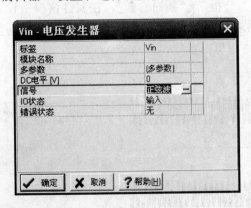

图 6.65   "电压发生器"窗口

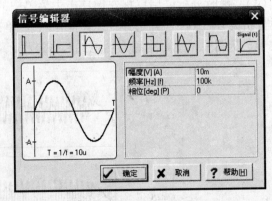

图 6.66   "信号编辑器"窗口

② 优化前分析。用鼠标左键单击主菜单中的"分析"\"瞬时"，将得到如图 6.67 所示的优化前输入/输出波形。

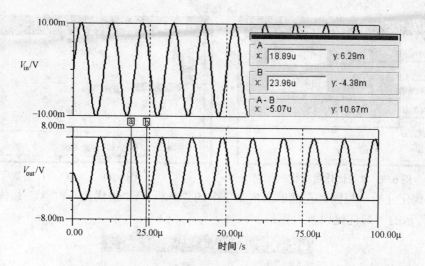

图 6.67　优化前输入/输出波形

从图 6.63 可见，输入信号幅度约为 10mV，输出信号幅度约为 5.3mV。信号通过放大电路后，不但未被放大，反而被衰减了。

③　选择控制对象。用鼠标左键单击工具条中的 █ 按钮，光标将变为 █ 形状。移动光标到电阻 R_{b1}，并单击鼠标左键，将打开如图 6.68 所示的"电阻属性"窗口。

用鼠标左键单击 █选择...█ 按钮，将打开如图 6.69 所示的"最优化范围设置"窗口。在窗口中选择"最优化"选项卡，并设置电阻值的变化范围为 5～100kΩ。

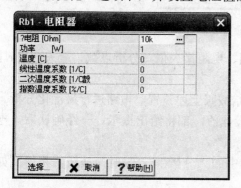

图 6.68　"电阻属性"窗口

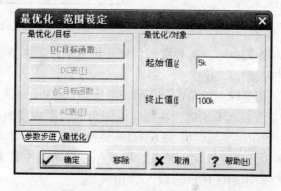

图 6.69　"最优化范围设置"窗口

用鼠标左键单击 █ 确定█ 按钮，确认设置。此时，电阻 R_{b1} 参数右边将出现 1 个小正方形符号。该符号表明，该元件已被设置为最优化元件。在 1 个电路中，只能有 1 个最优化元件。

④　选择优化目标。用鼠标左键单击工具条中的 █ 按钮，光标将变为 █ 形状。移动光标到电压 V_{out}，并单击鼠标左键，将打开如图 6.70 所示的"最优化目标设定"窗口。用鼠标左键单击 █AC目标函数...█ 按钮，将打开如图 6.71 所示的"AC 目标函数"窗口。

在如图 6.71 所示的窗口中选择"最大值"选项卡，用鼠标左键单击 █ 确定█ 按钮，确认设置并退回到如图 6.72 所示的"最优化设置"窗口，再用鼠标左键单击 █ 确定█ 按钮。此时，电压指针 V_{out} 右边将出现 1 个小正方形符号。

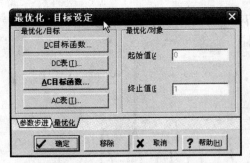
图 6.70 "最优化目标设定"窗口

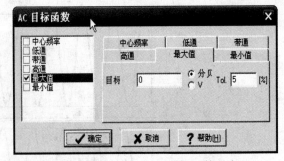
图 6.71 "AC 目标函数"窗口

⑤ 最优化分析。用鼠标左键单击主菜单中的"分析"\"最优化"\"AC 最优化"将打开如图 6.72 所示的"最优化设置"窗口。

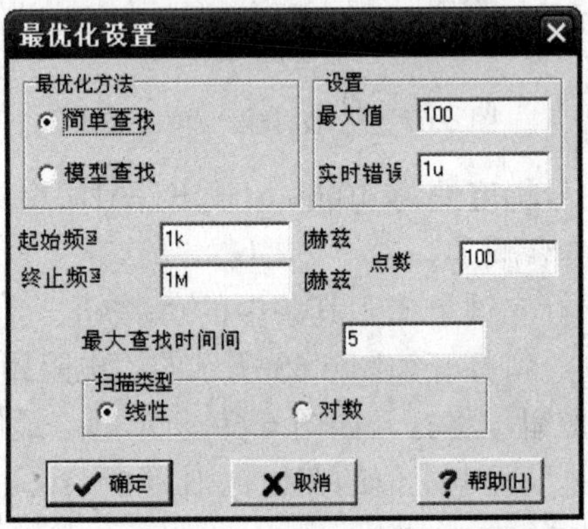

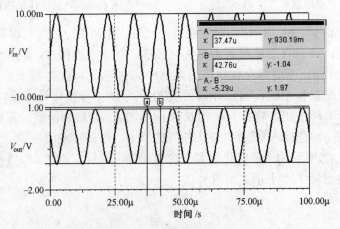
图 6.72 "最优化设置"窗口

在窗口中，可设置最优化分析方法、频率范围、电阻最大值、分析点数、最大查找时间、扫描类型。

用鼠标左键单击 ✔ 确定 按钮，Tina Pro 就开始按照上述设置对电路进行最优化分析。分析完成后，不论能否在指定电阻值的范围内找到最佳值，都将给出提示。一经确认后，电阻 R_{b1} 的值将被最佳值 33.63kΩ 所替代。

⑥ 检查最优化结果。用鼠标左键单击主菜单中的"分析"\"瞬时"按钮，将得到如图 6.73 所示的优化后的输入/输出波形。

图 6.73 优化后的输入/输出波形

如图 6.73 所示，输入信号幅度为 10mV，输出信号幅度约为 1V。信号被放大了 100 倍。
如果要撤销优化控制对象和优化目标，只需要按照选择优化控制对象和优化目标的方法做，在出现的如图 6.70 所示的窗口中，用鼠标左键单击 移除 按钮即可。

6.2.5　傅里叶分析

暂态响应的频域特性可使用傅里叶分析来检测。傅里叶级数是通过计算输出时间函数的傅里叶系数，然后从傅里叶系数计算失真度获得。谐波失真按百分比"%"单位显示。当选择傅里叶级数后，会出现如图 6.74 所示的"傅里叶级数"窗口。

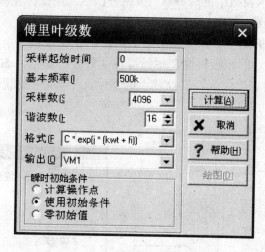

图 6.74　"傅里叶级数"窗口

（1）采样起始时间。采样起始时间决定傅里叶分析开始的瞬时时刻。默认值是瞬时分析菜单中的开始显示参数。不允许设定一个更低的值。

（2）基本频率。基本频率是指定傅里叶级数的基本频率。默认值是网络中带周期波形（正弦，梯形）的任何发生器能产生的最小频率。

注意：采样起始时间与基本频率的倒数不能大于瞬时分析菜单中的分析时间参数。为了获得最好的精度，应把傅里叶级数分析的采样起始时间设在初始暂态已经消失以后。

（3）采样数。采样数用于设定 FFT（快速傅里叶变换）的采样点数。基于 FFT 的特性，这个数必须是 2 的幂。从下拉菜单中选择所需的数。采样的数目越大，精度也越高。但是同时它也增加了计算时间。

（4）谐波数。谐波数显示有多少傅里叶系数（2～16）已用于计算失真度。这些系数也将会显示在屏幕上。

（5）格式。可以选择两种常用的格式来表示傅里叶系数：一种是用绝对值和相位（根据指数格式），另一种是用余弦和正弦因数。

用鼠标左键单击 计算(A) 按钮，系统将开始计算傅里叶级数。傅里叶系数将会出现在窗口的可扩展表格中，如图 6.75 所示。

傅立叶系数		
k	幅度 [C]	相位 [?
0.	176.63m	0
1.	14.21m	-741.66m
2.	17.79m	-1.39
3.	30.67m	-2.05
4.	2.05	-179.1
谐波失真	14440%	

图 6.75　傅里叶系数

此时，如图 6.74 所示窗口中的 绘图(D) 按钮被激活。用鼠标左键单击 绘图(D) 按钮，将出现被分析信号的频谱和相位波形。

如图 6.76（a）所示的是一个振荡频率为 2MHz 的正弦波振荡电路，经过傅里叶级数分析后得到如图 6.76（b）所示的幅频特性和相频特性（其分析基频为 500kHz），从图中可见，在 4 倍分析基频的地方频谱强度最大，其他频点的强度几乎为 0，这说明该正弦波振荡器的振荡频率为 2MHz，且频谱纯度很高。

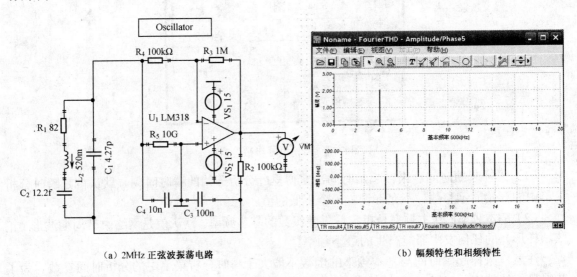

（a）2MHz 正弦波振荡电路　　　　　　　　　（b）幅频特性和相频特性

图 6.76　正弦波振荡电路及频谱特性

6.2.6　数字逐步分析

打开一个数字电路后，用鼠标左键单击主菜单中的"分析"\"数字逐步"，将打开如图 6.77 所示的"控制面板"窗口。

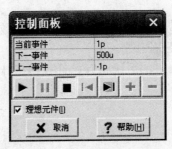

图 6.77　"控制面板"窗口

用鼠标左键单击窗口中的 ▶ 按钮，将开始对数字电路进行仿真分析，电路中的相关电气端点在红色和蓝色之间切换。其中，红色表示高电平，蓝色表示低电平。单击窗口中的 ▮▮ 按钮，将暂停分析。单击窗口中的 ▪ 按钮，将停止分析。单击窗口中的 ◀ 按钮，将倒退一步。单击窗口中的 ▶▮ 按钮，将前进一步。单击窗口中的 ✚ 按钮，将加快分析速度，单击窗口中的 ━ 按钮，将减慢分析速度。如果有输入端为悬空状态，该窗口在分析时将呈绿色，软件将给出告警。

【例6.7】分析如图6.78所示的逻辑电路。

【解】分析步骤如下：

（1）打开 Tina Pro\Example\LOGIC_IC 下的 74190_2 电路图。

（2）执行数字逐步分析，将打开如图6.79所示的控制面板。按下 ▶ 按钮，将开始对电路进行仿真。时钟输入端和各输出端的电气端点处，将有规律地在红色和蓝色之间切换。

（3）分析结果。该电路是1个2位8421 BCD码串行时钟加法计数器。

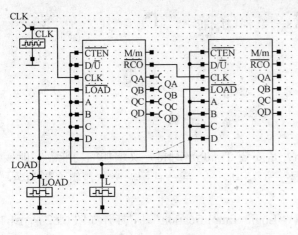

图6.78 逻辑电路图

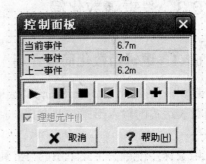

图6.79 控制面板

6.2.7 数字计时分析

打开一个数字电路后，用鼠标左键单击主菜单中的"分析"\"数字计时分析"，将打开如图6.80所示的"数字计时分析"窗口。

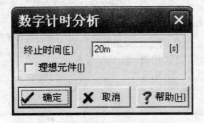

图6.80 "数字计时分析"窗口

在该窗口中可设置分析的终止时间。用鼠标左键单击 ✓ 确定 按钮后，将出现分析波形。

如图6.81（a）所示是1个用 SN7490 构成的十进制计数器数字电路，如图6.81（b）是分析结果。从图中可见，该电路是一个8421码十进制加法计数器。

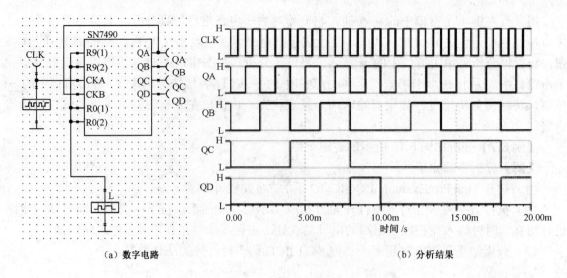

(a) 数字电路	(b) 分析结果

图 6.81　数字计时分析

6.3　逻辑函数化简

6.3.1　逻辑函数化简器介绍

逻辑函数化简（Logic Simplification）是安装 TinaPro 时自定义增加的功能。它能接受逻辑函数表达式的输入形式，并支持：括号—（）、非—/、或—+、与—*，逻辑变量为 A、B、C、……。

用鼠标左键单击主菜单中的"工具"\"Logic Simplification"，将打开如图 6.82 所示的"逻辑化简器"窗口。

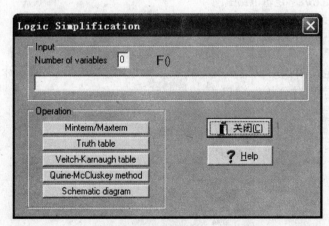

图 6.82　"逻辑化简器"窗口

（1）Input。Input 栏中的文本框是逻辑函数表达式输入区域。

（2）Operation。Operation 栏中的 Minterm/Maxterm（最小项/最大项）、Truth table（真值表）、Veitch-Karnaugh table（卡诺图）、Quine-McCluskey method（Q-M 法）和 Schematic diagram（逻辑电路图）是获取函数的各种表现形式的入口按钮。

在逻辑函数输入区输入逻辑函数时，化简器将自动统计逻辑变量数，Number of variables（变量数）后的文本框中将实时显示变量数，表示变量的字母在 F（）的括号中自动显示出来，并用"，"分开。

函数输入后，单击工作区的任一按钮，就可获得该函数的相应表达式。

6.3.2　化简逻辑函数

【例 6.8】用人工推导和计算机仿真的方法分析如下逻辑函数表达式的最简与或式、最小项表达式。

$$F = AB\overline{C} + \overline{A} + \overline{\overline{BC}} + \overline{A} \cdot \overline{C}(B+D)$$

【解】分析步骤如下。

（1）人工推导出该逻辑函数的最简与或式为

$$F = \overline{AB} + B\overline{C} + \overline{A}CD$$

最小项表达式为

$$F(A,B,C,D) = \sum m(1,4,5,6,7,8,13)$$

或

$$F(D,C,B,A) = \sum m(2,3,6,8,10,11,14)$$

（2）用鼠标左键单击主菜单中的"工具"\"Logic Simplification"，在函数输入文本框中输入如下文本：AB/C+/（A+/（BC））+/A/C（B+D），输入逻辑函数如图 6.83 所示。

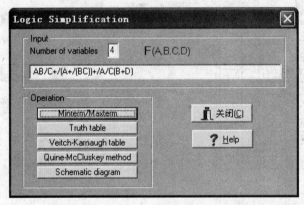

图 6.83　输入逻辑函数

（3）用鼠标左键单击 Minterm/Maxterm 按钮，在所打开的窗口中可得到函数的最小项表达式和最大项表达式，如图 6.84 所示。其中，最简与或式和最简或与式文本框中为空白，只有运行了化简功能后，这两个文本框才会自动填入相应的表达式。

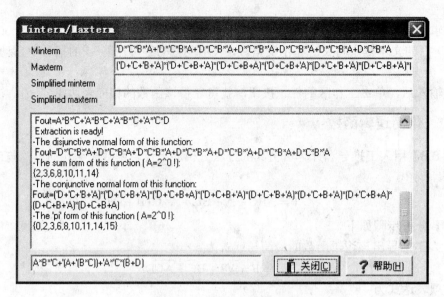

图 6.84 最小项/最大项

从图中可见，函数的最小项之和的表达式与人工推导的结果完全相同。

用鼠标左键单击 Truth table 按钮，在所出现的窗口中可得到函数的真值表，如图 6.85 所示。

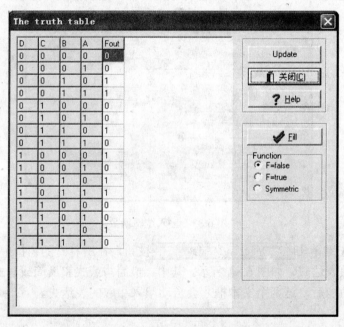

图 6.85 "真值表"窗口

由"真值表"窗口可见，真值表的变量排列顺序与习惯方法不同。习惯上是按照英文字母的正序来安排真值表的，而 Tina Pro 是按照英文字母的逆序来安排真值表的。虽然这两种方法所表示的都是同一逻辑函数，但当把 n 个逻辑变量视为 n 位二进制数时，它们所对应的最小项编号就发生了变化。

在真值表中直接修改函数的取值，再单击 Update 按钮，就可生成新的逻辑函数，并将其他窗口中的相关内容也一并修改。如果不修改函数取值，单击如图 6.85 所示的 [Update] 按钮后，在如图 6.83 所示原来输入的函数表达式就被最小项之和的形式所取代。

（4）用鼠标左键单击 [Veitch-Karnaugh table] 按钮，可得到函数的卡诺图化简图形、最小项表达式和最简与或式，或最大项表达式和最简或与式。"卡诺图"窗口如图 6.86 所示。

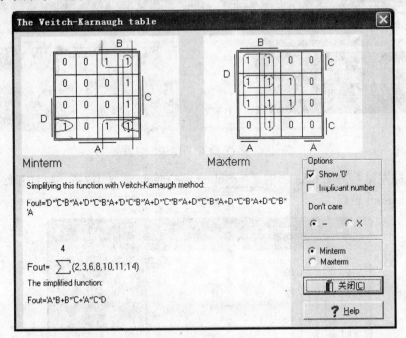

图 6.86　"卡诺图"窗口

由图 6.86 可见，此卡诺图也是按照字母的逆序排列的。

如果不选择窗口右边的 Show'0'，则卡诺图方格中的 0 将不再显示。如果选择 Implicant number，卡诺图中将显示各个方格的最小项编号。Don't Care 下面的 2 个选项是选择卡诺图中无关项的表现形式。如果选择 Maxterm，则在窗口左下部的文本框中将出现函数的最大项表达式和最简或与式。

（5）用鼠标左键单击图 6.83 中的 [Quine-McCluskey method] 按钮，将打开如图 6.87 所示的"Q-M 化简"窗口。

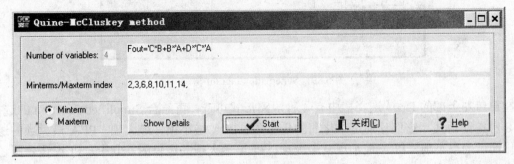

图 6.87　"Q-M 化简"窗口

用鼠标左键单击窗口中的 [✓ Start] 按钮，将打开如图 6.88 所示的最小项"Q_M 化简的图示"窗口。

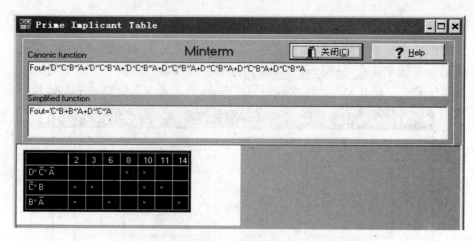

图 6.88　"Q_M 化简图示"窗口

（6）用鼠标左键单击图 6.83 中的 ▮ Schematic diagram ▮ 按钮，将打开如图 6.89 所示的 Schematic diagram 窗口。

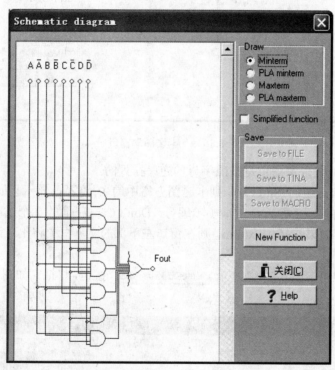

图 6.89　Schematic diagram 窗口

在窗口左上部的 Draw 选择栏中有 4 种电路形式可选，再结合 Simplified function 的选择，共有 8 种电路形式。它们分别是未化简的最小项、PLA 最小项、最大项、PLA 最大项的逻辑图和化简后的最小项、PLA 最小项、最大项、PLA 最大项的逻辑图。其中，PLA 逻辑图还可保存为 Tina Pro 的 TLC 格式的文件，还可以直接生成为 Tina Pro 的原理图和宏。

如图 6.90 所示是该例的逻辑函数对应的最简 PLA 形式的逻辑电路图。在该电路图中不仅生成了逻辑电路，而且还生成了 4 个逻辑变量发生器，运行数字计时分析，就可得到电路的仿真波形，如图 6.91 所示。从图中的波形可知输出 F_{out} 与输入 A、B、C、D 之间的关系与真值表中的完全一致。

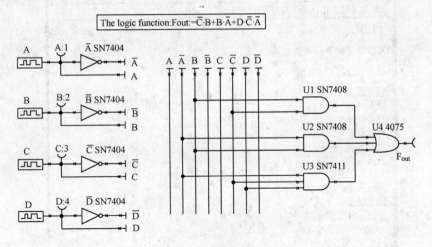

图 6.90　逻辑电路图

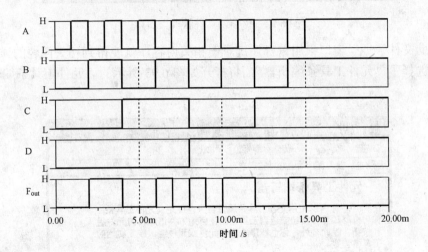

图 6.91　仿真波形图

6.4　帮助与指南

6.4.1　帮助文件

在使用 Tina Pro 时，若遇到问题，可借助于软件提供的帮助文件，找到解决办法。Tina Pro 的帮助文件绝大部分是中文，阅读起来非常方便。

按 F1 键，就能打开帮助文件管理器。"帮助文件管理"窗口如图 6.92 所示。

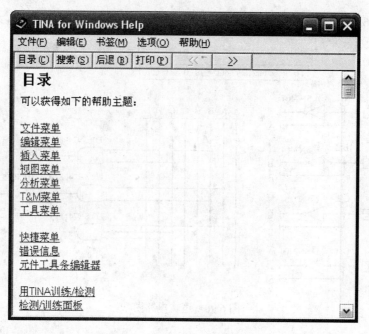

图 6.92 "帮助文件管理"窗口

在"帮助文件管理"窗口中用鼠标左键单击相关内容，就能得到相关问题的详细解释。

比如，选择了"元件工具条编辑器"，将打开如图 6.93 所示的"元件工具条编辑器解释"窗口。

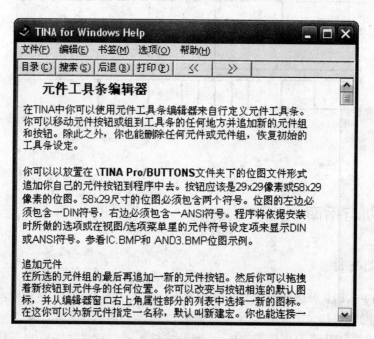

图 6.93 "元件工具条编辑器解释"窗口

如果在执行某项操作出现"提示"对话框时，就可直接看到相关问题的详细解释。

比如，在对电路进行最优化分析时，若在指定的范围内找不到最佳值，将出现如图 6.94 所示的"出错提示"对话框。

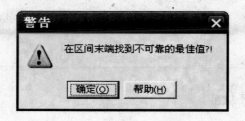

图 6.94　"出错提示"对话框

用鼠标左键单击对话框中 帮助(H) 按钮，将打开如图 6.95 所示的"出错帮助文件"窗口。在窗口中，对该问题进行了详细的解释。

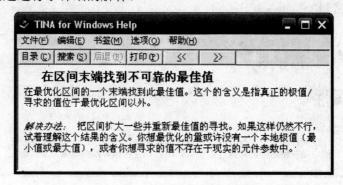

图 6.95　"出错帮助文件"窗口

6.4.2　元件帮助

用鼠标左键单击主菜单中的"帮助"按钮，移动光标到下一级菜单中的"元件帮助"处，单击鼠标左键就可打开"元件帮助"窗口，如图 6.96 所示。

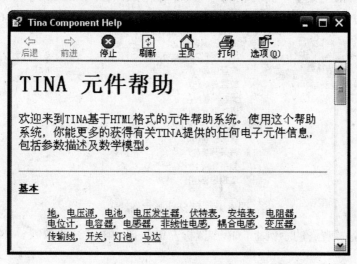

图 6.96　"元件帮助"窗口

在该窗口中，列出了元、器件库中的所有元件和仪器。单击某元件，就能看到该元件的相关解释。

比如，选择了"马达"，就能看到如图 6.97 所示的"元件解释"窗口中对马达的解释。

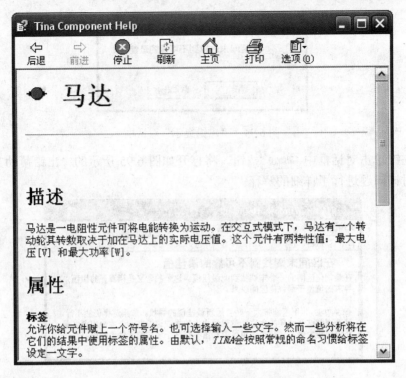

图 6.97　"元件解释"窗口

6.4.3　指南示例

为了帮助初学者及时掌握 Tina Pro 使用，软件提供了 35 个动画演示示例。

用鼠标左键单击主菜单中的"帮助"按钮，移动光标到下一级菜单中的"指南"处，在出现的下拉菜单中可看到 35 个动画演示示例清单。部分动画示例清单如图 6.98 所示。

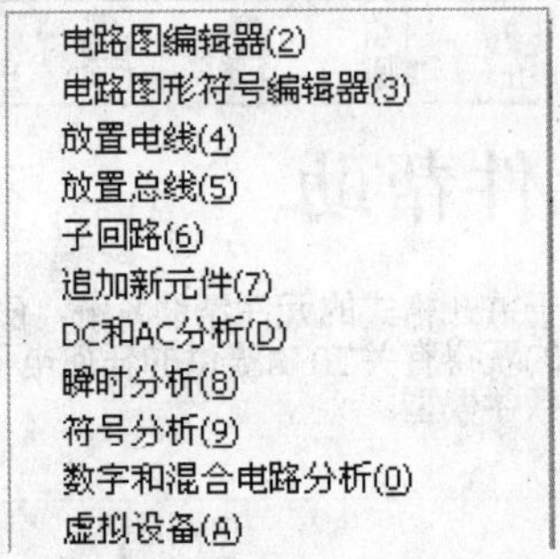

图 6.98　部分动画示例清单

移动光标到需要观看的示例上，单击鼠标左键，该动画就开始放映。

6.5　上机实战

6.5.1　实战 Tina Pro: 最优化分析

实战目的：熟悉在 Tina 中绘制模拟电路图的方法、掌握最优化分析方法。

实战内容：

（1）绘制如图 S6.1 所示的晶体管放大电路图。

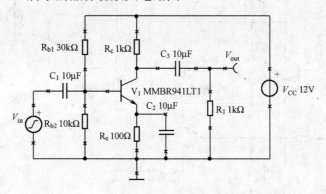

图 S6.1　晶体管放大电路

（2）按如下参数设置电压信号发生器。

① 类型：余弦。

② 频率：1MHz。

③ 幅度：10mV。

对电路进行瞬时分析，观察输入/输出波形。

（3）选择 R_{b2} 为控制对象，并设置合适的电阻值变化范围。选择 V_{out} 为优化目标，并选择最大值。

（4）对电路进行瞬时分析，观察输入/输出波形。并将优化前与优化后的输出幅度进行比较，判定优化效果。

（5）对电路 AC 传输特性分析，并根据所测得的幅频特性确定电路的通带宽度。

6.5.2　实战 Tina Pro：模拟电路仿真

实战目的： 熟悉在 Tina 中绘制模拟电路图的方法、掌握常用模拟电路方法。

实战内容：

（1）绘制如图 S6.2 所示的模拟电路图。

（2）对电路进行 DC 分析、AC 分析、瞬时分析和傅里叶分析。

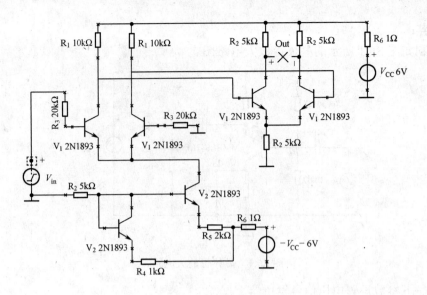

图 S6.2 模拟电路图

6.5.3 实战 Tina Pro：数字电路仿真

实战目的： 熟悉在 Tina 中绘制数字电路图的方法、掌握常用分析方法。

实战内容：

（1）绘制如图 S6.3 所示的数字电路图。

（2）对电路进行数字逐步分析和数字计时分析。

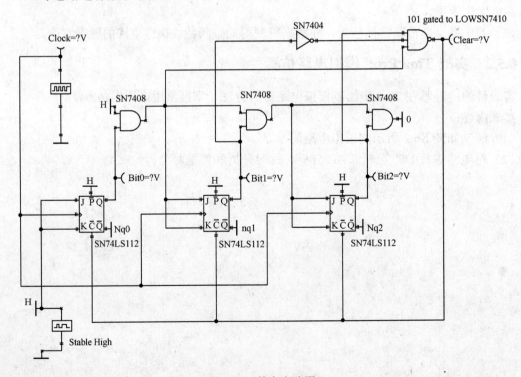

图 S6.3 数字电路图

习　题

[6.1]　如何定义三角波电流发生器？

[6.2]　如何定义任意波形？

[6.3]　如何定义脉冲源和数据发生器？

[6.4]　要使七段显示器显示十进制数 0～9，且显示小数点，应输入哪些键码？

[6.5]　对模拟电路进行 DC 结果表和 AC 结果表分析时，所得列表有什么区别？

[6.6]　对模拟电路进行 AC 传输特性分析，得到什么样的输出结果？

[6.7]　如何对模拟电路进行最优化分析？如何设置相关参数？

[6.8]　如何对数字逻辑电路进行数字逐步分析？需要设置哪些参数？

[6.9]　如何正确使用逻辑函数化简器？

[6.10]　如何使用帮助文件和指南实例？

单元测验题

1. 选择题

（1）下面哪一种信号发生器不属于模拟信号发生器？

　　[A] 电压发生器　　　　[B] 电流发生器　　　　[C] 脉冲源

（2）最优化分析适合于下面哪种电路？

　　[A] 数字电路　　　　[B] 模拟电路　　　　[C] 数模混合电路

（3）在对数字电路进行数字逐步分析时，绿色节点是什么含义？

　　[A] 高电平　　　　[B] 低电平　　　　[C] 不确定电平

（4）555 定时器组成的电路不适合哪种分析方法？

　　[A] 瞬时分析　　　　[B] 数字计时分析　　　[C] 傅里叶分析

（5）向逻辑函数化简器输入逻辑关系时，哪种方法是不正确的？

　　[A] 与或表达式法　　　[B] 真值表法　　　　[C] 卡诺图法

2. 填空题

（1）分析数字电路时，常用的分析方法有_____、_____、和_____。

（2）在定义任意波形时，程序的第 1 行关键字是_____，关键字后应写_____，程序最后一行是关键字_____。

（3）在对数字电路进行逐步分析时，要加快分析速度应单击_____按钮，要减缓分析速度应单击_____按钮。

（4）对模拟电路进行最优化分析时，应选择_____和_____。

3. 简答题

（1）在 DC 结果表中都列出了电路的哪些测试结果？

（2）在对模拟电路进行最优化分析时，都要设置哪些参数？

（3）在对电路进行傅里叶分析时，都设置哪些参数？

（4）如何使用逻辑函数化简器？在化简器中，可以得到函数哪些表现形式？

可编程逻辑篇

第7章 QuartusⅡ 5.0基本应用

要　点

（1）Quartus Ⅱ 5.0 基础知识。熟悉 Quartus Ⅱ 5.0 的工作界面，掌握如何建立工程、顶层文件和底层文件，浏览 Quartus Ⅱ 5.0 的原理图库文件。

（2）设计 Quartus Ⅱ 5.0 原理图。掌握使用常用绘图工具绘制 Quartus Ⅱ 5.0 电原理图、对工程进行编译和仿真。

7.1　Quartus Ⅱ 5.0 基本知识

7.1.1　软件介绍

Quartus Ⅱ 5.0 可编程片上系统开发软件是 Altera 公司为开发可编程片上系统（System On a Programmable Chip，SOPC）而研制的软件。该软件是 Altera 公司可编程逻辑器件（Programmable Logic Device，PLD）开发软件 MUX+PLUSⅡ 的换代产品。Quartus Ⅱ5.0 既支持开发普通的 PLD，也可用于开发 SOPC。

QuartusⅡ正版软件是注册型软件，需要向 Altera 公司总部申请使用许可，申请使用许可时，需要 C 盘的卷标号。一般用户不能直接向 Altera 公司申请使用许可，需要通过开发 SOPC 实验教学仪器的厂家向 Altera 公司注册。Altera 公司也免费提供试用版，但试用版有使用时间限制，而且也不支持编译、仿真、文件下载等功能。

正常安装 Quartus Ⅱ 5.0 的步骤如下。

（1）执行 install。将 QuartusⅡ软件装入光盘，进入到 QUARTUS Ⅱ 5.0 文件夹，用鼠标左键双击 install 图标，将打开如图 7.1 所示的"安装 QUARTUS Ⅱ 5.0"窗口。用鼠标左键单击 `stall Quartus II and Related Softwa` 按钮，将进入安装过程。

（2）文件更新。安装结束后，再进入光盘 QUARTUS Ⅱ 5.0 下的 Crack 文件夹，复制 sys_cpt.dll 文件。

进入硬盘中 QUARTUS Ⅱ 5.0 软件安装路径，将文件粘贴到硬盘的 altera\quartus50\bin 文件夹，把原有的同名旧文件用新文件覆盖。

图 7.1　"安装 QUARTUS Ⅱ 5.0"窗口

（3）软件注册。运行 Quartus Ⅱ 5.0，将出现如图 7.2 所示的"初次运行 QUARTUS Ⅱ"窗口。

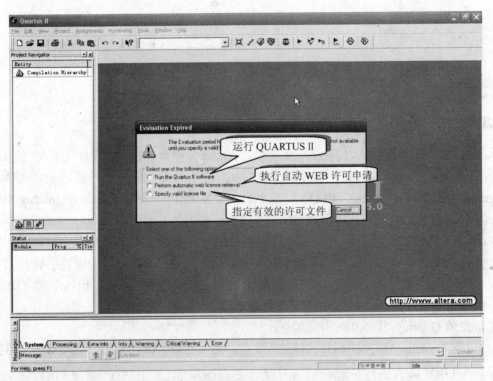

图 7.2　"初次运行 QUARTUS Ⅱ"窗口

① 如果选择 Run the Quartus Ⅱ software，将跳过注册直接进入到软件主界面，在软件环境下可进行项目设计。但未注册的软件不能对所设计的项目进行编译、仿真、文件下载等功能。

② 如果选择 Perform automatic web license retrieval，软件将通过 Internet 向 Altera 公司注册。若没有注册密码是不能注册的。

③ 如果选择 Specify valid license file，用鼠标左键单击 ☐ OK ☐ 按钮，将出现如图 7.3 所

示的"Options"窗口。

用鼠标左键单击如图 7.3 所示右上角的 [...] 按钮，可指定事先已申请好的 License 文件。

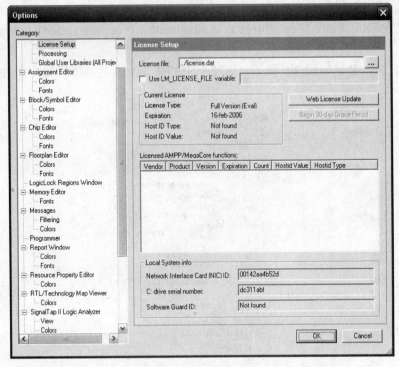

图 7.3 "Options"窗口

指定好 License 文件后，用鼠标左键单击 [OK] 按钮，将进入到软件主界面，在软件环境下可进行项目设计、编译、仿真、文件下载等。

7.1.2 主界面介绍

启动 Quartus II 5.0 后，将出现如图 7.4 所示的 Quartus II 5.0 主界面。

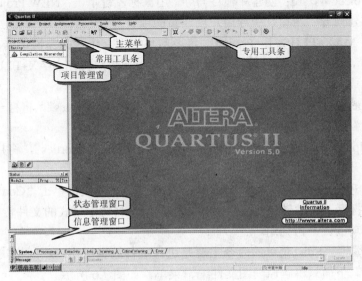

图 7.4 Quartus II 5.0 主界面

主界面由主菜单、常用工具条、专用工具条、项目管理窗口、状态管理窗口和信息管理窗口组成。在创建或打开项目前，主界面中的许多选项都处于未激活状态，只有建立了项目后，许多功能才能被激活。

主菜单包含 File、Edit、View、Project、Assignments、Processing、Tools、Windows 和 Help 等共九大类。

（1）File。File 菜单如图 7.5 所示。该菜单中的命令主要是对项目和文件进行打开和关闭操作。

图 7.5　File 菜单

① NEW：创建新文件。用鼠标左键单击"NEW"按钮，将打开"文件创建向导"窗口，引导用户创建新的文件。

② NEW Project Wizard：创建新项目向导。用鼠标左键单击"NEW Project Wizard"按钮，将打开"项目创建向导"窗口，引导用户创建新的项目。

③ Convert MAX+PLUS Ⅱ Project：转换项目类型。用鼠标左键单击"Convert MAX+PLUS Ⅱ Project"，将出现"项目转换向导"窗口，引导用户将在 MAX+PLUS Ⅱ 软件环境下创建的项目转换成 Quartus Ⅱ 格式。

④ File Properties：文件属性。用鼠标左键单击"File Properties"，将打开"当前处于激活状态文件的属性"窗口。

⑤ Create/Update：创建或升级。用鼠标左键单击"File Properties"，将打开二级菜单，并引导用户创建或升级元、器件符号。

⑥ Convert Programming Files：转换编程文件。用鼠标左键单击"Convert Programming Files"按钮，将打开"文件转换向导"窗口，引导用户将特定格式的文件转换成可编辑文件。

其他内容的功能就不再介绍。

（2）Edit：编辑。Edit 菜单的命令主要是进行文件编辑操作，不同格式的文件，其 Edit 菜单不完全相同。下面只讲解原理图文件编辑菜单，如图 7.6 所示。

图 7.6　原理图文件编辑菜单

① Replace：替换。用鼠标左键单击 Edit 菜单中的"Replace"，将打开"替换向导"窗口，引导用户替换原理图中的字符串。

② AutoFit：自动适配。对文件进行编译时适配器将自动适配时钟频率。

③ Line：连线类型。Line 分为 Conduit Line（空心线）、Bus Line（总线）和 Node Line（节点线）。

在原理图中选中了某导线，在菜单中将标明该导线的类型。选中导线后，单击鼠标右键，将出现简化的编辑菜单，在该菜单中标明该导线的类型。同时，还可能实现这 3 种导线的互换。

④ Toggle Connection Dot：交叉连接点。

若有 2 条垂直相交导线的电气连接，需要在交叉点上放置电气连接点，但在原理图编辑器的工具条中没有独立的电气连接点。

采用 Toggle Connection Dot 功能就能在交叉点上放置电气连接点。具体方法是用鼠标左键单击 2 条垂直相交导线中的某一根线，再单击鼠标右键，在出现的简化编辑菜单中选择 Toggle Connection Dot。此时，在原理图中，2 条垂直相交导线的交叉处将出现电气连接点。

① Insert Symbol：插入符号。用鼠标左键单击"Insert Symbol"，将打开"插入模块符号"窗口，引导用户在原理图中插入宏模块符号。

② Insert Symbol as Block：插入符号为模块。用鼠标左键单击"Insert Symbol as Block"按钮，将打开"插入模块符号"窗口，引导用户在原理图中插入宏模块框图。该框图对宏模块进行了详细的说明，但不能作为电路元、器件使用。

宏模块符号和框图如图 7.7 所示。

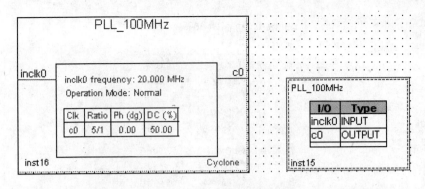

图 7.7　宏模块符号和框图

③ **Edit Selected Symbol**：编辑所选符号。

选中某宏模块符号后，该功能被激活。用鼠标左键单击 "Edit Selected Symbol"，将打开 "宏模块符号编辑" 窗口。在该窗口中，可以修改宏模块的外形和文本。

④ **Update Symbol or Block**：升级符号或模块。

用鼠标左键单击 "Update Symbol or Block"，将出现 "升级向导" 窗口，引导用户将原来的宏模块符号和框图升级为修改后的形式。

（3）**View**：视图。View 菜单的命令主要是进行文件视图操作，原理图 View 菜单如图 7.8 所示。

图 7.8　原理图 View 菜单

① **Utility Windows**：实用窗口。用鼠标左键单击 "Utility Windows"，将打开下拉菜单。在该菜单中列有 Project Navigater（项目管理器）、Node Finder（节点查找器）、Messages（信息管理器）、Status（状态管理器）、Change Manger（内容更改管理器）等。

用鼠标左键单击其中某项，将打开或关闭该项所对应的窗口。

② **Full Screen**：全屏。用鼠标左键单击 "Full Screen"，将打开或关闭全屏显示。

③ **Fit in Window**：与窗口适配。用鼠标左键单击 "Fit in Window"，将自动缩放图纸，使整张原理图与窗口工作区的大小相适配。

④ **Zoom In**：放大图纸。每执行一次 "Zoom In"，图纸在原来的基础上放大 20%。

⑤ **Zoom Out**：缩小图纸。每执行一次 "Zoom Out"，图纸在原来的基础上缩小 20%。

⑥ Zoom：缩放图纸。用鼠标左键单击"Zoom"。将打开 1 个对话框，在该框中可以选择图形显示比例。

⑦ Show Guidelines：显示网格线。用鼠标左键单击"Show Guidelines"，将显示或关闭图纸上的网格线。

⑧ Show Block I/O Tables：显示模块 I/O 表格。用鼠标左键单击"Show Block I/O Tables"，将显示或关闭模块符号中的表格。

⑨ Show Mapper Tables：显示表格。用鼠标左键单击"Show Mapper Tables"，将显示或关闭输入/输出关系表格。

⑩ Show Parameter Assignments：显示参数分配。用鼠标左键单击"Show Parameter Assignments"，将显示或关闭参数分配框图。

⑪ Show Pin and Location Assignments：显示引脚位置分配。用鼠标左键单击"Show Pin and Location Assignments"，将显示或关闭引脚位置分配框图。

（4）Project。Project 菜单中的命令主要是对项目进行操作，其菜单如图 7.9 所示。

图 7.9　Project 菜单

① Add Current File to Project：向项目添加当前文件。用鼠标左键单击"Add Current File to Project"，将打开对话框，引导用户把当前文件添加到某项目中。

② Add/Remove Files in Project：添加或移走文件。用鼠标左键单击"Add/Remove Files in Project"，将打开对话框，引导用户向项目添加文件或从项目中移走文件。

③ Reviesion：版本。用鼠标左键单击"Reviesion"，将出现对话框，引导用户选择同名项目的不同版本。

④ Copy Project：复制项目。用鼠标左键单击"Copy Project"，将打开其对话框，引导用户把项目复制到指定路径的文件夹中。

⑤ Archive Project。用鼠标左键单击"Archive Project"，将打开其对话框，引导用户把项

目保存为不同版本。

⑥ Restore Archived Project。用鼠标左键单击"Archive Project"，将打开其对话框，引导用户把项目的原版本重新保存在不同的路径下。

⑦ Import Database：导入数据库。用鼠标左键单击"Import Database"，将打开其对话框，引导用户导入数据库。

⑧ Export Database：导出数据库。用鼠标左键单击"Export Database"，将打开其对话框，引导用户导出数据库。

⑨ Generate Tcl File for Project：创建 Tcl 文件。用鼠标左键单击"Generate Tcl File for Project"，将打开其对话框，引导用户给项目创建并保存 Tcl（Tool command langage）文件。

⑩ Generate PowerPlay Early Power Estimator File：创建功率估算文件。用鼠标左键单击"Generate PowerPlay Early Power Estimator File"，将打开其对话框，引导用户给项目创建并保存功率估算文件。

⑪ Locate：定位。用鼠标左键单击"Locate"按钮，将出现二级下拉菜单，引导用户实行定位操作。

⑫ Set as Top-Level Entity：设为顶层入口。在具有多个源文件的项目中，必须有唯一的 1 个顶层文件。在项目管理窗口中，选择某文件，再用鼠标左键单击"Set as Top-Level Entity"，将完成顶层文件的指定。

⑬ Hierarchy：层次。用鼠标左键单击"Hierarchy"，可实现多层次文件的上、下层次跳转。

（5）Assignments：任务分配。Assignments 菜单中的命令主要是完成任务分配，其菜单如图 7.10 所示。

图 7.10 Assignments 菜单

① Device：器件。用鼠标左键单击"Device"，将打开"Setting"对话窗口，引导用户选择可编程逻辑器件。

② Pins：引脚。用鼠标左键单击"Pins"，将打开"Assignments"对话窗口，引导用户对器件引脚进行逻辑分配。

③ Timing Settings：时间设置。用鼠标左键单击"Timing Settings"，将打开"Setting"对话窗口，引导用户设置器件延迟时间和最大时钟频率。

④ EDA Tool Settings：EDA 工具设置。用鼠标左键单击"EDA Tool Settings"，将打开"Setting"对话窗口，引导用户选择其他公司的 EDA 工具。

⑤ Settings：设置。用鼠标左键单击"Settings"，将打开"Setting"窗口，引导用户进行相关参数设置。

⑥ Timing Wizard：时间设置向导。Timing Wizard 的功能与 Timing Settings 的功能基本相同，但操作步骤不同。

⑦ Assignment Editor：分配编辑器。用鼠标左键单击"Assignment Editor"，将打开"Assignment Editor"窗口，在窗口中可对许多种参数进行分配。

⑧ Pin Planner：引脚平面图。用鼠标左键单击"Pin Planner"按钮，将出现所选器件引脚顶视图。在顶视图中可以预览引脚的使用和分布情况。

⑨ Remove Assignments：撤销分配。用鼠标左键单击"Remove Assignments"，将打开"Remove Assignments"窗口。在该窗口中，可以选择想要撤销的参数分配。

⑩ Demote Assignments：分配降级。用鼠标左键单击"Demote Assignments"，将打开"Demote Assignments"窗口。在该窗口中，可以选择多项内容，使其原先的参数分配任务的重要性降级，以便在对项目进行编译时能够高效地完成对整个项目的编译。

⑪ Back-Annotate Assignments：恢复注解指定。用鼠标左键单击"Back-Annotate Assignments"，将打开"Back-Annotate Assignments"窗口。在该窗口中，选择相关项，其参数分配情况将显示在图纸上。

⑫ Import Assignments：导入分配。用鼠标左键单击"Import Assignments"，将打开"Import Assignments"窗口。在该窗口中，可以导入原有的 Assignments 文件。

⑬ Export Assignments：导出分配。用鼠标左键单击"Export Assignments"，将打开"Export Assignments"窗口。在该窗口中，可以导出配置好的 Assignments 文件。

⑭ Time Groups：分组。用鼠标左键单击"Time Groups"，将打开"Time Groups"窗口。在该窗口中，可以对引脚等设置时序分组。

⑮ Timing Closure Floorplan：内部结构。用鼠标左键单击"Timing Closure Floorplan"，将打开"Timing Closure Floorplan"图形文件，显示出芯片内部分区和参数分配情况。在该窗口中，还可以对逻辑锁定区、引脚、逻辑单元、嵌入式单元、I/O 单元进行编辑。

⑯ LogicLock Regions Window：逻辑锁定区域窗口。用鼠标左键单击"LogicLock Regions Window"，将打开"LogicLock Regions"窗口。在该窗口中，可以事先将某部分的功能锁定在芯片的某个区域。在程序下载时，该区域不能被挪为他用。

⑰ Design Partition Window：设计分区窗口。用鼠标左键单击"Design Partition Window"，将打开"Design Partition"窗口。在该窗口中，用以观察、创建和修改设计分割，并可选择编译模式。

（6）Processing：处理。Processing 菜单中的命令主要是对设计项目进行编译和仿真，其菜单如图 7.11 所示。

图 7.11　Processing 菜单

① Stop Processing：停止处理。当对当前项目进行编译或仿真时，该项任务被激活。用鼠标左键单击"Stop Processing"按钮，将停止当前的文件处理过程。

② Start Compilation：开始编辑。用鼠标左键单击"Start Compilation"，将开始对项目进行编译，编译结束后将给出编译报告。

③ Analyze Current File：分析当前文件。用鼠标左键单击"Analyze Current File"，将对当前文件进行分析，分析结束后将给出分析报告。

④ Start：开始分析。移动光标到 Start，将出现二级下拉菜单，在菜单中提供了 19 种数据处理手段，可根据设计需要自行选择。

⑤ Compilation Report：编译报告。用鼠标左键单击"Compilation Report"，将打开已创建的编译报告。

⑥ Start Compilation & Simulation：开始编译和仿真。用鼠标左键单击"Start Compilation & Simulation"，将开始对项目编译和仿真，结束后将给出编译报告和仿真波形。

⑦ Generate Functional Simulation Netlist：创建仿真网表。用鼠标左键单击"Generate Functional Simulation Netlist"，将给项目创建功能仿真网表。

⑧ Start Simulation：开始仿真。用鼠标左键单击"Start Simulation"，将开始对项目进行仿真。仿真结束后，将给出仿真波形。

⑨ Simulation Debug：仿真调试。用鼠标左键单击"Simulation Debug"，将出现二级下拉菜单，在菜单中可以对设计进行调试。

⑩ Simulation Report：仿真报告。用鼠标左键单击"Simulation Report"，将打开仿真报告，即仿真波形图。

⑪ Start Software Build：开始软件构建。用鼠标左键单击"Start Software Build"，将开始对 C++语言或汇编语言编写的程序进行检查，并给出检查报告。

⑫ Compile Current File：编译当前文件。用鼠标左键单击"Compile Current File"，将开始编译当前打开的文件，并给出编译报告。

（7）Tools：工具。Tools 菜单主要提供了分析、编译、仿真、优化和编程等工具，如图7.12 所示。

运行仿真工具	Run EDA Simulation Tool
运行分析工具	Run EDA Timing Analysis Tool
开始软件调试	Launch Software Debugger Ctrl+Shift+D
开始设计开发	Launch Design Space Explorer
编译工具	Compiler Tool
仿真工具	Simulator Tool
时域分析工具	Timing Analyzer Tool
功率分析工具	PowerPlay Power Analyzer Tool
资源优化表	Resource Optimization Advisor
时间优化表	Timing Optimization Advisor
芯片编辑器	Chip Editor
RTL 浏览器	RTL Viewer
技术图浏览器	Technology Map Viewer
逻辑分析仪	SignalTap II Logic Analyzer
在线存储编辑	In-System Memory Content Editor
编程器	Programmer
嵌入模块向导	MegaWizard Plug-In Manager...
SOPC 构造器	SOPC Builder...
Tcl 文件	Tcl Scripts...
用户自定义	Customize...
选择	Options...
使用许可安装	License Setup...

图 7.12　Tools 菜单

① Run EDA Simulation Tool：运行 EDA 仿真工具。用鼠标左键单击"Run EDA Simulation Tool"，将调用在 Assignments\ Assignments 下选择的其他公司的 EDA 软件对项目进行仿真。

② Run EDA Timing Analysis Tool：运行 EDA 时间分析工具。用鼠标左键单击"Run EDA Timing Analysis Tool"，将调用在 Assignments\ Assignments 下选择的其他公司的 EDA 软件对项目进行时域分析。

③ Launch Software Debugger：开始软件调试。用鼠标左键单击"Launch Software Debugger"，将引导 Quartus Ⅱ使用 software toolset 调试软件去调试二进制文件或十六进制文件。

④ Launch Design Space Explorer：开始设计空间浏览。用鼠标左键单击"Launch Design Space Explorer"，程序将提示若要运行 Launch Design Space Explorer，将关闭 Quartus Ⅱ软件。

⑤ Compiler Tool：编译工具。用鼠标左键单击"Compiler Tool"按钮，将打开"Compiler Tool"窗口。在该窗口中，可以进行相关参数的设置和编译。

⑥ Simulator Tool：仿真工具。用鼠标左键单击"Simulator Tool"，将打开"Simulator Tool"窗口。在该窗口中，可以进行相关参数的设置和仿真。

⑦ Timing Analyzer Tool：时域分析工具。用鼠标左键单击"Timing Analyzer Tool"，将打开"Timing Analyzer Tool"窗口。在该窗口中，可以进行相关参数的设置和时域分析。

⑧ PowerPlay Power Analyzer Tool：功率分析工具。用鼠标左键单击"PowerPlay Power Analyzer Tool"按钮，将打开"PowerPlay Power Analyzer Tool"对话窗口。在该窗口中，可以进行相关参数的设置和器件功率的分析。

⑨ Resource Optimization Advisor：资源优化参考。用鼠标左键单击"Resource Optimization Advisor"，将打开"Resource Optimization Advisor"窗口。在该窗口中，可以见到资源优化使用指南以及项目编译后的器件资源使用情况。

⑩ Timing Optimization Advisor：时间优化参考。用鼠标左键单击"Timing Optimization Advisor"，将打开"Timing Optimization Advisor"窗口。在该窗口中，可以见到时间优化使用指南以及项目编译后的器件时间参数。

⑪ Chip Editor：芯片资源编辑。用鼠标左键单击"Chip Editor"，将打开"Chip Editor"窗口。在该窗口中，可以对芯片内部资源进行操作。

⑫ RTL Viewer：网表浏览器。用鼠标左键单击"RTL Viewer"按钮，软件将会把项目的网表文件的内部结构转换为电路图的形式。

⑬ Technology Map Viewer：技术图浏览器。用鼠标左键单击"Technology Map Viewer"，软件将会把项目网表的内部结构转换为框图的形式。

⑭ SignalTap Ⅱ Logic Analyzer：逻辑分析仪。用鼠标左键单击"SignalTap Ⅱ Logic Analyzer"，将启动 SignalTap Ⅱ 逻辑分析仪。该逻辑分析仪是嵌入式分析仪，它是对程序下载后的芯片内部的相关节点进行在系统逻辑分析。为此，运行 SignalTap Ⅱ Logic Analyzer 必须将计算机与下载目标芯片通过专用下载电缆连接好，先下载程序，再进行嵌入式逻辑分析。

嵌入式逻辑分析与仿真有很大的区别。嵌入式逻辑分析与硬件及下载的程序有关，而仿真只是软件仿真，与硬件无关。

⑮ In-System Memory Content Editor：在系统存储器编辑器。用鼠标左键单击"In-System Memory Content Editor"，将启动在系统存储器内的编辑器，对芯片内容的 RAM 资源进行编辑。该命令也与硬件有关。

⑯ Programmer：编辑器。用鼠标左键单击"Programmer"按钮，将启动程序下载任务，烧写目标芯片。在执行该命令之前，应完成项目的编译、芯片的选择和引脚分配、通过专用下载电缆连接好目标芯片。

⑰ MagaWizard Plug-In Manager：嵌入式模块生成向导。用鼠标左键单击"MagaWizard Plug-In Manager"，将引导用户创建嵌入式模块。

⑱ SOPC Builder：SOPC 构建器。SOPC Builder 是一种系统开发工具，它可以加速 SOPC 的设计。它包括系统定义和定制、元件集成、系统校验、用户指定芯片的软件。

元件集成功能可将嵌入式处理器、标准外围部件、IP 核、片内存储器、片外存储器接口、用户自定义逻辑集成在 1 个系统模块中。

⑲ Tcl Scripts：工具命令语言文本。用鼠标左键单击"Tcl Scripts"，将打开 Tcl Scripts 窗口。在该窗口中可以打开 Tcl 文件或将文件添加到 Tcl 工具条中。

⑳ Customize：用户自定义。用鼠标左键单击"Customize"按钮，将出现"Customize"窗口。在该窗口中用户可以选择软件界面风格、自定义工具条等。

㉑ Options：选择。用鼠标左键单击"Options"，将打开"Options"窗口。在该窗口中，可以对各种编辑器的字体和颜色进行选择。

㉒ License Setup：许可设置。用鼠标左键单击"License Setup"，将打开"License Setup"窗口。在该窗口中，可以指定软件使用许可。

7.2 创建项目和文件

Quartus Ⅱ对文件管理是采用数据库的管理方式,在项目的框架下创建各类文件。
用 Quartus Ⅱ 5.0 开发 PLD 的流程如图 7.13 所示。

图 7.13 开发 PLD 的流程

7.2.1 创建项目

创建项目的步骤如下。

(1)打开向导。用鼠标左键单击主菜单中的"File",将出现下拉菜单,在该菜单中用左
键单击 📇 New Project Wizard... 按钮,将打开"新建项目向导"窗口,如图 7.14 所示。

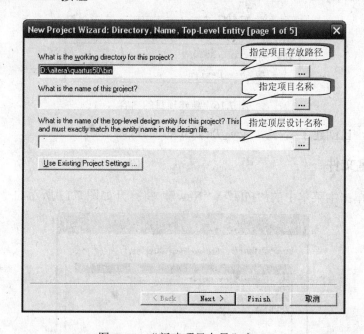

图 7.14 "新建项目向导"窗口

(2)项目命名。在如图 7.14 所示的第 1 个文本框中,显示的是软件默认的项目存放路径。
用鼠标左键单击该文本框右边的 ... 按钮,将出现如图 7.15 所示的"选择路径"窗口。在该窗
口中可以指定项目存放路径。

在第 2 个文本框中输入项目的名称。在向第 2 个文本框输入项目名称时,第 3 个文本框
中的内容也随之出现,并与第 2 个文本框的内容相同。

第 3 个文本框中的内容是项目顶层设计入口名称,该名称应与项目名称完全相同。

Quartus Ⅱ要求项目名与顶层文件名必须完全一致。

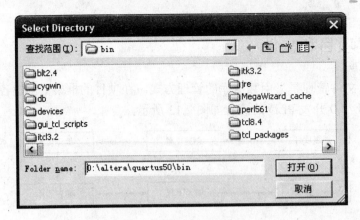

图 7.15 "选择路径"窗口

（3）创建项目。在如图 7.14 所示的窗口第 1 个文本框中指定项目存放路径为 E:\E_Design_4，在第 2 个文本框中输入 New_Design 项目名称，在第 3 个文本框中输入 New_Design 顶层设计入口名称。

用鼠标左键单击窗口中的 Finish 按钮，将结束项目的创建。此时，在主界面左边的项目管理器中将出现如图 7.16 所示的新建项目的内容。

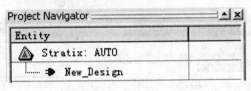

图 7.16 新建项目的内容

该内容表示，已创建了名称为 New_Design 的项目。

7.2.2 创建文件

用鼠标左键单击主菜单中的"File"\"New"，将打开如图 7.17 所示的"New"窗口。

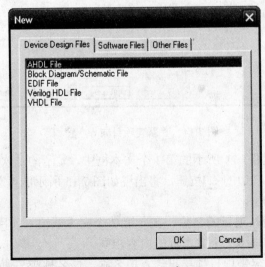

图 7.17 "New"窗口

在该窗口中共有 3 个选项卡，它们分别是 Device Design Files 选项卡、Software Files 选项卡和 Other Files 选项卡。

在 Device Design Files 选项卡中，列出了 5 种设计文件格式。

对于初次接触可编程器件的人员，可选择 Block Diagram/Schematic File。该项文件的格式是大家熟悉的电原理图形式。对于那些懂硬件描述语言的高级研发人员，可选择 AHDL File、Verilog HDL File 或 VHDL File 格式。

选择 Block Diagram/Schematic File，并用鼠标左键单击 OK 按钮后，在主界面的工作区将出现如图 7.18 所示的原理图工作区。

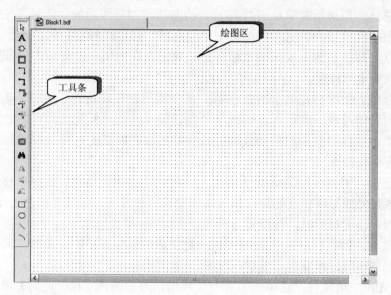

图 7.18　原理图工作区

7.2.3　绘图工具条

在原理图工作区的左侧是绘图工具条，如图 7.19 所示。用鼠标左键可将工具条拖为横条。

图 7.19　绘图工具条

（1）选择或绘图。用鼠标左键单击 图标，将激活选择或绘图功能。若用鼠标左键单击图纸中的图形符号，该符号的绿色虚线外框将变为蓝色实线高亮框，表示该符号已被选中。移动光标到符号的电气端点，光标将变为十字形状并附有直角导线符号，表示可以在该端点开始绘制导线。

（2）添加文本。用鼠标左键单击 **A** 图标，将激活添加文本功能。此时，移动光标到适当位置，并单击鼠标左键，可在此处输入文字。

（3）添加元件。用鼠标左键单击 ⊅ 图标，将激活添加元件功能。此时，"Symbol"窗口将打开。在该窗口中，可以选择需要添加的元、器件图形符号。

（4）添加模块。用鼠标左键单击 □ 图标，将激活添加模块功能。此时，光标将变为十字形状并附有模块符号，表示可在图纸中绘制模块。

（5）绘制导线。用鼠标左键单击 ㄱ 图标，将激活绘制导线功能。此时，光标将变为十字形状并附有直角导线符号，表示可在图纸中绘制导线。移动光标到适当位置，单击鼠标左键以确定导线起点，按住左键不放拖动鼠标，导线就出现在图纸上，释放左键即可完成导线的绘制。导线具有电气特性。

（6）绘制总线。用鼠标左键单击 ㄱ 图标，将激活绘制导线功能。此时，光标将变为十字形状并附有直角总线符号，表示可在图纸中绘制总线。移动光标到适当位置，单击鼠标左键以确定总线起点，按住左键不放拖动鼠标，总线就出现在图纸上，释放左键即可完成总线的绘制。总导线具有电气特性。

（7）绘制管线。用鼠标左键单击 ㄱ 图标，将激活绘制导线功能。此时，光标将变为十字形状并附有直角管线符号，表示可在图纸中绘制管线。移动光标到适当位置，单击鼠标左键以确定管线起点，按住左键不放拖动鼠标，管线就出现在图纸上，释放左键即可完成管线的绘制。管线具有电气特性。

（8）动态连接。用鼠标左键单击 ÷ 图标，将激活动态连接功能。此时，移动图纸中的符号或导线，与该符号或导线相连的导线将自动调整长短和方向，保证导线的连通性。

未选中该项，移动符号时，导线将与符号分离。

（9）部分选择。用鼠标左键单击 ÷ 图标，将激活部分选择功能。此时，可以选中导线中的某小段，并对该小段进行复制、剪切或粘贴，但不能移动该小段导线。

（10）缩放图纸。用鼠标左键单击 ⊕ 图标，将激活缩放图纸功能。此时，单击鼠标左键可放大图纸，单击鼠标右键可缩小图纸。

（11）全屏显示。用鼠标左键单击 ▣ 图标，将激活全屏显示功能。此时，图纸将以全屏显示。再单击该图标，将关闭全屏显示。

（12）查找字符串。用鼠标左键单击 ♠ 图标，将激活查找字符串功能。此时，可查找图纸中的字符串。在出现对话窗口中输入所要查找的文本，当查找到相应的文本时，图纸中该文本所属的符号将处于选中状态。

（13）上下镜像。上下镜像平时处于休眠状态，当图纸中的符号被选中后，该项才被唤醒。用鼠标左键单击 ◁ 图标，将激活上下镜像功能，所选符号将被上下镜像。

（14）左右镜像。左右镜像平时处于休眠状态，当图纸中的符号被选中后，该项才被唤醒。用鼠标左键单击 ⚠ 图标，将激活左右镜像功能，所选符号将被左右镜像。

（15）左转 90°。左转 90° 平时处于休眠状态，当图纸中的符号被选中后，该项才被唤醒。

用鼠标左键单击 ⚠ 图标，将激活左转 90° 功能，每单击所选符号一次，符号将被左转90°。

（16）绘制方框。用鼠标左键单击 □ 图标，将激活绘制方框功能。此时，光标将变为十字形状并附有矩形符号，表示可在图纸中绘制矩形。移动光标到适当位置，单击鼠标左键以确定矩形起点，按住左键不放拖动鼠标，矩形符号就出现在图纸上，释放左键即可完成绘制。该符号没有电气特性。

（17）绘制圆形。用鼠标左键单击 ○ 图标，将激活绘制圆形功能。此时，光标将变为十字形状并附有椭圆符号，表示可在图纸中绘制圆形或椭圆形符号。移动光标到适当位置，单击鼠标左键以确定圆形起点，按住左键不放拖动鼠标，圆形符号就出现在图纸上，释放左键即可完成绘制。该符号没有电气特性。

（18）绘制线条。用鼠标左键单击 ╲ 图标，将激活绘制线条功能。此时，光标将变为十字形状并附有直线符号，表示可在图纸中绘制直线。移动光标到适当位置，单击鼠标左键以确定直线起点，按住鼠标左键不放拖动鼠标，直线就出现在图纸上，释放鼠标左键即可完成直线的绘制。该符号没有电气特性。

（19）绘制曲线。用鼠标左键单击 ╲ 图标，将激活绘制曲线功能。此时，光标将变为十字形状并附有曲线符号，表示可在图纸中绘制曲线。移动光标到适当位置，单击鼠标左键以确定曲线起点，按住左键不放拖动鼠标就可在图纸上绘制曲线，释放鼠标左键即可完成曲线的绘制。该符号没有电气特性。

7.2.4 绘制原理图

用鼠标左键单击工具条中的 ○ 图标，将打开如图 7.20 所示的"Symbol"窗口，其左上部是原理图符号库窗口。

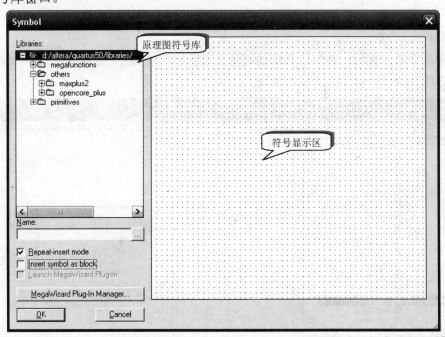

图 7.20 "Symbol"窗口

Quartus Ⅱ 的原理图库文件分为 3 大类，它们分别是 megafunctions、others 和 primitives。

（1）megafunctions。megafunctions 是高层次模块库，主要提供参量化模型，共分为 5 小类。

① arithmetic。在 arithmetic 文件夹中，提供了 14 种算术运算宏模块，包括加法运算、减法运算、乘法运算、除法运算和比较运算模块等。

② embedded_logic。在 embedded_logic 文件夹中，提供了 1 种嵌入式 RAM 模块和微处

理器 ARM 模块。

③ gates。在 gates 文件夹中，提供了 11 种门电路和组合逻辑电路宏模块。

④ IO。在 IO 文件夹中，提供了 16 种输入/输出宏模块。

⑤ storage。在 storage 文件夹中，提供了 27 种 RAM、ROM、FIFO 宏模块。

（2）others。others 是通用模块库，共分为 2 小类。

① muxplus 2。muxplus 2 库文件是 MUX+PLUS Ⅱ 软件中的元件库，Quartus Ⅱ 继承了这些元件库。在 muxplus 2 文件夹中，提供了 392 种逻辑器件，其中大部分器件都是用 74 系列的名称命名，使用非常方便。

② opencore_plus。在 opencore_plus 文件夹中，提供了 1 种计时时间溢出模块。

（3）primitives。primitives 是基本模块库，共分为 5 小类。

① buffer。在 buffer 文件夹中，提供了 12 种缓冲器符号。

② logic。在 logic 文件夹中，提供了 51 种门电路符号，比如与或门、与非门、或非门、异或门等。

③ other。在 other 文件夹中，提供了 6 种常用符号，比如 VCC、GND、常量、标题栏等。

④ pin。在 other 文件夹中，提供了 3 种引脚符号。它们是输入引脚、输出引脚和 I/O 引脚。

⑤ storage。在 storage 文件夹中，提供了 12 种触发器符号，比如，D 触发器、JK 触发器、RS 触发器等。

选中库中某元件后，在窗口右部的符号显示区将出现该元件的逻辑符号，如图 7.21 所示为选中 3 线/8 线译码器 74138 后的情况。

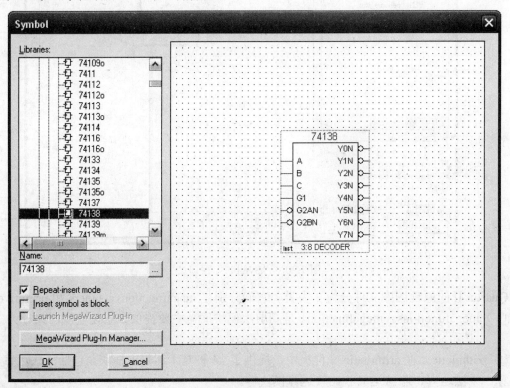

图 7.21   选中 3 线/8 线译码器 74138

当确定了元件后，用鼠标左键单击窗口中的 [OK] 按钮，在主窗口的原理图绘制区内将出现所选器件的符号。

当放置完所需的元、器件后，再从库中添加电源、地、输入引脚和输出引脚等符号，再用导线连接起来后，一张 PLD 原理图就完成了。

【例 7.1】用 1 片 4 位二进制加法计数器在和 1 片 4 线/16 线译码器构成 1 个 16 路顺序脉冲产生电路。

【解】设计步骤如下。

① 在桌面上创建一个名为"Test"的文件夹，并在其中创建一个名为"16_Pulses"的项目，一个名为"16_Pulses"的顶层文件（参考 7.2.1 节）。

② 用鼠标左键单击主菜单中的"File"，在打开的对话窗口中，选择 Block Diagram/Schematic File，创建一个用原理图输入的底层文件（参考 7.2.2 节）。

③ 用鼠标左键单击工具条中的 ⊅ 图标，打开 Quartus Ⅱ 5.0 库文件中的"other/maxplus2"的元件库，并将 4 线/16 线译码器 74154 和 4 位二进制加法计数器 74161 放置在底层图纸上。放置元、器件后的原理图如图 7.22 所示。

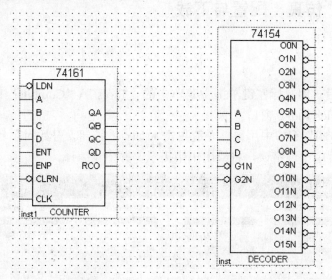

图 7.22　放置元、器件后的原理图

④ 打开"Primitives/other"库，添加"Vcc"和"gnd"元件到原理图；打开"Primitives/pin"库，添加"input"和"output"引脚到原理图，并用导线将元、器件和相关符号连接起来。

⑤ 当 74161 按加法计数规律计数时，它的模式选择端、清零端和置数端都应接高电平；时钟端 CLK 与外部脉冲信号相连。74154 的 D、C、B、A 变量输入端分别与 74161 的计数输出端 QA、QB、QC、QD 相连。74154 的使能端应接为低电平，16 个译码输出作为顺序脉冲产生电路的 16 路输出。连接后的逻辑电路如图 7.23 所示。

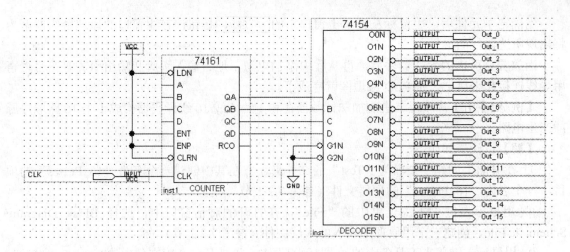

图 7.23　逻辑电路图

7.3　编译、仿真、配置与下载

7.3.1　编译

绘制完电路图后，用鼠标左键单击主菜单中的"Tools"\"Compiler Tool"，将打开如图7.24 所示的"Compiler Tool"窗口。

在"Compiler Tool"窗口中用鼠标左键单击 ▶ Start 按钮，开始对项目编译。

如果在编译过程中出现错误，将给出出错提示，并中止编译。

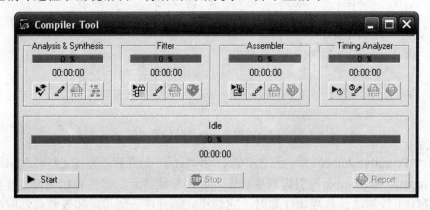

图 7.24　"Compiler Tool"窗口（未启动）

如果没有错误，将告知编译成功。如图7.25 所示是编译成功后的"Compiler Tool"窗口。

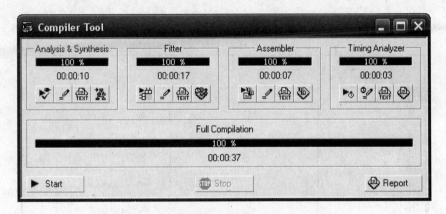

图 7.25 "Compiler Tool"窗口（通过编译）

7.3.2 仿真

当项目通过编译后，只能说明设计符合相关的规则。功能是否正确，还必须进行仿真测试，以了解设计结果是否满足原设计要求。

项目仿真的步骤如图 7.26 所示。

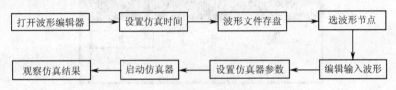

图 7.26 项目仿真的步骤

（1）打开波形编辑器。用鼠标左键单击常用工具栏中的 □ 图标，将打开"New"窗口。在该窗口中，选择 Other Files 选项卡，如图 7.27 所示，在该卡中选择 Vector Waveform File。

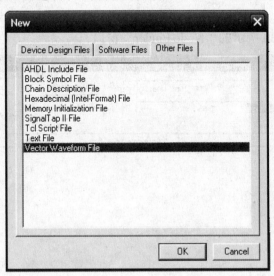

图 7.27 选择 Other Files 选项卡

用鼠标左键单击窗口中的 OK 按钮，将打开如图 7.28 所示的"空白波形编辑"窗口。

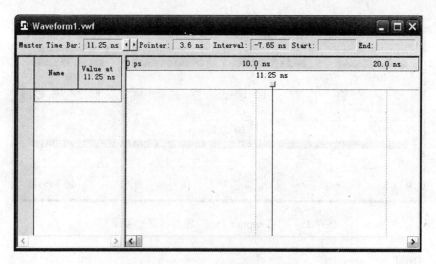

图 7.28　"空白波形编辑"窗口

（2）设置仿真时间。用鼠标左键单击主菜单中的"Edit"\"End Time"，将出现如图 7.29 所示的"End Time"窗口，在该窗口中可以设置仿真时间的长短。

图 7.29　"End Time"窗口

（3）波形文件存盘。用鼠标左键单击 OK 按钮，将波形文件保存于项目所在的文件夹中。

（4）选择波形节点。用鼠标左键单击主菜单中的"View"\"Utility Windows"\"Nodes Found"，将打开如图 7.30 所示的"Node Finder"窗口。

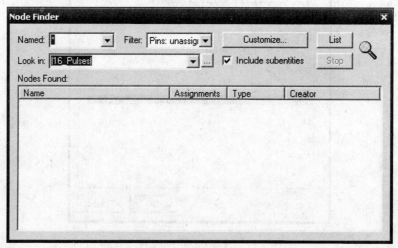

图 7.30　"Node Finder"窗口

用鼠标左键单击 List 按钮，设计项目中的所有节点都在表中列出来，如图7.31所示。

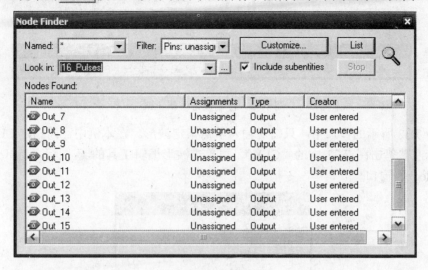

图7.31　节点列表

（5）编辑输入波形。用鼠标将 Nodes Finder 窗口中表列出的节点拖放到波形编辑窗口的"Name"栏，如图7.32所示。

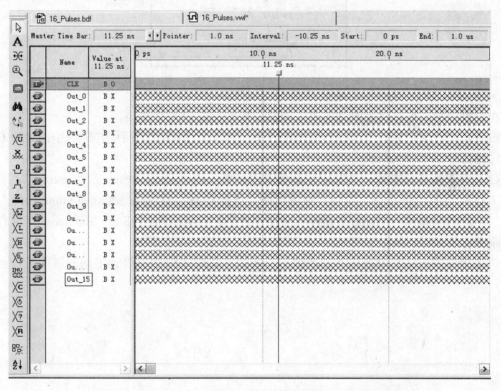

图7.32　拖放节点到波形编辑窗口的"Name"栏

用光标单击"Name"中的任意节点，编辑窗口左边的波形编辑工具将被激活。用鼠标可将波形编辑工具拖成浮动状态，浮动波形编辑工具如图7.33所示。

弱
未　未　　　　未　弱　弱　无　反　计　时
初　知　低　高　高　知　低　高　关　相　数　钟　任　随
始　波　电　电　阻　波　电　电　状　操　输　输　意　机
化　形　平　平　态　形　平　平　态　作　入　入　值　值

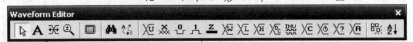

图 7.33　浮动波形编辑工具

在如图 7.32 所示的窗口中，只需对输入节点指定波形。在本例中，需指定 CLK 的波形。

用鼠标左键单击图 7.32 中的"CLK"，再单击波形编辑工具的 $\overline{X\overline{C}}$ 图标，将打开如图 7.34 所示的"Clock"窗口。

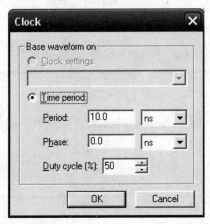

图 7.34　"Clock"窗口

在该窗口中，可以设置时钟的重复周期、初始相位和占空比。

设置完时钟参数后，用鼠标左键单击 OK 按钮，如图 7.32 所示窗口中的 CLK 右边将出现时钟信号。

（6）设置仿真器参数。用鼠标左键单击主菜单中的"Assignments"\ "Settings"，将打开如图 7.35 所示的"Settings"窗口。在窗口中，选择 Category\Filter Settings\ Simulator。

（7）启动仿真器。用鼠标左键单击主菜单中的"Processing"\Start Simulation，软件开始对电路进行仿真。

仿真成功后，将自动弹出"仿真波形"窗口，以便于分析所设计电路的时序是否与设想相同。

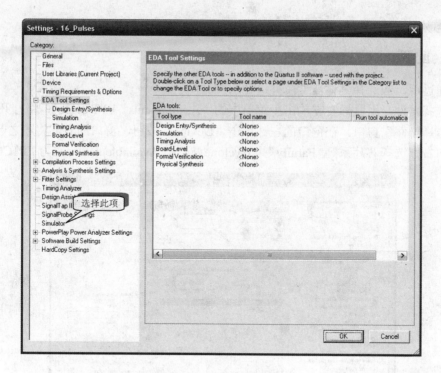

图 7.35　"Settings"窗口

如图 7.36 所示是【例 7.1】的仿真波形。

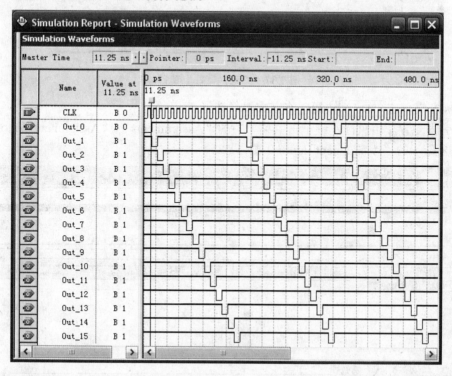

图 7.36　【例 7.1】的仿真波形

由图 7.36 可见，在时钟脉冲的作用下，电路的 16 个输出端依次出现低电平，仿真波形与预想是完全吻合的。

7.3.3 配置

仿真通过后，应选择具体器件，并进行引脚分配。

（1）选择器件。用鼠标左键单击主菜单中的"Assignments"\"Device"，将打开如图7.37所示的"选择器件"窗口。在窗口的左部单击"Device"按钮，窗口的右部将随之改变。

在窗口右部选择芯片系列"Family"为Cyclone，选择"Available devices"为EP1C6Q240C8。

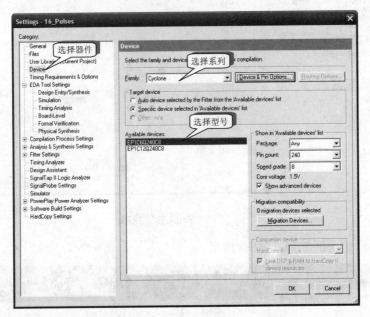

图7.37 "选择器件"窗口

用鼠标左键单击 OK 按钮，将完成器件选择。

（2）引脚配置。用鼠标左键单击主菜单中的"Assignments"\"Assignment Editor"，将打开如图7.38所示的"Assignment Editor"窗口。

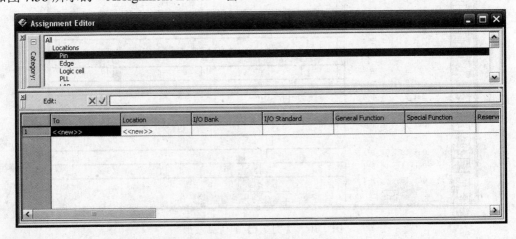

图7.38 "Assignment Editor"窗口

在窗口上部选择 Pin，并双击窗口下部的"new"，"new"将改为"To"，在"To"的下方将展开出文件端口名列表。从列表中选择文件端口名后，在该行的下方又出现新的一行，又可选择文件端口名，直到选完为止。

用鼠标左键单击 Location 栏下方的空白区，将出现如图 7.39 所示的器件引脚列表。在列表中选择某一引脚，就将文件端口名与器件具体引脚对应起来。

Location △	I/O Bank	I/O Standard	General Function
▼		LVTTL	
EDGE_BOTTOM			
EDGE_LEFT			
EDGE_RIGHT			
EDGE_TOP			
IOBANK_1	I/O Bank 1		
IOBANK_2	I/O Bank 2		
IOBANK_3	I/O Bank 3		
IOBANK_4	I/O Bank 4		
PIN_1	I/O Bank 1	Row I/O	LVDS14p/INIT_DONE
PIN_2	I/O Bank 1	Row I/O	LVDS14n
PIN_3	I/O Bank 1	Row I/O	LVDS13p/CLKUSR
PIN_4	I/O Bank 1	Row I/O	LVDS13n
PIN_5	I/O Bank 1	Row I/O	VREF0B1
PIN_6	I/O Bank 1	Row I/O	

图 7.39　器件引脚列表

Altera 公司的 Cyclone 系列芯片 EP1C6Q240C8 有 4 个时钟专用引脚，它们分别是 Pin28、Pin29、Pin152 和 Pin158。

端口与引脚的配置表如图 7.40 所示。

	To △	Location	I/O Bank	I/O Standard	General Function	Special Function	Reserved	S
1	CLK	PIN_28	1	LVTTL	Dedicated Clock	CLK0/LVDSCLK1p		
2	Out_0	PIN_1	1	LVTTL	Row I/O	LVDS14p/INIT_DONE		
3	Out_1	PIN_2	1	LVTTL	Row I/O	LVDS14n		
4	Out_2	PIN_3	1	LVTTL	Row I/O	LVDS13p/CLKUSR		
5	Out_3	PIN_4	1	LVTTL	Row I/O	LVDS13n		
6	Out_4	PIN_5	1	LVTTL	Row I/O	VREF0B1		
7	Out_5	PIN_6	1	LVTTL	Row I/O			
8	Out_6	PIN_7	1	LVTTL	Row I/O	LVDS12p/DQ0L0		
9	Out_7	PIN_8	1	LVTTL	Row I/O	LVDS12n/DQ0L1		
10	Out_8	PIN_113	4	LVTTL	Column I/O	LVDS55p/DQ1B3		
11	Out_9	PIN_114	4	LVTTL	Column I/O	LVDS55n/DQ1B2		
12	Out_10	PIN_115	4	LVTTL	Column I/O	LVDS54p/DQ1B1		
13	Out_11	PIN_116	4	LVTTL	Column I/O	LVDS54n/DQ1B0		
14	Out_12	PIN_117	4	LVTTL	Column I/O	LVDS53p		
15	Out_13	PIN_118	4	LVTTL	Column I/O	LVDS53n		
16	Out_14	PIN_119	4	LVTTL	Column I/O	LVDS52p		
17	Out_15	PIN_120	4	LVTTL	Column I/O	LVDS52n		
18	<<new>>	<<new>>						

图 7.40　端口与引脚的配置表

配置完端口后，再对项目进行编译。

7.3.4　下载

编辑程序下载的步骤如下：

（1）连接下载板。通过专用下载电缆，将装配有目标芯片的下载板与计算机相连，再接通下载板电源。

（2）运行编程器。用鼠标左键单击主菜单中的"Tools"按钮，再单击"Programmer"按钮，将出现如图7.41所示的"下载"窗口。

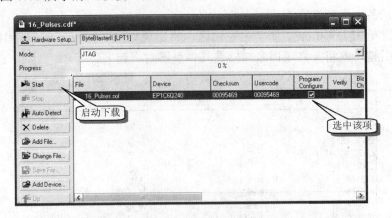

图7.41　"下载"窗口

（3）装载下载文件。在对项目进行编译时，生成了 2 种下载文件。一种是扩展名为.sof的文件，另一种是扩展名为.pof 的文件。*.sof 文件被下载到芯片内部 RAM，完成对芯片资源的配置。但在掉电后，配置文件将丢失。*.pof 文件被下载到芯片外部 Flash 芯片中，掉电后，配置文件不会丢失。

用鼠标左键单击 Auto Detect 按钮，软件将在项目所在文件夹中自动寻找下载文件。

用鼠标左键单击 Delete 按钮，软件将在删除已装载的文件夹中下载文件。

用鼠标左键单击 Add File... 按钮，软件将在打开项目所在的文件夹，列出*.pof 和.sof 下载文件，以供选择。

（4）烧写芯片。先选中窗口中的 Program/Configure，再单击 Start 按钮，程序就被下载到目标芯片中。

7.3.5　芯片分析

为了检查芯片烧写的正确性，可使用嵌入式逻辑分析仪，对芯片内部节点进行分析。

使用嵌入式逻辑分析仪的步骤如下：

（1）打开嵌入式逻辑分析仪。用鼠标左键单击主菜单中的"Tools"\"SignalTap II Logic Analyzer"，将打开如图7.42所示的"嵌入式逻辑分析仪"窗口。

（2）设置端口和芯片。单击窗口右上角的 Setup... 按钮，在打开的窗口中选择 ByteBlaster II [LPT1]下载端口。此时软件将自动搜索目标芯片。

（3）添加节点。在窗口左上角第 2 个框中是分析输出文件名，用鼠标右键单击该文件名，可对其删除和更名。

用鼠标左键双击窗口中部文本框，将打开"Node Finder"窗口。单击窗口右上角的 List 按钮，芯片中的节点就展现在窗口左下角的文本框中，双击节点名就可将所需要的节点（不包含时钟）添加到右边的文本框中。

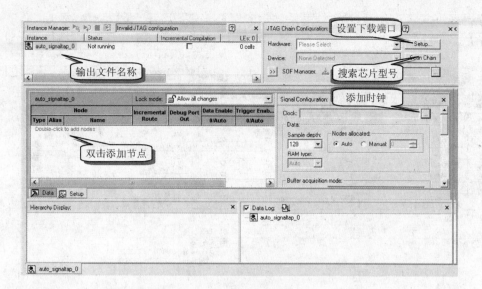

图 7.42 "嵌入式逻辑分析仪"窗口

添加节点后的窗口如图 7.43 所示，单击右上角的 OK 按钮，完成节点添加，返回到如图 7.42 所示的窗口。

保存文件并重新编译。

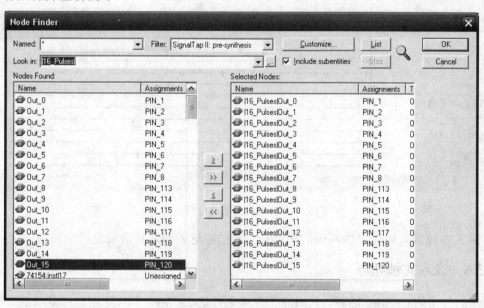

图 7.43 添加节点后的窗口

（4）添加时钟。单击如图 7.42 所示窗口中部 Clock 右边的 按钮，又将出现节点窗口。在该窗口中选择 CLK 节点，单击右上角的 OK 按钮，完成时钟的添加。

完成上述设置后，需保存文件、对项目进行重新编译和下载。

（5）启动嵌入式分析。添加节点后的"分析"窗口如图 7.44 所示。

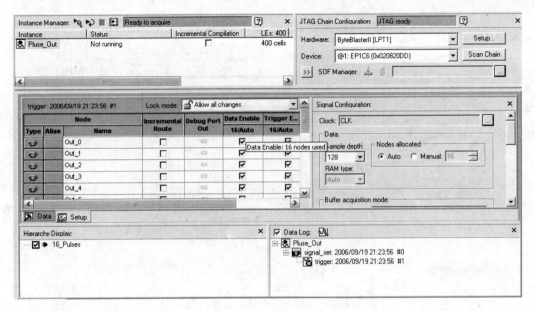

图 7.44　"分析"窗口

单击左上部文本框中的输出文件名称，再单击文件上方的"Autorun Analysis"，窗口中将出现如图 7.45 所示的芯片内部节点分析波形。

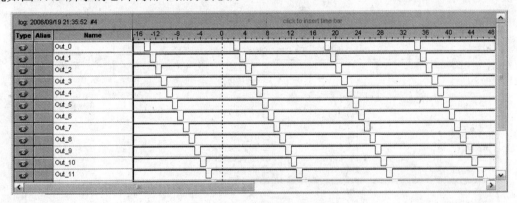

图 7.45　芯片内部节点分析波形

与图 7.36 比较，可以发现两图的图形是相同的，这表明芯片烧录是成功的。

7.3.6　嵌入式锁相环

Altera 公司的 Cyclone 芯片，其最高工作频率可达 250MHz 以上，在进行复杂的数据处理时，高速器件能很快地完成任务。但在市面上很难买到高频率的晶振，且价格也很贵，通常只能向器件提供较低的时钟频率。

为了解决低频率外部时钟与高频率内部时钟的矛盾，Quartus Ⅱ 软件可以向 Cyclone 芯片嵌入锁相环，可以将低时钟频率倍频，得到高时钟频率。

（1）生成锁相环。

① 用鼠标左键单击主菜单的"Tools"\ "MegaWizard Plug-In-Manager"，将打开如图 7.46 所示的"MegaWinzard"窗口。

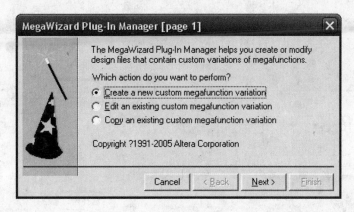

图 7.46　"MegaWinzard" 窗口

在该窗口中，有 3 项可选。第 1 项是创建新的用户宏函数，第 2 项是编辑宏函数，第 3 项是复制宏函数。

② 用鼠标左键单击 Next> 按钮，将打开如图 7.47 所示的 "嵌入式 PLL 选择" 窗口。

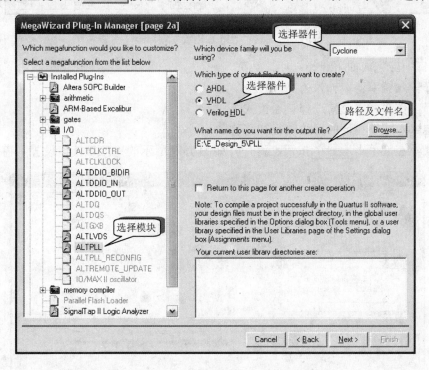

图 7.47　"嵌入式 PLL 选择" 窗口

在该窗口中应完成如下选择：

- 选择器件。Cyclone 和 Stratix 器件都支持嵌入式 PLL。
- 选择生成嵌入式锁相环的语言。
- 指定嵌入式锁相环的存放路径和名称。
- 选择嵌入模块。在窗口左部的小窗口中，单击 "Installed Plug-Ins" 下的 I/O。在弹出的列表中选择 ALTPLL。

③ 用鼠标左键单击 Next> 按钮，将打开如图 7.48 所示的 "PLL 设置" 窗口。

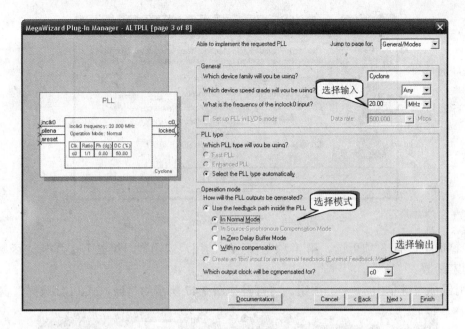

图 7.48　"PLL 设置"窗口

在该窗口中应完成如下选择：

- 选择输入频率。现输入为 **20MHz**。
- 选择工作模式。通常选择普通模式。
- 指定嵌入式锁相环的存放路径和名称。

④ 用鼠标左键单击 Next > 按钮，将打开如图 7.49 所示的"PLL 接口设置"窗口。

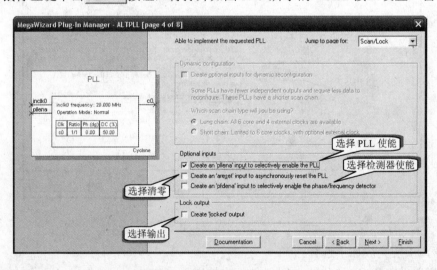

图 7.49　"PLL 接口设置"窗口

在该窗口中应完成如下选择：

- 是否添加使能端。
- 是否添加异步清零端。
- 是否添加相位/频率检测器使能端。
- 是否添加锁定输出端。

⑤ 用鼠标左键单击 Next> 按钮，将打开如图 7.50 所示的"PLL 输出频率设置"窗口。

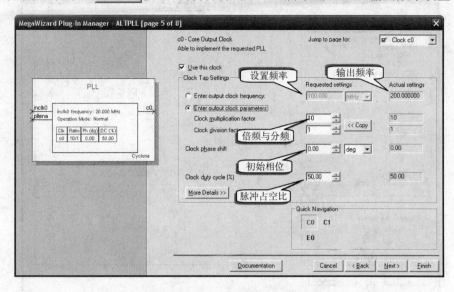

图 7.50 "PLL 输出频率设置"窗口

在该窗口中应完成如下之一设置：
- 设置输出频率。直接在左边的文本框中输入/输出频率值。
- 设置倍频数或分频数、初始相位和脉冲占空比。

当指定的输出频率不在正确范围内时，将给出告警。

⑥ 用鼠标左键单击 Finish 按钮，将打开如图 7.51 所示的"PLL 设置集成"窗口。

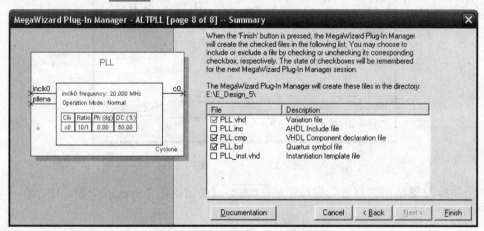

图 7.51 "PLL 设置集成"窗口

⑦ 用鼠标左键单击 Finish 按钮，PLL 模块就生成完毕，输入 20MHz、输出 200MHz 的 PLL 就被放置在指定的路径下。

（2）调用锁相环。

① 创建项目及顶层电原理图。

② 用鼠标左键单击工具条中的 ⊕ 图标，将打开如图 7.52 所示的"Symbol"窗口。

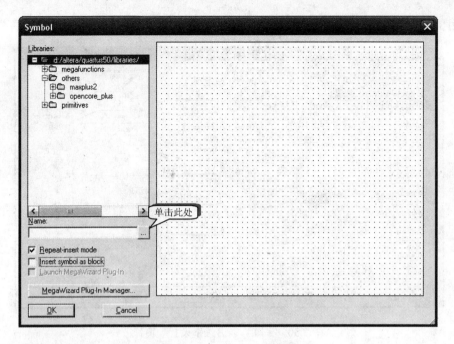

图 7.52 "Symbol"窗口

用鼠标左键单击"Symbol"窗口的 按钮，将打开如图 7.53 所示的"打开"窗口。在此窗口中，选择路径和 PLL 文件。

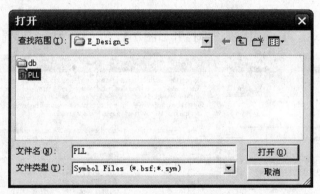

图 7.53 "打开"窗口

③ 用鼠标左键单击"打开"窗口中的 打开⑩ 按钮，在"Symbol"窗口中，将出现如图 7.54 所示的 PLL 符号。

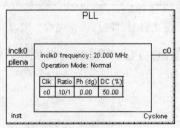

图 7.54 PLL 符号

④ 用鼠标左键单击 "Symbol" 窗口中的 ⬚OK⬚ 按钮，光标旁将出现 PLL 图形轮廓。移动光标到适当位置，单击鼠标左键，输入 20MHz、输出 200MHz 的 PLL 就被放置到图纸上。

7.4　上机实战

7.4.1　实战 Quartus：绘制电原理图

实战目的：熟悉 Quartus Ⅱ 5.0 的基本操作，掌握如何创建工程和文件、熟悉 Quartus Ⅱ 5.0 的电原理图符号库，掌握绘图方法。

实战内容：

（1）在桌面创建 1 个以自己名字（汉语拼音）命名的文件夹，并创建 1 个名为 "M36" 项目。

（2）创建 1 个名为 "M36" 的顶层原理图文件。

（3）浏览 Quartus Ⅱ 5.0 所提供的所有电原理图符号。

（4）设计并绘制用 74190 构成的三十六进制减法计数器。

7.4.2　实战 Quartus：编译与仿真

实战目的：掌握嵌入式 PLL 的设计和调用，掌握电路的编译和仿真方法。

实战内容：

（1）创建 1 个名为 "M49" 的项目和顶层原理图文件。

（2）设计 1 个输入频率为 5MHz、输出频率为 100MHz 的 PLL。

（3）在原理图中设计并绘制用 74161 构成的四十九进制加法计数器。

（4）将 PLL 调入电原理图，并作为计数器的时钟。

（5）对所设计的电路进行编译。

（6）对输入进行设置，对所设计的电路进行仿真。

习　题

[7.1]　如果项目名称为 "Test"，该项目的顶层文件名是什么？

[7.2]　如何创建原理图文件？

[7.3]　在工具条中，哪些符号具有电气特性？

[7.4]　一张完善的原理图应主要包含哪些符号？

[7.5]　如果编译未能通过，在窗口什么位置能看到出错信息？

[7.6]　如何建立仿真文件，如何列出各输入/输出引脚？

[7.7]　如何配置引脚？

[7.8]　嵌入式 PLL 能实现分频吗？

单元测验题

1. 选择题

（1）下面哪一种文件不是语言类文件？

    [A] AHDL   [B] VHDL   [C] SCH

（2）下面哪一种符号不具有电气特性？

    [A] 管线   [B] 总线   [C] 直线

（3）常用 74 系列数字器件在库文件的哪个文件夹中？

    [A] megafunctions   [B] others   [C] primitives

（4）1 个 PLL 最多能产生多少种不同的输出频率？

    [A] 1 种   [B] 2 种   [C] 3 种

2. 填空题

（1）具有电气特性的符号有_____、_____、_____和_____。

（2）设计完成 Quartus 项目的原理图后，还要进行_____、_____、_____、_____，才能将软件下载到芯片。

3. 简答题

（1）如何将总线信号引到元件的端口？

（2）如何将管线转换为总线？

（3）给芯片下载文件时，可选文件有哪两种？它们之间的区别是什么？

（4）嵌入式分析与仿真有什么区别？

参 考 文 献

[1] 导向科技. Protel DXP 电子电路设计. 北京：人民邮电出版社，2003 年.

[2] 鲁捷等. Protel DXP 电路设计基础教程. 北京：清华大学出版社，2005 年.

[3] 朱正伟. EDA 技术及应用. 北京：清华大学出版社，2005 年.

[4] 黄智伟等. 全国大学生电子设计竞赛训练教程. 北京：电子工业出版社，2005 年.

[5] 王惟言. Tina Pro 实用技术. 北京：人民邮电出版社，2005 年.

[6] 潘松等. SOPC 实用技术教程. 北京：清华大学出版社，2005 年.

[7] 李东生. 电子设计自动化与 IC 设计. 北京：高等教育出版社，2004 年.

[8] 谢嘉奎等. 电子线路. 北京：高等教育出版社，2005 年.

[9] 王振宇等. 数字逻辑电路. 合肥：合肥工业大学出版社，2006 年.

[10] 及力. Protel 99SE 原理图与 PCB 设计教程. 北京：电子工业出版社，2005 年.

[11] 王锁萍. 电子设计自动化（EDA）教程. 成都：电子科技大学出版社，1999 年.

《电子设计自动化（EDA）》读者意见反馈表

尊敬的读者：

感谢您购买本书。为了能为您提供更优秀的教材，请您抽出宝贵的时间，将您的意见以下表的方式（可从 http://edu.phei.com.cn 下载本调查表）及时告知我们，以改进我们的服务。对采用您的意见进行修订的教材，我们将在该书的前言中进行说明并赠送您样书。

姓名：＿＿＿＿＿＿＿＿＿　　电话：＿＿＿＿＿＿＿＿＿＿＿＿＿＿

职业：＿＿＿＿＿＿＿＿＿　　E-mail：＿＿＿＿＿＿＿＿＿＿＿＿＿

邮编：＿＿＿＿＿＿＿＿＿　　通信地址：＿＿＿＿＿＿＿＿＿＿＿

1. 您对本书的总体看法是：
   □很满意　　□比较满意　　□尚可　　□不太满意　　□不满意

2. 您对本书的结构（章节）：□满意　□不满意　改进意见＿＿＿＿＿＿
   ＿＿＿＿＿＿＿＿＿＿＿＿＿＿＿＿＿＿＿＿＿＿＿＿＿＿＿＿＿＿＿

3. 您对本书的例题　□满意　□不满意　改进意见＿＿＿＿＿＿＿＿＿
   ＿＿＿＿＿＿＿＿＿＿＿＿＿＿＿＿＿＿＿＿＿＿＿＿＿＿＿＿＿＿＿

4. 您对本书的习题　□满意　□不满意　改进意见＿＿＿＿＿＿＿＿＿
   ＿＿＿＿＿＿＿＿＿＿＿＿＿＿＿＿＿＿＿＿＿＿＿＿＿＿＿＿＿＿＿

5. 您对本书的实训　□满意　□不满意　改进意见＿＿＿＿＿＿＿＿＿
   ＿＿＿＿＿＿＿＿＿＿＿＿＿＿＿＿＿＿＿＿＿＿＿＿＿＿＿＿＿＿＿

6. 您对本书其他的改进意见：
   ＿＿＿＿＿＿＿＿＿＿＿＿＿＿＿＿＿＿＿＿＿＿＿＿＿＿＿＿＿＿＿
   ＿＿＿＿＿＿＿＿＿＿＿＿＿＿＿＿＿＿＿＿＿＿＿＿＿＿＿＿＿＿＿
   ＿＿＿＿＿＿＿＿＿＿＿＿＿＿＿＿＿＿＿＿＿＿＿＿＿＿＿＿＿＿＿

7. 您感兴趣或希望增加的教材选题是：
   ＿＿＿＿＿＿＿＿＿＿＿＿＿＿＿＿＿＿＿＿＿＿＿＿＿＿＿＿＿＿＿
   ＿＿＿＿＿＿＿＿＿＿＿＿＿＿＿＿＿＿＿＿＿＿＿＿＿＿＿＿＿＿＿
   ＿＿＿＿＿＿＿＿＿＿＿＿＿＿＿＿＿＿＿＿＿＿＿＿＿＿＿＿＿＿＿

请寄：100036　北京万寿路 173 信箱高等职业教育事业部　刘菊收

电话：010-88254563　　E-mail:baiyu@phei.com.cn